Zum Buch:

Viel Zeit bleibt Sir Richard Kenworthy nicht. In zwei Wochen muss er heiraten, oder der gute Ruf seiner Familie ist ruiniert. Doch wie soll er in so kurzer Zeit eine respektable Frau finden? Die unscheinbare Miss Iris Smythe-Smith könnte seine Rettung sein. Ihre Chancen auf dem Heiratsmarkt sind gering, obwohl – oder eher weil? – sie mit Witz und Schlagfertigkeit zu überraschen weiß. Je länger er sie umwirbt, desto mehr erobert sie sein Herz – und desto mehr bedauert er, was er ihr aufbürdet, indem er sie in die Ehefalle lockt …

„Eine Liebesgeschichte, die Fans in aller Welt bewegen und entzücken wird."

Smexy Books

Zur Autorin:

Julia Quinn, auch als zeitgenössische Jane Austen bezeichnet, studierte zunächst Kunstgeschichte an der Harvard Universität. Ihre überaus erfolgreichen historischen Romane präsentieren den Zauber einer vergangenen Epoche und begeistern durch ihre warmherzigen, humorvollen Schilderungen.

Julia Quinn

Der Lord, der mich verführte

Roman

Aus dem Amerikanischen von
Petra Lingsminat

Genehmigte Sonderausgabe 2020

Originaltitel »The Secrets Of Sir Richard Kenworthy«

erschienen bei: Avon Books,
an Imprint of HarperCollins *Publishers* LLC, New York, U.S.A.

Umschlaggestaltung: Denise Meinhardt
Umschlagabbildung: sandr2002, Surovtseva/GettyImages
Satz: GGP Media GmbH, Pößneck
Printed in Germany
Dieses Buch wurde auf FSC®-zertifiziertem Papier gedruckt.
ISBN 978-3-7457-0127-2

Für Tillie, meine Schwester im Herzen.
Für Paul auch,
obwohl ich immer noch finde,
du hättest das mit der Jedi-Ritterschaft verfolgen sollen.

1. Kapitel

Pleinsworth House
London
Frühling 1825

Um das Buch zu zitieren, das seine Schwester schon zwei Dutzend Mal gelesen hatte, so war es eine allgemein anerkannte Wahrheit, dass ein alleinstehender Mann im Besitz eines ansehnlichen Vermögens unbedingt eine Frau brauchte.

Sir Richard Kenworthy besaß zwar kein Vermögen, doch er war alleinstehend. Und was die Frau anging …

Nun, das war kompliziert.

Brauchen war nicht das richtige Wort. Wer *brauchte* schon eine Frau? Höchstens Männer, die verliebt waren, aber er war nicht verliebt, war es nie gewesen, und er rechnete auch nicht damit, sich demnächst zu verlieben.

Nicht dass er grundsätzlich etwas dagegen einzuwenden gehabt hätte. Er hatte einfach keine Zeit dafür.

Die Frau hingegen …

Unbehaglich rutschte er auf seinem Stuhl herum und schaute auf das Programm in seiner Hand.

Herzlich willkommen zur 19. musikalischen Soiree der Smythe-Smith. Es musiziert ein wohlgeschultes Quartett, bestehend aus Violine, Violine, Cello und Pianoforte

Es flößte ihm ein ungutes Gefühl ein.

„Noch mal *danke*, dass du mich begleitest", sagte Winston Bevelstoke zu ihm.

Richard warf seinem Freund einen skeptischen Blick zu. „Ich finde es beunruhigend", bemerkte er, „dass du dich so oft bei mir bedankst."

„Ich bin für meine geschliffenen Manieren bekannt", erklärte Winston und zuckte die Achseln. Er war schon immer ein Achselzucker gewesen. Die meisten Erinnerungen, die Richard von ihm hatte, beinhalteten irgendeine Art von „Was soll ich sagen"-Achselzucken.

„Eigentlich spielt es keine große Rolle, wenn ich mein Lateinexamen vergesse. Ich bin der zweite Sohn." *Achselzuck.*

„Das Ruderboot war schon gekentert, als ich ans Ufer kam." *Achselzuck.*

„Wie bei den meisten Dingen ist es am besten, die Schuld auf meine Schwester zu schieben." *Achselzuck.* (Und *Bösegrins.*)

Früher einmal war Richard ebenso leichtfertig wie Winston gewesen. Im Grunde wäre er sehr gern wieder so leichtfertig geworden.

Doch wie er bereits festgestellt hatte, fehlte ihm dazu die Zeit. Ihm blieben wohl noch zwei, drei Wochen. Vier allerhöchstens.

„Kennst du welche davon?", fragte er Winston.

„Welche wovon?"

Richard hielt das Programm in die Höhe. „Von den Musikerinnen."

Winston räusperte sich und blickte schuldbewusst zu Boden. „Musikerinnen würde ich sie jetzt nicht gerade nennen …"

Richard sah zu der Bühne, die im Ballsaal der Pleinsworths aufgebaut worden war. „Kennst du sie?", wiederholte er. „Bist du ihnen vorgestellt worden?" Für Winston mochte es ja recht und billig sein, sich wie üblich in rätselhaften Bemerkungen zu ergehen, doch Richard war aus einem bestimmten Grund hier.

„Die Smythe-Smith-Mädchen?" Winston zuckte die Achseln. „Die meisten. Mal sehen, wer dieses Jahr mitspielt." Er schaute in sein Programm. „Lady Sarah Prentice am Pianoforte – wie merkwürdig, sie ist doch verheiratet."

Verdammt.

„Normalerweise treten nur die unverheirateten Damen auf", erklärte Winston. „Man setzt sie uns jedes Jahr aufs Neue vor. Wenn sie dann heiraten, dürfen sie aufhören."

Richard war sich dessen bewusst. Tatsächlich war das der Hauptgrund, warum er sich zum Mitkommen bereit erklärt hatte. Nicht dass sich irgendwer darüber gewundert hätte. Wenn ein unverheirateter Gentleman von siebenundzwanzig Jahren in London auftauchte, nachdem er sich dort drei Jahre nicht hatte sehen lassen … dann musste man keine ehestiftende Mutter sein, um zu wissen, was die Stunde geschlagen hatte.

Er hatte nur nicht erwartet, so unter Zeitdruck zu stehen.

Stirnrunzelnd blickte er zum Pianoforte. Es wirkte gut gearbeitet. Teuer. Viel besser als das, welches bei ihm zu Hause in Maycliffe Park stand.

„Wen haben wir noch?", murmelte Winston und ging die elegant gedruckten Namen auf dem Programm durch. „Miss Daisy Smythe-Smith an der Geige. Oh ja, die kenne ich. Die ist furchtbar."

Verdammt und zugenäht. „Was ist denn mit ihr?", erkundigte er sich.

„Kein Sinn für Humor. Was nicht so schlimm wäre, die anderen sind schließlich auch keine ausgewachsenen Spaßvögel. Sie lässt es sich nur immer so … anmerken."

„Wie lässt man sich denn anmerken, dass man *keinen* Humor hat?"

„Keine Ahnung", räumte Winston ein. „Bei ihr ist es jedenfalls so. Hübsch ist sie ja. Blonde Kringellocken und so." Er machte eine blonde kringelnde Bewegung am Ohr, worauf Richard sich fragte, wie es sein konnte, dass Winstons Geste so offensichtlich nicht brünett war.

„Lady Harriet Pleinsworth, ebenfalls Geige", fuhr Winston fort. „Der wurde ich, glaube ich, noch nicht vorgestellt. Sie muss Lady Sarahs kleine Schwester sein. Kaum aus dem Schulzimmer rausgewachsen, wenn ich mich recht erinnere. Viel älter als sechzehn kann sie nicht sein."

Verdammt, zugenäht und verflixt. Vielleicht sollte er einfach aufstehen und gehen.

„Und am Cello ...", Winston ließ den Finger über das auf festen Karton gedruckte Programm gleiten, bis er die richtige Stelle gefunden hatte, „... Miss Iris Smythe-Smith."

„Und was ist gegen sie einzuwenden?", fragte Richard, da es ihm unwahrscheinlich erschien, dass es bei ihr nichts gäbe.

Winston zuckte die Achseln. „Nichts. Zumindest weiß ich von nichts."

Was vermutlich hieß, dass sie in ihrer Freizeit jodelte. Wenn sie nicht gerade irgendwelche Tiere ausstopfte.

Krokodile beispielsweise.

Früher hatte er immer Glück gehabt. Wirklich.

„Sie ist sehr blass", sagte Winston.

Richard sah ihn an. „Ist das ein Makel?"

„Natürlich nicht. Es ist nur ..." Winston hielt inne und runzelte angestrengt die Stirn. „Nun ja, um ehrlich zu sein, ist das so ziemlich alles, was mir zu ihr einfällt."

Richard nickte langsam und richtete den Blick auf das Cello auf der Bühne. Es sah ebenfalls teuer aus, obwohl er von sich nicht behaupten konnte, irgendetwas von der Cellomanufaktur zu verstehen.

„Warum so neugierig?“, erkundigte sich Winston. „Ich weiß, dass du heiraten willst, aber du kannst es doch sicher besser treffen als mit einer Smythe-Smith.“

Vor zwei Wochen hätte das wohl noch gestimmt.

„Außerdem brauchst du doch jemanden mit Mitgift, nicht wahr?“

„Brauchen wir nicht alle jemanden mit Mitgift?“, meinte Richard düster.

„Wie wahr, wie wahr.“ Winston mochte der Sohn des Earl of Rudland sein, doch er war der zweite Sohn. Er würde kein spektakuläres Vermögen erben, schließlich erfreute sich sein älterer Bruder bester Gesundheit und hatte bereits zwei eigene Söhne. „Die kleine Pleinsworth bekommt vermutlich zehntausend mit“, bemerkte er und sah mit abschätzendem Blick auf das Programm. „Aber wie gesagt, sie ist noch ziemlich jung.“

Richard verzog das Gesicht. Sogar er kannte Grenzen.

„Die Blumenmädchen ...“

„Die Blumenmädchen?“, unterbrach Richard ihn.

„Iris und Daisy“, erklärte Winston. „Ihre Schwestern heißen Rose und Lavender, wie die fünfte heißt, weiß ich nicht mehr. Tulpe vielleicht? Schneeglöckchen? Hoffentlich nicht Chrysantheme, das arme Ding.“

„Meine Schwester heißt Fleur“, fühlte Richard sich verpflichtet einzuwerfen.

„Und ist ein ganz reizendes Mädchen“, erwiderte Winston, obwohl er ihr noch nie begegnet war.

„Aber du sagtest gerade ...“, drängte Richard.

„Was? Ach ja, die Blumenmädchen. Ich bin mir nicht sicher, wie viel sie zu erwarten haben, aber viel kann es nicht sein. Es sind insgesamt fünf Töchter.“ Winston schürzte die Lippen. „Vielleicht mehr.“

Was nicht heißen muss, dass die jeweilige Mitgift klein ausfällt, dachte Richard hoffnungsvoll. Von diesem Zweig der Smythe-Smith'schen Familie wusste er nur wenig – eigentlich wusste er von den anderen Zweigen auch nicht mehr, wenn er ehrlich war. Was er wusste, war nur, dass sie sich einmal im Jahr zusammenfanden, vier Musikerinnen aus ihren Reihen erkoren und ein Konzert veranstalteten, dem die meisten seiner Freunde nur höchst widerstrebend beiwohnten.

„Hier, nimm", sagte Winston plötzlich und reichte ihm zwei Wattebäusche. „Du wirst mir noch dankbar sein."

Richard starrte ihn an, als wäre er plötzlich übergeschnappt.

„Für deine Ohren", erklärte Winston. „Vertrau mir."

„Dir vertrauen? Wenn du so etwas zu mir sagst, läuft es mir kalt den Rücken hinunter."

„Diesmal", sagte Winston und stopfte sich seinerseits Wattebäusche in die Ohren, „übertreibe ich nicht."

Richard sah sich diskret im Raum um. Winston gab sich keinerlei Mühe, die Aktion zu verbergen, dabei würde es doch sicher als unhöflich angesehen werden, wenn er sich bei einem Konzert die Ohren zustopfte. Doch die meisten Leute beachteten ihn gar nicht weiter, und die, die es taten, schienen ihn eher zu beneiden als zu missbilligen.

Richard zuckte die Achseln und tat es ihm nach.

„Gut, dass du hier bist", sagte Winston und beugte sich zu ihm herüber, damit er ihn trotz der Wattebäusche verstehen konnte. „Ich bin mir nicht sicher, ob ich es ohne Verstärkung ertragen hätte."

„Ohne Verstärkung?"

„Die gequälte Gesellschaft angeschlagener Junggesellen", scherzte Winston.

Die gequälte Gesellschaft angeschlagener Junggesellen?

Richard verdrehte die Augen. „Gott steh dir bei, wenn du in volltrunkenem Zustand versuchst, Sätze zu drechseln."

„Oh, dieses Vergnügen steht dir kurz bevor", versetzte Winston und lüpfte seinen Rock mit dem Zeigefinger gerade so weit, um den Blick auf die kleine metallene Flasche in der Innentasche freizugeben.

Richard riss die Augen auf. Er war nicht sittenstreng, besaß aber doch genügend Anstand, um auf einer musikalischen Veranstaltung, bei der junge Mädchen auftraten, nicht in aller Öffentlichkeit zur Flasche zu greifen.

Und dann fing es an.

Nach einer Minute ertappte Richard sich dabei, wie er die Watte in seinen Ohren zurechtzupfte. Am Ende des ersten Satzes spürte er in der Stirn das schmerzhafte Pochen einer Vene. Der wahre Ernst seiner Lage wurde ihm jedoch erst bewusst, als ein langes Geigensolo einsetzte.

„Die Flasche", keuchte er beinahe.

Es gereichte Winston zur Ehre, dass er sich das selbstgefällige Grinsen verkniff.

Richard nahm einen großen Schluck von dem gewürzten Wein, der sich in der Flasche befand, doch das vermochte seinen Schmerz nicht zu lindern. „Können wir in der Pause gehen?", flüsterte er Winston zu.

„Es gibt keine Pause."

Voller Entsetzen starrte Richard auf sein Programm. Er verstand nicht viel von Musik, aber die Smythe-Smiths mussten doch wissen, was sie da taten ... dass dieses sogenannte Konzert ...

Es war ein Angriff auf die Menschenwürde.

Laut Programm spielten die jungen Damen auf der behelfsmäßigen Bühne ein Klavierkonzert von Wolfgang Amadeus Mozart. In Richards Augen legte der Begriff Klavierkonzert nahe, dass auch Klavier gespielt wurde. Die Dame an diesem schönen Instrument schlug jedoch höchstens die Hälfte der erforderlichen Noten an, wenn überhaupt. Er konnte ihr Gesicht nicht sehen, doch ihre Art, sich über die Tasten zu beugen, erweckte den Anschein, dass sie hoch konzentriert zu Werke ging.

Allerdings auch bar jeder Kunstfertigkeit.

„Das ist die ohne Sinn für Humor", sagte Winston und deutete mit dem Kopf auf eine der Violinistinnen.

Ah, Miss Daisy. Die mit den blonden Kringellocken. Von allen Mitwirkenden war sie diejenige, die sich wohl am ehesten für eine veritable Künstlerin hielt. Sie neigte und wiegte sich wie eine große Virtuosin, während ihr Bogen über die Saiten flog. Ihre Bewegungen waren beinahe hypnotisch. Ein Gehörloser hätte wohl gemeint, sie wäre eins mit der Musik.

Stattdessen war sie lediglich eins mit dem Lärm.

Und was die andere Violinistin anging … Sah er denn als Einziger, dass sie keine Noten lesen konnte? Sie schaute überallhin, nur nicht auf ihren Notenstand, und seit Konzertbeginn hatte sie noch kein einziges Mal umgeblättert. Sie hatte die ganze Zeit damit zugebracht, auf ihrer Unterlippe zu kauen, Miss Daisy panische Blicke zuzuwerfen und zu versuchen, deren Bewegungen nachzuahmen.

Blieb noch die Cellistin. Richard nahm sie in Augenschein, während sie den Bogen über die langen Saiten ihres Instruments zog. Es war außerordentlich schwierig, sie im frenetischen Getöse der Geigen spielen zu hören, doch hin und wieder entschlüpfte dem Wahnsinn der eine oder andere klagende Ton, und dann dachte Richard sich …

Die ist eigentlich recht gut.

Sie faszinierte ihn irgendwie, diese kleine Frau, die sich hinter dem großen Cello zu verstecken suchte. Sie zumindest wusste, wie schlecht sie spielten. Ihr Elend war akut, mit Händen greifbar. Jedes Mal, wenn sie eine Pause hatte, schien sie in sich zusammenzusinken, als wollte sie sich ganz klein machen, bis sie nicht mehr zu sehen wäre und mit einem „Plopp!" verschwinden würde.

Das war Miss Iris Smythe-Smith, eines der Blumenmädchen. Unbegreiflich, dass sie mit Daisy verwandt sein sollte, die sich immer noch in seliger Unwissenheit mit ihrer Geige herumwiegte.

Iris. Ein merkwürdiger Name für ein so unscheinbares Mädchen. Er hatte die Iris mit ihren tiefen Blau- und Lilatönen immer für eine besonders farbenprächtige Blume gehalten, doch diese junge Frau war so blass, dass sie beinahe farblos wirkte. Ihr Haar war eine winzige Spur zu rot, um als blond durchzugehen, doch rotblond konnte man es auch nicht nennen. Ihre Augen konnte er von seinem Platz aus nicht sehen, doch bei dem blassen Teint und den hellen Haaren mussten sie ebenfalls hell sein.

Sie gehörte zu dem Typ Frau, der niemandem auffiel.

Und dennoch konnte Richard den Blick nicht von ihr wenden.

Es liegt am Konzert, sagte er sich. Wohin hätte er denn sonst schauen sollen?

Außerdem hatte es etwas Beruhigendes an sich, den Blick auf einen einzigen Fleck zu richten. Die Musik war so misstönend, dass ihm schwindelig wurde, sobald er den Blick abwandte.

Beinahe hätte er gelacht. Miss Iris Smythe-Smith mit dem schimmernden hellen Haar und dem viel zu großen Cello erwies sich als seine Retterin.

Sir Richard Kenworthy glaubte nicht an Vorzeichen, aber an dieses hier wollte er sich halten.

Wieso starrte dieser Mann sie so an?

Die musikalische Soiree war schon Qual genug, das war Iris deutlich bewusst – sie war nun schon zum dritten Mal auf die Bühne geschoben und gezwungen worden, sich vor dem handverlesenen vornehmen Publikum zu blamieren. Die Gäste der Smythe-Smiths bildeten immer eine interessante Mischung. Zuerst kam die Familie, die man allerdings gerechterweise noch in zwei Untergruppen aufteilen musste – die Mütter und alle anderen.

Die Mütter blickten mit seligem Lächeln zur Bühne, geborgen in ihrem unerschütterlichen Glauben, dass sie wegen der exquisiten musikalischen Fähigkeiten ihrer Töchter von allen glühend beneidet wurden. „So begabt", jubelte Iris' Mutter Jahr für Jahr. „So souverän."

So blind, war Iris' unausgesprochene Antwort, so *taub*.

Was die restlichen Smythe-Smiths anging – vornehmlich die Männer und ein Großteil der Frauen, die bereits am Altar musikalischer Unfähigkeit geopfert hatten –, so bissen sie die Zähne zusammen und bemühten sich, möglichst zahlreich zu erscheinen, um den Kreis der Demütigung klein zu halten.

Die Familie war wunderbar fruchtbar, und so betete Iris darum, ihre Verwandtschaft möge eines Tages so zahlreich sein, dass die Mütter niemand Familienfremdes mehr einladen konnten. „Es gibt einfach nicht genügend Plätze", konnte sie sich schon sagen hören.

Leider konnte sie auch hören, wie ihre Mutter den Verwalter ihres Vaters bat, sich nach einem geeigneten Konzertsaal zu erkundigen.

Unter den restlichen Zuschauern befanden sich einige, die jedes Jahr kamen. Ein paar taten es aus Freundlichkeit, vermutete Iris. Manche kamen sicher nur, um sich über sie lustig zu machen. Und dann gab es ein paar ahnungslose Naive, die offenbar hinter dem Mond lebten. Hinter dem Jupitermond.

Dem letzten.

Iris konnte gar nicht glauben, dass es irgendwo Leute gab, die noch *nicht* von den Smythe-Smith'schen Soireen gehört hatten beziehungsweise davor gewarnt worden waren, doch es gab jedes Jahr ein paar neue verstörte Gesichter.

Wie zum Beispiel das des Mannes in der fünften Reihe. Warum starrte er sie so an?

Sie war sich sicher, dass sie ihn noch nie gesehen hatte. Er hatte dunkles Haar, die Sorte, die sich lockte, wenn es draußen zu feucht wurde, und sein Gesicht war von einer fein gemeißelten Eleganz, die ihr gut gefiel. Er war attraktiv, befand sie, aber nicht überwältigend schön.

Vermutlich trug er keinen Titel. Iris' Mutter hatte die gesellschaftliche Ausbildung ihrer Töchter sehr gründlich betrieben. Kaum vorstellbar, dass es einen jungen unverheirateten Gentleman mit Titel geben sollte, den Iris und ihre Schwestern nicht auf Anhieb erkennen konnten.

Vielleicht ein Baronet. Oder ein Landadeliger. Er musste über gute Verbindungen verfügen, denn sie sah, dass er in Begleitung des jüngeren Sohnes des Earl of Rudland gekommen war. Sie waren sich bei mehreren Gelegenheiten vorgestellt worden – nicht dass das etwas anderes hieß, als dass der Ehrenwerte Mr. Bevelstoke sie zum Tanzen auffordern konnte, wenn er das Bedürfnis dazu verspürte.

Was er nicht tat.

Iris war nicht beleidigt, jedenfalls nicht sehr. Bei einem Ball wurde sie selten mehr als zur Hälfte aller Tänze aufgefordert, und es gefiel ihr, Gelegenheit zu haben, die Gesellschaft in vollem Schwung zu beobachten. Sie fragte sich oft, ob die gefeierten Lieblinge des *ton* überhaupt *bemerkten*, was um sie herum geschah. Wenn man immer im Auge des sprichwörtlichen Sturms stand, spürte man dann überhaupt den rauschenden Regen, den beißenden Wind?

Schon möglich, dass sie ein Mauerblümchen war. Das war keine Schande. Vor allem nicht, wenn man gern Mauerblümchen war. Tatsächlich hatte sie eine der …

„*Iris*", zischte jemand.

Es war ihre Kusine Sarah, die sich mit drängender Miene vom Klavier herüberbeugte.

Ach, verflixt, nun hatte sie ihren Einsatz verpasst. „Entschuldigung", murmelte Iris leise, auch wenn keiner sie hören konnte. Sonst verpasste sie nie ihren Einsatz. Auch wenn das restliche Quartett so abgrundtief fürchterlich musizierte, dass es eigentlich egal war, ob ihr Einsatz rechtzeitig kam – ihr ging es ums Prinzip.

Irgendwer musste wenigstens den Versuch machen, ordentlich zu spielen.

Die nächsten Notenseiten widmete sie sich ihrem Cello, bemühte sich nach Kräften, Daisy auszublenden, die beim Spielen über die gesamte Bühne marschierte. Als Iris die nächste längere Pause erreicht hatte, konnte sie es sich jedoch nicht verkneifen aufzublicken.

Er beobachtete sie immer noch.

Hatte sie etwas an ihrem Kleid? In ihrem Haar? Automatisch griff sie sich an die Frisur und rechnete halb damit, einen Zweig abzustreifen.

Nichts.

Nun wurde sie zornig. Er versuchte sie aus dem Konzept zu bringen. Das war die einzig mögliche Erklärung. Was für ein unhöflicher Flegel. Und ein Idiot. Glaubte er wirklich, dass er sie mehr irritieren konnte als ihre eigene Schwester? Es bedurfte schon eines Akkordeon spielenden Minotaurus, um

Daisy auf der Skala von Nervtötend bis Siebter Kreis der Hölle zu übertrumpfen.

„Iris!", zischte Sarah.

„Arrrgh", knurrte Iris. Schon wieder den Einsatz verpasst. Andererseits, was bildete Sarah sich eigentlich ein? Sie hatte im zweiten Satz zwei ganze Seiten ausgelassen.

Iris fand die korrekte Stelle in der Partitur und fand sich wieder ein. Zu ihrer Erleichterung näherten sie sich dem Ende des Konzerts. Nun brauchte sie nur noch die letzten Noten zu spielen, sich zu verbeugen, als wäre es ihr ernst damit, und den gezwungenen Applaus mit einem Lächeln entgegenzunehmen.

Danach könnte sie Kopfschmerzen vorschützen, nach Hause gehen, die Tür hinter sich schließen, ein Buch lesen, Daisy ignorieren und so tun, als müsste sie das Ganze nächstes Jahr nicht wieder von vorn durchmachen.

Außer natürlich, sie würde heiraten.

Das war der einzige Ausweg. Jede unverheiratete Smythe-Smith (das galt nur für den weiblichen Teil der Familie) musste im Quartett mitspielen, wenn für ihr jeweiliges Instrument ein Platz frei wurde, und zwar so lange, bis sie vor den Traualtar trat und dort ihren Bräutigam ehelichte.

Einer einzigen Kusine war es gelungen zu heiraten, bevor sie auf die Bühne gezwungen wurde. Dabei hatte es sich um ein spektakuläres Zusammenspiel von Glück und Kriegslist gehandelt. Frederica Smythe-Smith, inzwischen Frederica Plum, war an der Geige ausgebildet, genau wie ihre ältere Schwester Eleanor.

Doch Eleanor hatte keinen Anklang gefunden, wie Iris' Mutter sich ausgedrückt hatte. Eleanor hatte rekordverdächtige sieben Jahre musiziert, bevor sie sich Hals über Kopf in einen freundlichen Hilfsgeistlichen verliebte, der so erstaunlich vernünftig war, diese Liebe ebenso heftig zu erwidern.

Iris mochte Eleanor, selbst wenn diese sich für eine begabte Musikerin hielt. (Was sie nicht war).

Was Frederica anging ... Eleanors verspäteter Erfolg auf dem Heiratsmarkt hatte zur Folge gehabt, dass im Quartett kein Platz für Frederica frei war, als diese debütierte. Und wenn Frederica nur dafür sorgte, dass sie schleunigst einen Ehemann fand ...

Es war der Stoff, aus dem man Legenden machte. Zumindest für Iris.

Frederica lebte nun in Südindien, was, wie Iris vermutete, durchaus mit ihrer orchestralen Flucht zu tun hatte. Von den Verwandten hatte sie seit Jahren niemand mehr gesehen, obwohl hin und wieder ein Brief nach London gelangte, in dem von der Hitze, Gewürzen und hin und wieder einem Elefanten die Rede war.

Iris hasste Hitze, würzigem Essen konnte sie auch nicht allzu viel abgewinnen, doch während sie im Ballsaal ihrer Kusinen saß und so tat, als würde sie nicht von fünfzig Leuten dabei beobachtet, wie sie sich blamierte, konnte sie sich des Gedankens nicht erwehren, dass Indien recht angenehm klang.

Was die Elefanten anging, so hatte sie dazu keine Meinung.

Vielleicht könnte sie dieses Jahr einen Mann finden. Um ehrlich zu sein, hatte sie sich in den zwei Jahren, die seit ihrem Debüt vergangen waren, in dieser Hinsicht keine allzu große Mühe gegeben. Es war einfach so schwierig, sich Mühe zu geben, wenn man – sie konnte es nicht leugnen – so unscheinbar war wie sie.

Was allerdings – sie sah auf, senkte sofort wieder den Blick – dieser merkwürdige Mann in der fünften Reihe offenbar anders sah. *Warum* beobachtete er sie?

Es ergab einfach keinen Sinn. Und Iris widerstrebte es zutiefst – noch mehr, als sich zu blamieren –, wenn die Dinge keinen Sinn ergaben.

2. Kapitel

Richard war klar, dass Iris Smythe-Smith vorhatte, nach dem Konzert so schnell wie möglich zu verschwinden. Sie ließ es sich nicht direkt anmerken, doch Richard beobachtete sie nun schon seit etwa einer Stunde und war inzwischen beinahe Experte, was die Gesten und Gesichtsausdrücke der unwilligen Cellistin anging.

Er würde rasch handeln müssen.

„Stell mich vor", sagte Richard zu Winston und wies dann diskret mit dem Kopf auf sie.

„Wirklich?"

Richard nickte knapp.

Winston zuckte die Achseln, offenbar überrascht von dem Interesse, das sein Freund an der farblosen Miss Iris Smythe-Smith zeigte. Doch wenn er neugierig war, ließ er es sich nicht weiter anmerken. Stattdessen bahnte er sich wie immer geschickt einen Weg durch die Menge. Die Frau, um die es ging, mochte ein wenig linkisch an der Tür stehen, doch der Blick, mit dem sie sich im Raum umsah und die Gäste und deren Interaktionen beobachtete, war überaus scharf.

Bestimmt plante sie gerade ihre Flucht, Richard war sich dessen sicher.

Doch da wollte er ihr einen Strich durch die Rechnung machen. Winston kam vor ihr zum Stehen, ehe sie noch aufbrechen konnte. „Miss Smythe-Smith", sagte er in munterstem, liebenswürdigstem Ton. „Wie reizend, Sie wiederzusehen."

Misstrauisch knickste sie. Offenbar stand sie mit Winston

nicht auf so gutem Fuß, dass es eine solch warmherzige Begrüßung gerechtfertigt hätte. „Mr. Bevelstoke", murmelte sie.

„Darf ich Ihnen meinen guten Freund Sir Richard Kenworthy vorstellen?"

Richard verneigte sich. „Freut mich, Sie kennenzulernen", sagte er.

„Ganz meinerseits."

Ihre Augen waren genauso hell, wie er sie sich vorgestellt hatte, die genaue Farbe konnte er im Kerzenlicht allerdings nicht ausmachen. Grau vielleicht, oder blau, von Wimpern umrahmt, die so hell waren, dass man sie übersehen hätte, wenn sie nicht so erstaunlich lang gewesen wären.

„Meine Schwester lässt sich entschuldigen", sagte Winston.

„Ja, normalerweise kommt sie mit, nicht wahr?", murmelte Miss Smythe-Smith mit leisem Lächeln. „Das ist sehr gutherzig von ihr."

„Ach, ich weiß nicht, ob das etwas mit Gutherzigkeit zu tun hat", versetzte Winston jovial.

Miss Smythe-Smith hob eine blasse Braue und warf Winston einen starren Blick zu. „Ich bin der Meinung, dass es vor allem mit Gutherzigkeit zu tun hat."

Richard neigte dazu, ihr zuzustimmen. Warum sonst hätte sich Winstons Schwester einem derartigen Auftritt mehr als einmal aussetzen sollen? Miss Smythe-Smiths Gespür in diesem Punkt nötigte ihm Respekt ab.

„Sie hat stattdessen mich hergeschickt", fuhr Winston fort. „Sie sagte, es ginge nicht an, dass unsere Familie in diesem Jahr unterrepräsentiert wäre." Er blickte zu Richard. „In diesem Punkt war sie sehr energisch."

„Bitte richten Sie ihr meinen Dank aus", sagte Miss Smythe-Smith. „Wenn Sie mich jetzt jedoch entschuldigen wollen, ich muss …"

„Dürfte ich Ihnen eine Frage stellen?“, unterbrach Richard sie.

Sie erstarrte in der Bewegung, nachdem sie sich schon halb zur Tür umgedreht hatte. Überrascht sah sie ihn an. Winston ebenfalls.

„Aber natürlich“, murmelte sie. Ihr Blick war nicht halb so gelassen wie ihr Ton. Sie war eine wohlerzogene junge Dame und er ein Baronet. Sie konnte ihm gar keine andere Antwort geben, und das wussten sie beide.

„Wie lang spielen Sie schon Cello?“, platzte er heraus. Es war die erste Frage, die ihm in den Kopf kam, und erst nachdem er sie ausgesprochen hatte, fiel ihm auf, dass es eine recht unhöfliche war. Iris wusste, wie schrecklich das Quartett war, und sie wusste, dass er ähnlich empfinden musste. Sich nach ihrem Cellounterricht zu erkundigen war schlicht grausam. Aber er hatte so unter Druck gestanden. Er konnte sie nicht gehen lassen. Nicht ohne wenigstens ein wenig mit ihr geplaudert zu haben.

„Ich …“ Sie geriet ins Stammeln, und Richard spürte, wie er unsicher wurde. Er hatte nicht gewollt … Ach, verdammt noch mal.

„Es war ein wunderbares Konzert“, lobte Winston und sah dabei aus, als würde er seinem Freund am liebsten einen Tritt versetzen.

Richard, darauf bedacht, verlorenes Terrain wieder gutzumachen, sagte rasch: „Was ich eigentlich meinte war, dass Sie offenbar um einiges besser spielen als Ihre Kusinen.“

Sie blinzelte ein paar Mal. Verflixt, nun hatte er ihre Kusinen beleidigt, aber vermutlich immer noch besser die Kusinen als sie selbst.

Er mühte sich weiter ab. „Ich habe auf Ihrer Seite des Raums gesessen, und hin und wieder konnte ich das Cello unter den anderen Instrumenten heraushören.“

„Verstehe“, sagte sie langsam und vielleicht eine Spur misstrauisch. Sie wusste nicht, wie sein Interesse zu interpretieren war, so viel wurde deutlich.

„Sie sind ziemlich gut“, sagte er.

Winston warf ihm einen ungläubigen Blick zu. Richard konnte nachvollziehen, warum. Es war nicht leicht gewesen, das Cello in all dem Radau auszumachen, und für das ungeschulte Ohr klang Iris sicher genauso schrecklich wie der Rest. Dass Richard nun etwas anderes behauptete, musste wie die schlimmste Heuchelei klingen.

Miss Smythe-Smith allerdings wusste, dass sie besser musizierte als ihre Kusinen. Er hatte es an dem Blick gesehen, mit dem sie auf seine Bemerkung reagiert hatte. „Wir haben alle fleißig von klein auf geübt“, erklärte sie.

„Natürlich“, erwiderte er. Mit dieser Antwort war zu rechnen gewesen. Sie würde ihre Familie nicht vor irgendeinem x-beliebigen Fremden beleidigen.

Verlegenes Schweigen senkte sich auf das Trio herab, und dann setzte Miss Smythe-Smith wieder ihr höfliches Lächeln auf, das ganz klar kundtat, dass sie sich nun zu verabschieden gedachte.

„Die Violinistin ist Ihre Schwester?“, fragte Richard, bevor sie noch etwas sagen konnte.

Winston warf ihm einen merkwürdigen Blick zu.

„Eine davon, ja“, erwiderte sie. „Die blonde.“

„Ihre jüngere Schwester?“

„Ja, vier Jahre jünger“, erwiderte sie etwas schärfer. „Das ist ihre erste Saison, auch wenn sie schon letztes Jahr mit dem Quartett aufgetreten ist.“

„Apropos“, warf Winston ein und rettete Richard dankenswerterweise davor, sich eine weitere Frage auszudenken, die sie am Abgang hinderte, „warum saß eigentlich Lady Sarah am

Pianoforte? Ich dachte, nur unverheiratete Damen dürften im Quartett mitspielen."

„Uns hat eine Pianistin gefehlt", erwiderte sie. „Wenn Sarah nicht eingesprungen wäre, hätte das Konzert abgesagt werden müssen."

Die offensichtliche Frage hing in der Luft. Wäre das denn so schlimm gewesen?

„Es hätte meiner Mutter das Herz gebrochen", ergänzte Miss Smythe-Smith, und es war unmöglich zu sagen, welches Gefühl in ihrem Ton mitschwang. „Und meinen Tanten."

„Wie überaus nett von ihr, mit ihren Fähigkeiten auszuhelfen", sagte Richard.

Und dann äußerte Miss Smythe-Smith etwas ganz Erstaunliches. „Sie war uns das schuldig."

Richard starrte sie an. „Wie bitte?"

„Nichts", sagte sie mit einem strahlenden – und falschen – Lächeln.

„Nein, ich muss darauf bestehen", sagte Richard fasziniert. „Sie können nicht einfach eine solche Bemerkung fallen lassen und sie dann nicht erklären."

Ihr Blick huschte nach links. Vielleicht wollte sie sich vergewissern, dass ihre Familie sie nicht hören könnte. Oder sie versuchte nur, nicht gar zu sehr die Augen zu verdrehen. „Es ist wirklich nichts weiter. Sie hat letztes Jahr nicht mitgespielt; dabei hat sie sich erst am Tag des Konzerts entschuldigt."

„Wurde das Konzert abgesagt?", fragte Winston und runzelte die Stirn, als versuchte er sich zu erinnern.

„Nein, die Gouvernante ihrer Schwestern ist eingesprungen."

„Ach ja", sagte Winston und nickte, „jetzt erinnere ich mich. War wirklich sehr nett von ihr. Erstaunlich eigentlich, dass sie das Stück kannte."

„War Ihre Kusine krank?“, erkundigte sich Richard.

Miss Smythe-Smith öffnete den Mund, entschied sich aber im letzten Moment, etwas anderes zu sagen als das ursprünglich Geplante, dessen war er sich sicher.

„Ja“, meinte sie schlicht. „Sie war ziemlich krank. Wenn Sie mich jetzt bitte entschuldigen würden, ich habe leider zu tun.“

Sie knickste, die beiden Herren verneigten sich, und dann war sie weg.

„Was sollte das denn?“, fragte Winston sofort.

„Was?“, fragte Richard unschuldig.

„Du hast dich praktisch vor die Tür geworfen, um Miss Smythe-Smith am Gehen zu hindern.“

Richard zuckte die Achseln. „Ich fand sie interessant.“

„Sie?“ Winston blickte zur Tür, durch die Miss Smythe-Smith eben gegangen war. „Warum?“

„Ich weiß nicht“, log Richard.

Winston wandte sich zu Richard, zur Tür und dann wieder zu Richard. „Ich muss schon sagen, sie entspricht nicht gerade deinem Typ.“

„Nein“, erwiderte Richard, obwohl er seine Vorlieben nie in diesem Licht gesehen hätte. „Nein, wohl nicht.“

Aber bisher hatte er auch noch nie eine Frau finden müssen. Und das in nicht einmal zwei Wochen.

Am nächsten Tag saß Iris mit ihrer Mutter und Daisy im Salon und wartete auf das Rinnsal an Besuchern, das sich unvermeidlich einstellen würde. Ihre Mutter hatte darauf bestanden, dass sie für Besuch zu Hause sein müssten. Die Leute würden ihnen zu ihrem Auftritt gratulieren wollen.

Ihre verheirateten Schwestern würden wohl vorbeischauen, dachte Iris, und vermutlich ein paar andere Damen. Jene, die jedes Jahr aus reiner Gutherzigkeit zum Konzert kamen. Der

Rest würde die Smythe-Smith'sche Residenz – jedwede Smythe-Smith'sche Residenz – meiden wie der Teufel das Weihwasser. Niemand machte gern höfliche Konversation über ein auditives Desaster.

Es war beinahe so, als würden die Klippen von Dover ins Meer stürzen und alle saßen davor, tranken Tee und sagten: „Oh ja, was für ein großartiges Schauspiel. Um das Pfarrhaus ist es allerdings schade."

Aber noch war es früh am Tag, bisher hatte sie noch niemand mit einem Besuch beehrt. Iris hatte etwas zu lesen mitgebracht, doch Daisy glühte immer noch vor Entzücken und Triumph.

„Ich fand uns wunderbar", verkündete sie.

Iris sah gerade lang genug von ihrer Lektüre auf, um zu sagen: „Waren wir nicht."

„*Du* vielleicht nicht, du hast dich ja die ganze Zeit bloß hinter deinem Cello versteckt, aber ich habe mich noch nie so lebendig und eins mit der Musik gefühlt."

Iris biss sich auf die Lippe. Es gab so viele Möglichkeiten, was sie hätte antworten können. Es war, als flehte ihre kleine Schwester sie förmlich an, jede ihr zur Verfügung stehende sarkastische Bemerkung einzusetzen. Doch sie hielt den Mund. Nach dem Konzert war sie immer gereizt, und so nervtötend Daisy auch sein mochte – und sie war es, keine Frage –, sie war nicht schuld an Iris' schlechter Stimmung. Nicht allein jedenfalls.

„Bei unserem Auftritt letzten Abend waren so viele attraktive Herren anwesend", erklärte Daisy. „Hast du sie gesehen, Mama?"

Iris verdrehte die Augen. Natürlich hatte ihre Mutter sie gesehen. Es war ihre Aufgabe, alle passenden Junggesellen im Raum wahrzunehmen. Nein, es war mehr als das. Es war ihre Berufung.

„Mr. St. Clair war da“, sagte Daisy. „Er ist so unglaublich schneidig mit seinem Zopf.“

„Der würde dich kein zweites Mal ansehen“, erklärte Iris.

„Sei nicht so unfreundlich, Iris“, schalt ihre Mutter. Doch dann wandte sie sich an Daisy. „Aber sie hat recht. Und wir würden das auch gar nicht wollen. Für eine anständige junge Dame ist er viel zu verwegen.“

„Er hat sich mit Hycinth Bridgerton unterhalten“, verkündete Daisy.

Amüsiert sah Iris zu ihrer Mutter hinüber, gespannt, wie diese darauf reagieren würde. Die Bridgertons waren eine der beliebtesten, angesehensten Familien, auch wenn einige Leute vor Hycinth – der Jüngsten – ein wenig Angst hatten.

Mrs. Smythe-Smith tat, was sie immer tat, wenn sie nicht zu antworten wünschte: Sie hob die Brauen, senkte das Kinn und sog verächtlich die Luft ein.

Ende der Debatte. Zumindest dieses speziellen Themas.

„Winston Bevelstoke ist nicht verwegen“, wich Daisy zur Seite aus. „Er saß ziemlich weit vorn.“

Iris schnaubte.

„Er ist umwerfend!“

„Ich habe nie das Gegenteil behauptet“, erwiderte Iris. „Aber er geht doch mindestens auf die dreißig zu. Und er saß in der fünften Reihe.“

Das schien ihre Mutter zu verblüffen. „In der fünften …“

„Jedenfalls nicht vorn“, unterbrach Iris sie. Verflixt, sie konnte es nicht ausstehen, wenn sich die Leute im Detail irrten.

„Ach, zum Kuckuck“, meinte Daisy, „es spielt doch gar keine Rolle, wo er saß. Hauptsache, er war *da*.“

Das stimmte zwar, war aber nicht der springende Punkt. „Winston Bevelstoke würde sich nie für eine Siebzehnjährige interessieren“, meinte Iris.

„Warum denn nicht?“, fragte Daisy. „Ich glaube, du bist bloß eifersüchtig.“

Iris seufzte. „Das ist so weit von der Wahrheit entfernt, dass ich es nicht mal messen kann.“

„Er hat mich beobachtet“, beharrte Daisy. „Dass er noch unverheiratet ist, zeigt, wie wählerisch er ist. Vielleicht hat er einfach nur gewartet, bis er die perfekte junge Dame trifft.“

Iris atmete tief durch und unterdrückte die Bemerkung, die ihr auf der Zunge lag. „Wenn du Winston Bevelstoke heiratest“, sagte sie ruhig, „werde ich die Erste sein, die dir gratuliert.“

Daisy kniff die Augen zusammen. „Sie macht sich schon wieder über mich lustig, Mama.“

„Mach dich nicht lustig, Iris“, sagte Maria Smythe-Smith, ohne von ihrer Stickerei aufzusehen.

Iris’ Miene verfinsterte sich angesichts dieses automatischen Tadels.

„Wer war der Gentleman, der Mr. Bevelstoke gestern Abend begleitet hat?“, erkundigte sich Mrs. Smythe-Smith. „Der mit den dunklen Haaren?“

„Nach dem Konzert hat er mit Iris gesprochen“, sagte Daisy.

Mrs. Smythe-Smith fixierte Iris mit einem scharfen Blick. „Ich weiß.“

„Er heißt Sir Richard Kenworthy“, sagte Iris.

Ihre Mutter hob die Augenbrauen.

„Er war bestimmt nur höflich“, sagte Iris.

„Da war er aber ziemlich lang höflich“, kicherte Daisy.

Iris sah sie ungläubig an. „Wir haben doch nur fünf Minuten miteinander geredet. Wenn überhaupt so lang.“

„Länger, als ein Gentleman sonst mit dir redet.“

„Daisy, sei nicht so unfreundlich“, sagte ihre Mutter.

„Allerdings muss ich dir zustimmen. Ich glaube wirklich, dass es mehr als fünf Minuten waren."

„Waren es nicht", murmelte Iris.

Ihre Mutter hörte sie nicht. Oder, wahrscheinlicher noch, sie zog es vor, Iris zu ignorieren. „Wir müssen mehr über ihn herausfinden."

Vor Empörung blieb Iris der Mund offen stehen. Gerade einmal fünf Minuten hatte sie in Sir Richards Gesellschaft verbracht, und schon plante ihre Mutter den Untergang des armen Mannes.

„Du wirst nicht jünger", erklärte Mrs. Smythe-Smith.

Daisy feixte.

„Na gut", verkündete Iris. „Wenn ich ihn das nächste Mal sehe, versuche ich, sein Interesse für eine volle Viertelstunde zu fesseln. Das sollte wohl reichen, um eine Sondergenehmigung zu besorgen."

„Ach, findest du?", fragte Daisy. „Das wäre ja so romantisch."

Iris konnte sie nur anstarren. Ausgerechnet *jetzt* war Daisy die Ironie entgangen?

„In einer Kirche kann jeder heiraten", sagte Daisy. „Eine Sondergenehmigung aber ist etwas Besonderes."

„Daher auch der Name", brummte Iris.

„Die kosten wahnsinnig viel Geld", fuhr Daisy fort, „und außerdem bekommt nicht jeder eine."

„Deine Schwestern haben alle ganz normal in der Kirche geheiratet", erklärte ihre Mutter, „und du wirst das auch."

Das setzte dem Gespräch für mindestens fünf Sekunden ein Ende. Länger konnte Daisy nicht schweigend dasitzen. „Was liest du denn da?", fragte sie und reckte den Hals in Iris' Richtung.

„*Stolz und Vorurteil*", erwiderte Iris. Sie sah nicht auf,

steckte jedoch den Finger ins Buch, um die Seite zu markieren. Nur für alle Fälle.

„Hast du das nicht schon einmal gelesen?"

„Es ist ein gutes Buch."

„Wie kann ein Buch so gut sein, dass man es zweimal liest?"

Iris zuckte die Achseln, was eine weniger begriffsstutzige Person als Wink verstanden hätte, dass sie dieses Gespräch nicht fortzusetzen wünschte.

Daisy jedoch nicht. „Ich habe es auch gelesen, weißt du."

„Ach ja?"

„Ganz ehrlich, ich fand es nicht so gut."

Da hob Iris endlich den Blick. „Wie bitte?"

„Es ist sehr unrealistisch", befand Daisy. „Wird von einem wirklich erwartet zu glauben, dass Miss Elizabeth Mr. Darcys Heiratsantrag ablehnt?"

„Wer ist Miss Elizabeth?", fragte Mrs. Smythe-Smith, dadurch nun endlich bewogen, von ihrer Stickerei aufzusehen. Sie blickte von Tochter zu Tochter. „Und wo wir schon dabei sind, wer ist Mr. Darcy?"

„Es war doch völlig offensichtlich, dass sie es niemals besser treffen könnte als mit Mr. Darcy", fuhr Daisy fort.

„Genau das hat Mr. Collins auch gesagt, als er ihr einen Antrag gemacht hat", schoss Iris zurück. „Und danach hat Mr. Darcy sie gefragt."

„Wer ist Mr. Collins?"

„Das sind alles Figuren aus einem Roman, Mama", sagte Iris.

„Sehr alberne, wenn ihr mich fragt", erklärte Daisy hochmütig. „Mr. Darcy ist sehr reich. Und Miss Elizabeth hat keine nennenswerte Mitgift. Dass er sich dazu herablässt, ihr einen Heiratsantrag ..."

„Er hat sie geliebt!"

„Ja, schon“, sagte Daisy gereizt. „Warum hätte er sie denn sonst bitten sollen, ihn zu heiraten! Und dann weist sie ihn zurück!“

„Sie hatte ihre Gründe.“

Daisy rollte mit den Augen. „Sie hatte wirklich Glück, dass er sie noch mal gefragt hat. Mehr habe ich dazu nicht zu sagen.“

„Ich glaube, ich sollte das Buch einmal lesen“, erklärte Mrs. Smythe-Smith.

„Hier“, sagte Iris. Auf einmal fühlte sie sich deprimiert. Sie streckte ihrer Mutter das Buch hin. „Du kannst meins lesen.“

„Aber du bist doch mittendrin.“

„Ich kenne es schon.“

Mrs. Smythe-Smith nahm den Roman entgegen, schlug die erste Seite auf und las den ersten Satz, den Iris inzwischen auswendig kannte:

Es ist eine allgemein anerkannte Wahrheit, dass ein Junggeselle im Besitz eines schönen Vermögens nichts dringender braucht als eine Frau.

„Na, das ist auf alle Fälle wahr“, sagte Mrs. Smythe-Smith zu sich.

Iris seufzte und fragte sich, womit sie sich jetzt beschäftigen sollte. Sie könnte sich ein anderes Buch holen, aber sie saß momentan so gemütlich auf dem Sofa, dass sie keine Lust hatte aufzustehen. Sie seufzte erneut.

„Was?“, fragte Daisy.

„Nichts.“

„Du hast geseufzt.“

Iris unterdrückte ein Stöhnen. „Nicht jeder Seufzer hat mit dir zu tun.“

Daisy schniefte und wandte sich ab.

Iris schloss die Augen. Vielleicht könnte sie ein Nickerchen halten. Letzte Nacht hatte sie nicht besonders gut geschlafen. Das tat sie in der Nacht nach der musikalischen Soiree nie. Sie sagte sich immer, eigentlich hätte sie doch jeden Grund dazu, nachdem sie ein ganzes Jahr Zeit hatte, ehe sie sich wieder davor grausen musste.

Doch der Schlaf hatte sich nicht einstellen wollen, sie hatte ihren Verstand einfach nicht davon abhalten können, jeden Moment, jede vergeigte Note noch einmal zu erleben. Die spöttischen, mitleidigen, schockierten und überraschten Blicke … Fast konnte sie ihrer Kusine Sarah verzeihen, die sich letztes Jahr krank gestellt hatte, um nicht spielen zu müssen. Sie konnte es verstehen. Wirklich, niemand konnte Sarah besser verstehen als sie.

Und dann hatte sich Sir Richard Kenworthy Gehör verschafft. Worum war es da gegangen? Sie war nicht so dumm zu glauben, dass er sich für sie interessierte. Sie war kein lupenreiner Diamant. Eines Tages würde sie sicher heiraten, aber wenn es so weit war, dann gewiss nicht, weil irgendein Gentleman ihrem Zauber auf den ersten Blick erlegen war.

Sie besaß keinen Zauber. Laut Daisy hatte sie ja nicht mal Wimpern.

Nein, wenn sie einmal heiratete, wäre es eine Vernunftangelegenheit. Irgendein ganz gewöhnlicher Gentleman würde sie nett finden und entscheiden, dass es nicht schlecht wäre, die Enkelin eines Earls in der Familie zu haben, selbst wenn ihre Mitgift nur bescheiden war.

Und außerdem habe ich Wimpern, dachte sie missmutig. Nur eben sehr helle.

Sie musste mehr über Sir Richard herausfinden. Vor allem aber musste sie einen Weg finden, dabei unauffällig zu Werke zu gehen. Keineswegs durfte sie den Anschein erwecken, sie stelle ihm nach. Vor allem …

„Besuch, Madam“, verkündete ihr Butler.

Iris setzte sich auf. Es wird Zeit für eine gute Haltung, dachte sie mit gespielter Munterkeit. Schultern zurück, Rücken gerade …

„Mr. Winston Bevelstoke“, meldete der Butler.

Daisy richtete sich auf und drückte den Rücken durch. Vorher warf sie Iris noch einen „Hab ich's nicht gesagt?“-Blick zu.

„Und Sir Richard Kenworthy.“

3. Kapitel

Hör mal“, sagte Winston zu ihm, als sie unten an der Vordertreppe zum Smythe-Smith'schen Stadthaus innehielten, „es geht nicht an, den Mädchen falsche Hoffnungen zu machen.“

„Und ich dachte, es sei ein allgemein üblicher Brauch, einer jungen Dame einen Besuch abzustatten“, erwiderte Richard.

„Ist es auch. Aber hier handelt es sich um die Smythe-Smiths.“

Richard hatte sich angeschickt, die Treppe hinaufzugehen, doch nun hielt er noch einmal inne. „Hat diese Familie irgendetwas Besonderes an sich?“, erkundigte er sich in mildem Ton. „Mal abgesehen von ihren einmaligen musikalischen Fähigkeiten?“ Er musste rasch heiraten, gleichzeitig musste der Klatsch – oder, Gott behüte, Skandal – auf ein absolutes Mindestmaß begrenzt bleiben. Wenn die Smythe-Smiths irgendwelche dunklen Geheimnisse hatten, musste er es wissen.

„Nein“, sagte Winston und schüttelte den Kopf. „Keineswegs. Es ist nur … Na ja, vermutlich könnte man sagen …“

Richard wartete ab. Irgendwann würde Winston es schon ausspucken.

„Dieser spezielle Zweig der Smythe-Smiths ist ein wenig …“ Winston seufzte, unfähig, den Satz zu vollenden. Er ist wirklich ein netter Kerl, dachte Richard lächelnd. Er mochte sich während eines Konzerts die Ohren mit Watte verstopfen und aus einer Taschenflasche trinken, aber er brachte es nicht fertig, schlecht von einer Dame zu sprechen, auch wenn die Beleidigung nur darin bestand, dass sie nicht beliebt war.

„Wenn du einer Miss Smythe-Smith den Hof machst", sagte Winston schließlich, „werden sich die Leute fragen, warum."

„Weil ich ja eine so tolle Partie bin", sagte Richard trocken.

„Bist du das denn nicht?"

„Nein." Typisch Winston, so etwas nicht zu erkennen. „Bin ich nicht."

„Na komm, so schlimm kann es doch nicht sein."

„Ich habe es gerade so geschafft, dass sich die Maycliffe-Ländereien von der Vernachlässigung und Misswirtschaft meines Vaters erholt haben, ein ganzer Flügel des Hauses ist im Moment unbewohnbar, und ich habe zwei Schwestern, deren Vormund ich bin." Richard warf ihm ein ausdrucksloses Lächeln zu. „Nein, ich würde nicht sagen, dass ich ein großartiger Fang bin."

„Richard, du weißt, dass ich …" Winston runzelte die Stirn. „Warum ist ein Teil von Maycliffe unbewohnbar?"

Richard schüttelte den Kopf und ging die Stufen hinauf.

„Nein, wirklich, ich bin neugierig. Ich …"

Doch Richard hatte den Türklopfer schon betätigt. „Überschwemmungen", sagte er. „Ungeziefer. Vermutlich ein Geist."

„Wenn du so knapp bei Kasse bist", sagte Winston rasch, während er die Tür im Blick behielt, „brauchst du wohl eine größere Mitgift, als hier zu holen ist."

„Vielleicht", murmelte Richard. Doch er hatte auch noch andere Gründe, Miss Smythe-Smith aufzusuchen. Sie war intelligent, das hatte sich schon nach kurzer Zeit in ihrer Gesellschaft herausgestellt. Und sie legte Wert auf Familie. Musste sie wohl. Warum sonst hätte sie an diesem elenden Konzert teilgenommen?

Aber würde sie *seine* Familie ebenso schätzen wie ihre eigene? Das würde sie müssen, wenn er sie heiratete.

Die Tür wurde von einem etwas beleibten Butler geöffnet, der seine und Winstons Karte mit steifer Verneigung entgegennahm. Einen Augenblick später wurden sie in einen kleinen, aber eleganten Salon geführt, der in Cremeweiß, Gold und Grün gehalten war. Richard entdeckte Iris gleich auf dem Sofa. Sie beobachtete ihn ruhig durch ihre Wimpern. An einer anderen Frau hätte dieser Ausdruck vielleicht kokett ausgesehen, doch an Iris wirkte er eher wachsam. Abschätzend.

Sie begutachtete ihn. Richard war sich nicht sicher, wie er das finden sollte. Es hätte ihn amüsieren sollen.

„Mr. Winston Bevelstoke“, sagte der Butler, „und Sir Richard Kenworthy.“

Die Damen erhoben sich, um sie zu begrüßen, und sie widmeten sich zuerst Mrs. Smythe-Smith, wie es sich gehörte.

„Mr. Bevelstoke“, sagte sie und lächelte Winston an. „Wir haben uns ja ewig nicht gesehen. Wie geht es Ihrer lieben Schwester?“

„Sehr gut. Ihre Niederkunft steht kurz bevor, sonst wäre sie gestern Abend mitgekommen.“ Er wies auf Sir Richard. „Soweit ich weiß, sind Sie mit meinem guten Freund Sir Richard Kenworthy noch nicht bekannt. Wir haben gemeinsam in Oxford studiert.“

Sie lächelte höflich. „Sir Richard.“

Er neigte den Kopf. „Mrs. Smythe-Smith.“

„Meine beiden jüngsten Töchter“, sagte sie und deutete auf die beiden Damen hinter ihr.

„Ich hatte gestern Abend die Ehre, Miss Smythe-Smiths Bekanntschaft zu machen“, sagte Richard und verneigte sich kurz vor Iris.

„Ja, natürlich.“ Mrs. Smythe-Smith lächelte, doch das Lächeln erreichte nicht ihre Augen. Wieder hatte Richard den deutlichen Eindruck, dass er eingeschätzt wurde. Nach welchen Kriterien, das wusste er nicht. Es brachte ihn ziemlich aus der Fassung. Nicht zum ersten Mal dachte er, dass Napoleon lange vor Waterloo hätte besiegt werden können, wenn man nur die Londoner Mütter mit der Strategie betraut hätte.

„Meine Jüngste", sagte Mrs. Smythe-Smith und nickte zu Daisy, „Miss Daisy Smythe-Smith."

„Miss Daisy", sagte Richard höflich und beugte sich über ihre Hand. Winston tat dasselbe.

Nachdem alle einander vorgestellt waren, nahmen die Herren Platz.

„Wie hat Ihnen das Konzert gefallen?", fragte Miss Daisy.

Sie schien ihre Frage an Winston gerichtet zu haben, wofür Richard unglaublich dankbar war.

„Sehr", sagte er, nachdem er sich sechsmal geräuspert hatte. „Ich kann mich nicht erinnern, wann ich das letzte Mal, ähm ..."

„Vermutlich haben Sie Mozart noch nie derartig inbrünstig interpretiert gehört", kam Iris ihm zur Hilfe.

Richard lächelte. Sie hatte etwas Pfiffiges an sich, das er ziemlich anziehend fand.

„Nein", sagte Winston rasch und offenkundig erleichtert. „Es war ein einmaliges Erlebnis."

„Und Sie, Sir Richard?", fragte Iris. Er sah ihr in die Augen – die, wie er schließlich befand, von einem sehr, sehr hellen Blau waren – und entdeckte dort einen Funken Impertinenz. Wollte sie ihn etwa provozieren?

„Ich muss sagen, ich bin sehr dankbar, dass ich mich zum Kommen entschloss", erwiderte er.

„Das ist doch keine Antwort", sagte sie. Ihre Stimme war so leise, dass ihre Mutter sie nicht richtig hören konnte.

Er hob die Augenbrauen. „Eine bessere bekommen Sie nicht."

Sie sah aus, als wollte sie empört nach Luft schnappen, doch dann sagte sie einfach nur: „*Touché*, Sir Richard."

Das Gespräch mäanderte durch vorhersehbare Themen – das Wetter, der König, dann wieder das Wetter –, bis Richard sich die Banalität der Unterhaltung zunutze machte und einen Spaziergang im nahen Hyde Park vorschlug.

„Weil so herrliches Wetter ist", schloss er.

„Ja, es ist genau, wie ich sagte", rief Daisy aus. „Die Sonne scheint außerordentlich strahlend. Ist es warm draußen, Mr. Bevelstoke? Ich habe das Haus heute noch nicht verlassen."

„Recht warm", erwiderte Winston und warf Richard einen raschen, aber tödlichen Blick zu. Jetzt waren sie quitt, oder vielleicht stand er sogar in Winstons Schuld. Die musikalische Soiree der Smythe-Smiths konnte nicht halb so quälend sein wie eine Stunde an Miss Daisys Arm. Sie wussten ja beide, dass Winston nicht derjenige sein würde, der Iris begleitete.

„Es hat mich überrascht, Sie so bald nach dem Konzert wiederzusehen", sagte Iris, sobald sie draußen waren und auf dem Weg zum Park.

„Und mich überrascht es, Sie das sagen zu hören", konterte er. „Ich habe doch bestimmt nicht den Eindruck erweckt, kein Interesse zu haben."

Ihre Augen weiteten sich. Normalerweise würde er nicht so dreist vorgehen, doch für eine zarte Werbung hatte er keine Zeit.

„Ich bin mir nicht sicher", sagte sie vorsichtig, „was ich getan habe, um Ihren Respekt zu verdienen."

„Nichts", gab er zu. „Allerdings muss man sich Respekt nicht immer verdienen."

„Nicht?“ Sie klang verblüfft.

„Nicht sofort.“ Er lächelte auf sie herab, erfreut, dass die Krempe ihres Huts so schmal war, dass er ihr Gesicht sehen konnte. „Ist das nicht Sinn und Zweck des Umwerbens? Herauszufinden, ob der anfängliche Respekt standhält?“

„Was Sie Respekt nennen, nenne ich Anziehung, glaube ich.“

Er lachte. „Sie haben natürlich recht. Bitte akzeptieren Sie meine Entschuldigung.“

„Dann sind wir einer Meinung. Sie respektieren mich nicht.“

„Aber ich fühle mich durchaus zu Ihnen hingezogen“, murmelte er kühn.

Sie errötete, und wenn Iris Smythe-Smith errötete, dann mit jedem Quadratzoll Haut. „Sie wissen, dass ich das nicht so gemeint habe“, murmelte sie.

„Meinen Respekt haben Sie“, erklärte er fest. „Wenn Sie ihn sich nicht schon gestern Abend verdient haben, dann an diesem Morgen.“

Sie warf ihm einen verwirrten Blick zu und schüttelte den Kopf.

„Ich habe noch nie zu den Männern gehört, die Dummheit an Frauen anziehend finden“, sagte er leichthin, fast als machte er eine Bemerkung zu einem Schaufenster.

„Sie kennen mich kaum so gut, dass Sie meine Intelligenz beurteilen könnten.“

„Gut genug, um zu wissen, dass Sie nicht dumm sind. Ob Sie Deutsch sprechen oder Rechnen können, kann ich noch bald genug erfahren.“

Sie sah aus, als unterdrückte sie ein Lächeln, und sagte dann: „Ja zum einen, nein zum anderen.“

„Deutsch?“

„Nein, Rechnen.“

„Schade." Er warf ihr einen vielsagenden Blick zu. „Die Sprachkenntnisse kämen Ihnen bei der königlichen Familie wirklich gelegen."

Sie lachte. „Ich glaube, inzwischen sprechen sie alle Englisch."

„Ja, aber sie heiraten immer wieder neue Deutsche, nicht wahr?"

„Vor allem rechne ich nicht damit, demnächst eine Audienz beim König zu erhalten."

Richard lachte leise, genoss ihre Schlagfertigkeit. „Es gibt ja immer noch die kleine Prinzessin Victoria."

„Die vermutlich nicht Englisch spricht", gab Iris zu. „Ihre Mutter kann es jedenfalls nicht."

„Sie sind ihr begegnet?", fragte er trocken.

„Natürlich nicht." Sie warf ihm einen Blick zu, und er hatte das Gefühl, dass sie ihm, wenn sie sich besser gekannt hätten, einen freundschaftlichen Rippenstoß versetzt hätte. „Also gut, ich bin überzeugt. Ich muss mir umgehend einen Deutschlehrer suchen."

„Sind Sie sprachbegabt?", erkundigte er sich.

„Nein, aber wir mussten alle Französisch lernen, bis Mama das für unpatriotisch erklärte."

„Immer noch?" Lieber Himmel, der Krieg war seit beinahe zehn Jahren vorüber.

Iris warf ihm einen kecken Blick zu. „Sie kann sehr nachtragend sein."

„Erinnern Sie mich daran, sie nicht zu verärgern."

„Ich würde es nicht empfehlen", murmelte sie abwesend. Sie legte den Kopf schief und verzog das Gesicht. „Ich fürchte, wir müssen Mr. Bevelstoke retten."

Richard sah zu Winston hinüber, der ungefähr zwanzig Fuß vor ihnen ging. Daisy umklammerte seinen Arm und redete so energisch auf ihn ein, dass ihre blonden Kringellocken auf und ab wippten.

Winston machte gute Miene, doch er wirkte ein wenig angeschlagen.

„Ich habe Daisy von Herzen gern“, erklärte Iris seufzend, „aber sie ist wirklich gewöhnungsbedürftig. Oh, Mr. Bevelstoke!“ Damit ließ sie Richards Arm los und eilte auf Winston und ihre Schwester zu. Richard setzte sich ebenfalls in Bewegung und folgte ihr.

„Ich wollte Sie schon die ganze Zeit fragen“, hörte er Iris sagen, „was Sie vom Vertrag von Sankt Petersburg halten.“

Winston sah sie an, als spräche sie in einer fremden Sprache. Deutsch vielleicht.

„Es stand gestern in der Zeitung“, fuhr Iris fort. „Sie haben doch sicher davon gelesen.“

„Natürlich“, sagte Winston, was offensichtlich gelogen war.

Mit strahlendem Lächeln wandte Iris sich von der finsteren Miene ihrer Schwester ab. „Es klingt, als wäre die Sache zur allseitigen Zufriedenheit geregelt worden. Finden Sie nicht auch?“

„Ähm … ja“, sagte Winston mit wachsender Begeisterung. „Allerdings.“ Er hatte Iris’ Absicht erkannt, selbst wenn er keine Ahnung hatte, wovon sie redete. „Ganz Ihrer Meinung.“

„Wovon sprecht ihr?“, fragte Daisy.

„Dem Vertrag von Sankt Petersburg“, sagte Iris.

„Ja, das hast du bereits erwähnt“, erklärte Daisy ärgerlich. „Aber was ist das?“

Iris erstarrte. „Oh, na ja, ähm …“

Richard unterdrückte ein Lachen. Iris wusste es nicht. Sie war in die Bresche gesprungen, um Winston vor ihrer Schwester zu retten, und konnte nun ihre eigene Frage nicht einmal beantworten.

Man kam wirklich nicht umhin, ihre Schamlosigkeit zu bewundern.

„Weißt du, es ist ein Abkommen", fuhr Iris fort, „zwischen Großbritannien und Russland."

„Allerdings", ergänzte Winston hilfreich. „Ein Vertrag. Ich glaube, er wurde in Sankt Petersburg unterzeichnet."

„Es ist wirklich eine Erleichterung", warf Iris ein. „Finden Sie nicht auch?"

„Oh ja", erwiderte Winston. „Nun können wir alle wieder ruhiger schlafen."

„Den Russen habe ich noch nie über den Weg getraut", erklärte Daisy und atmete geräuschvoll ein.

„Also, *so* weit würde ich wohl nicht gehen", sagte Iris. Sie sah zu Richard, doch der zuckte nur die Achseln. Er genoss die Episode viel zu sehr, um einzugreifen.

„Meine Schwester hätte beinahe einen russischen Fürsten geheiratet", bemerkte Winston leichthin.

„Wirklich?", fragte Daisy, die plötzlich wieder strahlte.

„Nun ja, nicht wirklich", gab Winston zu. „Aber er wollte sie heiraten."

„Oh, wie himmlisch", schwärmte Daisy.

„Gerade hast du noch gesagt, du traust den Russen nicht über den Weg", erinnerte Iris sie.

„Damit habe ich doch nicht den Hochadel gemeint", meinte Daisy wegwerfend. „Sagen Sie", fuhr sie, an Winston gewandt, fort, „war er umwerfend schön?"

„Das kann ich wirklich nicht beurteilen", wand Winston sich und meinte dann: „Er war aber sehr blond."

„Oh, ein *Fürst*", seufzte Daisy und presste eine flatternde Hand aufs Herz. Dann wurden ihre Augen schmal. „Warum um alles in der Welt hat sie ihn denn nicht geheiratet?"

Winston zuckte die Achseln. „Ich glaube, sie wollte nicht.

Sie hat stattdessen einen Baronet geheiratet. Die beiden sind ekelhaft verliebt. Harry ist allerdings ein recht netter Bursche."

Daisy schnappte so laut nach Luft, dass es sicher bis nach Kensington zu hören war, dessen war Richard sich sicher. „Sie hat einen Baronet einem Fürsten vorgezogen?"

„Manche Frauen lassen sich von Titeln nicht beeinflussen", sagte Iris. Sie drehte sich zu Richard um und bemerkte leise: „Ob Sie es glauben oder nicht – dieses Gespräch führen wir heute schon zum zweiten Mal."

„Wirklich?" Er hob die Augenbrauen. „Um wen ging es denn beim ersten Mal?"

„Um Romanfiguren", erklärte sie, „aus einem Buch, das ich gerade lese."

„Welches denn?"

„*Stolz und Vorurteil*", sagte sie und winkte ab. „Bestimmt haben Sie es nicht gelesen."

„Oh doch. Es ist ein Lieblingsbuch meiner Schwester, und ich hielt es für ratsam, mich mit ihrer Lektüre vertraut zu machen."

„Nehmen Sie immer einen so väterlichen Standpunkt ein, wenn es um Ihre Geschwister geht?", fragte sie neckend.

„Ich bin ihr Vormund."

Sie öffnete die Lippen, zögerte einen Augenblick und sagte dann: „Tut mir leid. Das war unhöflich von mir. Ich wusste es nicht."

Er nahm ihre Entschuldigung mit einem anmutigen Nicken entgegen. „Fleur ist ziemlich romantisch veranlagt. Wenn es nach ihr ginge, würde sie nichts als Melodramen lesen."

„*Stolz und Vorurteil* ist kein Melodrama", protestierte Iris.

„Nein", sagte er und lachte, „aber ich bezweifle nicht, dass Fleur es in ihrer Vorstellung dazu gemacht hat."

Das entlockte ihr ein Lächeln. „Sind Sie schon lange ihr Vormund?"

„Sieben Jahre."

„Oh!" Sie schlug die Hand vor den Mund und blieb stehen. „Das tut mir aber leid. Für einen so jungen Mann ist das ja eine unvorstellbare Last."

„Leider muss ich zugeben, dass ich es damals auch als Last empfunden habe. Ich habe sogar zwei jüngere Schwestern, und nach dem Tod meines Vaters habe ich beide zu unserer Tante geschickt."

„Etwas anderes hätten Sie auch kaum tun können. Sie müssen doch noch auf der Schule gewesen sein."

„Universität. Ich bin nicht so streng mit mir, dass ich glaube, ich hätte sie zu diesem Zeitpunkt selbst versorgen sollen, aber ich hätte mich mehr um sie kümmern müssen."

Mitfühlend legte sie ihm eine Hand auf den Arm. „Bestimmt haben Sie Ihr Bestes gegeben."

Richard war sich sicher, dass er das nicht getan hatte, doch er sagte nur: „Danke."

„Wie alt ist die andere Schwester?"

„Marie-Claire ist beinahe fünfzehn."

„Fleur und Marie-Claire", murmelte Iris. „Wie französisch."

„Meine Mutter war eine fantasievolle Frau." Er strahlte sie an und fügte mit einem leichten Schulterzucken hinzu: „Außerdem war sie zur Hälfte Französin."

„Sind Ihre Schwestern jetzt zu Hause?"

Er nickte. „Ja. In Yorkshire."

Sie nickte nachdenklich. „So weit nördlich war ich noch nie."

Das überraschte ihn. „Nein?"

„Ich lebe das ganze Jahr über in London", erklärte sie.

„Mein Vater ist der vierte von fünf Söhnen. Er hat kein Land geerbt."

Richard fragte sich, ob das als Warnung gemeint war. Wenn er ein Glücksritter war, sollte er sich anderweitig umsehen.

„Ich besuche natürlich meine Kusinen", fuhr sie leichthin fort, „aber die leben alle im Süden. Ich glaube nicht, dass ich je weiter nördlich als bis nach Norfolk gekommen bin."

„Im Norden ist die Landschaft vollkommen anders. Dort kann es ziemlich einsam und trostlos sein."

„Sie sind ja kein besonders enthusiastischer Botschafter Ihrer Grafschaft", schalt sie ihn.

Er lachte. „Es ist nicht immer einsam und trostlos. Und die einsamen Landstriche sind von einer ganz eigenen Schönheit."

Die Beschreibung brachte sie zum Lächeln.

„Jedenfalls", fuhr er fort, „steht Maycliffe in einem recht hübschen Tal. Im Vergleich zum Rest der Grafschaft ist es dort recht zivilisiert."

„Ist das gut?", fragte sie und hob eine Braue.

Er lachte. „Wir sind nicht allzu weit von Darlington und der Eisenbahn entfernt, die dort gebaut wird."

Ihre blauen Augen leuchteten. „Wirklich? Das würde ich zu gern sehen. Ich habe gelesen, wenn sie erst einmal fertig ist, kann man damit fünfzehn Meilen die Stunde reisen, aber ich kann nicht glauben, dass sie so schnell sein soll. Es klingt schrecklich gefährlich."

Er nickte abwesend, blickte zu Daisy hinüber, die den armen Winston immer noch über den russischen Fürsten ausfragte. „Ihre Schwester fand vermutlich, dass Miss Elizabeth Darcys ersten Antrag nicht hätte ablehnen sollen."

Iris sah ihn verwirrt an, blinzelte dann und sagte: „Ach ja, das Buch. Ja, Sie haben vollkommen recht. Daisy fand Lizzy äußerst töricht."

„Wie sehen Sie das?“, fragte er und erkannte, dass er ihre Meinung wirklich hören wollte.

Sie hielt inne, ließ sich Zeit, ihre Worte zu wählen. Richard störte das Schweigen nicht, es gab ihm Gelegenheit, sie beim Nachdenken zu beobachten. Sie war hübscher, als er auf den ersten Blick gedacht hatte. Ihre Züge waren von einer angenehmen Symmetrie, und ihre Lippen waren weitaus rosiger, als man bei ihrem sonst so blassen Typ erwartet hätte.

„Wenn man überlegt, was sie zu diesem Zeitpunkt wusste“, sagte Iris schließlich, „wüsste ich nicht, wie sie den Antrag hätte annehmen können. Würden Sie jemanden heiraten wollen, den Sie nicht respektieren?“

„Bestimmt nicht.“

Sie nickte heftig und sah dann stirnrunzelnd noch einmal zu Winston und Daisy. Irgendwie waren die beiden ein ganzes Stück vorausgegangen. Richard konnte nicht hören, worüber sie sprachen, doch Winston wirkte wie jemand, der in Schwierigkeiten steckte.

„Wir werden ihn wohl noch einmal retten müssen“, sagte Iris und seufzte. „Diesmal müssen Sie das übernehmen. Mein Wissen über russische Politik ist erschöpft.“

Richard beugte sich ein Stückchen zu ihr, so nah, dass er ihr ins Ohr murmeln konnte: „Der Vertrag von Sankt Petersburg regelt die Grenze zwischen Russisch-Amerika und dem britischen Gebiet.“

Sie biss sich auf die Lippen, ganz offensichtlich bemüht, nicht zu lächeln.

„Iris!“, rief Daisy.

„Es hat den Anschein, als brauchten wir gar keine Unterbrechung zu inszenieren“, sagte Richard, als sie zu den beiden aufschlossen.

„Ich habe Mr. Bevelstoke zur Dichterlesung nächste Woche

bei den Pleinsworths eingeladen", sagte Daisy. „Du musst darauf bestehen, dass er kommt."

Voll Entsetzen sah Iris ihre Schwester an und wandte sich dann an Winston. „Ich … bestehe darauf, dass Sie kommen?"

Die mangelnde Entschlossenheit ihrer Schwester entlockte Daisy ein empörtes Schnauben. Sie wandte sich selbst an Winston. „Sie müssen kommen, Mr. Bevelstoke. Sie müssen einfach. Es ist bestimmt erhebend. Das ist Dichtung immer."

„Nein", widersprach Iris mit schmerzlichem Stirnrunzeln, „wirklich nicht."

„Natürlich kommen wir", verkündete Richard.

Winstons Augen wurden gefährlich schmal.

„Wir würden uns das nicht entgehen lassen", versicherte Richard Daisy.

„Die Pleinsworths sind unsere Kusinen", erläuterte Iris mit vielsagendem Blick. „Vielleicht erinnern Sie sich an Harriet. Sie hat gestern Abend die Geige …"

„Die *zweite* Geige", warf Daisy ein.

„… gespielt."

Richard schluckte. Sie konnte nur die Kusine meinen, die keine Noten lesen konnte. Allerdings bestand kein Grund zu der Annahme, dass das Unheil für eine Dichterlesung bedeutete.

„Harriet ist langweilig", sagte Daisy, „aber ihre jüngeren Schwestern sind reizend."

„Ich mag Harriet", erklärte Iris bestimmt. „Ich mag sie sogar sehr."

„Dann bin ich sicher, dass es ein äußerst angenehmer Abend wird", sagte Richard.

Daisy strahlte, hängte sich wieder bei Winston ein und steuerte zurück zum Cumberland Gate, durch das sie den Park betreten hatten. Richard folgte mit Iris, schritt aber langsamer aus, damit sie ungestört miteinander reden konnten.

„Wenn ich Sie morgen aufsuchen würde“, sagte er verhalten, „wären Sie dann zu Hause?“

Sie sah ihn nicht an, was schade war, denn er hätte sie gern noch einmal erröten sehen.

„Ja“, wisperte sie.

In diesem Augenblick traf er seine Entscheidung. Er würde Iris Smythe-Smith heiraten.

4. Kapitel

Am Abend desselben Tages
Ein Ballsaal in London

Sie sind noch nicht da", sagte Daisy.

Iris rang sich ein Lächeln ab. „Ich weiß."

„Ich habe den Eingang im Auge."

„Ich weiß."

Daisy zupfte am Spitzenbesatz ihres mintgrünen Gewands. „Ich hoffe wirklich, dass Mr. Bevelstoke mein Kleid gefällt."

„Ich kann mir nicht vorstellen, dass es ihm nicht gefallen könnte", erwiderte Iris völlig ehrlich. Meist machte Daisy sie wirklich wahnsinnig, und sie fand nicht immer freundliche Worte für ihre kleine Schwester, aber wenn ein Kompliment verdient war, dann machte sie es auch.

Daisy war wunderhübsch, war es immer gewesen mit ihren goldblonden Locken und rosigen Lippen. Iris unterschied sich in der Farbgebung gar nicht so sehr von ihrer Schwester, doch während Daisys Blond golden strahlte, wirkte es bei Iris bleich und ausgewaschen.

Ihre Kinderfrau hatte einmal gesagt, dass Iris in einem Eimer Milch verschwinden könnte, und damit hatte sie gar nicht mal so unrecht gehabt.

„Du hättest nicht diese Farbe wählen sollen", sagte Daisy.

„Und das gerade jetzt, wo ich wohlwollende Gedanken hege", brummte Iris. Ihr gefiel das Eisblau ihres Seidenkleids. Sie fand, es brächte ihre Augen zur Geltung.

„Du solltest etwas Dunkleres tragen. Als Kontrast."

„Als Kontrast?", wiederholte Iris.

„Nun ja, *etwas* Farbe brauchst du schon."

Eines Tages würde sie ihre Schwester umbringen. Ganz bestimmt.

„Wenn wir nächstes Mal einkaufen gehen", fuhr Daisy fort, „lass mich die Kleider für dich aussuchen."

Iris starrte sie einen Augenblick an und setzte sich dann in Bewegung. „Ich hole mir eine Limonade."

„Bring mir auch eine mit, ja?", rief Daisy.

„Nein." Das hatte Daisy vermutlich nicht mehr gehört, doch das war Iris egal. Irgendwann würde ihrer Schwester schon auffallen, dass keine Erfrischung geliefert wurde.

Wie Daisy hatte Iris den ganzen Abend den Eingang beobachtet. Anders als Daisy hatte sie sich bemüht, es verstohlen zu tun. Als Sir Richard sie an diesem Nachmittag besucht hatte, hatte sie erwähnt, dass sie an diesem Abend auf dem Ball der Mottrams zu finden sei. Er fand einmal im Jahr statt und war stets gut besucht. Iris wusste, dass Sir Richard sich eine Einladung besorgen könnte, wenn er keine hatte. Er hatte nicht gesagt, dass er kommen würde, ihr jedoch für die Information gedankt. Das hatte doch sicher etwas zu bedeuten, oder?

Iris umrundete den Saal und tat das, was sie stets am besten konnte – die anderen beobachten. Sie stand gern am Rand der Tanzfläche und sah ihren Freundinnen zu. Und ihren Bekannten. Und Leuten, die sie nicht kannte, oder Leuten, die sie nicht leiden konnte. Es war unterhaltsam, und meist genoss sie das wirklich mehr, als zu tanzen. Nur an diesem Abend …

An diesem Abend gab es jemanden, mit dem sie tatsächlich gern getanzt hätte.

Wo war er denn? Gut, Iris war außergewöhnlich pünktlich gewesen. Ihre Mutter war sehr auf Pünktlichkeit bedacht, egal wie oft man ihr versicherte, dass die Uhrzeit auf einer Einladung nur zur groben Orientierung diente.

Doch inzwischen herrschte im Ballsaal lebhaftes Treiben – jemand, der befürchtete, zu früh einzutreffen, hätte nun keinen Grund zur Sorge mehr. In einer Stunde wäre es ...

„Miss Smythe-Smith."

Sie wirbelte herum. Vor ihr stand Sir Richard, umwerfend attraktiv in seiner Abendgarderobe.

„Ich habe Sie gar nicht reinkommen sehen", sagte sie und versetzte sich dann in Gedanken eine Ohrfeige. *Du Dummkopf.* Nun wusste er, dass sie ...

„Haben Sie nach mir Ausschau gehalten?", fragte er, und seine Lippen verzogen sich zu einem vielsagenden Lächeln.

„Natürlich nicht", stammelte sie. Sie war noch nie eine gute Lügnerin gewesen.

Er beugte sich über ihre Hand und küsste sie. „Es hätte mir geschmeichelt, wenn dem so gewesen wäre."

„Ich habe nicht *direkt* nach Ihnen Ausschau gehalten", sagte sie und versuchte, sich ihre Verlegenheit nicht anmerken zu lassen. „Aber ich habe mich hin und wieder nach Ihnen umgeschaut. Um zu sehen, ob Sie schon da sind."

„Dann fühle ich mich geschmeichelt, dass Sie sich nach mir ‚umgeschaut' haben."

Sie versuchte zu lächeln. Doch sie war im Flirten einfach nicht *gut*. Wenn sie sich mit lauter Leuten im Raum befand, die sie gut kannte, bestritt sie ihren Teil der Unterhaltung mit Witz und Flair. Ihre mit ausdrucksloser Miene vorgebrachten sarkastischen Bemerkungen waren in der Familie legendär. Doch sobald sie vor einem attraktiven Gentleman stand, brachte sie keinen Ton hervor. An jenem ersten Nachmittag hatte sie sich einzig deswegen so gut geschlagen, weil sie sich nicht sicher gewesen war, warum er sich um sie bemühte.

Es war leicht, man selbst zu sein, wenn es um nichts ging.

„Darf ich so kühn sein zu hoffen, dass Sie einen Tanz für mich reserviert haben?“, fragte Sir Richard.

„Ich habe noch jede Menge Tänze zu vergeben, Sir.“ Wie üblich.

„Das kann doch nicht sein.“

Iris schluckte. Sein Blick war von enervierender Eindringlichkeit. Seine Augen waren dunkel, fast schwarz, und zum ersten Mal im Leben verstand sie, was gemeint war mit der Bemerkung, man könne in jemandes Augen versinken.

In *seinen* Augen könnte sie versinken. Und würde den Tauchgang genießen.

„Ich kann kaum glauben, dass die Londoner Gentlemen so dumm sind, Sie am Rand der Tanzfläche stehen zu lassen.“

„Es macht mir nichts aus“, sagte sie, und als sie sah, dass er ihr nicht glaubte, fügte sie hinzu: „Ehrlich nicht. Leute zu beobachten macht mir viel Spaß.“

„Wirklich?“, murmelte er. „Was sehen Sie denn da?“

Iris blickte sich im Ballsaal um. Auf der Tanzfläche herrschte ein einziges buntes Treiben. „Diese hier“, sagte sie und wies auf eine junge Dame in etwa fünf Metern Entfernung. „Sie wird von ihrer Mutter ausgezankt.“

Sir Richard lehnte sich zur Seite, um besser zu sehen. „Ich kann nichts Ungewöhnliches entdecken.“

„Man könnte anführen, dass es nichts Ungewöhnliches ist, von seiner Mutter ausgezankt zu werden, aber sehen Sie genauer hin.“ Iris deutete so diskret sie konnte. „Später wird sie in noch größeren Schwierigkeiten stecken. Sie hört nicht zu.“

„Und das können Sie aus fünf Metern Entfernung sagen?“

„Ich habe selbst einige Erfahrung darin, ausgezankt zu werden.“

Das entlockte ihm ein Lachen. „Ich muss wohl zu sehr Gentleman sein, um nachzufragen, womit Sie diese Schelte verdient hatten."

„Gewiss müssen Sie das", sagte sie und lächelte spitzbübisch. Vielleicht lernte sie doch noch, wie man flirtete. Eigentlich fühlte es sich ziemlich gut an.

„Na schön", sagte er mit gnädigem Nicken, „Ihnen entgeht so schnell nichts. Ich werde das zu Ihren zahlreichen positiven Eigenschaften zählen. Aber dass Sie nicht gern tanzen, das glaube ich Ihnen einfach nicht."

„Ich habe nicht gesagt, dass ich nicht gern tanze. Ich habe nur gesagt, dass ich nicht jeden Tanz tanzen möchte."

„Und haben Sie an diesem Abend bisher jeden Tanz getanzt?"

Sie lächelte zu ihm auf, fühlte sich dabei kühn und stark und völlig anders als sonst. „*Diesen* Tanz tanze ich nicht."

Ob dieser Impertinenz hob er die dunklen Brauen und verneigte sich umgehend. „Miss Smythe-Smith, wollen Sie mir die überaus große Ehre erweisen, mit mir zu tanzen?"

Iris lächelte breit, völlig außerstande, weltgewandte Nonchalance zu heucheln. Sie legte ihre Hand in seine und folgte ihm auf die Tanzfläche, wo sich die Paare gerade zum Menuett aufstellten.

Die Schrittfolge war kompliziert, doch Iris hatte zum ersten Mal im Leben das Gefühl, einen Tanz zu absolvieren, ohne über ihre Bewegungen nachdenken zu müssen. Ihre Füße wussten, wohin sie sich zu richten hatten, ihre Arme streckten sich in genau den richtigen Augenblicken, und sein Blick – oh, seine Augen – verließ sie nie, auch wenn der Tanz sie mit anderen Partnern zusammenführte.

Iris hatte sich noch nie so geschätzt gefühlt. Noch nie so …

Begehrt.

Ein Schauder überlief sie, und sie stolperte. So also fühlte es sich an, wenn einen ein Gentleman begehrte? Wenn man ihn ebenfalls begehrte? Sie hatte ihren Kusinen zugesehen, wie sie sich verliebt hatten, und hatte bestürzt den Kopf geschüttelt, weil die Liebe sie alle in Hohlköpfe verwandelt hatte. Sie hatten von atemloser Vorfreude gesprochen und von leidenschaftlichen Küssen. Nach der Eheschließung hatten sie dann nur noch leise untereinander geflüstert. Sie hatten Geheimnisse – anscheinend sehr angenehme Geheimnisse –, über die man mit unverheirateten Damen nicht sprach.

Iris hatte es nicht verstanden. Wenn ihre Kusinen vom atemberaubenden Moment des Begehrens kurz vor dem Kuss sprachen, hatte das in ihren Ohren einfach schrecklich geklungen. Jemanden auf den Mund zu küssen ... Warum um alles in der Welt sollte man das wollen? Ihr kam das ziemlich schlabberig vor.

Aber jetzt, als sie sich im Tanz umkreisten und sie Sir Richard die Hand reichte, musste sie unwillkürlich auf seine Lippen starren. Etwas erwachte in ihr, eine seltsame Sehnsucht, ein tief verborgener Hunger, der ihr den Atem raubte.

Lieber Himmel, das war Begehren. *Sie* begehrte *ihn*. Sie, die bisher noch nicht einmal die Hand eines Mannes hätte halten wollen, wollte ihm nun *nahe* sein.

Sie erstarrte.

„Miss Smythe-Smith?“ Sir Richard war sofort bei ihr. „Fehlt Ihnen etwas?“

Sie blinzelte, und dann dachte sie endlich daran, weiterzuatmen. „Nein“, flüsterte sie. „Mir ist nur ein wenig schwindelig, das ist alles.“

Er führte sie von der Tanzfläche herunter. „Erlauben Sie, dass ich Ihnen etwas zu trinken hole.“

Sie dankte ihm und wartete dann in einem der Stühle für

die Anstandsdamen, bis er mit einem Glas Limonade zurückkam.

„Kalt ist es nicht", sagte er, „aber die Alternative wäre Champagner gewesen, und das wäre wohl nicht ratsam, wenn Ihnen schwindelig ist."

„Nein. Nein, natürlich nicht." Sie nahm einen Schluck, war sich seines forschenden Blicks bewusst. „Es war ziemlich warm dort", sagte sie, weil sie das Gefühl hatte, eine Erklärung abgeben zu müssen, auch wenn die falsch war. „Finden Sie nicht auch?"

„Ein bisschen, ja."

Sie nahm noch einen Schluck, froh, etwas in den Händen zu halten, auf das sie ihre Aufmerksamkeit richten konnte. „Sie brauchen nicht hierzubleiben und auf mich aufzupassen."

„Ich weiß."

Sie hatte sich bemüht, ihn nicht anzusehen, doch die angenehme Schlichtheit dieser Bemerkung veranlasste sie, den Kopf zu heben.

Er schenkte ihr ein spitzbübisches Grinsen. „Hier am Rand ist es ziemlich angenehm. Man kann so viele Leute beobachten."

Rasch wandte sie sich wieder ihrer Limonade zu. Es war ein freches Kompliment, aber dennoch ein Kompliment. Niemand außer ihnen hätte es verstanden, was es noch wunderbarer machte.

„Leider werde ich nicht lange hier sitzen können", sagte sie.

Seine Augen blitzten auf. „Eine solche Behauptung verlangt ganz entschieden nach einer Erklärung."

„Jetzt, wo Sie mit mir getanzt haben", meinte sie, „werden andere das Gefühl haben, Sie müssten es Ihnen nachtun."

Das entlockte ihm ein leises Lachen. „Wirklich, Miss Smythe-Smith, halten Sie uns Männer ernsthaft für so ausgemachte Herdentiere?"

Sie zuckte die Achseln, den Blick immer noch starr geradeaus gerichtet. „Wie gesagt, Sir Richard, ich beobachte gern. Ich kann nicht sagen, *warum* sich die Männer so verhalten, aber ich kann Ihnen ganz gewiss sagen, *wie* sie sich verhalten."

„Sie folgen einander wie die Schafe?"

Sie unterdrückte ein Lächeln.

„Vermutlich ist etwas Wahres daran", räumte er ein. „Ich muss mir wohl dazu gratulieren, Sie ganz allein entdeckt zu haben."

Da sah sie ihn an.

„Ich bin ein Mann von anspruchsvollem Geschmack."

Sie bemühte sich, nicht laut herauszuprusten. Nun trug er aber wirklich zu dick auf. Aber sie war froh darüber. Es war leichter, gleichgültig zu bleiben, wenn sich seine Komplimente zu bemüht anfühlten.

„Ich habe keinen Grund, Ihre Beobachtungen anzuzweifeln." Er lehnte sich in seinem Stuhl zurück und schaute auf die wimmelnde Menschenmenge. „Aber ich bin ein Mann und daher Gegenstand Ihrer Betrachtungen ..."

„Oh, bitte."

„Nein, nein, wir müssen das Ding beim Namen nennen." Er neigte den Kopf zu ihr. „Alles im Namen der Wissenschaft, Miss Smythe-Smith."

Sie verdrehte die Augen.

„Wie gesagt", fuhr er fort, und das in einem Tonfall, der sie dreist herausforderte, ihn doch zu unterbrechen, wenn sie es wagte, „ich glaube, ich kann über einige Ihrer Beobachtungen Aufschluss geben."

„Ich habe durchaus eine eigene Hypothese."

„Tss, tss. Eben haben Sie doch noch behauptet, Sie könnten nicht sagen, warum Männer sich verhalten, wie sie sich eben verhalten."

„Nicht abschließend, aber ich müsste mir ja einen unglaublichen Mangel an Neugier vorwerfen lassen, wenn ich mir darüber keine Gedanken gemacht hätte."

„Na schön. Erzählen Sie es mir. Warum sind wir Männer solche Schafe?"

„Also, jetzt haben Sie mich in die Ecke gedrängt. Wie soll ich das beantworten, ohne Sie zu kränken?"

„Das geht natürlich nicht", räumte er ein, „aber ich verspreche, dass ich nicht beleidigt sein werde."

Iris stieß den Atem aus, konnte kaum glauben, dass sie eine derart irreguläre Unterhaltung führte. „Sie, Sir Richard, sind kein Dummkopf."

Er blinzelte. Und sagte dann: „Wie versprochen, bin ich nicht beleidigt."

„Wenn Sie daher etwas tun", fuhr sie mit einem Lächeln – ehrlich, wem hätte das kein Lächeln entlockt? – fort, „werden andere Männer Sie nicht gleich für dumm halten. Ich könnte mir sogar vorstellen, dass ein paar junge Gentlemen da draußen zu Ihnen aufblicken."

„Sehr freundlich von Ihnen", sagte er schleppend.

„Weiter im Text." Sie duldete keine Unterbrechung. „Wenn Sie eine junge Dame zum Tanzen auffordern ... genauer gesagt, eine junge Dame, die nicht dafür bekannt ist, viel zu tanzen, werden andere den Grund wissen wollen. Sie werden sich fragen, ob sie etwas gesehen haben, was ihnen verborgen blieb. Und selbst wenn sie näher hinsehen und immer noch nichts Interessantes entdecken, werden sie nicht als ignorant gelten wollen. Also fordern sie die junge Dame ebenfalls zum Tanzen auf."

Er sagte nicht gleich etwas, sodass sie hinzufügte: „Vermutlich halten Sie mich für zynisch."

„Oh, zweifellos. Aber das ist nicht unbedingt schlecht."

Überrascht sah sie ihn an. „Wie bitte?"

„Ich finde, wir sollten ein wissenschaftliches Experiment durchführen", verkündete er.

„Ein Experiment", wiederholte sie. Wovon um alles in der Welt redete er nur?

„Nachdem Sie mich und meine Mitgentlemen beobachtet haben, als wären wir Versuchstiere in einem ziemlich prunkvoll ausgestatteten Labor, schlage ich vor, dass wir das Experiment offizieller machen." Er wartete auf ihre Antwort, doch sie war sprachlos, vollkommen sprachlos.

„Schließlich erfordert die Wissenschaft das Sammeln und Auswerten von Daten, nicht wahr?"

„Wohl wahr", sagte sie misstrauisch.

„Ich führe Sie zurück auf die Tanzfläche. Hier bei den Sitzplätzen für die Anstandsdamen wird Sie niemand ansprechen. Sie werden alle annehmen, Sie wären verletzt. Oder krank."

„Wirklich?" Iris richtete sich überrascht auf. Vielleicht war das zumindest teilweise der Grund dafür, dass sie so selten zum Tanzen aufgefordert wurde.

„Nun, ich habe mir das jedenfalls immer gedacht. Warum sollte eine junge Dame denn sonst dort Platz nehmen?" Er sah sie an, worauf sie überlegte, ob diese Frage vielleicht doch nicht rhetorisch gemeint war, aber als sie den Mund auftat, fuhr er fort: „Ich bringe Sie zurück, und dann lasse ich Sie dort stehen. Dann sehen wir ja, wie viele Männer Sie um einen Tanz bitten."

„Seien Sie doch nicht albern."

„Und Sie", fuhr er fort, als hätte sie nichts gesagt, „müssen offen zu mir sein. Sie müssen mir ehrlich sagen, ob Sie öfter als sonst aufgefordert werden."

„Ich verspreche, Ihnen die Wahrheit zu sagen." Iris unterdrückte das Lachen. Er hatte so eine Art an sich, mit dem größtmöglichen Ernst die albernsten Dinge zu äußern. Beinahe hätte sie glauben können, dass das alles im Interesse der Wissenschaft geschah.

Er stand auf und reichte ihr die Hand. „Madame?“

Iris stellte ihr leeres Limonadenglas ab und erhob sich ebenfalls.

„Ich hoffe, Sie leiden nicht länger an den Auswirkungen des Schwindels“, murmelte er und führte sie durch den Ballsaal.

„Ich glaube, den Rest des Abends werde ich wohl zurechtkommen.“

„Gut.“ Er verneigte sich. „Bis morgen dann.“

„Bis morgen?“

„Wir gehen doch spazieren, oder? Sie haben mir Erlaubnis gegeben, Sie zu besuchen. Ich dachte, wir könnten ein wenig durch die Stadt bummeln, wenn es das Wetter erlaubt.“

„Und wenn nicht?“, fragte sie ein wenig naseweis.

„Dann unterhalten wir uns über Literatur. Vielleicht über ein Buch …“, er neigte den Kopf zu ihr herunter, „… das Ihre Schwester noch nicht gelesen hat?“

Sie lachte laut auf. „Beinahe hoffe ich, dass es morgen regnet, Sir Richard, und ich …“

Doch sie wurde durch das Herannahen eines rothaarigen Herrn unterbrochen. Mr. Reginald Balfour. Sie war ihm bereits vorgestellt worden; seine Schwester war mit einer ihrer Schwestern befreundet. Doch bisher hatte er nie mehr getan, als sie höflich zu grüßen.

„Miss Smythe-Smith“, sagte er und verneigte sich. „Sie sehen heute Abend außerordentlich hübsch aus.“

Iris' Hand lag immer noch auf Sir Richards Arm, und sie spürte, wie er sich anspannte, als er ein Lachen unterdrückte.

„Ist Ihr nächster Tanz noch frei?“, fragte Mr. Balfour.

„Ja."

„Dürfte ich Sie dann auf die Tanzfläche führen?"

Sie blickte zu Sir Richard. Er zwinkerte ihr zu.

Eineinhalb Stunden später stand Richard an der Wand und sah Iris mit einem weiteren Herrn tanzen, den er nicht kannte. Sie mochte davon gesprochen haben, dass sie noch nie den ganzen Abend durchtanzt hatte, doch nun war sie auf dem besten Weg dahin. Die Aufmerksamkeit schien sie ehrlich zu überraschen. Allerdings war er sich nicht sicher, ob sie sie auch genoss. Wenn nicht, würde sie den Abend vermutlich als interessantes Experiment verbuchen, das es wert war, von ihr durchgeführt worden zu sein.

Nicht zum ersten Mal dachte er sich, dass Iris Smythe-Smith hochintelligent war. Es war einer der Gründe, warum er sie gewählt hatte. Sie war ein Vernunftmensch, sie würde es verstehen.

Niemand schien ihn in den Schatten zu bemerken, und so nutzte er den Augenblick, um seine Liste in Gedanken durchzugehen. Er hatte sie erstellt, als er vor ein paar Tagen Hals über Kopf nach London gefahren war. Nun ja, nicht schriftlich. Er war nicht so dumm, etwas Derartiges niederzuschreiben. Doch unterwegs hatte er genug Zeit gehabt, sich zu überlegen, wie er sich seine zukünftige Frau vorstellte.

Verwöhnt sollte sie nicht sein. Oder der Typ, der gern im Mittelpunkt stand.

Sie durfte auch nicht dumm sein. Er hatte guten Grund, rasch zu heiraten, doch wen er auch erwählte, er würde mit dieser Dame den Rest seines Lebens verbringen müssen.

Es wäre nett, wenn sie hübsch wäre, aber es war nicht unerlässlich.

Am besten stammte sie nicht aus Yorkshire. Alles in allem

wäre es viel leichter, wenn sie in der Gegend fremd wäre.

Reich würde sie wohl nicht sein. Er brauchte jemanden, für den er eine wünschenswerte Partie darstellte. Seine Frau würde ihn nie so brauchen, wie er sie brauchte, aber es wäre einfacher – zumindest anfangs –, wenn sie sich dessen nicht bewusst wäre.

Und vor allem musste ihr klar sein, was es hieß, Wert auf Familie zu legen. Sonst würde es nicht funktionieren. Sie musste verstehen, *warum* er das alles tat.

Iris Smythe-Smith entsprach seinen Bedürfnissen in jeder Hinsicht. Von dem Moment an, da er sie an ihrem Cello gesehen und sie sich verzweifelt gewünscht hatte, dass die Leute sie nicht ansahen, hatte sie ihn fasziniert. Sie bewegte sich schon seit mehreren Jahren in der Gesellschaft, doch wenn sie in der Zeit irgendwelche Heiratsanträge erhalten hatte, so hatte er nichts davon gehört. Richard mochte nicht vermögend sein, doch er war respektabel. Es gab keinen Grund, warum ihre Familie ihn ablehnen sollte, vor allem, solange kein anderer Verehrer auf den Plan trat.

Und er mochte sie. Hatte er den Wunsch, sie sich über die Schulter zu werfen, sie zu entführen und sich mit ihr im Bett zu vergnügen? Nein, aber er glaubte auch nicht, dass es unangenehm wäre, wenn es einmal so weit war.

Er mochte sie. Und er wusste genug von der Ehe, um sich darüber im Klaren zu sein, dass ihm damit mehr vergönnt wäre als den meisten Männern, die vor den Traualtar traten.

Er wünschte nur, er hätte mehr Zeit. Sie war zu vernünftig, um ihn so bald nach ihrer ersten Begegnung zu akzeptieren. Und wenn er ehrlich war, wollte er mit einer Frau, die so vorschnell handelte, auch gar nicht verheiratet sein. Er würde die Sache erzwingen müssen, was bedauerlich war.

Doch an diesem Abend konnte er nichts mehr tun. Seine

einzige Aufgabe bestand darin, höflich und charmant zu sein, damit keiner allzu viel Theater machte, wenn die Zeit reif war.

Er hatte schon so viel Theater gehabt, dass es ihm für dieses Leben reichte.

5. Kapitel

Am nächsten Tag

Nicht Daisy", flehte Iris. „Alle, bloß Daisy nicht, bitte."

„Du kannst nicht ohne Anstandsdame mit Sir Richard durch London spazieren", sagte ihre Mutter, die vor ihrem Frisiertisch saß und sich die Haarnadeln richtete. „Das weißt du ganz genau."

Iris war ins Schlafzimmer ihrer Mutter gestürzt, sobald sie erfahren hatte, dass Daisy dazu auserkoren worden war, sie auf ihrem Ausflug mit Sir Richard zu begleiten. Ihre Mutter würde doch sicher erkennen, wie dumm ein derartiges Vorgehen war. Aber nein, Mrs. Smythe-Smith billigte den Plan anscheinend und tat so, als wäre alles bereits entschieden.

Iris eilte auf die andere Seite des Frisiertisches und stellte sich so nahe an den Spiegel, dass sie nicht ignoriert werden konnte. „Dann nehme ich meine Zofe mit. Aber Daisy nicht. Sie würde sich niemals diskret im Hintergrund halten. Du weißt, dass sie das nicht tun würde."

Mrs. Smythe-Smith ließ sich das durch den Kopf gehen.

„Sie wird sich in jedes Gespräch einmischen", drängte Iris. Ihre Mutter wirkte immer noch nicht überzeugt. Iris erkannte, dass eine andere Herangehensweise gefragt war: die „Deine Tochter ist eine alte Jungfer und das könnte ihre letzte Chance sein"-Herangehensweise.

„Mama", flehte Iris, „bitte, überleg es dir doch noch einmal.

Wenn Sir Richard mich besser kennenlernen möchte, wird es kaum hilfreich sein, wenn Daisy den ganzen Nachmittag bei uns ist."

Ihre Mutter stieß einen winzigen Seufzer aus.

„Du weißt, dass es so ist", sagte Iris leise.

„Du hast nicht ganz unrecht", gestand Mrs. Smythe-Smith stirnrunzelnd. „Aber ich möchte nicht, dass Daisy sich übergangen fühlt."

„Sie ist vier Jahre jünger als ich", protestierte Iris. „Sie hat doch bestimmt noch genug Zeit, einen passenden Gentleman zu finden." Und dann fügte sie sehr leise hinzu: „Jetzt bin ich an der Reihe."

Sie mochte Sir Richard, selbst wenn sie ihm nicht ganz über den Weg traute. Seine Aufmerksamkeiten hatten etwas Merkwürdiges, Unvermitteltes an sich. Nach der musikalischen Soiree hatte er es offenkundig darauf angelegt, ihr vorgestellt zu werden; Iris konnte sich nicht erinnern, wann das zum letzten Mal passiert war. Und sie dann gleich am nächsten Tag zu besuchen und am Ball der Mottrams so viel Zeit mit ihr zu verbringen ... So etwas war noch nie da gewesen.

Sie nahm nicht an, dass seine Absichten unlauter sein könnten; sie hielt sich für eine gute Menschenkennerin, und was er auch bezwecken mochte, ihren Ruin hatte er nicht im Sinn. Doch sie konnte auch nicht glauben, dass er von einer großen Leidenschaft erfasst worden sein sollte. Wenn sie eine von den Frauen wäre, in die sich die Männer auf den ersten Blick verliebten, dann hätte sie das wohl schon früher mitbekommen.

Aber es konnte nicht schaden, ihn wiederzusehen. Er hatte ihre Mutter um Erlaubnis gefragt, sie besuchen zu dürfen, und er hatte sie sehr zuvorkommend behandelt. Es war alles höchst ehrbar und höchst schmeichelhaft, und wenn sie heute Abend vor dem Einschlafen an ihn dachte, so war daran gewiss nichts Ungewöhnliches. Er war ein attraktiver Mann.

„Bist du sicher, dass er nicht doch plant, Mr. Bevelstoke mitzubringen?", fragte ihre Mutter.

„Ganz sicher. Und wenn ich ehrlich bin, glaube ich nicht, dass Mr. Bevelstoke sich für Daisy interessiert."

„Nein, wohl nicht. Sie ist viel zu jung für ihn. Also schön, du kannst Nettie mitnehmen. Sie hat dasselbe schon mehrmals für deine Schwestern getan, sie wird also wissen, was zu tun ist."

„Oh, danke, Mama. Vielen, vielen Dank!" Zu ihrer eigenen Überraschung schlang Iris die Arme um ihre Mutter und drückte sie an sich. Es dauerte nur einen kurzen Moment, dann erstarrten beide und lösten sich voneinander – demonstrative Liebesbekundungen hatten in ihrer Beziehung keinen Raum.

„Wahrscheinlich kommt am Ende doch nichts heraus", sagte Iris, denn es ging nicht an, dass sie sich irgendwo anders als in ihrer Fantasie Hoffnungen machte, „aber wenn Daisy dabei ist, kommt *bestimmt* nichts dabei heraus."

„Ich wünschte, wir wüssten ein bisschen mehr über ihn", sagte ihre Mutter stirnrunzelnd. „Er war seit mehreren Jahren nicht mehr in der Stadt."

„Kanntest du ihn, als Marigold in die Gesellschaft eingeführt wurde?", fragte Iris. „Oder Rose oder Lavender?"

„Bei Roses Debüt war er, glaube ich, in London." Rose war Iris' älteste Schwester. „Aber er verkehrte nicht in denselben Kreisen."

Iris wusste nicht, was sie davon halten sollte.

„Er war jung", erklärte ihre Mutter abwinkend, „mit Heirat hatte er damals nichts im Sinn."

Mit anderen Worten, dachte Iris trocken, er war damals ein wenig wild.

„Ich habe jedoch mit deiner Tante über ihn gesprochen“, fuhr ihre Mutter fort, ohne zu verraten, welche Tante sie meinte. Vermutlich spielte das auch keine Rolle, wenn es um Klatsch ging, waren alle Tanten gute Quellen. „Sie hat gesagt, dass er vor ein paar Jahren den Titel geerbt hat.“

Iris nickte. So viel wusste sie.

„Sein Vater hat über seine Verhältnisse gelebt.“ Mrs. Smythe-Smith presste missbilligend die Lippen zusammen.

Was aus Sir Richard aller Wahrscheinlichkeit nach einen Glücksritter machte.

„Aber“, meinte Iris' Mutter nachdenklich, „beim Sohn scheint das nicht der Fall zu sein.“

Dann eben ein charakterfester Glücksritter. Er hatte keine eigenen Schulden angehäuft, sondern lediglich das Pech, einen Berg davon zu erben.

„Offenkundig hält er Ausschau nach einer Frau“, fuhr Mrs. Smythe-Smith fort. „Es gibt keinen anderen Grund, aus dem ein Gentleman nach so vielen Jahren Abwesenheit nach London zurückkehren sollte.“

„Er ist der Vormund seiner jüngeren Schwestern“, erklärte Iris. „Vielleicht findet er es beschwerlich ohne weibliche Hand im Haus.“ Während sie es aussprach, dachte sie unwillkürlich, dass die zukünftige Lady Kenworthy in eine ziemlich schwierige Lage versetzt werden würde. Hatte er nicht gesagt, dass die eine Schwester bereits achtzehn sei? Alt genug, um eine Führung seitens der neuen Gattin ihres Bruders möglicherweise nicht anzunehmen.

„Ein vernünftiger Mann“, meinte Mrs. Smythe-Smith. „Es spricht für ihn, dass er erkennt, wenn er Unterstützung braucht. Obwohl man sich nur darüber wundern kann, warum er sich die nicht schon vor Jahren geholt hat.“

Iris nickte.

„Wir können nur darüber spekulieren, in welchem Zustand sich sein Besitz befindet, wenn sein Vater tatsächlich so ein Verschwender war, wie man sagt. Ich hoffe, er weiß, dass du keine große Mitgift zu erwarten hast."

„Mama", sagte Iris seufzend. Sie wollte nicht darüber reden. Zumindest jetzt nicht.

„Er wäre nicht der Erste, der diesem Irrtum verfällt", sagte Mrs. Smythe-Smith ungeniert. „Wegen all unserer Verbindungen zur Aristokratie – enger Verbindungen noch dazu – scheinen uns die Leute für wohlhabender zu halten, als wir sind."

Iris hielt klugerweise den Mund. Wenn ihre Mutter sich über ein Thema von gesellschaftlicher Relevanz verbreitete, war es ratsam, sie nicht zu unterbrechen.

„Bei Rose ist uns das passiert, weißt du. Irgendwie hat sich herumgesprochen, sie hätte fünfzehntausend Pfund zu erwarten. Kannst du dir das vorstellen?"

Das konnte Iris nicht.

„Vielleicht wenn wir nur eine Tochter gehabt hätten", sagte ihre Mutter. „Aber bei fünf!" Sie stieß ein kleines Lachen aus, in dem sich Fassungslosigkeit und Sehnsucht mischten. „Wir können von Glück sprechen, wenn für deinen Bruder überhaupt noch etwas zu erben übrig bleibt, wenn wir euch alle unter die Haube gebracht haben."

„Bestimmt wird John gut versorgt sein", sagte Iris. Ihr einziger Bruder war drei Jahre jünger als Daisy und noch im Internat.

„Wenn er Glück hat, wird er eine Frau mit fünfzehntausend Pfund finden", sagte ihre Mutter mit einem bitteren Lachen. Sie erhob sich abrupt. „Na gut. Wir können den ganzen Morgen hier sitzen und über Sir Richards Motive herumrätseln, oder wir machen weiter mit unserem Tag." Sie blickte auf die

Uhr auf ihrem Frisiertisch. „Er hat nicht zufällig gesagt, wann er kommen möchte?"

Iris schüttelte den Kopf.

„Dann solltest du dich besser bereithalten. Es ginge nicht an, ihn warten zu lassen. Ich weiß, manche Frauen halten es für klüger, sich ihr Interesse nicht anmerken zu lassen, aber du weißt, dass ich das für unhöflich halte."

Ein Klopfen kam Iris' Aufbruch zuvor, und sie sahen beide auf, als ein Hausmädchen in der Tür erschien. „Verzeihen Sie, Madam", sagte sie, „Lady Sarah ist im Salon."

„Ach, das ist ja eine angenehme Überraschung", rief Mrs. Smythe-Smith. „Bestimmt will sie dich besuchen, Iris. Na lauf schon."

Iris ging nach unten, um ihre Kusine zu begrüßen. Lady Sarah Prentice, geborene Lady Sarah Pleinsworth. Sarahs Mutter und Iris' Vater waren Geschwister, und nachdem sie im selben Alter waren, waren es ihre Kinder ebenfalls.

Sarah und Iris waren nur sechs Monate auseinander und hatten sich immer gemocht, doch nachdem Sarah Lord Hugh Prentice im Vorjahr geheiratet hatte, waren sie sich noch näher gekommen. Es gab eine weitere Kusine in ihrem Alter, doch Honoria verbrachte den Großteil ihrer Zeit mit ihrem Ehemann in Cambridgeshire, während Sarah und Iris beide in London wohnten.

Als Iris in den Salon kam, saß Sarah auf dem grünen Sofa und blätterte in *Stolz und Vorurteil*, das Iris' Mutter dort anscheinend liegen gelassen hatte.

„Hast du das gelesen?", fragte Sarah ohne Umschweife.

„Mehrere Male. Ich freue mich auch, dich zu sehen."

Sarah verzog das Gesicht. „Wir brauchen alle jemandem, bei dem wir uns gehen lassen können."

„Ich ziehe dich doch nur auf."

Sarah sah zur Tür. „Ist Daisy in der Nähe?"

„Ich glaube, sie macht sich rar. Sie hat dir immer noch nicht verziehen, dass du vor der musikalischen Soiree gedroht hast, sie mit ihrem eigenen Geigenbogen zu durchbohren."

„Oh, das war keine Drohung. Es war ein ehrlicher Versuch. Das Mädchen kann von Glück reden, dass es so gute Reflexe hat."

Iris lachte. „Welchem Umstand habe ich diesen Besuch zu verdanken? Oder sehnst du dich einfach nach meiner funkelnden Gesellschaft?"

Sarah beugte sich vor. Ihre dunklen Augen glänzten. „Ich glaube, du weißt, warum ich hier bin."

Iris wusste genau, was sie meinte, doch sie beugte sich ebenfalls vor und sah ihrer Kusine direkt in die Augen. „Erleuchte mich."

„Sir Richard Kenworthy?"

„Was ist mit ihm?"

„Ich habe gesehen, wie er bei der musikalische Soiree hinter dir her war."

„Er war nicht hinter mir her."

„Oh doch. Meine Mutter konnte danach von gar nichts anderem mehr reden."

„Das fällt mir schwer zu glauben."

Sarah zuckte die Achseln. „Ich fürchte, du befindest dich in einer unangenehmen Lage, liebe Kusine. Nachdem ich verheiratet bin und keine meiner Schwestern alt genug ist, in die Gesellschaft eingeführt zu werden, hat meine Mutter beschlossen, all ihre Energien auf dich zu richten."

„Lieber Himmel", sagte Iris ohne jede Ironie. Ihre Tante Charlotte nahm ihre Pflichten als ehestiftende Mama sehr ernst.

„Ganz zu schweigen davon ...", fuhr Sarah melodramatisch

fort. „*Was* ist auf dem Ball der Mottrams geschehen? Ich war nicht dort, und hätte doch offenbar dort sein müssen!"

„Nichts ist geschehen." Iris setzte ihre beste „So ein Unsinn!"-Miene auf. „Wenn du damit Sir Richard meinst, so habe ich einfach nur mit ihm getanzt."

„Laut Marigold …"

„Wann hast du denn mit Marigold gesprochen?"

Sarah wedelte mit der Hand. „Das spielt keine Rolle."

„Aber Marigold war gestern doch nicht mal dort!"

„Sie hat es von Susan."

Iris lehnte sich zurück. „Lieber Himmel, wir haben zu viele Kusinen."

„Ich weiß. Wirklich. Aber zurück zum Thema. Marigold hat gesagt, dass Susan gesagt hat, du wärst praktisch die Ballkönigin gewesen."

„Das ist unglaublich übertrieben."

Wie ein erfahrener Verhörspezialist stach Sarah mit dem Zeigefinger in Iris' Richtung. „Leugnest du etwa, dass du jeden Tanz getanzt hast?"

„Allerdings." Bevor Richard gekommen war, hatte sie durchaus ein paar Tänze am Rand verbracht.

Sarah hielt inne, blinzelte, runzelte die Stirn. „Es sieht Marigold aber gar nicht ähnlich, sich bei ihrem Klatsch zu irren."

„Ich habe öfter getanzt als sonst", gab Iris zu, „aber gewiss nicht jeden Tanz."

„Hmmm."

Iris musterte ihre Kusine mit beträchtlichem Misstrauen. Wenn Sarah nachdenklich wurde, verhieß das nichts Gutes.

„Ich glaube, ich weiß, was passiert ist", erklärte Sarah schließlich.

„Dann klär mich doch bitte auf."

„Du hast mit Sir Richard getanzt", fuhr Sarah fort, „und

dann hast du dich eine Stunde lang mit ihm unter vier Augen unterhalten."

„Es war keine Stunde, und außerdem, woher *weißt* du das alles?"

„Ich weiß eine Menge", erwiderte Sarah flapsig. „Am besten, man fragt nicht, woher. Oder warum."

„Wie hält Hugh es nur mit dir aus?"

„Sehr gut, vielen Dank." Sarah grinste. „Aber zurück zum letzten Abend. Wie viel Zeit du auch in Gesellschaft des äußerst attraktiven Sir Richard – nein, unterbrich mich nicht, ich habe ihn bei der musikalische Soiree gesehen, er ist äußerst ansehnlich – verbracht hast, du fühltest dich dann …"

Sie hielt inne und vollführte diese merkwürdige Sache mit ihrem Mund, die sie immer tat, wenn sie überlegte. Sie bewegte den Unterkiefer zur Seite, sodass ihr Gebiss nicht länger aufeinanderpasste, und verzog die Lippen. Iris hatte dies schon immer ein wenig befremdlich gefunden.

Sarah runzelte die Stirn. „Du fühltest dich dann …"

„Wie denn?", fragte Iris endlich.

„Ich suche noch nach dem richtigen Wort."

Iris erhob sich. „Ich lasse Tee kommen."

„Atemlos!", rief Sarah schließlich. „Du hast dich atemlos gefühlt. Und du hast innerlich geglüht."

Iris rollte mit den Augen und riss am Glockenstrang. „Du musst dir unbedingt ein Steckenpferd suchen."

„Und wenn eine Frau innerlich glüht, dann sieht man ihr das auch an", fuhr Sarah fort.

„Genau, nichts als Hitzepickel und eine schweißnasse Stirn", erklärte Iris. „Klingt wie Sonnenbrand."

„Könntest du mal aufhören, so eine Spielverderberin zu sein?", empörte sich Sarah. „Wirklich, Iris, du bist der unromantischste Mensch, den ich kenne."

Iris hielt auf ihrem Rückweg zur Sitzgruppe inne und stützte sich auf der Rückenlehne eines Sofas ab. Stimmte das? Sie wusste, dass sie nicht zu Gefühlsausbrüchen neigte, aber ganz ohne Gefühle war sie nicht. Schließlich hatte sie *Stolz und Vorurteil* sechsmal gelesen. Das hatte doch auch etwas zu heißen.

Doch Sarah nahm ihre Bestürzung gar nicht wahr. „Wie gesagt“, fuhr sie fort, „wenn eine Frau sich schön fühlt, strahlt sie auch etwas aus.“

Es lag Iris schon auf der Zunge zu sagen: „Woher soll ich das wissen?“, doch sie beherrschte sich.

Sie wollte nicht sarkastisch sein. Nicht bei diesem Thema.

„Und dann scharen sich die Männer um sie. Eine selbstbewusste Frau hat etwas Besonderes an sich. Etwas ... ich weiß nicht ... ein gewisses *je ne sais quoi*, wie die Franzosen sagen.“

„Ich spiele mit dem Gedanken, zu Deutsch zu wechseln“, hörte Iris sich sagen.

Sarah sah sie einen Moment lang verblüfft an und fuhr dann fort, als hätte es die Unterbrechung nicht gegeben. „Und aus diesem Grund“, sagte sie absolut treffsicher, „wollten gestern Abend sämtliche Herren mit dir tanzen.“

Iris umrundete das Sofa und setzte sich. Sie faltete die Hände im Schoß und dachte nach über das, was Sarah gesagt hatte. Sie war sich nicht sicher, ob sie es glauben sollte, konnte es aber auch nicht einfach so von sich weisen.

„Du bist ja sehr still geworden“, meinte Sarah. „Ich war mir sicher, dass du mir widersprechen würdest.“

„Ich weiß nicht, was ich sagen soll.“

Sarah betrachtete sie mit aufrichtiger Neugierde. „Geht es dir auch gut?“

„Mir geht es hervorragend. Warum fragst du?“

„Du wirkst irgendwie anders.“

Iris zuckte die Achseln. „Vielleicht ist es das innerliche Glühen, wie du es ausgedrückt hast."

„Nein", widersprach Sarah unverblümt, „das ist es nicht."

„Na, das war mir ja ein kurzlebiges Glühen", spöttelte Iris.

„*Jetzt* klingst du wieder wie du selbst."

Iris lächelte nur und schüttelte den Kopf. „Wie geht es eigentlich dir?", fragte sie in einem nicht sehr subtilen Versuch, das Thema zu wechseln.

„Sehr gut", sagte Sarah mit breitem Lächeln, und in diesem Augenblick bemerkte Iris … etwas.

„Du wirkst auch anders." Sie betrachtete ihre Kusine genauer.

Sarah errötete.

Iris keuchte. „Erwartest du etwa ein Kind?"

Sarah nickte. „Woher wusstest du das?"

„Wenn man einer verheirateten Frau sagt, sie sähe anders aus, und die dann errötet …" Iris grinste. „Dann kann es ja nichts anderes sein."

„Du bemerkst wirklich alles, nicht wahr?"

„Beinahe. Aber erlaube mir doch, dir zu gratulieren. Was für wunderbare Neuigkeiten! Bitte richte Lord Hugh meine Glückwünsche aus. Wie geht es dir? War dir übel?"

„Gar nicht."

„Was für ein Glück. Rose hat sich drei Monate lang jeden Morgen übergeben müssen."

Sarah verzog mitfühlend das Gesicht. „Mir geht es prächtig. Vielleicht bin ich hin und wieder ein wenig erschöpft, aber nicht schlimm."

Iris lächelte ihre Kusine an. Es schien so seltsam, dass Sarah bald Mutter werden sollte. Sie hatten als Kinder miteinander gespielt und später dann über die musikalische Soiree gestöhnt. Und nun hatte Sarah einen neuen Lebensabschnitt begonnen.

Während Iris …

Im alten verharrte.

„Du liebst ihn sehr, nicht?“, sagte sie ruhig.

Sarah antwortete nicht sofort, sondern musterte ihre Kusine mit neugieriger Miene. „Ja“, erklärte sie schließlich feierlich. „Mit jeder Faser meines Herzens.“

Iris nickte. „Ich weiß.“ Sie dachte, dass Sarah nun etwas sagen würde, sie vielleicht fragen würde, warum sie eine so alberne Frage gestellt hatte, doch Sarah schwieg. Schließlich hielt Iris es nicht mehr aus und fragte: „Wie hast du es gewusst?“

„Gewusst?“

„Dass du ihn liebst.“

„Ich …“ Sarah hielt inne und dachte nach. „Ich bin mir nicht sicher. An den genauen Moment kann ich mich gar nicht erinnern. Komisch, ich dachte immer, wenn ich mich mal verliebe, wäre es eine überwältigende Erkenntnis. Du weißt schon, wie der Blitz, während dazu die Englein singen … so in der Art.“

Iris grinste. Das war typisch Sarah. Sie hatte schon immer einen Hang zum Melodramatischen gehabt.

„Aber so war es überhaupt nicht“, meinte Sarah sehnsüchtig. „Ich weiß noch, dass ich mich sehr seltsam gefühlt habe und mich darüber wunderte. Ich habe mich damals gefragt, ob das, was ich empfinde, wohl Liebe ist.“

„Es könnte also sein, dass man es gar nicht *merkt*, wenn es passiert?“

„Könnte sein.“

Iris nahm die Unterlippe zwischen die Zähne und flüsterte: „War es, als er dich zum ersten Mal geküsst hat?“

„Iris!“ Sarah lächelte, entzückt und schockiert zugleich. „Was für eine Frage!“

„So ungehörig ist sie nun auch wieder nicht“, sagte Iris und sah angelegentlich zu einem Fleck an der Wand, der sich eindeutig links von Sarahs Gesicht befand.

„Oh doch.“ Sarah senkte vor Überraschung das Kinn. „Aber ich freue mich trotzdem, dass du sie gestellt hast.“

Das hatte Iris nicht erwartet. „Warum?“

„Weil du immer so ...“ Sarah wedelte mit der Hand, ließ sie in der Luft kreisen, als bekäme sie damit die richtigen Worte zu fassen, „... unberührt von all diesen Dingen scheinst.“

„Von welchen Dingen?“

„Ach, du weißt schon. Gefühlen. Schwärmereien. Du bist immer so ruhig. Sogar wenn du wütend bist.“

Iris richtete sich empört auf. „Ist daran etwas Verkehrtes?“

„Natürlich nicht. So bist du eben. Und es ist wohl der einzige Grund, warum Daisy siebzehn werden konnte, ohne dass du sie umgebracht hast. Nicht dass sie dir das je danken würde.“

Iris konnte ein reuiges Lächeln nicht unterdrücken. Es war schön, dass wenigstens irgendwer sah, mit wie viel Nachsicht sie ihrer jüngeren Schwester begegnete.

Sarah machte schmale Augen und beugte sich vor. „Hier geht es um Sir Richard, stimmt's?“

Iris wusste, dass es keinen Sinn hatte, es abzustreiten. „Ich glaube einfach ...“ Sie presste die Lippen zusammen, fast besorgt, dass ihr andernfalls ein ganzer Schwall an Unsinn entfahren könnte. „Ich mag ihn“, gab sie schließlich zu. „Ich weiß nicht, warum, aber ich mag ihn.“

„Du brauchst nicht zu wissen warum.“ Sarah drückte ihre Hand. „Es klingt, als würde er dich auch mögen.“

„Ich glaube, ja. Er hat mir ziemlich viel Aufmerksamkeit geschenkt.“

„Aber ...?“

Iris sah ihrer Kusine in die Augen. Ihr hätte klar sein müssen, dass Sarah ihr stillschweigendes „Aber“ am Ende des Satzes hören würde. „Aber ... ich weiß nicht“, sagte Iris. „Irgendetwas stimmt nicht.“

„Könnte es sein, dass du nach Problemen suchst, die es gar nicht gibt?“

Iris holte tief Luft und stieß sie dann aus. „Vielleicht. Es ist ja nicht so, als hätte ich irgendwelche Vergleichsmöglichkeiten.“

„Das stimmt nicht. Du hattest schon Verehrer.“

„Nicht viele. Und keinen, den ich so gern mochte, dass es mich interessiert hätte, ob er mir weiter den Hof macht.“

Sarah seufzte, erhob aber keine Einwände. „Also gut. Dann sag mir, was ‚nicht stimmt‘, wie du es ausdrückst.“

Iris legte den Kopf schief und sah auf, kurzfristig fasziniert vom Spiel des Sonnenlichts im Kronleuchter. „Ich glaube, er mag mich zu sehr“, sagte sie schließlich.

Sarah stieß ein lautes Lachen aus. *„Das* ist es also, was nicht stimmt? Iris, hast du auch nur irgendeine Ahnung, wie viele ...“

„Hör auf“, unterbrach Iris sie. „Lass mich ausreden. Das hier ist meine dritte Saison. Ich gebe gern zu, dass ich keine besonders eifrige Debütantin war, aber ein so *warmes* Interesse hat mir noch niemand entgegengebracht.“

Sarah öffnete den Mund, um etwas zu sagen, doch Iris hob die Hand, um sie am Sprechen zu hindern. „Mich stört auch nicht so sehr die *Wärme* ...“ Nun errötete sie. Was für eine dämliche Wortwahl. „Es ist eher, dass es so plötzlich kam.“

„Plötzlich?“

„Ja. Vermutlich ist er dir auf der musikalischen Soiree nicht aufgefallen, da du den Großteil des Publikums im Rücken hattest.“

„Eigentlich willst du sagen, ich habe versucht, ins Pianoforte zu springen und den Deckel zuzuschlagen“, scherzte Sarah.

„Allerdings“, erwiderte Iris und lachte. Von all ihren Kusinen war es Sarah, die die musikalische Soiree fast so sehr verabscheute wie sie selbst.

„Tut mir leid“, sagte Sarah, „ich konnte nicht widerstehen. Bitte rede weiter.“

Iris schürzte die Lippen und erinnerte sich. „Er hat mich die ganze Zeit beobachtet.“

„Vielleicht fand er dich schön.“

„Sarah“, sagte Iris offen, „niemand findet mich schön. Zumindest nicht auf den ersten Blick.“

„Das ist nicht wahr!“

„Du weißt, dass es stimmt. Aber das ist schon in Ordnung, wirklich.“

Sarah wirkte nicht überzeugt.

„Ich weiß, dass ich nicht *hässlich* bin“, versicherte Iris ihr. „Aber es ist, wie Daisy gesagt hat …“

„Oh nein“, fuhr Sarah heftig dazwischen. „Fang jetzt bloß nicht an, Daisy zu zitieren.“

„Nein“, sagte Iris in dem Bemühen, gerecht zu sein. „Hin und wieder sagt sie etwas, was durchaus vernünftig ist. Mir fehlt es an Farbe.“

Sarah sah ihr lang in die Augen, und dann erwiderte sie: „Das ist das Dümmste, was ich je gehört habe.“

Iris hob die Augenbrauen. Ihre blassen, farblosen Augenbrauen. „Ist dir je schon einmal jemand so Blasses begegnet?“

„Nein, aber das hat überhaupt nichts zu sagen.“

Iris stieß frustriert den Atem aus, während sie versuchte, ihren Gedanken Ausdruck zu verleihen. „Ich versuche zu sagen, dass ich es gewohnt bin, unterschätzt zu werden. Übersehen.“

Sarah starrte sie an. Und dann … „Was *redest* du da bloß?“

Iris seufzte. Sie wusste, dass Sarah sie nicht verstehen würde. „Die Leute bemerken mich oft nicht. Und das ist – nein, ehrlich! – in Ordnung. Ich will gar nicht im Mittelpunkt stehen."

„Du bist nicht schüchtern", erklärte Sarah.

„Nein, aber es gefällt mir, die Leute zu beobachten und mich …", sie zuckte die Achseln, „… wenn ich ehrlich bin, innerlich über sie lustig zu machen."

Sarah prustete laut heraus.

„Wenn mich die Leute erst einmal näher kennen, ist es anders", fuhr Iris fort, „aber in einer Gruppe falle ich kaum auf. Und deswegen verstehe ich Sir Richard Kenworthy nicht."

Sarah schwieg eine volle Minute. Hin und wieder öffnete sie den Mund, wie um etwas zu sagen, doch dann schloss sie ihn wieder. Schließlich fragte sie: „Aber du magst ihn?"

„Hast du nicht zugehört?" Iris explodierte beinahe.

„Doch, natürlich, jedes Wort", versetzte Sarah. „Aber ich weiß nicht recht, ob alldem Bedeutung zuzumessen ist, zumindest noch nicht. Es wäre doch immerhin möglich, dass er sich *tatsächlich* auf den ersten Blick in dich verliebt hat. Sein Verhalten würde jedenfalls dazu passen."

„Er ist nicht in mich verliebt", sagte Iris bestimmt.

„Vielleicht *noch* nicht." Sarah ließ die Bemerkung einen Augenblick im Raum stehen, ehe sie fragte: „Wenn er dich heute Nachmittag fragen würde, ob du seine Frau werden willst, was würdest du dann sagen?"

„Das ist doch lächerlich."

„Natürlich ist es das, aber ich würde es trotzdem gern wissen. Was würdest du sagen?"

„Ich würde nichts sagen, weil er nicht fragen würde."

Sarahs Miene verfinsterte sich. „Würdest du jetzt bitte aufhören, so störrisch zu sein, und mir den Gefallen tun?"

„Nein!“ Iris war kurz davor, entnervt die Arme in die Höhe zu werfen. „Ich sehe nicht recht, was es bringen soll, mich eine Frage beantworten zu lassen, die nicht gestellt werden wird.“

„Du würdest Ja sagen!“

„Nein, würde ich nicht“, protestierte Iris.

„Dann würdest du also Nein sagen.“

„Das habe ich nicht gesagt.“

Sarah lehnte sich zurück und nickte langsam. Auf ihren Zügen erschien ein sehr selbstzufriedener Ausdruck.

„Was denn?“, fragte Iris.

„Du willst dir die Frage nicht mal durch den Kopf gehen lassen, weil du Angst hast, über deine eigenen Gefühle nachzudenken.“

Iris schwieg.

„Ich habe also recht“, sagte Sarah triumphierend. Und dann, zu sich selbst: „Ich liebe es, wenn ich recht habe.“

Iris atmete tief durch, wobei sie nicht wusste, ob sie es tat, um ihren Zorn zu bezähmen oder um allen Mut zusammenzunehmen. „Wenn er mich fragen würde, ob ich ihn heiraten will“, sagte sie und sprach jedes Wort überdeutlich aus, „würde ich ihm sagen, dass ich noch etwas Zeit bräuchte, bis ich ihm eine Antwort geben könnte.“

Sarah nickte.

„Aber er wird mich nicht fragen.“

Sarah brach in lautes Gelächter aus. „Du musst unbedingt das letzte Wort behalten, was?“

„Er wird mich nicht fragen.“

Sarah grinste nur. „Oh, sieh mal, der Tee ist gekommen. Ich komme um vor Hunger.“

„Er wird mich nicht fragen.“ Iris' Stimme hatte einen Singsangton angenommen.

„Ich gehe gleich nach dem Tee“, erklärte Sarah eifrig. „So

gern ich seine Bekanntschaft machen würde, möchte ich doch nicht hier sein, wenn er kommt. Ich könnte im Weg sein."

„Er wird mich nicht fragen."

„Ach, nimm einen Keks."

„Er wird mich nicht fragen", wiederholte Iris. Und dann fügte sie hinzu, sie konnte nicht anders: „Er wird es nicht tun."

6. Kapitel

Fünf Tage später
Pleinsworth House

Es war so weit.

Richard hatte Iris Smythe-Smith erst vor einer Woche kennengelernt, hier in diesem Haus. Und nun wollte er ihr einen Heiratsantrag machen.

Gewissermaßen.

Seit dem Ball bei den Mottrams hatte er sie jeden Tag besucht. Sie waren gemeinsam im Park spazieren gegangen, hatten Eis bei *Gunther's* gegessen, hatten die Oper und Covent Garden besucht. Kurzum, sie hatten alles getan, was ein junges Paar in London tun konnte. Er war sich absolut sicher, dass Iris' Familie von ihm erwartete, dass er ihr einen Antrag machte.

Nur noch nicht gleich.

Er wusste, dass Iris ihn recht gern hatte. Vielleicht fragte sie sich sogar, ob sie dabei war, sich in ihn zu verlieben. Doch wenn er sie an diesem Abend um ihre Hand bat, würde sie ihm ihre Antwort nicht sofort geben, dessen war er sich ziemlich sicher.

Er seufzte. So hatte er sich seine Brautschau nicht vorgestellt.

Er war an diesem Abend allein gekommen; Winston hatte sich strikt geweigert, irgendeinem künstlerischen Unternehmen beizuwohnen, das von den Smythe-Smiths produziert wurde, auch wenn Richard bereits für ihn zugesagt hatte. Nun saß Winston mit einer erfundenen Erkältung zu Hause, und Richard stand in der Ecke und fragte sich, wieso ein Klavier in den Salon gebracht worden war.

Und warum es mit Zweigen dekoriert war.

Ein rascher Blick durch den Raum zeigte ihm, dass Lady Pleinsworth Programme für den Abend vorbereit hatte. Er hatte allerdings noch keines bekommen, obwohl er schon vor fünf Minuten eingetroffen war.

„Da sind Sie ja."

Beim Klang der weichen Stimme drehte er sich um und sah Iris vor sich in einem schlichten Kleid aus hellblauem Musselin. Diese Farbe trug sie oft, fiel ihm auf. Sie stand ihr.

„Tut mir leid, dass Sie sich selbst überlassen blieben", sagte sie. „Meine Hilfe wurde hinter den Kulissen benötigt."

„Hinter den Kulissen?", wiederholte er. „Ich dachte, das hier sollte eine Dichterlesung werden."

„Ach, das", sagte sie ein wenig schuldbewusst, und ihre Wangen röteten sich. „Wir haben umdisponiert."

Fragend neigte er den Kopf.

„Vielleicht sollte ich Ihnen ein Programm besorgen."

„Ja, bei meinem Eintreffen hat man wohl versäumt, mir eins zu geben."

Sie räusperte sich ungefähr sechsmal. „Ich glaube, es wurde beschlossen, den Gentlemen keines auszuhändigen, es sei denn, sie bäten darum."

Er ließ sich das kurz durch den Kopf gehen. „Wage ich es, nach dem Grund zu fragen?"

„Ich glaube", sagte sie und blickte zur Decke, „dass Sorge bestand, die Herren könnten sich vielleicht entschließen, nicht zu bleiben."

Richard blickte voll Entsetzen auf das Pianoforte.

„Oh nein“, beruhigte Iris ihn rasch. „Musik wird es keine geben. Zumindest nicht, soweit ich weiß. Es ist kein Konzert.“

Dennoch waren Richards Augen panikgeweitet. Wo war Winston mit seinen kleinen Wattebäuschen, wenn man ihn brauchte? „Sie machen mir Angst, Miss Smythe-Smith.“

„Heißt das, Sie wollen kein Programm?“, fragte sie hoffnungsvoll.

Er beugte sich ein wenig zu ihr. Es war nicht genug, um die Regeln des guten Tons zu verletzen, doch er sah, dass sie es bemerkt hatte. „Ich halte es für das Beste, wenn man vorbereitet ist.“

Sie schluckte. „Einen Moment.“

Er wartete, während sie den Saal durchquerte und sich an Lady Pleinsworth wandte. Einen Augenblick später kehrte sie mit einem Stück Papier zurück. „Bitte“, sagte sie verlegen.

Er nahm es entgegen und sah es sich an. Dann blickte er auf. *„Die Schäferin, das Einhorn und Heinrich VIII.?“*

„Es ist ein Drama. Meine Kusine Harriet hat es geschrieben.“

„Und wir sollen es uns ansehen?“, erkundigte er sich vorsichtig.

Sie nickte.

Er räusperte sich. „Können Sie mir sagen, wie, nun, lang die Aufführung sein wird?“

„Nicht so lang wie die musikalische Soiree“, beruhigte sie ihn. „Glaube ich zumindest. Ich habe nur die letzten Minuten der Generalprobe gesehen.“

„Das Pianoforte gehört zur Dekoration, ja?“

Sie nickte. „Im Vergleich zu den Kostümen ist das noch gar nichts, fürchte ich.“

Er brachte es nicht fertig nachzufragen.

„Es war meine Aufgabe, das Horn am Einhorn zu befestigen."

Er gab sich wirklich größte Mühe, nicht zu lachen. Beinahe wäre es ihm gelungen.

„Ich bin mir nicht sicher, wie Frances es wieder abbekommt", sagte Iris mit nervöser Miene. „Ich habe es ihr an die Stirn geklebt."

„Sie haben Ihrer Kusine ein Horn an die Stirn geklebt", wiederholte er.

Sie verzog das Gesicht. „Ja."

„*Mögen* Sie diese Kusine denn?"

„Oh ja, sehr. Sie ist elf und wirklich entzückend. Ich würde Daisy sofort gegen sie eintauschen."

Richard hatte so das Gefühl, Iris würde Daisy auch gegen einen Dachs austauschen, wenn sich nur die Gelegenheit dazu ergäbe.

„Ein Horn", sagte er noch einmal. „Nun ja, ich nehme an, ohne Horn kann man kein Einhorn spielen."

„Ganz genau", rief Iris mit frischem Enthusiasmus. „Frances ist begeistert. Sie liebt Einhörner. Sie ist überzeugt davon, dass es sie wirklich gibt, und ich glaube, wenn sie könnte, würde sie sich in eines verwandeln."

„Anscheinend hat sie einen ersten Schritt in Richtung dieses edlen Ziels getan. Mit Ihrer freundlichen Unterstützung."

„Ach, das. Eigentlich hoffe ich, Tante Charlotte erfährt nie, dass ich diejenige war, die den Klebstoff geschwungen hat."

Richard hatte so das Gefühl, dass diese Hoffnung nicht in Erfüllung gehen würde. „Besteht denn irgendeine Chance, dass es geheim bleibt?"

„Nicht die geringste. Aber ich klammere mich an meine falschen Hoffnungen. Mit etwas Glück ereignet sich heute

Abend ein fürchterlicher Skandal und niemand merkt, dass Frances mit Horn ins Bett gegangen ist."

Richard begann zu husten. Und hörte nicht mehr auf. Lieber Himmel, war das Staub in seiner Kehle oder das schlechte Gewissen?

„Alles in Ordnung?", fragte Iris mit besorgter Miene.

Er nickte, nicht in der Lage zu antworten. Lieber Himmel, ein Skandal. Wenn sie nur wüsste.

„Soll ich Ihnen etwas zu trinken besorgen?"

Er nickte noch einmal. Er musste sich beinahe ebenso dringend etwas Flüssiges in die Kehle gießen, wie er sie gerade nicht ansehen durfte.

Am Ende würde sie aber glücklich werden, sagte er sich. Er würde ihr ein guter Ehemann sein. Ihr würde es an nichts fehlen.

Nur an der freien Entscheidung, ihn zu heiraten.

Richard stöhnte. Er hatte nicht damit gerechnet, sich angesichts dessen, was er vorhatte, so verdammt schuldig zu fühlen.

„Hier", sagte Iris und reichte ihm ein Glas. „Ein wenig Süßwein."

Richard bedankte sich mit einem Nicken und nahm einen stärkenden Schluck. „Danke", sagte er heiser. „Ich weiß nicht, was über mich gekommen ist."

Iris machte ein mitfühlendes Geräusch und deutete zu dem geschmückten Pianoforte. „Die Luft ist wahrscheinlich staubig von all den Zweigen, die Harriet angeschleppt hat. Sie hat sie gestern stundenlang im Hyde Park gesammelt."

Er nickte noch einmal und trank sein Glas aus, ehe er es auf einem nahen Tisch abstellte. „Wollen Sie sich neben mich setzen?", fragte er. Er hatte zwar angenommen, dass sie das tun würde, doch es war ein Gebot der Höflichkeit, sie zu fragen.

„Es wäre mir eine Freude", sagte sie und lächelte. „Vermutlich brauchen Sie auch jemanden, der für Sie übersetzt."

Seine Augen wurden groß vor Entsetzen. „Der für mich übersetzt?"

Sie lachte. „Nein, nein, keine Angst, das Stück ist auf Englisch. Es ist nur ..." Sie lachte noch einmal, ihr ganzes Gesicht strahlte. „Harriet hat eben ihren ganz eigenen Stil."

„Sie haben Ihre Familie sehr gern", beobachtete er.

Sie setzte zu einer Antwort an, doch dann erregte etwas hinter ihm ihre Aufmerksamkeit. Er drehte sich um, doch im selben Augenblick sagte sie schon: „Meine Tante winkt. Ich glaube, wir sollten unsere Plätze einnehmen."

Mit einiger Beklommenheit setzte Richard sich neben sie in die erste Reihe und betrachtete das Pianoforte, das wohl die Bühne kennzeichnen sollte. Die Stimmen im Publikum senkten sich zu einem Flüstern, und schließlich trat Schweigen ein, als Lady Harriet Pleinsworth aus den Schatten trat, gewandte als einfache Schäferin samt Stab und allem.

„Oh schöner, herrlicher Tag!", deklamierte sie und hielt inne, um eines der Bänder an ihrem breitkrempigen Schäferhut wegzuschlagen. „Wie bin ich gesegnet mit meiner edlen Herde."

Nichts geschah.

„Mit meiner edlen Herde!", wiederholte sie ein ganzes Stück lauter.

Ein Krachen war zu hören, ein Knurren und ein gezischtes: „Hör auf!", und dann kamen fünf als Schafe verkleidete kleine Kinder herausgetrottet.

„Meine Kusinen", flüsterte Iris. „Die nächste Generation."

„Die Sonne strahlt herab", fuhr Harriet fort und breitete flehend die Arme aus. Doch Richard war viel zu fasziniert von den Schafen, um ihr zuzuhören. Das größte Schaf mähte so laut, dass Harriet ihm schließlich einen leichten Tritt verpassen musste, und eines der kleineren Schafe – lieber Himmel, das

Kind konnte nicht älter als zwei Jahre alt sein – krabbelte zum Pianoforte und begann, an dessen Bein zu lecken.

Iris presste sich die Hand vor den Mund, um nicht laut herauszulachen.

Auf diese Weise ging das Stück weiter, die schöne Schäferin lobpreiste die Wunder der Natur, bis irgendwer irgendwo die Zimbeln schlug und Harriet aufkreischte (genau wie das halbe Publikum).

„Ich *sagte*", stieß Harriet hervor, „wir können von Glück reden, dass es nächste Woche wohl nicht regnen wird."

Darauf wurden die Zimbeln erneut geschlagen, und dann schrie jemand: „Donner!"

Iris rang nach Luft und presste die zweite Hand über die erste, die immer noch auf ihrem Mund lag. Dann hörte er, wie sie entsetzt: „Elizabeth!" murmelte.

„Was ist los?"

„Ich glaube, Harriets Schwester hat gerade das Stück geändert. Der ganze erste Akt ist verloren."

Zum Glück wurde Richard durch den Auftritt von fünf Kühen jeder Reaktion enthoben. Bei näherer Betrachtung entpuppten sich die Kühe als Schafe, denen man braune Stofffetzen auf die Wolle gesteckt hatte.

„Wann bekommen wir das Einhorn zu sehen?", flüsterte er Iris zu.

Hilflos zuckte sie mit den Achseln. Sie wusste es nicht.

Ein paar Minuten später zockelte Heinrich VIII. auf die Bühne. Seine Tunika war mit so vielen Kissen ausgestopft, dass das Kind darin kaum laufen konnte.

„Das ist Elizabeth", flüsterte Iris.

Richard nickte mitfühlend. Wenn er dieses Kostüm hätte tragen müssen, hätte er den ersten Akt ebenfalls überspringen wollen.

Doch nichts war mit dem Augenblick zu vergleichen, in dem das Einhorn auf die Bühne stürmte. Sein Wiehern war beängstigend, sein Horn riesig.

Richard blieb der Mund offen stehen. „Das haben Sie ihr an die Stirn geklebt?“, flüsterte er Iris zu.

„Anders wollte es ja nicht halten“, wisperte sie zurück.

„Sie kann den Kopf gar nicht oben halten.“

Voll Entsetzen starrten sie auf die Bühne. Die kleine Lady Frances Pleinsworth stolperte wie betrunken herum, konnte den Körper unter dem Gewicht des Horns kaum aufrecht halten.

„Aus was besteht das Horn denn?“, fragte Richard.

Iris hob die Hände. „Ich weiß nicht. Ich hätte nicht gedacht, dass es so schwer ist. Vielleicht spielt sie nur.“

Bestürzt betrachtete Richard das Schauspiel, befürchtete fast, er müsse tätig werden, um zu verhindern, dass das Mädchen versehentlich jemanden in der ersten Reihe aufspießte.

Eine Ewigkeit später schien das Ende erreicht, zumindest nahm Richard das an. König Heinrich schwenkte einen Putenschlegel und verkündete laut: „Dieses Land soll mein sein, jetzt und für immerdar!“

Und tatsächlich schien alles verloren für die arme, reizende Schäferin und ihre merkwürdig wandelbare Herde. Doch in diesem Augenblick ertönte ein mächtiges Gebrüll …

„Gibt es auch noch einen Löwen?“, staunte Richard.

… und das Einhorn erstürmte die Bühne!

„Stirb!“, kreischte das Einhorn. „Stirb! Stirb! Stirb!“

Verwirrt blickte Richard zu Iris. Das Einhorn hatte bisher nicht gezeigt, dass es der Sprache mächtig war.

Heinrichs Schreckensschrei war so beängstigend, dass die Frau hinter Richard murmelte: „Das ist überraschend sehr gut gespielt.“

Richard sah Iris an. Ihr stand der Mund offen, als sie sah, wie Heinrich über eine Kuh sprang und hinter das Pianoforte rannte, wo er über das jüngste Schaf stolperte, das immer noch am Klavierbein leckte.

Heinrich ruderte haltsuchend mit den Armen, doch das (möglicherweise tollwütige) Einhorn war zu schnell. Es rannte mit dem Kopf voraus (und nach unten) auf den verängstigten König zu und rammte ihm das Horn in den dicken Kissenbauch.

Jemand kreischte, und dann ging Heinrich inmitten wirbelnder Daunen zu Boden.

„Ich glaube nicht, dass das im Stück stand", flüsterte Iris voll Entsetzen.

Richard konnte den Blick kaum von dem grausigen Spektakel auf der Bühne wenden. Heinrich lag auf dem Rücken, aus seinem (glücklicherweise falschen) Bauch ragte das Horn des Einhorns. Was schon schlimm genug war, nur dass das Horn immer noch fest mit dem Einhorn verbunden war. Was bedeutete, dass das Einhorn mit jedem Zucken Heinrichs am Kopf herumgerissen wurde.

„Geh runter!", schrie Heinrich.

„Ich *versuche* es doch schon!", knurrte das Einhorn.

„Ich glaube, es hängt fest", sagte Richard zu Iris.

„Ach, du lieber Himmel", schrie sie und schlug sich erneut die Hand vor den Mund. „Der Klebstoff!"

Ein Schaf eilte hilfreich herbei, rutschte jedoch auf einer Feder aus und verhedderte sich in den Beinen des Einhorns.

Die Schäferin, die das Ganze ebenso schockiert beobachtet hatte wie das Publikum, erkannte plötzlich, dass sie die Aufführung retten musste, sprang herbei und brach in Gesang aus.

„Oh gesegneter Sonnenschein", sang sie. „Wie wärmt uns dein warmer Strahl!"

Und dann trat Daisy vor.

Richard fuhr zu Iris herum. Ihr stand der Mund offen. „Nein, nein, nein“, flüsterte sie schließlich, doch zu diesem Zeitpunkt hatte sich Daisy schon in ihr Geigensolo gestürzt. Vermutlich sollte es eine musikalische Interpretation des Sonnenscheins sein.

Oder des Todes.

Lady Pleinsworth setzte Daisys Auftritt gnädigerweise ein rasches Ende. Sie kam auf die Bühne geeilt, als sie erkannte, dass ihre beiden Jüngsten hoffnungslos ineinander verkeilt waren. „Im anderen Raum werden Erfrischungen gereicht!“, trillerte sie. „Und es gibt Kuchen!“

Alle standen auf, applaudierten – schließlich war es ein Schauspiel, so sonderbar der Schluss auch gewesen sein mochte – und verließen den Salon.

„Vielleicht sollte ich helfen“, sagte Iris und warf einen wachsamen Blick auf ihre Kusinen.

Richard wartete, während sie sich dem Chaos näherte. Die Vorgänge verschafften ihm kein geringes Vergnügen.

„Nimm einfach das Kissen raus“, ordnete Lady Pleinsworth an.

„Das ist nicht so einfach“, zischte Elizabeth. „Ihr Horn geht durch meine Tunika. Wenn du nicht willst, dass ich mich ausziehe ...“

„Das reicht jetzt, Elizabeth.“ Lady Pleinsworth wandte sich an Harriet. „Warum ist es so scharf?“

„Ich bin ein Einhorn!“, erklärte Frances.

Lady Pleinsworth nahm das erst einmal in sich auf und schauderte dann.

„Sie hätte im dritten Akt nicht auf mir reiten dürfen“, fügte Frances schmollend hinzu.

„Hast du sie deswegen aufgespießt?“

„Nein, das stand im Stück", meinte Harriet hilfreich. „Das Horn hätte dabei aber abfallen sollen. Aus Sicherheitsgründen. Das Publikum hätte das natürlich nicht sehen sollen."

„Iris hat es mir an die Stirn geklebt", sagte Frances und wand den Kopf, um aufzuschauen.

Iris, die am Rand der kleinen Gruppe stand, tat sofort einen Schritt zurück. „Vielleicht sollten wir uns etwas zu trinken holen", sagte sie zu Richard.

„Gleich." Ihm bereitete das Ganze viel zu viel Spaß, als dass er den Raum jetzt hätte verlassen wollen.

Lady Pleinsworth packte das Horn mit beiden Händen und zog.

Frances schrie.

„Hat sie etwa *Kleister* verwendet?"

Iris packte ihn mit schraubstoffgleichem Griff am Arm. „Ich muss jetzt wirklich *sofort* gehen."

Richard warf einen Blick auf Lady Pleinsworths Gesicht und führte Iris eilig aus dem Raum.

Draußen ließ Iris sich gegen die Wand sinken. „Ich werde *solche* Schwierigkeiten bekommen!"

Richard wusste, dass er sie eigentlich hätte beruhigen sollen, doch er musste viel zu heftig lachen, um irgendwie nützlich zu sein.

„Die arme Frances", stöhnte sie. „Sie muss heute Nacht mit dem Horn auf der Stirn schlafen!"

„Das wird schon wieder", sagte Richard immer noch lachend. „Ich verspreche Ihnen, wenn sie einmal heiratet, wird sie nicht mit einem Horn auf dem Kopf vor den Altar treten müssen."

Erschrocken sah Iris zu ihm auf, und er konnte sich nur vorstellen, was ihr durch den Kopf ging. Und dann brach sie lauthals in Gelächter aus. Sie lachte so sehr, dass sie sich krümmte.

„Oh, du liebe Güte", japste sie. „Eine gehörnte Hochzeit! Das kann nur uns passieren!"

Richard begann ebenfalls wieder zu lachen, beobachtete amüsiert, wie Iris vor Anstrengung rot anlief.

„Ich sollte nicht lachen", meinte sie. „Wirklich nicht. Aber die Hochzeit … ach herrje, die Hochzeit."

Die Hochzeit, dachte Richard, und plötzlich stand alles wieder im Vordergrund. Warum er heute Abend hier war. Warum er bei ihr war.

Iris würde keine große Hochzeit bekommen. Dazu musste er viel zu schnell nach Yorkshire zurück.

Das schlechte Gewissen drückte ihn. Träumten nicht alle Damen von ihrer Hochzeit? Fleur und Marie-Claire hatten sich ihre früher immer stundenlang ausgemalt. Soweit er wusste, hatte sich daran nichts geändert.

Er atmete tief durch. Iris würde ihre Traumhochzeit nicht bekommen. Wenn alles nach Plan verlief, würde sie nicht mal einen richtigen Heiratsantrag bekommen.

Sie hätte Besseres verdient.

Er schluckte, klopfte sich nervös auf den Oberschenkel. Iris lachte immer noch, sie hatte seine plötzlich ernste Meine noch nicht bemerkt.

„Iris", sagte er plötzlich, worauf sie sich ihm mit überraschtem Blick zuwandte. Vielleicht war es sein Tonfall, vielleicht auch der Umstand, dass er sie zum ersten Mal mit Vornamen ansprach.

Er legte die Hand auf ihr Kreuz und führte sie von der offenen Tür weg. „Schenken Sie mir einen Augenblick Ihrer Zeit?"

Sie zog die Brauen zusammen und hob sie dann. „Natürlich", sagte sie zögernd.

Er atmete tief durch. Er würde es schaffen. Zwar hatte er es anders geplant, aber so war es besser. Diese eine Sache, dachte er, konnte er für sie tun.

Er ließ sich auf ein Knie herab.

Sie schnappte nach Luft.

„Iris Smythe-Smith“, sagte er und ergriff ihre Hand, „wollen Sie mich zum glücklichsten Mann der Welt machen und meine Frau werden?“

7. Kapitel

Iris war sprachlos. Sie öffnete den Mund, aber anscheinend nicht, um etwas zu sagen. Ihr war die Kehle wie zugeschnürt, und sie starrte auf ihn hinab und dachte: *Das kann doch nicht wahr sein.*

„Ich könnte mir vorstellen, dass mein Antrag überraschend kommt", sagte Richard mit warmer Stimme und streichelte ihren Handrücken. Er war immer noch auf einem Knie und sah zu ihr auf, als wäre sie die einzige Frau auf der Welt.

„Ahdebadeba …" Sie konnte nicht sprechen. Sie konnte wirklich und wahrhaftig nicht sprechen.

„Oder vielleicht auch nicht."

Oh doch. Völlig überraschend.

„Wir kennen uns erst eine Woche, aber Sie müssen gemerkt haben, wie ergeben ich Ihnen bin."

Sie spürte, wie sich ihr Kopf hin und her drehte, aber sie hatte keine Ahnung, ob sie damit ja oder nein meinte, und außerdem wusste sie nicht einmal, welche Frage sie beantwortete.

So schnell hätte das nicht passieren sollen.

„Ich konnte einfach nicht länger warten", murmelte er und stand auf.

„Ich … ich weiß nicht …" Sie befeuchtete ihre Lippen. Auch wenn sie ihre Stimme wiedergefunden hatte, brachte sie dennoch keinen kompletten Satz heraus.

Er führte ihre Finger an die Lippen, doch anstatt sie auf den Handrücken zu küssen, drehte er ihre Hand um und hauchte einen federleichten Kuss auf die Innenseite ihres Handgelenks.

„Werden Sie die meine, Iris." Seine Stimme war heiser, möglicherweise vor Begehren. Er küsste sie noch einmal, streifte die zarte Haut mit den Lippen. „Werden Sie die meine, dann werde ich der Ihre sein."

Sie konnte nicht klar denken. Wie hätte sie denken sollen, wenn er sie ansah, als wären sie beide die letzten Menschen auf der Welt? Seine dunklen Augen waren warm – nein, heiß, und sie weckten in ihr den Wunsch, sich an ihn zu schmiegen, alles Wissen in den Wind zu schießen, alle Vernunft. Sie bebte am ganzen Körper, ihr Atem ging rascher, und sie konnte den Blick nicht von den Lippen abwenden, als er sie noch einmal küsste, diesmal auf die Handfläche.

Etwas in ihr spannte sich an. Etwas, was sich ganz bestimmt nicht schickte. Nicht hier im Flur ihrer Tante, nicht mit einem Mann, den sie gerade erst kennengelernt hatte.

„Werden Sie mich heiraten?", fragte er.

Nein. Irgendetwas stimmte nicht. Es ging zu schnell. Es war einfach nicht logisch, dass er sich so rasch in sie verliebt haben sollte.

Aber er liebte sie ja gar nicht. Er hatte es nicht gesagt. Und doch, die Art, wie er sie ansah …

Warum wollte er sie heiraten? Warum konnte sie ihm nicht trauen?

„Iris?", murmelte er. „Mein Liebling?"

Und endlich fand sie ihre Stimme wieder.

„Ich brauche Zeit."

Verdammt.

Nun war genau das eingetroffen, was er befürchtet hatte. Nach nur einer Woche Brautwerbung würde sie ihn nicht heiraten. Dazu war sie viel zu vernünftig.

Die Ironie brachte ihn schier um. Wenn sie nicht die intelligente, vernünftige Frau wäre, die sie war, hätte er sie sich ja gar nicht ausgesucht.

Er hätte sich an seinen ursprünglichen Plan halten sollen. Er war an diesem Abend hergekommen mit der Absicht, sie zu kompromittieren. Nichts Extremes; es wäre schrecklich scheinheilig, wenn er ihr mehr als einen Kuss rauben würde.

Mehr als einen Kuss brauchte er auch nicht. Ein Kuss unter Zeugen, und sie gehörte so gut wie ihm.

Aber nein, sie hatte das Wort Hochzeit erwähnt, und dann hatte er ein schlechtes Gewissen bekommen, und das zu Recht, wie er nur zu gut wusste. Ein romantischer Heiratsantrag war sein Weg, es wiedergutzumachen – nicht, dass sie gewusst hätte, dass es etwas wiedergutzumachen gab.

„Natürlich", sagte er gewandt. „Ich habe zu früh gefragt. Vergeben Sie mir."

„Da gibt es nichts zu vergeben", erwiderte sie stockend. „Es kam nur so überraschend, und ich hatte es mir nicht überlegt, und meinem Vater sind Sie erst ein Mal begegnet, und das auch nur im Vorbeigehen."

„Ich werde ihn natürlich um Erlaubnis bitten", sagte Richard. Das war nicht direkt gelogen. Wenn er Iris in den nächsten paar Minuten dazu brachte, Ja zu sagen, würde er ihren Vater sehr gern um ein Gespräch unter vier Augen bitten, um alles auf die korrekte Art zu regeln.

„Kann ich ein paar Tage Zeit haben?", fragte sie mit zögernder Miene. „Es gibt so viel, was ich von Ihnen nicht weiß. Und mindestens genauso viel, was Sie von mir nicht wissen."

Er ließ seinen Blick heiß auflodern. „Ich weiß genug, um zu wissen, dass ich niemals eine würdigere Braut finden werde."

Ihre Lippen öffneten sich, und er wusste, dass seine Komplimente gut platziert waren. Wenn er nur mehr Zeit gehabt hätte, dann hätte er sie umworben, wie es einer Braut gebührte.

Er nahm ihre Hände in seine und drückte sie sanft. „Sie bedeuten mir so viel."

Sie schien nicht zu wissen, was sie sagen sollte.

Er berührte ihre Wange, spielte auf Zeit, während er sich überlegte, wie er die Sache noch hinbekommen könnte. Er musste sie heiraten, er durfte sich keine Verzögerung erlauben.

Aus den Augenwinkeln sah er eine Bewegung. Die Tür zum Salon stand immer noch offen. Er stand in schrägem Winkel dazu und konnte nur einen winzigen Ausschnitt sehen. Doch er hatte das Gefühl, dass Lady Pleinsworth jeden Augenblick herauskommen könnte, und …

„Ich muss Sie küssen!", rief er und zog Iris ungestüm in die Arme. Er hörte, wie sie schockiert aufkeuchte, und es zerriss ihm beinahe das Herz, doch er hatte keine andere Wahl. Er musste zu seinem ursprünglichen Plan zurückkehren. Er küsste sie auf den Mund, das Kinn, ihren herrlichen Hals, und dann …

„Iris Smythe-Smith!"

Er sprang zurück. Seltsamerweise musste er die Überraschung nicht einmal spielen.

Lady Pleinsworth kam herbeigeeilt. „Was in Gottes Namen ist hier los?"

„Tante Charlotte!" Iris stolperte rückwärts, zitterte wie ein verängstigtes Reh. Richard sah, wie ihr Blick zwischen ihrer Tante und jemandem hinter ihr hin und her huschte, und mit wachsendem Entsetzen wurde ihm klar, dass die Damen Harriet, Elizabeth und Frances ebenso in den Flur getreten waren und sie nun mit offenem Mund anstarrten.

Lieber Himmel, nun musste er sich noch vorwerfen lassen, kleine Kinder zu verderben.

„Nehmen Sie die Hände von meiner Nichte!", donnerte Lady Pleinsworth.

Richard hielt es für das Beste, nicht darauf hinzuweisen, dass er das bereits getan hatte.

„Harriet", sagte Lady Pleinsworth, ohne Richard aus den Augen zu lassen. „Geh deine Tante Maria holen."

Harriet nickte kurz und folgte der Anordnung.

„Elizabeth, ruf einen Lakaien. Frances, geh auf dein Zimmer."

„Ich kann helfen", protestierte Frances.

„Auf dein Zimmer, Frances. *Sofort.*"

Die arme Frances, die immer noch ihr Horn trug, musste es mit beiden Händen festhalten, als sie davonlief.

Als Lady Pleinsworth weitersprach, war ihre Stimme eiskalt. „Ihr beide, in den Salon. Sofort."

Richard ließ Iris den Vortritt. Er hatte nicht geglaubt, dass sie noch blasser werden konnte als sonst, doch nun wirkte sie vollkommen blutleer.

Ihre Hände zitterten. Er hasste es, dass ihre Hände zitterten.

Gerade als sie den Salon betraten, kam der Lakai. Lady Pleinsworth zog ihn beiseite und redete leise mit ihm. Richard nahm an, dass sie ihn mit einer Botschaft zu Iris' Vater schickte.

„Hinsetzen!", befahl Lady Pleinsworth.

Langsam sank Iris auf einen Stuhl.

Lady Pleinsworth richtete ihren gebieterischen Blick auf Richard. Er verschränkte die Hände hinter dem Rücken. „Ich kann mich nicht setzen, während Sie stehen bleiben, Mylady."

„Ich erlaube es Ihnen", sagte sie knapp.

Er ließ sich nieder. Es ging ihm völlig gegen die Natur, so still und ergeben dazusitzen, doch er wusste, dass dies nun vonnöten war. Er wünschte sich bloß, dass Iris nicht so dumpf, so bekümmert, so beschämt aussehen würde.

„Charlotte?"

Vom Flur her ertönte die Stimme von Iris' Mutter. Sie trat in den Raum, gefolgt von Harriet, die immer noch ihren Schäferinnenstab trug.

„Charlotte, was ist hier los? Harriet hat gesagt …" Mrs. Smythe-Smiths Stimme verklang, als sie die Situation in sich aufnahm. „Was ist passiert?", fragte sie leise.

„Ich habe nach Edward geschickt", sagte Lady Pleinsworth.

„Vater?", sagte Iris zitternd.

Lady Pleinsworth fuhr zu ihr herum. „Du glaubst doch nicht, dass man sich verhalten kann, wie du dich verhalten hast, ohne dass es Folgen nach sich zöge?"

Richard sprang auf. „Sie trifft an alledem keine Schuld."

„Was ist passiert?", sagte Mrs. Smythe-Smith noch einmal, wobei sie jedes Wort überdeutlich aussprach.

„Er hat sie kompromittiert", erklärte Lady Pleinsworth.

Mrs. Smythe-Smith keuchte auf. „Iris, wie konntest du nur?"

„Sie kann überhaupt nichts dafür", warf Richard ein.

„Mit Ihnen rede ich nicht", fuhr Mrs. Smythe-Smith ihn an. „Zumindest jetzt noch nicht." Sie wandte sich an ihre Schwägerin. „Wer weiß alles Bescheid?"

„Meine drei Jüngsten."

Mrs. Smythe-Smith schloss die Augen.

„Sie würden es nicht verraten!", rief Iris plötzlich aus. „Sie sind meine Kusinen!"

„Sie sind Kinder!", brüllte Lady Pleinsworth.

Richard hatte genug. „Ich muss Sie bitten, nicht in diesem Ton mit ihr zu reden."

„Ich glaube nicht, dass es Ihnen hier zusteht, irgendwelche Forderungen zu erheben."

„Trotzdem", sagte er ruhig, „werden Sie sie mit dem gebotenen Respekt behandeln."

Lady Pleinsworth hob ob dieser Impertinenz die Brauen, sagte aber nichts mehr.

„Ich kann nicht fassen, dass du eine derartige Dummheit begangen hast“, sagte Mrs. Smythe-Smith zu ihrer Tochter.

Iris schwieg.

Ihre Mutter wandte sich an Richard, die Lippen vor Zorn fest zusammengepresst. „Sie werden sie heiraten müssen.“

„Es gibt nichts, was ich lieber täte.“

„Ich ziehe Ihre Aufrichtigkeit in Zweifel, Sir.“

„Das ist nicht fair!“, rief Iris aus und sprang ebenfalls auf.

„Du verteidigst ihn?“, fragte Mrs. Smythe-Smith nachdrücklich.

„Seine Absichten waren ehrenhaft“, sagte Iris.

Ehrenhaft, dachte Richard. Er war sich nicht länger sicher, was das überhaupt bedeutete.

„Ach, wirklich.“ Mrs. Smythe-Smith spuckte beinahe. „Wenn seine Absichten so ehren…“

„Er war gerade dabei, mir einen Heiratsantrag zu machen!“

Mrs. Smythe-Smith sah von ihrer Tochter zu Richard und wieder zurück, wusste offenkundig nicht, was sie von dieser Entwicklung halten sollte. „Ich werde mich zu dem Thema nicht mehr äußern, bis dein Vater kommt“, sagte sie schließlich zu Iris. „Lange kann es nicht mehr dauern. Die Nacht ist klar, und wenn deine Tante …“, sie nickte zu Lady Pleinsworth hinüber, „… ihm in ihrer Botschaft deutlich zu verstehen gab, wie dringend wir ihn brauchen, wird er vermutlich zu Fuß kommen.“

Richard war ihrer Meinung. Das Haus der Smythe-Smiths lag nicht weit entfernt. Zu Fuß wäre er viel schneller da, als wenn er darauf wartete, bis die Kutsche vorfuhr.

Im Raum herrschte einen Moment lang angespanntes Schweigen, ehe Mrs. Smythe-Smith sich abrupt an ihre Schwägerin wendete. „Du musst zu deinen Gästen gehen. Wenn wir beide nicht da sind, wird das Verdacht erregen."

Lady Pleinsworth nickte grimmig.

„Nimm Harriet mit", fuhr Iris' Mutter fort. „Stell sie ein paar Herren vor. Sie ist beinahe alt genug, um in die Gesellschaft eingeführt zu werden. Es wird einen höchst natürlichen Eindruck machen."

„Aber ich bin doch noch im Kostüm", protestierte Harriet.

„Jetzt ist nicht der richtige Zeitpunkt, zimperlich zu sein", erklärte ihre Mutter und packte sie am Arm. „Komm."

Harriet stolperte hinter ihrer Mutter her, nicht ohne vorher noch einen letzten mitfühlenden Blick auf Iris zu werfen.

Mrs. Smythe-Smith schloss die Tür zum Salon und stieß dann den Atem aus. „Das ist ja ein schöner Schlamassel", sagte sie ohne Mitleid.

„Ich kümmere mich sofort um eine Sondergenehmigung", sagte Richard. Er hielt es nicht für nötig, ihnen zu verraten, dass er bereits eine besorgt hatte.

Mrs. Smythe-Smith verschränkte die Arme vor der Brust und begann auf und ab zu gehen.

„Mama?", fragte Iris vorsichtig.

Mrs. Smythe-Smith hielt einen zitternden Finger in die Höhe. „Jetzt nicht."

„Aber ..."

„Wir werden auf deinen Vater warten!", knurrte Mrs. Smythe-Smith. Sie bebte vor Zorn, und Iris' Miene verriet Richard, dass sie ihre Mutter noch nie so gesehen hatte.

Iris trat zurück, schlang sich die Arme um den Körper. Richard hätte sie gern getröstet, doch er wusste, dass ihre Mutter einen Wutanfall bekäme, wenn er auch nur einen Schritt auf sie zu tat.

„Von allen meinen Töchtern", flüsterte Mrs. Smythe-

Smith zornbebend, „hätte ich dir so etwas am wenigsten zugetraut."

Iris wandte den Blick ab.

„Ich schäme mich so für dich!"

„Für mich?", fragte Iris kleinlaut.

Richard trat einen drohenden Schritt vor. „Ich habe doch schon gesagt, dass Ihre Tochter unschuldig ist."

„Natürlich ist sie nicht unschuldig", fuhr Mrs. Smythe-Smith ihn an. „Sie war mit Ihnen allein. Sie weiß ganz genau, dass das nicht geht."

„Ich war im Begriff, ihr einen Heiratsantrag zu machen."

„Gehe ich recht in der Annahme, dass Sie noch nicht um eine Unterredung mit Mr. Smythe-Smith ersucht haben, um seine Zustimmung einzuholen?"

„Ich wollte Ihrer Tochter die Ehre erweisen, sie zuerst zu fragen."

Mrs. Smythe-Smith presste die Lippen zusammen und gab keine Antwort. Stattdessen sah sie vage in Iris' Richtung und stieß ein frustriertes: „Oh, wo bleibt dein Vater nur?" aus.

„Bestimmt ist er gleich da, Mama", erwiderte Iris leise.

Richard machte sich bereit, erneut zu Iris' Verteidigung zu eilen, doch ihre Mutter äußerte sich nicht weiter. Nach ein paar langen Minuten ging endlich die Tür zum Salon auf, und Iris' Vater kam herein.

Edward Smythe-Smith war nicht besonders groß, hielt sich aber sehr aufrecht. Richard nahm an, dass er in jüngeren Jahren ziemlich viel Sport getrieben hatte. Er war auf alle Fälle in der Lage, einem Mann Schaden zuzufügen, sollte er der Meinung sein, dass die Anwendung von Gewalt angebracht sei.

„Maria?", sagte er und sah seine Frau an. „Was zum Teufel ist hier los? Ich habe Nachricht von Charlotte bekommen, mich schleunigst hier einzufinden."

Mrs. Smythe-Smith wies wortlos auf die beiden anderen Menschen im Raum.

„Sir“, sagte Richard.

Iris blickte auf ihre Hände.

Mr. Smythe-Smith sagte nichts.

Richard räusperte sich. „Ich würde sehr gern Ihre Tochter heiraten.“

„Wenn ich die Lage richtig beurteile“, sagte Mr. Smythe-Smith mit schrecklicher Ruhe, „dann bleibt Ihnen in dieser Angelegenheit gar keine andere Wahl.“

„Trotzdem, es ist auch das, was ich möchte.“

Mr. Smythe-Smith neigte den Kopf in Richtung seiner Tochter, sah sie aber nicht an. „Iris?“

„Er hat mich gefragt, Vater.“ Sie räusperte sich. „Bevor ...“

„Wovor?“

„Bevor Tante Charlotte ... gesehen hat ...“

Richard atmete tief durch, versuchte sich zurückzuhalten. Iris war elend zumute, sie konnte nicht einmal ihren Satz vollenden. Sah ihr Vater das denn nicht? Eine solche Befragung hatte sie nicht verdient. Richard war allerdings klar, dass er es nur noch schlimmer machen würde, wenn er sich einmischte.

Aber er konnte auch nicht tatenlos zusehen. „Iris“, sagte er leise und hoffte, sie konnte die moralische Unterstützung in seiner Stimme hören. Wenn sie ihn brauchte, wäre er für sie da.

„Sir Richard hat mich gebeten, seine Frau zu werden“, sagte Iris entschlossen. Doch sie sah ihn dabei nicht an. Ihr Blick huschte nicht einmal kurz in seine Richtung.

„Und wie“, fragte ihr Vater, „ist deine Antwort ausgefallen?“

„Ich ... ich hatte ihm noch keine gegeben.“

„Und was wolltest du ihm antworten?“

Iris schluckte. So im Mittelpunkt zu stehen bereitete ihr offenbar Unbehagen. „Ich hätte Ja gesagt.“

Richard zuckte zusammen. Warum log sie? Sie hatte ihm gesagt, sie brauche noch etwas Zeit.

„Dann ist es entschieden“, sagte Mr. Smythe-Smith. „Mir gefällt zwar nicht, wie sich das alles ergeben hat, aber sie ist großjährig, sie will Sie heiraten, und sie muss es ja auch.“ Er blickte zu seiner Frau. „Ich nehme an, dass die Hochzeit baldmöglichst vonstattengehen muss.“

Mrs. Smythe-Smith nickte und atmete erleichtert auf. „Vielleicht ist es doch nicht so schlimm. Ich glaube, dass Charlotte den Klatsch ganz gut im Griff hat.“

„Klatsch hat man nie im Griff.“

Dem konnte Richard nur zustimmen.

„Trotzdem“, beharrte Mrs. Smythe-Smith, „ist es nicht so schlimm, wie es sein könnte. Wir können immer noch eine richtige Hochzeit abhalten. Es wird besser aussehen, wenn wir keine allzu große Hast an den Tag legen.“

„Na schön.“ Mr. Smythe-Smith wandte sich an Richard. „Sie können Sie in zwei Monaten heiraten.“

„Sir, zwei Monate kann ich nicht warten“, wandte Richard rasch ein.

Iris’ Vater hob langsam die Brauen.

„Ich werde auf meinem Landgut gebraucht.“

„Das hätten Sie sich überlegen müssen, bevor Sie meine Tochter kompromittiert haben.“

Richard zermarterte sich den Kopf nach einem guten Vorwand, der Mr. Smythe-Smith zum Nachgeben bewegen würde. „Ich bin der einzige Vormund meiner beiden jüngeren Schwestern, Sir. Es wäre nachlässig von mir, wenn ich nicht baldmöglichst zurückkehrte.“

„Ich glaube fast, Sie haben vor einigen Jahren mehrere Saisons in London verbracht“, konterte Mr. Smythe-Smith. „Wer hat sich denn damals um Ihre Schwestern gekümmert?“

„Sie haben bei unserer Tante gelebt. Ich war noch nicht reif genug, um meine Pflichten zu erfüllen."

„Verzeihen Sie die Bemerkung, aber ich halte Sie auch jetzt noch nicht für reif genug."

Richard zwang sich, Ruhe zu geben. Wenn er eine Tochter hätte, wäre er genauso wütend. Er dachte an seinen eigenen Vater, fragte sich, was er vom Werk seines Sohnes an diesem Abend halten würde. Bernard Kenworthy hatte seine Familie geliebt – das hatte Richard nie in Zweifel gezogen –, doch seine Haltung zur Vaterschaft konnte man am besten als wohlwollende Vernachlässigung beschreiben. Wenn er noch leben würde, was hätte er getan? Überhaupt irgendetwas?

Aber Richard war nicht sein Vater. Untätigkeit konnte er nicht dulden.

„Zwei Monate sind völlig annehmbar", sagte Iris' Mutter. „Es spricht nichts dagegen, dass Sie nach Hause fahren und zur Hochzeit dann zurückkehren. Um ehrlich zu sein, wäre mir das sogar lieber."

„Mir nicht", erklärte Iris.

Ihre Eltern sahen sie schockiert an.

„Nun ja, es wäre mir nicht lieber." Sie schluckte, und Richard tat es im Herzen weh, als er sah, unter welcher Anspannung sie stand. „Wenn die Entscheidung nun feststeht, würde ich gern damit fortfahren."

Ihre Mutter machte einen Schritt auf sie zu. „Dein Ruf …"

„… könnte schon längst ruiniert sein. Wenn das der Fall ist, wäre ich viel lieber in Yorkshire, wo ich niemanden kenne."

„Unsinn", sagte ihre Mutter abschätzig. „Wir warten erst einmal ab, was passiert."

Iris begegnete dem Blick ihrer Mutter mit bemerkenswert stählerner Härte. „Habe ich in dieser Angelegenheit etwa kein Mitspracherecht?"

Die Lippen ihrer Mutter bebten, und sie sah zu ihrem Ehemann.

„Wir machen es so, wie sie will", sagte er nach einer Pause. „Ich sehe keinen Grund, warum wir sie zwingen sollten zu warten. Daisy und sie werden sich weiß Gott die ganze Zeit an die Kehle gehen." Mr. Smythe-Smith wandte sich an Richard. „Es ist nicht angenehm, mit Iris zusammenzuleben, wenn sie schlechter Laune ist."

„Vater!"

Er ignorierte sie. „Bei Daisy ist es genau andersherum: Es ist nicht angenehm, mit ihr zusammenzuleben, wenn sie guter Laune ist. Die Planung einer Hochzeit wird sie hier ...", er nickte zu Iris hinüber, „in miserable Stimmung versetzen und die andere in ekstatische. Ich müsste nach Frankreich auswandern."

Richard lächelte nicht einmal. Mr. Smythe-Smiths Humor war ziemlich bitter und verlangte nicht nach Gelächter.

„Iris", sagte der ältere Gentleman. „Maria."

Sie folgten ihm zur Tür.

„Ich sehe Sie in zwei Tagen", sagte Iris' Vater zu Richard. „Bis dahin werden Sie eine Sondergenehmigung und den Ehevertrag vorliegen haben."

„Das ist das Mindeste, Sir."

Im Hinausgehen sah Iris sich noch einmal um, und ihre Blicke begegneten sich.

Warum, schien ihr Blick zu fragen. *Warum?*

In diesem Augenblick wurde ihm klar, dass sie es wusste. Sie wusste, dass er nicht von seiner Leidenschaft überwältigt worden war, dass diese erzwungene Hochzeit geplant war, wenn auch schlecht.

Richard hatte sich noch nie so geschämt.

8. Kapitel

Eine Woche darauf

Als Iris am Morgen ihrer Hochzeit erwachte, donnerte es, und als ihre Zofe mit dem Frühstück eintraf, regnete es in London wie aus Eimern.

Sie ging zum Fenster und sah hinaus, lehnte dabei die Stirn an die kühle Scheibe. In drei Stunden würde sie heiraten. Vielleicht hätte es bis dahin aufgeklart. In einiger Entfernung war am Himmel ein kleines Fleckchen Blau zu sehen. Es wirkte einsam. Fehl am Platz.

Aber hoffnungsvoll.

Eigentlich spielte es wohl keine Rolle. Sie würde nicht nass werden. Die Trauung wurde mit Sondergenehmigung hier im Salon der Familie abgehalten. Ihre Brautfahrt bestand aus zwei Fluren und einer Treppe.

Sie hoffte, dass die Straßen nicht ausgewaschen waren. Sie und Richard sollten an diesem Nachmittag nach Yorkshire aufbrechen. Und auch wenn es Iris verständlicherweise nervös machte, ihr Heim und alles, was ihr vertraut war, hinter sich zu lassen, so wusste sie doch genug über Hochzeitsnächte, um zu wissen, dass sie ihre *nicht* unter dem elterlichen Dach verbringen wollte.

Sir Richard unterhielt in London kein Haus, hatte sie entdeckt, und die Räumlichkeiten, in denen er zur Miete wohnte, waren nicht für eine junge Frau geeignet. Er wollte sie mit nach Maycliffe Park nehmen, seinem Heim, wo sie seine Schwestern kennenlernen sollte.

Ein nervöses Lachen stieg in ihr auf. Schwestern. Es passte, dass er Schwestern hatte. Wenn es etwas in ihrem Leben gab, woran sie niemals Mangel gelitten hatte, dann waren es Schwestern.

Ein Türklopfen riss sie aus ihren Gedanken, und nachdem sie „Herein!“ gerufen hatte, trat ihre Mutter ins Zimmer.

„Hast du gut geschlafen?“, fragte Mrs. Smythe-Smith.

„Nicht besonders.“

„Es hätte mich auch überrascht. Es spielt keine Rolle, wie gut die Braut ihren Bräutigam kennt, sie ist immer nervös.“

Iris fand, dass es sehr wohl eine Rolle spielte, wie gut eine Braut ihren Bräutigam kannte. Sie jedenfalls wäre bestimmt weniger nervös – oder zumindest auf andere Art nervös – gewesen, wenn sie ihren Zukünftigen länger als vierzehn Tage gekannt hätte.

Doch das sagte sie nicht laut, denn über dergleichen sprachen sie und ihre Mutter nicht miteinander. Sie sprachen über den Alltag und seine Details, über Musik und manchmal über Bücher, vor allem aber über ihre Schwestern, Kusinen und all ihre Babys. Über Gefühle sprachen sie jedoch nicht. Das entsprach nicht ihrer Art.

Und doch wusste Iris, dass sie geliebt wurde. Ihre Mutter gehörte nicht zu den Menschen, die so etwas aussprachen oder mit einer Tasse Tee und einem Lächeln ihr Zimmer betraten, doch sie liebte ihre Kinder mit aller Leidenschaft, deren sie fähig war. Das hatte Iris noch nie bezweifelt, keinen Moment.

Mrs. Smythe-Smith setzte sich ans Fußende von Iris’ Bett und winkte sie zu sich. „Ich würde mir wirklich wünschen, dass dir für die Reise eine Zofe zur Verfügung stünde. Das alles ist gar nicht so, wie es sein sollte.“

Iris unterdrückte ein Lachen über das Absurde der ganzen Situation. Nach allem, was in der Vorwoche passiert war, störte sich ihre Mutter in erster Linie an der nicht vorhandenen *Zofe*?

„Du warst nie geschickt mit deinen Haaren“, sagte ihre Mutter. „Wenn du dich nun selbst frisieren musst …“

„Alles wird gut, Mama“, sagte Iris. Sie und Daisy teilten sich eine Zofe, und als die junge Frau vor die Wahl gestellt wurde, hatte sie sich für London entschieden. Iris hielt es für klug, erst in Yorkshire eine neue Zofe einzustellen. Dann würde sie in ihrem neuen Heim vielleicht weniger wie eine Außenseiterin wirken. Hoffentlich würde sie sich dadurch auch weniger wie eine Außenseiterin *fühlen*.

Sie setzte sich aufs Bett und lehnte sich in die Kissen. Wie sie da so saß, fühlte sie sich sehr jung. Sie konnte sich nicht erinnern, wann ihre Mutter zum letzten Mal zu ihr ins Zimmer gekommen war und sich auf ihr Bett gesetzt hatte.

„Ich habe dir alles beigebracht, was du brauchst, um ein Haus ordentlich zu führen“, sagte ihre Mutter.

Iris nickte.

„Du wirst auf dem Land leben, daher wird manches anders sein, doch die Prinzipien der Haushaltsführung sind dieselben. Am wichtigsten ist dein Verhältnis zur Haushälterin. Wenn sie dich nicht respektiert, respektiert dich keiner. Sie braucht dich nicht direkt zu *fürchten* …“

Iris blickte in ihren Schoß und verbarg ihre ein wenig panische Belustigung. Die Vorstellung, irgendwer könnte sie fürchten, war einfach absurd.

„… aber sie muss deine Autorität respektieren“, schloss Mrs. Smythe-Smith. „Iris? Hörst du überhaupt zu?“

Iris sah auf. „Natürlich. Entschuldige.“ Sie rang sich ein schwaches Lächeln ab. „Ich glaube nicht, dass Maycliffe Park ein sehr großes Haus ist. Sir Richard hat es mir beschrieben. Sicher werde ich noch eine ganze Menge lernen müssen, aber ich glaube, ich bin der Aufgabe gewachsen.“

Ihre Mutter tätschelte ihr die Hand. „Natürlich bist du das.“

Darauf trat ein merkwürdig verlegenes Schweigen ein, und dann fragte Iris' Mutter: „Was für ein Haus ist Maycliffe denn? Elisabethanisch? Mittelalterlich? Wie groß ist der Park?"

„Spätes Mittelalter", erwiderte Iris. „Sir Richard hat gesagt, dass es im fünfzehnten Jahrhundert erbaut wurde. Im Lauf der Jahre wurde es allerdings mehrfach umgebaut."

„Und der Park?"

„Das weiß ich nicht so genau", erwiderte Iris langsam und bedächtig. Ihre Mutter war bestimmt nicht deswegen zu ihr gekommen, um über die Architektur und die Gärten von Maycliffe Park zu reden.

„Natürlich."

Natürlich? Iris war verwirrt.

„Hoffentlich hast du es dort bequem", sagte ihre Mutter energisch.

„Mir wird es bestimmt an nichts fehlen."

„Ich könnte mir vorstellen, dass es dort recht kalt ist. Die Winter im Norden ..." Mrs. Smythe-Smith schüttelte sich ein wenig. „Ich könnte das nicht ertragen. Du wirst die Dienstboten anleiten müssen, darauf zu achten, dass sämtliche Feuer ..."

„Mutter", unterbrach Iris sie schließlich.

Ihre Mutter hörte auf zu reden.

„Ich weiß, dass du nicht hergekommen bist, um über Maycliffe zu sprechen."

„Nein." Mrs. Smythe-Smith atmete durch. „Nein, bin ich nicht."

Geduldig wartete Iris, während ihre Mutter auf höchst untypische Weise herumzappelte, an der hellblauen Bettdecke zupfte und mit den Fingern trommelte. Schließlich sah sie auf, sah Iris direkt in die Augen und sagte: „Du weißt sicher, dass der Körper eines Mannes ... anders ist als der einer Frau."

Vor Überraschung blieb Iris der Mund offen stehen. Sie

hatte mit diesem Gespräch gerechnet, aber, du lieber Himmel, das war wahrhaftig direkt.

„Iris?"

„Ja", sagte sie rasch. „Ja, natürlich, das weiß ich."

„Diese Unterschiede sind es, welche die Fortpflanzung ermöglichen."

Iris hätte beinahe „Verstehe" gesagt, nur dass sie sich ziemlich sicher war, nichts zu verstehen. Zumindest nicht so viel, wie nötig wäre.

„Dein Ehemann wird …" Frustriert stieß Mrs. Smythe-Smith die Luft aus. Iris konnte sich nicht erinnern, ihre Mutter je so aufgeregt erlebt zu haben.

„Was er tun wird …"

Iris wartete.

„Er wird …" Mrs. Smythe-Smith hielt inne, breitete die Hände vor sich aus, sodass sie aussahen wie zwei Seesterne, fast als wollte sie in der Luft Halt suchen. „Er wird den Teil von sich, der anders ist, in dich einführen."

„In mich …", Iris brachte das Wort kaum über die Lippen, „… hinein?"

Die Wangen ihrer Mutter liefen in einem höchst ungewöhnlichen Rosaton an. „Der Teil von ihm, der anders ist, passt in den Teil von *dir*, der anders ist. So kommt der Samen in deinen Körper."

Iris versuchte es sich vorzustellen. Sie wusste, wie ein Mann aussah. Die Statuen, die sie gesehen hatte, waren nicht alle mit einem Feigenblatt verziert. Doch das, was ihre Mutter da beschrieb, klang äußerst unbehaglich. Sicher hätte Gott in seiner unermesslichen Weisheit sich eine effizientere Art der Fortpflanzung ausdenken können.

Doch sie hatte keinen Grund, die Worte ihrer Mutter anzuzweifeln. Sie runzelte die Stirn und fragte dann: „Tut es weh?"

Mrs. Smythe-Smiths Miene wurde ernst. „Ich will dich nicht anlügen. Es ist nicht besonders angenehm, und beim ersten Mal tut es ziemlich weh. Doch danach wird es leichter, das verspreche ich dir. Ich finde es hilfreich, mich auf etwas anderes zu konzentrieren. Normalerweise gehe ich die Haushaltsabrechnung durch."

Iris hatte keine Ahnung, was sie darauf erwidern sollte. Ihre Kusinen waren nie so deutlich geworden, wenn sie über ihre ehelichen Pflichten sprachen, aber Iris hatte nie den Eindruck gewonnen, dass sie die Zeit zum Kopfrechnen nutzten. „Werde ich das oft tun müssen?", fragte sie.

Ihre Mutter seufzte. „Kann sein. Es kommt wirklich darauf an."

„Worauf?"

Ihre Mutter seufzte noch einmal, doch diesmal mit zusammengebissenen Zähnen. Ganz offenkundig wünschte sie keine weiteren Fragen. „Die meisten Frauen empfangen nicht gleich beim ersten Mal. Und selbst wenn das bei dir der Fall sein sollte, wirst du es nicht gleich wissen."

„Nein?"

Diesmal stöhnte ihre Mutter laut auf. „Du wirst wissen, dass du guter Hoffnung bist, wenn deine Monatsblutung aufhört."

Ihre Monatsblutung würde aufhören. Na, *das* zumindest wäre ein Gewinn.

„Davon einmal abgesehen", fuhr ihre Mutter fort, „finden die Herren Vergnügen an dem Akt, anders als die Damen." Sie räusperte sich unbehaglich. „Abhängig vom Appetit deines Mannes …"

„Vom Appetit?" Es wurde dabei gegessen?

„Bitte hör auf, mich zu unterbrechen." Ihre Mutter flehte schon fast.

Sofort schloss Iris den Mund. Ihre Mutter flehte nie.

„Was ich zu sagen versuche“, fuhr Mrs. Smythe-Smith mit angespannter Stimme fort, „ist, dass dein Ehemann vermutlich recht oft bei dir wird liegen wollen. Zumindest in der Anfangszeit eurer Ehe.“

Iris schluckte. „Verstehe.“

„Nun gut“, sagte ihre Mutter energisch und sprang beinahe auf. „Wir haben heute noch viel zu erledigen.“

Iris nickte. Offenbar war das Gespräch vorüber.

„Deine Schwestern werden dir sicher beim Ankleiden behilflich sein wollen.“

Iris lächelte zittrig. Es war schön, sie alle hier zu haben. Rose lebte am weitesten entfernt, im Westen von Gloucestershire, doch sie hatte trotz der kurzfristigen Benachrichtigung noch genügend Zeit gehabt, um zur Hochzeit nach London zu kommen.

Yorkshire war so viel weiter weg als Gloucestershire.

Ihre Mutter ging aus dem Zimmer, doch keine fünf Minuten später klopfte es wieder an der Tür.

„Herein“, rief Iris erschöpft.

Es war Sarah, mit Verschwörermiene und ihrem besten Morgenkleid. „Oh, Gott sei Dank, du bist allein.“

Sofort hob sich Iris’ Laune. „Was gibt es denn?“

Sarah sah sich noch einmal zum Flur um und schloss dann die Tür hinter sich. „War deine Mutter schon bei dir?“

Iris stöhnte.

„Also ja.“

„Ich würde lieber nicht darüber reden.“

„Nein, deswegen bin ich doch hier. Also, nicht um mit dir über die Ratschläge deiner Mutter zu reden. Ich will bestimmt nicht hören, was sie zu sagen hatte. Wenn es nur entfernt so war wie das, was meine mir erzählt hat …“ Sarah erschauerte und riss sich dann zusammen. „Hör zu. Was deine Mutter dir auch über die ehelichen Beziehungen zu deinem Mann erzählt hat, ignoriere es."

„Alles?", fragte Iris zweifelnd. „Sie kann doch nicht in *allem* falschliegen."

Sarah lachte ein wenig und setzte sich zu ihr aufs Bett. „Nein, natürlich nicht. Schließlich hat sie sechs Kinder. Was ich meine ... nun ja, hat sie dir gesagt, es sei schrecklich?"

„Nicht ausdrücklich, aber es klang schon ziemlich unbehaglich."

„Das kann es sicher auch sein, wenn man seinen Ehemann nicht liebt."

„Ich liebe meinen Ehemann nicht", sagte Iris offen.

Sarah seufzte, und ihre Stimme verlor ein wenig von ihrer Autorität. „Magst du ihn denn wenigstens?"

„Ja, natürlich." Iris dachte über den Mann nach, der in ein paar kurzen Stunden ihr Ehemann sein würde. Sie konnte zwar nicht behaupten, dass sie ihn liebte, aber gerechterweise konnte sie auch nicht sagen, dass etwas an ihm *verkehrt* war. Er hatte ein wunderbares Lächeln, und bis jetzt hatte er sie immer mit äußerstem Respekt behandelt. Doch sie kannte ihn kaum. „Vielleicht verliebe ich mich ja noch in ihn", sagte sie und wünschte, ihre Stimme klänge entschlossener. „Ich hoffe es jedenfalls."

„Na, das ist doch mal ein Anfang." Nachdenklich presste Sarah die Lippen zusammen. „Er scheint dich auch zu mögen."

„Ich bin mir ziemlich sicher, dass er das tut", erwiderte Iris. In ganz anderem Ton fügte sie hinzu: „Es sei denn, er wäre ein spektakulärer Lügner."

„Was soll das heißen?"

„Nichts", wehrte Iris schnell ab. Sie wünschte, sie hätte

nichts gesagt. Ihre Kusine wusste, warum die Eheschließung so hastig über die Bühne gehen sollte – die ganze Familie wusste Bescheid –, aber keiner wusste, was hinter Sir Richards Heiratsantrag wirklich steckte.

Sie selbst ja auch nicht.

Iris seufzte. Es war besser, wenn alle glaubten, es handelte sich um eine romantische Liebeserklärung. Oder zumindest, dass er sich die ganze Sache gründlich überlegt und entschieden hatte, dass sie gut zusammenpassten. Aber nicht diese ... diese ...

Iris wusste nicht, wie sie es erklären sollte, nicht einmal vor sich selbst. Sie wünschte nur, sie könnte den bohrenden Verdacht loswerden, dass irgendetwas nicht stimmte.

„Iris?"

„Entschuldige." Sie schüttelte den Kopf. „Ich bin in letzter Zeit recht unkonzentriert."

„Kann ich mir vorstellen", erwiderte Sarah. Anscheinend akzeptierte sie diese Erklärung. „Trotzdem, ich habe mich mit Sir Richard zwar nur ein paar Mal unterhalten, aber er scheint ein netter Mann zu sein, und ich glaube, er hat vor, dich gut zu behandeln."

„Sarah", begann Iris, „wenn du die Absicht hattest, mich zu beruhigen, dann muss ich dir leider sagen, dass du völlig versagt hast."

Sarah stieß ein ziemlich amüsantes frustriertes Geräusch aus und fasste sich mit beiden Händen an den Kopf. „Hör mir einfach zu. Und vertrau mir. Vertraust du mir?"

„Eigentlich nicht."

Sarahs Miene war urkomisch.

„Ich scherze", sagte Iris und lächelte. „Bitte, an meinem Hochzeitstag muss man mir meinen Anteil am Spaß zugestehen. Vor allem nach dem Gespräch mit meiner Mutter."

„Denk einfach daran“, sagte Sarah und ergriff Iris’ Hand, „was zwischen Mann und Frau passiert, kann wunderschön sein.“

Iris’ Miene musste zweifelnd gewesen sein, denn Sarah fügte hinzu: „Es ist etwas sehr Besonderes. Wirklich.“

„Hat jemand dir das vor deiner Hochzeit auch erzählt?“, fragte Iris. „Nachdem deine Mutter mit dir geredet hatte? Bist du deswegen auf die Idee gekommen, mir das heute ebenfalls zu sagen?“

Zu Iris’ großer Überraschung lief Sarah tiefrosa an. „Hugh und ich … ah … vielleicht haben wir …“

„Sarah!“

„Schockierend, ich weiß. Aber es war herrlich, wirklich, und ich konnte einfach nicht anders.“

Iris war fassungslos. Dass Sarah schon immer unternehmungslustiger war als sie, das hatte sie gewusst, aber sie hätte nie gedacht, dass sie sich Hugh noch vor der Eheschließung hätte hingegeben haben können.

„Hör mal“, sagte Sarah und drückte Iris die Hand. „Es spielt keine Rolle, dass Hugh und ich unserem Ehegelübde vorgegriffen haben. Wir sind jetzt verheiratet, ich liebe meinen Mann, und er liebt mich.“

„Ich verurteile dich ja nicht“, sagte Iris, obwohl sie das Gefühl hatte, dass sie es doch ein bisschen tat.

Sarah betrachtete sie offen. „Hat Sir Richard dich geküsst?“

Iris nickte.

„Hat es dir gefallen? Nein, sag nichts, ich sehe dir an, dass es dir gefallen hat.“

Nicht zum ersten Mal verfluchte Iris ihren hellen Teint. In ganz England gab es niemanden, der so heftig und so tief errötete wie sie.

Sarah tätschelte ihr die Hand. „Das ist ein gutes Zeichen.

Wenn sich seine Küsse wunderbar anfühlen, wird es der Rest auch tun."

„Das ist der seltsamste Morgen, den ich je erlebt habe", sagte Iris schwach.

„Es wird noch seltsamer werden ...", Sarah erhob sich und verneigte sich übertrieben, „... *Lady Kenworthy.*"

Iris warf mit dem Kissen nach ihr.

„Ich muss los", sagte Sarah. „Deine Schwestern werden jeden Augenblick hier auftauchen, um dir bei den Vorbereitungen zu helfen." Sie ging zur Tür, legte die Hand auf den Knauf und sah sich noch einmal lächelnd zu ihrer Kusine um.

„Sarah!", rief Iris ihr nach.

Fragend neigte Sarah den Kopf zur Seite.

Iris sah ihre Kusine an, und zum ersten Mal in ihrem Leben wurde ihr bewusst, wie sehr sie sie liebte. „Danke."

Ein paar Stunden später war Iris tatsächlich Lady Kenworthy. Sie hatte vor einem Mann Gottes gestanden und die Worte ausgesprochen, die sie ihr Leben lang an Sir Richard binden würden.

Er war ihr noch immer so ein Rätsel. In der kurzen Zeit, die ihnen vor der Hochzeit blieb, hatte er ihr weiter den Hof gemacht, und er war wirklich charmant gewesen. Doch sie konnte ihm immer noch nicht rückhaltlos vertrauen.

Sie mochte ihn. Sie mochte ihn sogar sehr. Er hatte einen boshaften Sinn für Humor, der perfekt zu ihrem eigenen passte, und wenn man sie bedrängt hätte, hätte sie gesagt, dass sie ihn für einen aufrechten, charakterfesten Menschen hielt.

Aber das war weniger eine Überzeugung als eine Annahme oder, in Wahrheit, eine Hoffnung. Ihr Gefühl sagte ihr, dass alles gut werden würde, doch sie verließ sich nicht gern nur auf ihr Gefühl. Dazu war sie viel zu praktisch veranlagt. Sie zog harte Fakten und Beweise vor.

Die ganze Brautwerbung ergab einfach keinen *Sinn*. Daran kam sie einfach nicht vorbei.

„Wir müssen uns verabschieden“, sagte ihr Ehemann – *ihr Ehemann!* – kurz nach dem Hochzeitsempfang zu ihr. Die Feier war schlicht gewesen, genau wie die Zeremonie selbst, aber nicht unbedingt im kleinsten Rahmen. Dazu war Iris' Familie einfach zu groß.

Iris hatte den Tag wie im Traum erlebt, hatte genickt und gelächelt und gehofft, es geschah im richtigen Augenblick. Kusine um Kusine trat vor, um ihr zu gratulieren, doch bei jedem Küsschen auf die Wange, jedem Händedruck konnte sie nur daran denken, dass sie dem Augenblick, in dem sie in Sir Richards Kutsche steigen und davonfahren würde, wieder ein Stück näher gerückt war.

Und jetzt war dieser Augenblick gekommen.

Er half ihr in den Wagen, sie wählte einen Sitz in Fahrtrichtung. Es war eine hübsche Kutsche, gut ausgestattet und komfortabel. Sie hoffte, dass sie gut gefedert war; laut ihrem Ehemann würde die Reise nach Maycliffe Park vier Tage in Anspruch nehmen.

Nachdem sie in der Kutsche saß, stieg Sir Richard hinzu. Er lächelte sie an und nahm ihr gegenüber Platz.

Durch das Fenster sah Iris zu ihrer Familie hinaus, die sich vor ihrem Zuhause versammelt hatte. Nein, nicht ihrem Zuhause. Nicht mehr. Zu ihrer Beschämung spürte sie, wie ihr die Tränen in die Augen stiegen, und sie wühlte hastig in ihrem perlenbestickten Retikül nach einem Taschentuch. Doch noch ehe sie die Tasche richtig offen hatte, beugte sich Sir Richard vor und bot ihr sein Taschentuch an.

Es war wenig sinnvoll, ihre Tränen zu verleugnen, dachte Iris und nahm das Tuch entgegen. Schließlich konnte er sie klar und deutlich sehen. „Tut mir leid“, sagte sie und tupfte sich die Augen. Eine Braut sollte an ihrem Hochzeitstag nicht weinen. Das verhieß doch sicherlich nichts Gutes.

„Es gibt nichts, wofür du dich entschuldigen müsstest“, sagte Sir Richard freundlich. „Ich weiß, dass das alles ein ziemlicher Umbruch ist.“

Sie schenkte ihm das beste Lächeln, das sie sich abringen konnte, was allerdings nicht viel hieß. „Ich habe nur gedacht …“ Sie deutete zum Fenster. Die Kutsche hatte sich noch nicht in Bewegung gesetzt, und wenn sie den Kopf in einem bestimmten Winkel neigte, konnte sie ihr einstiges Schlafzimmerfenster sehen. „Das ist nun nicht länger mein Zuhause.“

„Ich hoffe, dass dir Maycliffe gefällt.“

„Bestimmt. Deine Beschreibungen klingen wunderbar.“ Er hatte ihr von der großen Treppe und den Geheimgängen erzählt. Von dem Zimmer, in dem König Jakob I. übernachtet hatte. In der Nähe der Küche gab es einen Kräutergarten, hinter dem Haus eine frei stehende Orangerie. Er dachte daran, sie mit dem Haus zu verbinden, hatte er ihr verraten.

„Ich werde mein Bestes tun, um dich glücklich zu machen“, sagte er.

Sie wusste es zu schätzen, dass er es hier sagte, wo niemand zuhörte. „Ich auch.“

Die Kutsche setzte sich in Bewegung. In den verstopften Straßen Londons kam sie nur langsam voran.

„Wie lang sind wir heute unterwegs?“, fragte Iris.

„Insgesamt etwa sechs Stunden, wenn die Straßen nicht zu aufgeweicht sind vom Regen heute Morgen.“

„Dann ist es kein so langer Tag.“

Er lächelte zustimmend. „So nahe von London gibt es jede Menge Gelegenheiten, eine Rast einzulegen, falls du eine brauchst."

„Danke."

Es war die gemessenste, korrekteste und langweiligste Unterhaltung, die sie je geführt hatten. Was für eine Ironie.

„Stört es dich, wenn ich lese?", fragte Iris und griff in ihr Retikül.

„Keineswegs. Ich beneide dich darum. Leider kann ich in einer fahrenden Kutsche unmöglich lesen."

„Selbst wenn du in Fahrtrichtung sitzt?" Sie biss sich auf die Lippe. Lieber Himmel, was sagte sie da? Er würde es als Einladung auffassen, sich neben sie zu setzen.

Was sie damit überhaupt nicht hatte ausdrücken wollen.

Nicht dass sie etwas *dagegen* gehabt hätte.

Was nicht hieß, dass sie es sich gewünscht hätte.

Es war ihr vollkommen gleichgültig. Wirklich. Ihr war einfach egal, wohin er sich setzte.

„Es spielt keine Rolle, in welche Richtung ich sitze", erwiderte er, was Iris daran erinnerte, dass sie ihm ja eine Frage gestellt hatte. „Meiner Erfahrung nach hilft es, wenn ich aus dem Fenster auf einen weit entfernten Punkt blicke."

„Meine Mutter sagt das auch", stimmte Iris zu. „Sie hat ebenfalls Schwierigkeiten, in der Kutsche zu lesen."

„Normalerweise reite ich nebenher", sagte er und zuckte die Achseln. „Das finde ich im Großen und Ganzen am einfachsten."

„Und heute wolltest du das nicht tun?" Oh, zum Kuckuck. Nun würde er denken, sie wollte ihn aus der Kutsche werfen. Was sie so *ebenfalls* nicht gesagt hatte.

„Vielleicht später", beschied er ihr. „In der Stadt fahren wir so langsam, dass es mich nicht beeinträchtigt."

Sie räusperte sich. „Gut. Also, ich lese jetzt, wenn es dir nichts ausmacht."

„Bitte sehr."

Sie schlug das Buch auf und begann zu lesen. In einer geschlossenen Kutsche. Während sie mit ihrem frisch angetrauten, attraktiven Ehemann allein war. Las sie ein Buch.

Sie hatte das Gefühl, dass dies nicht die romantischste Art war, eine Ehe zu beginnen.

Andererseits, was wusste sie schon?

9. Kapitel

Es war beinahe acht Uhr abends, als sie endlich zur Nacht anhielten. Iris saß seit einiger Zeit allein in der Kutsche. Unterwegs hatten sie einmal kurz gehalten, damit jeder seine Bedürfnisse stillen konnte, und bei der Weiterreise hatte Sir Richard dann beschlossen, neben der Kutsche herzureiten. Iris sagte sich, dass sie sich nicht missachtet fühlte. Er litt an Reisekrankheit, und sie wollte nicht, dass ihm an ihrem Hochzeitstag übel wurde.

Doch es bedeutete, dass sie sich selbst überlassen blieb, und als es später wurde und allmählich dämmrig, konnte sie sich nicht einmal mehr in ihr Buch flüchten. Jetzt, wo sie London hinter sich gelassen hatten, kamen sie schneller voran, und die Pferde verfielen in einen gleichmäßigen, beruhigenden Rhythmus. Sie musste wohl eingeschlafen sein, denn im einen Augenblick befand sie sich irgendwo in Buckinghamshire, und im nächsten rüttelte sie jemand sanft an der Schulter und rief ihren Namen.

„Iris? Iris?"

„Mmmbrgh." Aufwachen war noch nie ihre Stärke gewesen.

„Iris, wir sind da."

Sie blinzelte ein paarmal, bis sie das Gesicht ihres Ehemannes im dämmrigen Abendlicht erkannte. „Sir Richard?"

Er lächelte nachsichtig. „Ich glaube, auf das Sir kannst du ab sofort verzichten."

„Mmmmmh. Ja." Sie gähnte und schüttelte die Hand aus, die eingeschlafen war. Ihr Fuß auch, erkannte sie. „Also gut."

Er beobachtete sie mit sichtlicher Belustigung. „Brauchst du immer so lange zum Aufwachen?"

„Nein." Sie setzte sich aufrecht hin. Unterwegs war sie irgendwann vollkommen auf eine Seite gerutscht. „Manchmal dauert es noch länger."

Er lachte. „Ich werde es in meine Planungen einbeziehen. Vormittags keine wichtigen Termine für Lady Kenworthy."

Lady Kenworthy. Sie fragte sich, wie lange es wohl dauern würde, bis sie sich daran gewöhnt hatte.

„Normalerweise kann man sich darauf verlassen, dass ich ab elf zurechnungsfähig bin", versetzte Iris. „Obwohl ich sagen muss, das Beste an der Ehe wird das Frühstück im Bett sein."

„Das Beste?"

Sie errötete, und als ihr klar wurde, was sie da gesagt hatte, wachte sie vollständig auf. „Tut mir leid", sagte sie rasch. „Das war gedankenlos ..."

„Denk dir nichts weiter dabei", unterbrach er sie, und sie atmete erleichtert auf. Ihr Ehemann war nicht leicht zu beleidigen. Was sehr gut war, da Iris nicht immer nachdachte, ehe sie mit Reden anfing.

„Gehen wir?", fragte Richard.

„Ja, natürlich."

Er sprang ab und reichte ihr die Hand. „Lady Kenworthy."

Nun hatte er sie schon zum zweiten Mal in ebenso vielen Minuten mit ihrem neuen Namen angesprochen. Dass viele Gentlemen das zu Anfang ihrer Ehe taten, um ihrer Zuneigung Ausdruck zu verleihen, wusste sie, doch sie fühlte sich unwohl dabei. Er meinte es gut, das wusste sie, aber es erinnerte sie nur daran, wie sehr sich ihr Leben im Verlauf einer Woche verändert hatte.

Dennoch musste sie versuchen, aus ihrer Situation das Beste

zu machen, und angenehme Konversation bot einen geeigneten Anfang. „Hast du hier schon einmal übernachtet?“, fragte sie, als sie seine Hand ergriff.

„Ja, ich – he!“

Iris wusste nicht ganz, wie ihr geschah – vielleicht hatte sie den eingeschlafenen Fuß noch nicht ganz wachgerüttelt –, jedenfalls rutschte sie auf den Stufen aus und stieß einen erschrockenen Schrei aus, als ihr Magen schlingernd gegen ihr Herz drückte, das seinerseits wild zu klopfen begann.

Und dann, bevor sie noch das Gleichgewicht wiedererlangen konnte, fing Richard sie mit sicherem Griff auf und setzte sie unten ab.

„Liebe Güte“, sagte sie, froh, wieder festen Boden unter den Füßen zu haben. Sie legte eine Hand aufs Herz und versuchte sich zu beruhigen.

„Alles in Ordnung?“ Er schien nicht zu bemerken, dass er immer noch ihre Taille umfasst hielt.

„Völlig in Ordnung“, wisperte sie. Wieso wisperte sie? „Danke.“

„Gut.“ Er blickte auf sie hinunter. Ich würde nicht wollen …“

Die Worte verklangen, und einen bedeutungsvollen Moment sahen sie sich in die Augen. Eine seltsame, warme Empfindung stieg in ihr auf, und als sie abrupt beiseitetrat, fühlte sie sich aus dem Gleichgewicht und aus der Ruhe gebracht.

„Ich würde nicht wollen, dass du dich verletzt.“ Er räusperte sich. „Das wollte ich sagen.“

„Danke.“ Sie sah zum Gasthof hinüber. Das geschäftige Treiben dort stand in merkwürdigem Kontrast zu ihnen beiden, die sie reglos wie die Statuen dastanden. „Was wolltest du vorhin sagen? Über den Gasthof?“

Er sah sie ausdruckslos an.

„Ich habe dich gefragt, ob du schon einmal hier übernachtet hast“, erinnerte sie ihn.

„Schon oft“, erwiderte er, doch er wirkte immer noch abwesend. Sie wartete einen Augenblick und tat dabei so, als striche sie ihre Handschuhe glatt. Schließlich räusperte er sich und sagte: „Nach Maycliffe sind es drei Tage, daran gibt es nichts zu rütteln. Auf der Heimreise steige ich immer in denselben beiden Gasthöfen ab.“

„Und auf der Reise nach Süden?“, scherzte sie.

Er blinzelte und runzelte die Stirn, ob vor Verwirrung oder Geringschätzung, konnte sie ehrlich nicht sagen.

„Es war ein Witz“, setzte sie an, es lag schließlich nahe, dass er auf der Reise nach Süden dieselbe Route nahm. Doch sie unterbrach sich gleich wieder und sagte nur: „Ach, vergiss es.“

Einen langen Augenblick musterte er sie forschend, bot ihr dann den Arm und sagte: „Komm.“

Sie sah zu dem festlich bemalten Schild des Gasthofs. *The Dusty Goose.* Wirklich? Sie sollte ihre Hochzeitsnacht in einem Etablissement verbringen, das sich mit dem Namen *Zur staubigen Gans* schmückte?

„Ich hoffe, du bist mit meiner Wahl zufrieden?“, fragte Richard höflich, als er sie nach innen geleitete.

„Natürlich.“ Nicht dass sie etwas anderes hätte sagen können oder wollen. Sie sah sich um. Es war tatsächlich ein reizender Ort, mit Bleiglasfenstern und frischen Blumen auf dem Tisch.

„Ah, Sir Richard!“, rief der Gastwirt und kam herbeigeeilt, um sie zu empfangen. „Sie liegen gut in der Zeit.“

„Die Straßen haben gut gehalten, trotz des Regens heute Morgen“, sagte Richard leutselig. „Es war eine höchst angenehme Reise.“

„Das liegt wohl eher an der Gesellschaft als an den Straßen", meinte der Wirt und lächelte vielsagend. „Ich wünsche Ihnen alles Gute."

Richard nahm den Glückwunsch mit einem Neigen des Kopfes entgegen. „Erlauben Sie, dass ich Sie mit meiner frisch angetrauten Frau bekannt mache, Lady Kenworthy. Lady Kenworthy, das ist Mr. Fogg, der geschätzte Eigentümer des Dusty Goose."

„Es ist mir eine Ehre, Sie kennenzulernen, Madam", sagte Mr. Fogg. „Ihr Gatte ist unser liebster Gast."

Richard schenkte ihm ein schiefes Lächeln. „Zumindest ein häufiger Gast."

„Ihr Gasthof ist wunderschön", erklärte Iris. „Staub kann ich allerdings nirgends ausmachen."

Mr. Fogg grinste breit. „Wir bemühen uns nach Kräften, die Gänse draußen zu halten."

Iris lachte und war von Herzen dankbar dafür. Das Geräusch war ihr beinahe fremd geworden.

„Soll ich Sie zu Ihren Zimmern führen?", fragte der Wirt. „Mrs. Fogg hat das Dinner für Sie bereitet. Ihren besten Braten, dazu Käse, Kartoffeln und Yorkshire Pudding. Ich kann ihn in Ihrem privaten Speiseraum servieren lassen, wann immer Sie möchten."

Iris bedankte sich mit einem Lächeln und folgte Mr. Fogg die Treppe hinauf.

„Hier sind wir, Madam." Er öffnete eine Tür am Ende des Flurs. „Das ist unser schönstes Zimmer."

Für einen Gasthof war es tatsächlich sehr gut ausgestattet, mit einem großen Himmelbett und einem Fenster, das nach Süden hinausging.

„Wir haben nur zwei Zimmer mit eigenen Waschräumen", fuhr Mr. Fogg fort, „aber natürlich haben wir eins für Sie reserviert.“ Er öffnete eine weitere Tür, die in einen kleinen fensterlosen Raum mit Nachttopf und Kupferwanne führte. „Eine Magd wird Ihnen ein heißes Bad richten, falls Sie es wünschen.“

„Ich werde es Sie wissen lassen, danke.“ Iris war sich nicht sicher, warum sie so versessen darauf war, auf den Wirt einen guten Eindruck zu machen – vielleicht, weil ihr Ehemann ihn zu mögen schien. Und natürlich gab es keinerlei Grund, unhöflich zu jemandem zu sein, der sich so offensichtlich Mühe gab, es ihr recht zu machen.

Mr. Fogg verneigte sich. „Sehr schön. Dann verlasse ich Sie jetzt, Madam. Bestimmt wollen Sie sich nach der Reise ausruhen. Sir Richard?“

Iris blinzelte verwirrt, als er Richard zur Tür geleitete.

„Sie sind gleich über den Flur untergebracht“, fuhr Mr. Fogg fort.

„Sehr schön.“

„Du bist …“ Iris fing sich gerade noch, ehe sie sich eine Blöße geben konnte. Ihr Ehemann hatte sie für ihre Hochzeitsnacht in getrennten Zimmern untergebracht?

„Madam?“ Fragend wandte sich Mr. Fogg zu ihr um.

„Schon gut“, sagte Iris rasch. Niemals würde sie sich anmerken lassen, dass die Zimmeraufteilung sie überrascht hatte.

Überrascht und … erleichtert. Und vielleicht auch ein wenig verletzt.

„Wenn Sie mir mein Zimmer aufschließen würden“, sagte Richard zu Mr. Fogg, „gelange ich selbst dorthin. Ich möchte erst noch unter vier Augen mit meiner Frau sprechen.“

Der Wirt empfahl sich mit einer Verneigung.

„Iris“, begann Richard.

Sie wandte sich nicht ganz zu ihm, sah aber in seine Richtung. Und versuchte zu lächeln.

„Ich wollte dich nicht der Demütigung aussetzen, unsere Hochzeitsnacht in einem Gasthof zu begehen", sagte er steif.

„Verstehe."

Er schien auf eine ausführlichere Antwort zu warten, und so fügte sie hinzu: „Das ist sehr rücksichtsvoll von dir."

Er schwieg einen Augenblick, klopfte sich mit der rechten Hand verlegen auf den Oberschenkel. „Das alles hat dich vollkommen überrumpelt."

„Unsinn", erwiderte sie, um einen ungezwungenen Tonfall bemüht. „Ich kenne dich ja schon zwei Wochen. Ich kann dir ein halbes Dutzend Ehen aufzählen, die nach kürzerer Zeit geschlossen wurden."

Er hob die Augenbrauen. Die Wirkung war sehr spöttisch, und nicht zum ersten Mal wünschte sich Iris, dass sie nicht so verdammt blass wäre. Selbst wenn sie eine Braue heben könnte, würde niemand es erkennen können.

Er verneigte sich. „Ich verabschiede mich jetzt."

Sie wandte sich ab und tat, als suche sie etwas in ihrem Retikül. „Bitte sehr."

Darauf trat wieder unbehagliches Schweigen ein.

„Sehe ich dich beim Dinner?", erkundigte er sich.

„Natürlich." Schließlich musste sie etwas essen, oder nicht?

„Reicht dir eine Viertelstunde?" Seine Stimme war überaus höflich.

Sie nickte, obwohl sie ihm gar nicht zugewandt war. Er würde die Kopfbewegung schon sehen, dachte sie. Auf ihre Stimme war kein Verlass mehr.

„Ich klopfe bei dir, bevor ich hinuntergehe." Kurz darauf fiel die Tür ins Schloss.

Iris hielt sich ganz still, atmete noch nicht einmal. Warum, das war ihr nicht ganz klar. Vielleicht war es für sie nötig, dass er ganz weg war, nicht nur auf der anderen Seite der geschlossenen Tür. Sie wollte, dass er den Flur überquerte, sein eigenes Zimmer betrat und die Tür hinter sich schloss.

So viel Abstand brauchte sie zu ihm.

Dann konnte sie weinen.

Richard schloss Iris' Tür, ging bedächtig über den Flur, öffnete seine eigene Tür, schloss sie, drehte den Schlüssel um und stieß dann einen Schwall an Flüchen aus, so fließend, so unglaublich einfallsreich, es war ein Wunder, dass nicht das gesamte *Dusty Goose* vom Blitz getroffen wurde.

Was zum *Teufel* sollte er nur tun?

Alles hatte sich planmäßig abgespielt. Alles. Er war Iris begegnet, hatte sie dazu gebracht, ihn zu heiraten, und nun waren sie nach Norden unterwegs. Alles hatte er ihr noch nicht gesagt – nun ja, eigentlich hatte er ihr noch fast gar nichts erzählt, aber das hatte er ja ohnehin erst vor, wenn sie Maycliffe und seine Schwestern erreicht hätten.

Für ihn war es eine große Erleichterung, dass er eine so intelligente und angenehme Frau gefunden hatte. Dass sie auch noch attraktiv war, war ein wunderbares Extra. Er hatte allerdings nicht damit gerechnet, dass er sie begehren würde.

Nicht so.

Er hatte sie in London geküsst, und es hatte ihm gefallen, und so hatte er gewusst, dass es ihm nicht schwerfallen würde, mit ihr ins Bett zu gehen. Doch sosehr er die Sache auch genossen hatte, hatte er doch ohne Probleme aufhören können, als die Zeit gekommen war. Sein Puls hatte sich beschleunigt, er hatte erste Regungen der Begierde verspürt, aber nichts, was er nicht leicht hätte unterdrücken können.

Doch dann war Iris beim Verlassen der Kutsche gestolpert. Natürlich hatte er sie aufgefangen, ganz selbstverständlich, schließlich war er ein Gentleman. Das hätte er für jede andere Dame auch getan.

Doch als er sie berührt hatte, als er die Hände um ihre schmale Taille geschlossen hatte und ihr Körper an seinem entlanggeglitten war, während er sie abgesetzt hatte …

Da hatte irgendetwas in ihm Feuer gefangen.

Er wusste nicht, was sich verändert hatte. War es irgendetwas Urtümliches, etwas tief in seinem Inneren, das nun wusste, dass sie ihm gehörte?

Wie ein Idiot war er sich vorgekommen, als er da reglos dagestanden hatte, nicht in der Lage, die Hände von ihrer Taille zu nehmen. Das Blut hatte ihm in den Ohren gerauscht, und sein Herz hatte so laut geschlagen, dass sie es eigentlich hätte hören müssen. Und alles, was er denken konnte, war …

Ich will sie.

Und es war nicht das übliche „Ich habe schon seit ein paar Monaten keine Frau mehr gehabt"-Begehren. Er war wie elektrisiert gewesen, die Begierde hatte ihn förmlich durchzuckt und ihm den Atem geraubt.

Er hatte ihr Gesicht zu sich drehen und sie küssen wollen, bis sie vor Sehnsucht keuchte.

Er hätte ihr Hinterteil umfassen und drücken und sie anheben wollen, bis ihr gar nichts anderes übrig geblieben wäre, als die Beine um ihn zu schlingen.

Und dann hätte er sie gegen einen Baum drücken und in Besitz nehmen wollen.

Lieber Himmel. Er begehrte seine Frau. Aber er konnte sie nicht bekommen.

Noch nicht.

Fluchend riss Richard sich den Mantel vom Leib und warf sich aufs Bett. Verdammt! Derartige Komplikationen konnte er nicht brauchen. Wenn sie sich auf Maycliffe niederließen, würde er ihr raten müssen, ihre Schlafzimmertür abzuschließen.

Er fluchte noch einmal. Er wusste nicht einmal, ob die Verbindungstür zwischen den beiden Schlafzimmern ein Schloss hatte.

Wenn nicht, müsste er eins einbauen lassen.

Nein, das würde Gerede verursachen. Wer zum Teufel baute ein Schloss in eine *Verbindungs*tür ein?

Ganz zu schweigen von Iris' Gefühlen. Er hatte die Überraschung in ihrem Blick gesehen, als deutlich wurde, dass er ihre Hochzeitsnacht nicht mit ihr verbringen wollte. Er war sich sicher, dass sie wenigstens eine Spur erleichtert war – er machte sich nicht vor, dass sie sich in so kurzer Zeit in ihn verliebt hatte. Aber selbst wenn, so war sie nicht der Typ, der sich dem Ehebett ohne Bangen näherte.

Aber sie war auch verletzt. Das hatte er ebenfalls gesehen, obwohl sie sich Mühe gegeben hatte, es zu verbergen. Es war nicht weiter verwunderlich. Von ihrer Warte aus war es durchaus möglich, dass ihr Ehemann sie nicht anziehend genug fand, um in der Hochzeitsnacht mit ihr zu schlafen.

Er stieß ein grimmiges Lachen aus. Nichts hätte weiter von der Wahrheit entfernt sein können. Gott allein wusste, wie lange sein verräterischer Körper brauchen würde, bis er sich so weit beruhigt hatte, dass er seine Frau zum Dinner führen konnte.

Ja, das wäre wirklich vornehm. *Hier, nimm meinen Arm, aber ignoriere doch bitte diese mächtige Erektion.*

Irgendwer sollte wirklich einmal bessere Beinkleider erfinden.

Er legte sich auf den Rücken und dachte an unerotische Dinge. Hauptsache, er dachte an etwas anderes als die sanft gerundete Hüfte seiner Frau. Oder ihre weichen rosigen Lippen. Bei jeder anderen hätte die Farbe gewöhnlich ausgesehen, doch bei Iris' blassem Teint ...

Er fluchte. Schon wieder. *So* hatte er sich das nicht gedacht. Schlechte Gedanken, unattraktive Gedanken ... Mal sehen, in Eton hatte er doch einmal eine Lebensmittelvergiftung gehabt. Sehr verdorbener Fisch. Lachs? Nein, Hecht. Er hatte sich tagelang übergeben. Ach ja, und der Teich in Maycliffe. Zu dieser Jahreszeit würde er kalt sein. Sehr kalt. Lusttötend kalt.

Vogelbeobachtung, Konjugation lateinischer Verben, seine Großtante Gladys (sie ruhe in Frieden). Spinnen, saure Milch, Pest.

*Beulen*pest.

Beulenpest an seinem kalten, lusttoten ...

Das führte zum gewünschten Ergebnis.

Er sah auf seine Taschenuhr. Zehn Minuten waren vergangen. Möglicherweise elf. Jedenfalls genug Zeit, um ihm zu erlauben, sich vom Bett aufzurappeln und salonfähig zu machen.

Stöhnend zog Richard den Rock wieder an. Eigentlich sollte er sich fürs Dinner umkleiden, aber auf Reisen konnte man diese Regeln wohl etwas lockerer auslegen. Außerdem hatte er seinem Kammerdiener bereits gesagt, dass er seine Dienste an diesem Abend nicht mehr brauchen würde. Er hoffte, dass Iris nicht glaubte, sie müsse ein formelleres Gewand anlegen. Er hatte nicht daran gedacht, ihr das mitzuteilen.

Pünktlich zur vereinbarten Zeit klopfte er an ihre Tür. Sie öffnete sofort.

„Du hast dich nicht umgezogen", platzte er heraus. Wie ein Idiot.

Ihre Augen weiteten sich, als befürchtete sie, etwas falsch gemacht zu haben. „Hätte ich das tun sollen?"

„Nein, nein. Eigentlich hatte ich dir sagen wollen, dass du

dich nicht zu bemühen brauchst." Er räusperte sich. „Aber ich habe es vergessen."

„Oh." Sie lächelte. Gezwungen. „Also, hab ich nicht. Mich umgezogen, meine ich."

„Aha."

Er durfte nicht vergessen, sich zu seiner geistvollen Bemerkung zu gratulieren.

Sie stand da.

Er auch.

„Ich habe ein Schultertuch mitgenommen", sagte sie.

„Gute Idee."

„Ich dachte, vielleicht wird es kalt."

„Gut möglich."

„Ja, das dachte ich auch."

Er stand da.

Sie auch.

„Wir sollten essen gehen", sagte er unvermittelt und bot ihr den Arm. Es war gefährlich, sie zu berühren, auch unter so unschuldigen Umständen, aber er würde sich wohl daran gewöhnen müssen. Er konnte ihr ja wohl kaum die nächsten Monate, wie viele es auch sein mochten, seine Begleitung verweigern.

Er musste wirklich herausfinden, wie viele Monate es noch dauern würde. Wie viele Monate *genau*.

„Mr. Fogg hat nicht übertrieben, was den Braten seiner Frau angeht", sagte er, um ein unverfängliches Gesprächsthema bemüht. „Sie ist eine hervorragende Köchin."

Vielleicht bildete er sich das nur ein, aber Iris wirkte erleichtert, dass er eine ganz normale Unterhaltung angefangen hatte. „Das klingt wunderbar. Ich bin ziemlich hungrig."

„Hast du in der Kutsche denn nichts gegessen?"

Sie schüttelte den Kopf. „Ich wollte schon, aber dann bin ich eingeschlafen."

„Tut mir leid, dass ich nicht da war, um dich zu unterhalten." Er biss sich auf die Zunge. Er wusste genau, wie er sie gern unterhalten hätte, auch wenn sie von dieser Art des Zeitvertreibs nichts wusste.

„Sei doch nicht albern. Du verträgst das Reisen in der Kutsche nicht."

Das stimmte. Allerdings hatte er noch nie länger mit *ihr* in einer Kutsche gesessen.

„Vermutlich willst du morgen auch wieder neben der Kutsche herreiten?", fragte sie.

„Das wäre wohl am besten." *Aus so vielen Gründen.*

Sie nickte. „Dann werde ich wohl noch ein Buch auftreiben müssen. Das, was ich dabeihabe, werde ich schneller ausgelesen haben als erwartet."

Sie hatten die Tür zu ihrem Privatsalon erreicht, und Richard trat vor, um sie ihr zu öffnen. „Was liest du denn?"

„Noch etwas von Jane Austen. *Mansfield Park.*"

Er zog einen Stuhl für sie heraus. „Das kenne ich nicht. Ich glaube nicht, dass meine Schwester das schon gelesen hat."

„Es ist weniger romantisch als die anderen."

„Ah. Das erklärt es. Dann würde es Fleur nicht gefallen."

„Ist deine Schwester so romantisch veranlagt?"

Richard wollte schon antworten, hielt dann jedoch inne. Wie sollte er Fleur beschreiben? Dieser Tage war sie nicht gerade sein Liebling. „Ich glaube, das ist sie wohl", sagte er schließlich.

Das schien sie zu amüsieren. „Du *glaubst* es?"

Er lächelte verlegen. „Mit ihrem Bruder würde sie über Derartiges nicht reden. Liebesgeschichten, meine ich."

„Nein, vermutlich nicht." Sie zuckte die Achseln und spießte mit der Gabel eine Kartoffel auf. „Ich würde mit meinem auch nicht darüber reden."

„Du hast einen Bruder?“

Sie warf ihm einen erschrockenen Blick zu. „Natürlich.“

Verdammt, das hätte er wissen müssen. Was war er nur für ein Mann, dass er nicht wusste, dass seine Frau einen Bruder hatte?

„John“, sagte sie. „Er ist der Jüngste von uns.“

Das überraschte ihn sogar noch mehr. „Du hast einen Bruder namens John?“

Das brachte sie zum Lachen. „Schockierend, ich weiß. Eigentlich hätte er Florian heißen müssen. Oder Basil. Es ist wirklich nicht gerecht.“

„Wie wäre es mit Peter?“, schlug er vor. „Für Petersilie?“

„Das wäre ja noch grausamer. Wie ein Kraut zu heißen und trotzdem einen ganz normalen Namen zu tragen.“

„Ach, nun komm schon. Iris ist nicht so alltäglich wie Mary oder Jane, aber völlig ungewöhnlich ist der Name doch auch nicht.“

„Das ist es gar nicht. Es liegt daran, dass wir zu fünft sind. Was bei einer ganz normal ist, wird in der Masse richtig furchtbar.“ Sie sah auf ihr Essen hinab. Ihre Augen funkelten vor Belustigung.

„Was?“, fragte er. Er musste wissen, was die Ursache dieses entzückenden Ausdrucks war.

Sie schüttelte den Kopf und presste die Lippen zusammen, offenbar um nicht laut herauszulachen.

„Sag es mir. Ich bestehe darauf.“

Sie beugte sich vor, als wollte sie ein großes Geheimnis enthüllen. „Wenn John ein Mädchen geworden wäre, hätte er Hortensia geheißen.“

„Lieber Himmel.“

„Ich weiß. Mein Bruder hatte wirklich Glück.“

Richard lachte. Plötzlich wurde er sich bewusst, dass sie

mehrere Minuten recht entspannt miteinander geplaudert hatten. Mehr als entspannt – seine frisch angetraute Frau war wirklich angenehme Gesellschaft. Vielleicht würde ja doch alles gut. Er musste nur die erste Hürde nehmen …

„Warum war dein Bruder nicht auf der Hochzeit?“, fragte er.

Sie machte sich nicht die Mühe, von ihrem Teller aufzusehen. „Er ist noch in Eton. Meine Eltern hielten es nicht für ratsam, ihn wegen einer so kleinen Feier von der Schule wegzuholen.“

„Aber deine Vettern und Kusinen waren alle da.“

„Von *dir* kamen überhaupt keine Verwandten“, konterte sie.

Dafür gab es Gründe, über die er jetzt jedoch nicht reden wollte.

„Jedenfalls“, fuhr Iris fort, „waren es nicht *alle* Vettern und Kusinen.“

„Lieber Himmel, wie viele seid ihr denn?“

Sie kniff die Lippen zusammen, offenbar, um ein Lächeln zu unterdrücken. „Ich habe vierunddreißig Kusinen und Vettern.“

Er starrte sie an. Es war eine unglaubliche Anzahl.

„Und fünf Geschwister“, fügte sie hinzu.

„Das ist … bemerkenswert.“

Sie zuckte die Achseln. Wenn man nichts anderes kannte, kam es einem wohl nicht weiter bemerkenswert vor. „Mein Vater hat sieben Geschwister“, sagte sie.

„Trotzdem.“ Er spießte ein Stück von Mrs. Foggs berühmtem Roastbeef auf. „Ich habe genau null Vettern oder Kusinen.“

„Wirklich?“ Sie wirkte schockiert.

„Die ältere Schwester meiner Mutter wurde ziemlich jung

Witwe. Sie hatte keine Kinder und auch nicht den Wunsch, sich noch einmal zu verheiraten."

„Und dein Vater?"

„Er hatte zwei Geschwister, aber sie starben ohne Nachkommen."

„Das tut mir leid für dich."

Er hielt inne, die Gabel auf halbem Weg zum Mund. „Warum?"

„Na ja, weil ..." Sie hielte inne, zog das Kinn an und dachte nach. „Ich weiß nicht", sagte sie schließlich. „Ich kann mir nicht vorstellen, so allein zu sein."

Aus irgendeinem Grund amüsierte ihn das. „Ich habe immerhin zwei Schwestern."

„Natürlich, aber ..." Wieder unterbrach sie sich.

„Aber was?" Er lächelte, um ihr zu zeigen, dass er nicht beleidigt war.

„Ihr seid einfach ... so *wenige*."

„Ich versichere dir, als ich aufgewachsen bin, hat sich das ganz und gar nicht so angefühlt."

„Nein, wohl nicht."

Richard tat sich noch etwas von Mrs. Foggs Yorkshire Pudding auf. „Bei dir zu Hause ging es vermutlich sehr lebhaft zu."

„Mehr wie in einer Irrenanstalt."

Er lachte.

„Ich meine das ernst", sagte sie, doch sie grinste dabei.

„Hoffentlich bieten meine beiden Schwestern einen adäquaten Ersatz für deine Schwestern."

Sie lächelte und legte kokett den Kopf schief. „Mit einem Namen wie Fleur ist das vermutlich schon vorherbestimmt, meinst du nicht?"

„Ah ja, die Blumenmädchen."

„So nennt man uns jetzt?"

„Jetzt?“

Sie rollte mit den Augen. „Das Smythe-Smith-Bukett, die Gartengirls, die Treibhausgewächse …“

„Die Treibhausgewächse?“

„Meine Mutter fand das gar nicht lustig.“

„Kann ich mir vorstellen.“

Gleichmütig spießte Iris ein Kartöffelchen auf. „Was unsere Namen angeht, sind wir Kummer gewohnt.“

Er beobachtete sie einen Augenblick. Auf den ersten Blick wirkte seine frisch Angetraute zart, beinahe substanzlos. Sie war nicht groß, ging ihm nur bis zur Schulter, und war ziemlich dünn. (Allerdings nicht ganz ohne Kurven, wie er kürzlich entdeckt hatte.) Und dann war da natürlich ihre ungewöhnliche Farbgebung. Doch ihre Augen, die auf den ersten Blick blass und fad gewirkt hatten, funkelten im Gespräch vor Intelligenz und Witz. Und wenn sie sich bewegte, wurde deutlich, dass ihre schmale Gestalt nicht von Schwäche und Krankheit kündete, sondern von Kraft und Entschlossenheit.

Iris Smythe-Smith glitt nicht durch die Räume, wie man es so vielen ihrer Geschlechtsgenossinnen beigebracht hatte; wenn sie ging, dann hatte sie ein Ziel vor Augen.

Und ihr Name, erinnerte er sich, war nicht Smythe-Smith. Sie hieß nun Iris Kenworthy, und ihm wurde allmählich klar, dass er gerade erst anfing, sie kennenzulernen.

10. Kapitel

Drei Tage später

Allmählich näherten sie sich ihrem Ziel.

Vor zehn Minuten waren sie durch Flixton gekommen, dem Dorf, das Maycliffe Park am nächsten war. Iris versuchte, nicht allzu gespannt – oder nervös – zu wirken, als sie die Landschaft durch das Fenster vorbeiziehen sah. Sie versuchte sich einzureden, dass es nur ein Haus war und, wenn die Beschreibungen ihres Mannes zutrafen, noch nicht mal ein sehr großes.

Aber es war *sein* Haus, was bedeutete, dass es nun auch *ihres* war, und sie wollte bei ihrer Ankunft unbedingt einen guten Eindruck machen. Richard hatte ihr erzählt, dass es im Haus dreizehn Dienstboten gab, eine nicht allzu einschüchternde Zahl, doch dann hatte er erwähnt, dass der Butler schon seit seiner Kindheit dort arbeitete und die Haushälterin sogar noch länger. Iris dachte unwillkürlich, es spielte keine Rolle, dass sie nun Kenworthy hieß – in dieser Konstellation war *sie* der Eindringling.

Sie würden sie hassen. Die Dienstboten würden sie hassen, die Schwestern würden sie hassen, und wenn er einen Hund hatte (mal ehrlich, sollte sie nicht wissen, ob er einen Hund hatte?), würde der sie vermutlich auch hassen.

Sie sah ihn förmlich vor sich, wie er mit einem albernen Hundegrinsen zu Richard getrottet kam und sich dann knurrend und mit entblößten Zähnen zu ihr umdrehte.

Das wäre eine schöne Heimkehr.

Richard hatte eine Botschaft vorausgeschickt, um dem Haushalt ihre ungefähre Ankunftszeit mitzuteilen. Iris war mit dem Leben auf einem Landsitz genügend vertraut, um zu wissen, dass ein schneller Reiter nach ihnen Ausschau halten würde. Bis ihre Kutsche dann auf Maycliffe eintraf, stünde der gesamte Haushalt zum Empfang aufgereiht.

Richard sprach mit großer Zuneigung von den höheren Dienstboten; bei seinem Charme und seiner Liebenswürdigkeit konnte Iris sich nur vorstellen, dass seine Gefühle im selben Maß erwidert wurden. Die Dienstboten würden einen Blick auf sie werfen, und es würde keine Rolle spielen, ob sie sich um Gerechtigkeit oder Freundlichkeit bemühte. Es würde keine Rolle spielen, ob sie ihrem Ehemann zulächelte und glücklich und zufrieden mit ihrem neuen Heim schien. Sie würden sie scharf beobachten und es ihr am Gesicht ablesen können. Sie liebte ihren Ehemann nicht.

Und was vielleicht noch wichtiger war: Er liebte sie auch nicht.

Es würde Klatsch geben. Wenn der Herr eines großen Anwesens heiratete, wurde immer geklatscht, doch sie war in Yorkshire gänzlich unbekannt, und wenn man dazu noch die hastige Eheschließung nahm, würden sich alle das Maul über sie zerreißen. Würden die Leute glauben, dass sie ihn mit einem Trick dazu gebracht hatte, sie zu heiraten? Nichts könnte weiter von der Wahrheit entfernt liegen, und doch …

„Mach dir keine Sorgen."

Iris sah auf, als sie Richards Stimme hörte, dankbar, dass er ihre unablässig kreisenden Gedanken unterbrochen hatte. „Ich mache mir keine Sorgen", log sie.

Er hob die Augenbrauen. „Dann lass es mich anders ausdrücken. Du hast keinen Grund, dir Sorgen zu machen."

Iris faltete züchtig die Hände im Schoß. „Ich dachte auch nicht, dass es einen gäbe.“

Noch eine Lüge. Allmählich wurde sie gut darin. Vielleicht auch nicht. Richards Miene entnahm sie, dass er ihr nicht glaubte.

„Also schön“, gab sie nach. „Ich bin doch ein wenig nervös.“

„Ah. Nun ja, vermutlich hast du dazu doch guten Grund.“

„Sir Richard!“

Er grinste. „Tut mir leid, ich konnte einfach nicht widerstehen. Und bitte nenn mich nicht Sir. Zumindest nicht, wenn wir allein sind.“

Sie legte den Kopf schief, eine zweideutige Antwort, die er ihrer Meinung nach verdient hatte.

„Iris“, sagte er mit sanfter Stimme, „ich wäre ein Schuft, wenn ich nicht anerkennen würde, dass du diejenige in unserer Verbindung bist, die sich in allem anpassen muss.“

Nicht in allem, dachte Iris beißend. Man könnte sagen, dass ein ziemlich wichtiger Teil von ihr überhaupt nicht angepasst worden war. Ihre zweite Nacht unterwegs war so ähnlich verlaufen wie die erste: in getrennten Schlafzimmern. Richard hatte wieder gesagt, dass sie es nicht verdiente, ihre Hochzeitsnacht in einem staubigen Gasthof zu erleben.

Auch wenn das *Royal Oak* in Wahrheit ebenso makellos sauber gewesen war wie das *Dusty Goose*. Dasselbe galt für das *Kings Arms*, wo sie die letzte Reisenacht verbracht hatten. Eigentlich sollte sie sich geehrt fühlen, dass ihr Ehemann sie so schätzte und ihr Wohlbehagen über seine Bedürfnisse stellte, aber sie fragte sich doch, was aus dem Mann geworden war, der sie vor kaum einer Woche in Pleinsworth House so leidenschaftlich geküsst hatte. Damals schien er derart überwältigt von ihrer Nähe, dass er sich kaum hatte zurückhalten können.

Und jetzt ... Jetzt, wo sie verheiratet waren, er also keinerlei Grund hatte, seine Leidenschaft zu unterdrücken ...

Es ergab einfach keinen Sinn.

Ihre Heirat allerdings auch nicht, und *die* hatte er ja mit größter Eilfertigkeit betrieben.

„Ich habe eine Menge von dir verlangt“, sagte er.

„So viel nun auch nicht“, brummte sie.

„Wie bitte?“

Sie schüttelte leicht den Kopf. „Ach, nichts.“

Er stieß den Atem aus, einziges Anzeichen dafür, dass er dieses Gespräch eine Spur anstrengend finden könnte. „Du ziehst durchs halbe Land um“, sagte er. „Ich habe dich von allem weggeholt, was dir lieb und teuer ist.“

Iris rang sich ein Lächeln ab. Wollte er sie damit etwa beruhigen?

„Aber ich bin wirklich der Ansicht“, fuhr er fort, „dass wir sehr gut zusammenpassen. Und ich hoffe, dass du Maycliffe irgendwann auch als dein Heim betrachtest.“

„Danke“, erwiderte sie höflich. Sie wusste es zu schätzen, dass er sich so darum bemühte, ihr das Gefühl zu vermitteln, willkommen zu sein, aber ihre Nerven beruhigte er damit nicht.

„Meine Schwestern freuen sich bestimmt sehr darauf, dich kennenzulernen.“

Iris hoffte, dass dies der Wahrheit entsprach.

„Ich habe ihnen von dir geschrieben.“

Überrascht sah sie auf. „Wann denn?“, fragte sie. Das hätte er sofort nach ihrer Verlobung tun müssen, wenn der Brief noch vor ihnen auf Maycliffe hätte eintreffen sollen.

„Ich habe die Nachricht per Express geschickt.“

Iris nickte und wandte den Blick zum Fenster zurück. Das erklärte es. Berittene Boten waren teuer, aber ihr Geld wert, wenn man einen eiligen Brief zu versenden hatte. Sie fragte sich, was er über sie geschrieben haben mochte. Wie könnte er seine Zukünftige, die er kaum eine Woche kannte, wohl beschrieben haben? Und dann auch noch seinen Schwestern?

Sie setzte sich zurück und versuchte Richard möglichst unauffällig zu beobachten. Er war ziemlich intelligent, das war ihr schon nach weniger als einer Woche Bekanntschaft klar gewesen. Und er konnte sehr gut mit Menschen umgehen, weitaus besser als sie selbst, das stand fest. Was er seinen Schwestern über sie schrieb, hing wohl von *ihnen* ab. Er würde wissen, was sie über seine Braut erfahren wollten.

„Du hast mir so gut wie nichts von ihnen erzählt", sagte sie plötzlich.

Er blinzelte.

„Von deinen Schwestern."

„Oh. Nein?"

„Nein." Und wie merkwürdig, dass ihr das jetzt erst auffiel. Vermutlich lag es daran, dass sie die wichtigsten Fakten – Name, Alter, ein wenig von ihrem Aussehen – schon kannte. Aber sonst wusste sie absolut gar nichts, wenn man einmal von Fleurs Vorliebe für *Stolz und Vorurteil* absah.

„Oh", sagte er noch einmal. Er blickte aus dem Fenster, dann zurück zu ihr. Seine Bewegungen waren merkwürdig eckig. „Also. Fleur ist achtzehn, Marie-Claire drei Jahre jünger."

„Ja, das erwähntest du bereits." Ihr sarkastischer Ton war nicht so leicht herauszuhören. Seine Miene verriet ihr, dass er ein paar Augenblicke brauchte, um es zu erkennen.

„Fleur liest gern", meinte er munter.

„*Stolz und Vorurteil*", ergänzte Iris.

„Na, da siehst du es." Er schenkte ihr ein charmantes Lächeln. „Hab ich dir doch schon Dinge erzählt."

„Theoretisch stimmt das wohl.“ Sie nickte ihm zu. „*Dinge* ist Plural, *zwei* ist Plural, und nachdem du mir zwei Dinge erzählt …“

Sein Blick verengte sich, größtenteils amüsiert. „Also gut, was willst du denn wissen?“

Sie konnte es nicht ausstehen, wenn Leute ihr diese Frage stellten. „Irgendetwas.“

„Du hast mir von deinen Geschwistern auch nichts erzählt.“

„Du hast sie kennengelernt.“

„Deinen Bruder nicht.“

„Du wirst auch nicht mit meinem Bruder *zusammenleben*“, versetzte sie.

„Also gut, das sehe ich ein“, gab er zu. „Allerdings könnte man sagen, dass jede weitere Information überflüssig ist, da du sie in ungefähr drei Minuten selbst kennenlernst.“

„Was?“ Iris schrie beinahe und fuhr zum Fenster herum. Und tatsächlich, sie waren von der Hauptstraße abgebogen und fuhren nun eine lange Auffahrt hinauf. Die Bäume hier standen nicht so dicht wie an der Hauptstraße, die sanft gewellten Felder erstreckten sich bis zum Horizont. Es war eine herrliche Landschaft, friedlich und heiter.

„Es liegt hinter der nächsten Anhöhe.“

Sie hörte das selbstzufriedene Lächeln in seiner Stimme.

„Nur noch einen Augenblick“, murmelte er.

Und dann sah sie Maycliffe Park. Es war größer, als sie es sich vorgestellt hatte, war jedoch nichts im Vergleich zu Fensmore oder Whipple Hill. Allerdings waren die Besitzer dieser Herrenhäuser auch Earls. Ihre Vettern, aber Angehörige des britischen Hochadels.

Maycliffe hatte seine eigenen Reize. Von Weitem sah es aus, als wäre es aus Backstein erbaut, die Fassade wurde von ziemlich ungewöhnlichen Volutengiebeln gekrönt. Das Haus wirkte fast etwas asymmetrisch, was angesichts seiner Geschichte auch kein Wunder war. Richard hatte ihr erzählt, dass das Gebäude im Lauf der Jahre umgebaut und erweitert worden war.

„Unser Wohnzimmer geht nach Süden", sagte er. „Im Winter wirst du froh darüber sein."

„Ich weiß nicht, in welche Himmelsrichtung wir jetzt sehen", gab Iris zu.

Er lächelte. „Wir kommen von Westen. Deine Räumlichkeiten liegen also um diese Ecke." Er wies nach rechts.

Iris nickte, ohne sich ihrem Mann zuzuwenden. Im Moment wollte sie all ihre Aufmerksamkeit auf ihr neues Heim richten. Als sie näher kamen, sah sie, dass jeder Giebel oben ein kleines rundes Fenster aufwies. „Wem gehören die Zimmer ganz oben? Die mit den runden Fenstern?"

„Manche gehören zu den Dienstbotenquartieren. Die nach Süden gehören zum Kinderflügel. In einem hat sich meine Mutter ein Lesezimmer eingerichtet."

Von seinen Eltern hatte er auch noch nicht viel erzählt, fiel ihr auf. Nur dass sie beide verstorben waren, seine Mutter, als er noch in Eton gewesen war, sein Vater ein paar Jahre später.

Aber jetzt war nicht der richtige Zeitpunkt, um ihn danach auszufragen. Die Kutsche blieb stehen, und natürlich stand ganz Maycliffe draußen auf der Treppe aufgereiht, um sie zu begrüßen. Es sah aus, als gäbe es mehr als die dreizehn Dienstboten, die Richard erwähnt hatte; vielleicht hatte er nur die Angestellten im Haus gemeint. Soweit Iris sehen konnte, gehörten zu der Gruppe auch Gärtner und Stallburschen. Nie zuvor war sie von einer derartigen vollzähligen Dienstbotentruppe begrüßt worden. Vermutlich lag es daran, dass sie kein Gast war, sondern die neue Hausherrin. Warum hatte niemand sie vorgewarnt? Sie war auch ohne das Gefühl, einen guten

Eindruck auf den Rosengärtner machen zu müssen, nervös genug.

Richard sprang hinab und streckte ihr dann die Hand entgegen. Iris atmete tief durch und stieg aus. Dann betrachtete sie die versammelte Dienerschaft mit einem Lächeln, von dem sie hoffte, dass es ebenso freundlich wie selbstsicher war.

„Mr. Cresswell", sagte Richard und führte sie zu einem großgewachsenen Mann, der nur der Butler sein konnte, „hier bringe ich Ihnen Lady Kenworthy, die neue Herrin von Maycliffe Park."

Cresswell verneigte sich höflich. „Wir sind hocherfreut, wieder eine Herrin auf Maycliffe zu haben."

„Ich bin schon sehr gespannt darauf, alles über mein neues Heim zu erfahren", erwiderte Iris. Sie hatte sich ihre Worte am Abend davor sorgfältig zurechtgelegt. „Während der ersten Monate werde ich sehr auf Ihre und Mrs. Hopkins' Hilfe angewiesen sein."

„Es wird uns eine Ehre sein, Ihnen zu dienen, Mylady."

Iris spürte, wie sich der Knoten aus Angst in ihr zu lösen begann. Cresswell klang aufrichtig, und die übrigen Dienstboten würden seinem Beispiel sicher folgen.

„Sir Richard hat mir erzählt, dass Sie schon viele Jahre auf Maycliffe weilen", fuhr Iris fort. „Er hat großes Glück …"

Sie sah zu ihrem Mann hinüber und unterbrach sich abrupt. Seine sonst so freundliche Miene war einem ziemlich wütenden Ausdruck gewichen.

„Richard?", flüsterte sie. Was konnte nur geschehen sein, das ihn derart in Rage gebracht hatte?

„Wo", sagte er zum Butler, und seine Stimme war so leise und angespannt, wie sie es bei ihm noch nie gehört hatte, „sind meine Schwestern?"

Richard suchte die kleine Menschenmenge an der Treppe mit Blicken ab, aber mal ehrlich, was hatte das für einen Zweck? Falls seine Schwestern da gewesen wären, hätten sie ganz vorn gestanden und sich mit ihren bunten Kleidern deutlich von den schwarzen Kleidern der Dienstmädchen abgehoben.

Verdammt, sie hätten dort draußen stehen sollen, um Iris zu begrüßen. Es war die schlimmste Brüskierung, die man sich nur denken konnte. Fleur und Marie-Claire waren es vielleicht gewohnt, nach Belieben im Haus schalten und walten zu können, doch nun war Iris Herrin auf Maycliffe, und jeder – selbst eine geborene Kenworthy – musste sich damit abfinden.

Und zwar schnell.

Außerdem wussten seine beiden Schwestern verdammt gut, wie viel Iris für ihre Familie aufgab. Selbst Iris kannte die genauen Ausmaße noch nicht.

Eigentlich wusste sie noch überhaupt nichts.

Etwas brannte in Richards Innerstem, und er wollte wirklich nicht darüber nachdenken, ob es Zorn oder Schuldbewusstsein war.

Er hoffte, dass es Zorn war. Schuldgefühle hatte er schon genügend, und ihm schwante, dass sie bald sehr bitter werden könnten.

„Richard", sagte Iris und legte ihm eine Hand auf den Arm. „Bestimmt gibt es für ihre Abwesenheit einen guten Grund." Doch ihr Lächeln war gezwungen.

Richard wandte sich an Cresswell und fuhr ihn an: „Warum sind sie nicht hier?" Es gab wirklich keine Entschuldigung dafür. Der übrige Haushalt hatte auch die Zeit gefunden, sich draußen zu versammeln. Seine Schwestern hatten zusammen vier gesunde Beine. Sie hätten wirklich die Treppe herunterkommen und ihre Schwägerin begrüßen können.

„Miss Kenworthy und Miss Marie-Claire sind nicht in Maycliffe, Sir. Sie sind bei Mrs. Milton."

Sie waren bei seiner Tante? „Was? Warum?"

„Sie kam gestern hier an, um sie abzuholen."

„Um sie abzuholen", wiederholte Richard.

Die Miene des Butlers blieb ausdruckslos. „Mrs. Milton hat die Meinung geäußert, dass Frischvermählte Flitterwochen verdient hätten."

„Wenn wir Flitterwochen machen wollten, dann bestimmt nicht *hier*", brummte Richard. Sollten sie vielleicht Räume im Ostflügel beziehen und so tun, als wären sie am Meer? Der Wind, der durchs Zimmer pfiff, würde recht gut an Cornwall erinnern. Oder an die Arktis.

Cresswell räusperte sich. „Meines Wissens sollen sie in zwei Wochen zurückkehren, Sir."

„In zwei Wochen?" Das ging überhaupt nicht.

Iris drückte ihm den Arm. „Wer ist Mrs. Milton?"

„Meine Tante", sagte er zerfahren.

„Sie hat Ihnen einen Brief hinterlassen", sagte Cresswell.

Richards Blick richtete sich wieder auf den Butler. „Meine Tante? Oder Fleur?"

„Ihre Tante. Ich habe ihn oben auf Ihre Korrespondenz im Arbeitszimmer gelegt."

„Von Fleur ist nichts da?"

„Leider nein, Sir."

Er würde sie wirklich und wahrhaftig erwürgen. „Nicht einmal eine mündliche Botschaft, die sie mir ausrichten sollen?", drängte er den Butler.

„Nicht dass ich wüsste."

Richard atmete tief durch und versuchte, sein Gleichgewicht wiederzuerlangen. So hatte er sich die Heimkehr nicht vorgestellt. Er hatte gedacht – nun ja, in Wirklichkeit hatte er nicht allzu viel gedacht, nur dass seine Schwestern da sein würden und er die nächste Phase seines Plans einläuten könnte.

So entsetzlich das auch war.

„Sir Richard“, hörte er Iris sagen.

Blinzelnd wandte er sich um. Sie hatte ihn schon wieder Sir genannt, etwas, das ihm inzwischen ziemlich gegen den Strich ging. Es war eine Respektsbekundung, und er würde sehr bald jeden Respekt verspielt haben.

Verlegen deutete sie mit dem Kopf auf die Dienstboten, die immer noch steif auf den Stufen standen. „Vielleicht sollten wir mit der Vorstellung fortfahren?“

„Ja, natürlich.“ Er rang sich ein Lächeln ab und wandte sich an die Haushälterin. „Mrs. Hopkins, würden Sie Lady Kenworthy die Dienstmädchen vorstellen?“

Die Hände steif hinter dem Rücken verschränkt, folgte Richard den beiden bei der Begrüßung eines jeden Dienstmädchens. Er mischte sich nicht ein – das hier war Iris' Augenblick, und wenn sie in ihre Rolle als Hausherrin hineinwachsen wollte, durfte er ihre Autorität nicht untergraben.

Iris brachte die Vorstellungsrunde souverän zu Ende. Neben der herzhaften Mrs. Hopkins wirkte sie klein und blass, doch ihre Haltung war straff und aufrecht, und sie begrüßte jedes Dienstmädchen mit Anmut und Selbstsicherheit.

Er konnte stolz auf sie sein. Aber das hatte er ja schon vorher gewusst.

Dann übernahm Cresswell und stellte die Lakaien und Stallburschen vor. Als sie fertig waren, wandte er sich an Richard und sagte: „Ihre Räumlichkeiten sind bereit, Sir, und auf dem Tisch steht ein leichter Lunch.“

Richard bot Iris den Arm und sagte an Cresswell gewandt: „Lady Kenworthys Räumlichkeiten wurden doch gewiss auch hergerichtet?“

„So, wie Sie es angeordnet haben, Sir."

„Hervorragend." Richard sah zu Iris hinunter. „Ich habe alles säubern und auslüften, doch nichts renovieren lassen. Ich dachte, du würdest dir die Farben und Stoffe gern selbst aussuchen."

Iris dankte ihm mit einem Lächeln. Insgeheim hoffte Richard, dass sie sich nicht für Brokatstoffe aus Frankreich entscheiden würde. Maycliffe warf wieder Profit ab, aber sie schwammen beileibe nicht im Geld. Sein ursprünglicher Plan hatte nicht von ungefähr darin bestanden, sich eine Braut mit reicher Mitgift zu suchen. Iris hatte nur zweitausend Pfund mit in die Ehe gebracht. Kein Grund, die Nase zu rümpfen, aber bei Weitem nicht genug, um den Besitz in seiner früheren Pracht wieder aufleben zu lassen.

Ihre Räumlichkeiten konnten sie aber schon renovieren lassen. Das war das Mindeste.

Iris sah am Haus nach oben. Während ihr Blick über die rote Backsteinfassade glitt, die er so liebte, fragte er sich, was sie wohl sah. Erkannte sie den Charme der Volutengiebel oder eher den traurigen Zustand der Glasscheiben in den runden Fenstern? Würde sie die Geschichtsträchtigkeit des alten Hauses lieben, oder würde sie den Mischmasch der Baustile misstönend und unkultiviert finden?

Es war sein Heim, aber würde sie es je als das ihre betrachten können?

„Sollen wir reingehen?", fragte er.

Sie lächelte. „Sehr gern."

„Soll ich dich durch das Haus führen?" Eigentlich hätte er sie fragen sollen, ob sie sich ausruhen wollte, doch er war noch nicht bereit, sie in ihr Zimmer zu bringen. *Ihr* Schlafzimmer war mit *seinem* Schlafzimmer verbunden, in beiden stand ein großes, bequemes Bett, und er konnte keines davon auf die Art und Weise nutzen, wie er es gern getan hätte.

Die letzten drei Tage waren die reinste Hölle gewesen.

Genauer gesagt, die letzten drei Nächte.

Im *Kings Arms* war es am schlimmsten gewesen. Dort hatte man ihnen, wie bestellt, getrennte Zimmer gegeben, doch der Wirt hatte den Frischverheirateten eine Freude machen wollen und sie in seine schönste Suite geführt. „Mit Verbindungstür!“, hatte er verkündet und ihnen verschwörerisch zugezwinkert.

Richard hatte nicht gewusst, dass es so dünne Türen gab. Er hatte jede von Iris' Bewegungen gehört, jedes Husten, jedes Seufzen. Er hatte sie fluchen gehört, als sie sich die Zehen angestoßen hatte, und er hatte mitbekommen, in welchem Augenblick sie ins Bett geklettert war. Die Matratze hatte geächzt, selbst unter ihrer schmalen Gestalt, und seine Fantasie hatte nicht lang gebraucht, um von seinem Zimmer in ihres zu springen.

Ihr Haar wäre offen. So hatte er es noch nicht gesehen, und er ertappte sich zu allen möglichen Tages- und Nachtzeiten dabei, wie er über die Länge nachgrübelte. Tagsüber trug sie es zu einem lockeren Nackenknoten aufgesteckt. Früher hatte er sich nie groß Gedanken gemacht über die Frisuren der Damen, aber in Iris' weichem, hellem Haar konnte er jede Nadel erkennen. An diesem Morgen hatte sie vierzehn Stück gebraucht, um die Pracht zu bändigen. Das kam ihm ziemlich viel vor. Erlaubte es Rückschlüsse auf die Länge?

Er wollte es berühren, wollte mit den Fingern hineingreifen. Er wollte es im Mondschein sehen, wie es sternengleich silbern aufleuchtete. Er wollte spüren, wie es flüsterleise über seine Haut glitt, während sie ihre Lippen auf seine …

„Richard?“

Er blinzelte. Er brauchte einen Augenblick, um sich zu erinnern, dass sie in dem Hof vor Maycliffe standen.

„Ist irgendetwas nicht in Ordnung?“, fragte Iris.

„Dein Haar", platzte er heraus.

Sie blinzelte. „Mein Haar?"

„Es ist wunderschön."

„Oh." Sie errötete und berührte verlegen die Löckchen in ihrem Nacken. „Danke." Ihr Blick huschte zur Seite und dann durch blasse Wimpern nach oben. „Ich musste es selbst richten."

Er starrte sie verständnislos an.

„Ich muss eine Zofe engagieren", erklärte sie.

„Oh ja, natürlich."

Ich habe an meinen Schwestern geübt, aber bei mir selbst bin ich nicht sehr geschickt."

Er hatte keine Ahnung, wovon sie gerade sprach.

„Um das hinzukriegen, wofür meine Zofe früher fünf Nadeln brauchte, habe ich ein Dutzend Nadeln benötigt."

Vierzehn.

„Wie bitte?"

Lieber Himmel, er hatte das jetzt *nicht* laut ausgesprochen. „Wir werden umgehend eine neue Zofe besorgen", sagte er entschieden. „Bis dahin kann dir Mrs. Hopkins helfen. Du kannst schon heute anfangen zu suchen."

„Wenn es dir nichts ausmacht", sagte Iris, als er sie schließlich durch die Tür von Maycliffe führte, „würde ich mich lieber ein wenig ausruhen, bevor ich mir das Haus ansehe."

„Natürlich", sagte er. Sie war sechs Stunden in der Kutsche unterwegs gewesen. Kein Wunder, dass sie sich ein wenig hinlegen wollte.

In ihrem Schlafzimmer.

In einem Bett.

Er stöhnte.

„Geht es dir auch wirklich gut?", fragte sie. „Du wirkst ein wenig sonderbar."

So konnte man es auch ausdrücken.

Sie berührte ihn am Arm. „Richard?“

„Mir ging es nie besser“, krächzte er. Er wandte sich an seinen Kammerdiener, der ihnen nach innen gefolgt war. „Ich glaube, ich muss mich ebenfalls ein wenig frisch machen. Vielleicht ein Bad?“

Sein Kammerdiener nickte. Richard beugte sich vor und fügte leise hinzu: „Aber nicht zu warm, Thompson.“

„Eine kleine Abkühlung, Sir?“, antwortete Thompson im Flüsterton.

Richard knirschte mit den Zähnen. Thompson war seit acht Jahren bei ihm, lang genug, um sich derartige Frechheiten erlauben zu dürfen.

„Zeigst du mir den Weg?“, fragte Iris.

Ob er ihr den Weg zeigte?

„Zu meinem Zimmer?“, stellte sie klar.

Er starrte sie an. Dümmlich.

„Könntest du mich zu meinem Zimmer bringen?“, fragte sie noch einmal und sah ihn perplex an.

Nun war es offiziell. Sein Gehirn hatte die Arbeit eingestellt.

„Richard?“

„Meine Korrespondenz“, sagte er plötzlich, griff nach der ersten Ausrede, die ihm einfiel. Auf *keinen* Fall durfte er jetzt mit Iris allein in einem Schlafzimmer sein. „Nach der muss ich wirklich sofort schauen.“

„Sir“, begann Cresswell, zweifellos im Begriff, ihn daran zu erinnern, dass er einen hervorragenden Sekretär beschäftigte.

„Nein, nein, am besten, ich bringe es sofort hinter mich. Es muss ja erledigt werden. Und dann ist da noch der Brief von meiner Tante. Den kann ich nicht ignorieren.“ Er setzte ein munteres Lächeln auf und wandte sich an Iris. „Außerdem sollte Mrs. Hopkins diejenige sein, die dir deine neuen Räumlichkeiten zeigt."

Mrs. Hopkins sah nicht aus, als sei sie dieser Meinung.

„Sie war für die Renovierung zuständig", fügte Richard hinzu.

Iris runzelte die Stirn. „Ich dachte, es wäre nicht renoviert worden."

„Das Lüften", sagte er und schwenkte die Hand durch die Luft. „Sie kennt die Räumlichkeiten besser als ich."

Missbilligend presste Mrs. Hopkins die Lippen zusammen. Richard fühlte sich wie ein kleiner Junge, der sich einen Tadel eingefangen hatte. Die Haushälterin war beinahe so etwas wie eine Mutter für ihn gewesen. Vor anderen würde sie ihn zwar nicht kritisieren, doch später würde sie ihm freimütig die Meinung sagen.

Spontan ergriff Richard Iris' Hand und führte sie zu einem flüchtigen Kuss an die Lippen. Niemand würde ihm vorwerfen können, er vernachlässige seine Frau in der Öffentlichkeit. „Du musst dich ausruhen, mein Liebling."

Iris blieb vor Überraschung der Mund offen stehen. Hatte er sie bis jetzt noch nicht Liebling genannt? Verdammt, das hätte er tun sollen.

„Reicht dir eine Stunde?", fragte er sie oder eher ihre entzückend rosigen Lippen, die immer noch geöffnet waren. Lieber Himmel, er wollte sie küssen. Er wollte ihr die Zunge in den Mund schieben und von ihr kosten und …

„Zwei!", platzte er heraus. „Du brauchst zwei."

„Zwei?"

„Stunden", sagte er entschieden. „Ich will dich nicht überanstrengen." Er sah zu Mrs. Hopkins hinüber. „Damen sind zart und empfindlich."

Iris runzelte ganz hinreißend die Stirn, worauf Richard einen Fluch unterdrückte. Wie konnte sie hinreißend aussehen, wenn sie die Stirn runzelte? Das war doch gewiss eine anatomische Unmöglichkeit.

„Soll ich Sie zu Ihrem Schlafzimmer bringen, Lady Kenworthy?“, erkundigte sich Mrs. Hopkins.

„Das wäre nett, vielen Dank“, erwiderte sie, Richard immer noch misstrauisch im Blick.

Er schenkte ihr ein mattes Lächeln.

Iris folgte Mrs. Hopkins den Flur hinunter, doch bevor sie um die Ecke bogen, hörte er sie noch sagen: „Halten Sie sich für zart und empfindlich, Mrs. Hopkins?“

„Ganz gewiss nicht, Mylady.“

„Gut“, erwiderte Iris energisch. „Ich mich auch nicht.“

11. Kapitel

Bis zum Abend hatte Richard sich einen neuen Plan zurechtgelegt. Beziehungsweise eine Modifikation. Eine, die er wirklich von Anfang an in Betracht hätte ziehen sollen.

Iris würde zornig auf ihn sein. Unglaublich zornig. Daran führte kein Weg vorbei.

Aber vielleicht könnte er den Schlag ja abmildern?

Cresswell hatte gesagt, dass Fleur und Marie-Claire zwei Wochen weg sein würden. *Das* würde nicht gehen, aber eine Woche wäre drin. Nach sieben Tagen könnte er seine Schwestern heimholen lassen, das könnte leicht arrangiert werden. Seine Tante lebte nur zwanzig Meilen entfernt.

Bis dahin ...

Zu Richards großem Bedauern hatte ihm die Zeit gefehlt, seiner neuen Frau richtig den Hof zu machen. Den Grund für ihre überstürzte Hochzeit kannte Iris immer noch nicht, doch sie war nicht dumm – bestimmt war sie sich darüber im Klaren, dass irgendetwas nicht ganz stimmte. Wenn Richard in London nur ein wenig mehr Zeit gehabt hätte, hätte er sie umwerben können, wie eine Frau umworben werden musste. Er hätte ihr zeigen können, wie sehr er ihre Gesellschaft genoss, dass sie ihn zum Lachen brachte, dass er sie zum Lachen bringen konnte. Er hätte ihr noch ein paar Küsse stehlen und die Begierde wecken können, von der er sicher war, dass sie in ihrer Seele ruhte.

Und wenn er dann nach alledem vor ihr niedergekniet wäre

und sie um ihre Hand gebeten hätte, hätte Iris nicht gezögert. Sie hätte ihm in die Augen geschaut, dort die Liebe gesehen, nach der sie sich sehnte, und hätte Ja gesagt.

Sich ihm vielleicht in die Arme geworfen.

Tränen des Glücks weggeblinzelt.

So hätte der Heiratsantrag ihrer Träume ausgesehen, ganz anders als der schäbige, berechnende Kuss, den er ihr im Flur ihrer Tante aufgedrängt hatte.

Aber er hatte keine andere Wahl gehabt. Wenn er ihr alles erklärte, würde sie es bestimmt verstehen. Sie wusste, was es hieß, die Familie zu lieben und sie um jeden Preis beschützen zu wollen. Genau das tat sie Jahr für Jahr, wenn sie bei der musikalische Soiree mitmachte. Sie selbst wollte nicht teilnehmen, sie tat es für ihre Mutter, ihre Tanten und sogar für ihre dauernervensägende Schwester Daisy.

Sie würde es verstehen. Musste sie ja.

Er hatte einen einwöchigen Aufschub bekommen. Sieben volle Tage, bevor er reinen Tisch machen und mit ansehen musste, wie ihr Gesicht ob seines Verrats noch blasser wurde. Vielleicht war er ein Feigling, vielleicht sollte er die Zeit nutzen, um alles zu erklären, um sie auf das Unvermeidliche vorzubereiten.

Aber er wollte jetzt das, was ihm vor der Hochzeit nicht vergönnt gewesen war: Zeit.

In sieben Tagen konnte eine Menge geschehen.

Eine Woche, sagte er sich, als er sie zu ihrem ersten gemeinsamen Dinner auf Maycliffe Park abholen ging.

Eine Woche, um sie in sich verliebt zu machen.

Iris verbrachte den gesamten Nachmittag damit, sich in ihrem neuen Zimmer auszuruhen. Sie hatte nie ganz verstehen können, wie es einen so ermüden konnte, in einer Kutsche zu sitzen, während es einen keinerlei Energie kostete, im Salon im Sessel zu sitzen, doch die dreitägige Reise nach Maycliffe hatte sie völlig erschöpft. Vielleicht lag es am Gerüttel in der Kutsche oder dem schlechten Zustand der Straßen so weit im Norden. Oder vielleicht – wahrscheinlich – hatte es mit ihrem Ehemann zu tun.

Sie verstand ihn einfach nicht.

Im einen Moment war er ganz reizend, im nächsten mied er ihre Gegenwart, als hätte sie die Pest. Sie konnte nicht fassen, dass er sie von der Haushälterin in ihr Zimmer hatte führen lassen. Das wäre doch sicher Aufgabe eines frisch angetrauten Ehemanns gewesen. Aber vermutlich hätte es sie nicht überraschen dürfen. Richard hatte ihr Bett in allen drei Gasthöfen gemieden, in denen sie auf der Reise nordwärts abgestiegen waren. Wie kam sie auf die Idee, dass er sich jetzt anders verhalten würde?

Sie seufzte. Sie musste lernen, ihm gegenüber gleichgültig zu sein. Nicht grausam, nicht unfreundlich, nur … unberührt. Wenn er sie anlächelte – und er lächelte sie an, der Schuft –, begann sie am ganzen Körper vor Glück zu prickeln. Was wunderbar gewesen wäre, nur dass es seine Zurückweisung noch unbegreiflicher machte.

Und noch schmerzvoller.

Ehrlich, es wäre einfacher, wenn er sonst nicht so nett zu ihr wäre. Wenn sie ihn nicht so mögen würde …

Nein, was dachte sie denn da? Es wäre *nicht* besser, wenn er gemein zu ihr wäre oder sie vollkommen ignorierte. Eine komplizierte Ehe war immer noch besser als eine unangenehme. Sie musste aufhören, alles zu dramatisieren. Das sah ihr gar nicht ähnlich. Sie musste einfach ihr Gleichgewicht wiedererlangen und es behalten.

„Guten Abend, Lady Kenworthy."

Iris fuhr überrascht zusammen. Richard streckte den Kopf durch die halb offene Tür, die zum Flur führte. „Ich habe angeklopft", sagte er mit amüsierter Miene.

„Bestimmt", sagte sie hastig. „Ich war in Gedanken woanders."

Sein Lächeln wurde verschmitzt. „Wage ich es zu fragen, wo?"

„Zu Hause", log sie und wurde sich dann bewusst, was sie gesagt habe. „Ich meine, in London. Mein Zuhause ist ja jetzt hier."

„Ja", sagte er, trat ins Zimmer und schloss leise die Tür hinter sich. Er legte den Kopf ein wenig schief und betrachtete sie lange genug, um sie ein wenig nervös zu machen. „Hast du irgendetwas mit deinen Haaren gemacht?"

Und mit einem Mal lösten sich all ihre Vorsätze, ihm gegenüber gleichgültig zu bleiben, einfach in Luft auf.

Nervös fasste sie sich an den Kopf, gerade hinter dem rechten Ohr. Es war ihm aufgefallen. Damit hätte sie nicht gerechnet. „Ein Dienstmädchen hat mir beim Ankleiden geholfen", sagte sie. „Sie hatte eine Vorliebe für …"

Warum betrachtete er sie so intensiv?

„Vorliebe für …?"

„Zöpfchen", sagte sie hastig. Lächerlich hastig. Sie hörte sich an wie ein Dummkopf.

„Es sieht zauberhaft aus."

„Danke."

Er betrachtete sie warm. „Du hast wirklich wundervolles Haar. Die Farbe ist exquisit. Etwas Ähnliches habe ich noch nie gesehen."

Iris öffnete den Mund. Sie sollte jetzt etwas erwidern. Sie sollte ihm danken. Doch sie war wie erstarrt – nicht kalt, nur erstarrt – und dann kam sie sich albern vor. Sich von einem Kompliment so aus der Bahn werfen zu lassen.

Richard war sich ihrer Qualen glücklicherweise nicht bewusst. „Tut mir leid, dass du ohne Zofe reisen musstest“, fuhr er fort. „Ich muss zugeben, dass ich mir darüber gar keine Gedanken gemacht habe. Das ist mal wieder typisch für die männlichen Exemplare der Gattung Mensch.“

„E…es war kein Problem.“

Sein Lächeln vertiefte sich, und Iris fragte sich, ob es wohl daran lag, weil er wusste, wie sehr er sie aus dem Konzept brachte.

„Trotzdem möchte ich mich dafür entschuldigen.“

Iris wusste nicht, was sie sagen sollte. Was recht gut war, weil sie sich nicht sicher war, ob sie überhaupt noch wusste, wie man sprach.

„Hat Mrs. Hopkins dir das Zimmer gezeigt?“, fragte Richard.

„Ja.“ Iris nickte. „Sie war sehr hilfreich.“

„Gefällt es dir?“

„Natürlich“, sagte Iris vollkommen aufrichtig. Es war ein herrliches Zimmer, hell und freundlich mit seiner Ausrichtung nach Süden. Aber was sie wirklich wunderbar fand …

Mit seligem Blick sah sie zu Richard auf. „Du hast ja keine Ahnung, wie ich mich freue, einen eigenen Waschraum zu haben.“

Er lachte. „Wirklich? Das gefällt dir am besten?“

„Nachdem ich mir die letzten siebzehn Jahre einen mit Daisy habe teilen müssen? Unbedingt.“ Sie neigte den Kopf auf eine, wie sie hoffte, kokette Weise. „Und der Blick aus dem Fenster ist auch nicht schlecht.“

Sein Lachen wurde lauter. Er trat zum Fenster und winkte sie zu sich. „Was siehst du?“

„Ich weiß nicht, was du meinst“, sagte Iris und stellte sich vorsichtig neben ihn, darauf bedacht, ihn nicht zu berühren.

Doch er hatte anderes im Sinn. Er hängte sich bei ihr ein und zog sie näher an sich. „Ich habe mein gesamtes Leben auf Maycliffe verbracht. Wenn ich aus dem Fenster schaue, sehe ich den Baum, auf den ich zum ersten Mal mit sieben geklettert bin. Und die Stelle, an der meine Mutter sich immer ein Heckenlabyrinth gewünscht hat."

Auf sein Gesicht trat ein sehnsüchtiger Ausdruck, und Iris musste den Blick abwenden. Ihn jetzt anzusehen wäre ihr fast zudringlich vorgekommen.

„Ich kann Maycliffe nicht durch die Augen eines Neuankömmlings betrachten", hörte sie ihn sagen. „Vielleicht wärst du so nett, mir da auszuhelfen."

Seine Stimme war glatt und samten, floss durch sie hindurch wie warme Schokolade. Sie hielt den Blick geradeaus gerichtet, doch sie wusste, dass er sich ihr zugewendet hatte. Sein Atem kitzelte sie an der Wange, wärmte die Luft zwischen ihnen.

„Was siehst du, Iris?"

Sie schluckte. „Ich sehe … Gras. Und Bäume."

Richard stieß ein merkwürdiges Geräusch aus, als schluckte er seine Überraschung hinunter.

„Einen kleinen Hügel", fügte sie hinzu.

„Besonders poetisch bist du nicht, was?"

„Überhaupt nicht", räumte sie ein. „Du etwa?" Sie drehte sich zu ihm um. Dass sie sich das eigentlich hatte verkneifen wollen, hatte sie schon wieder vergessen, und erschrak ob seiner Nähe.

„Manchmal", sagte er leise.

„Wenn es dir gerade gefällt?"

Er lächelte langsam. „Wenn es mir gerade gefällt."

Iris lächelte nervös und sah wieder aus dem Fenster. Sie fühlte sich schrecklich kribbelig, ihre Füße zuckten in ihren Schuhen, als würden darunter winzige Funken geschlagen.

„Ich würde lieber hören, was du siehst", sagte sie. „Ich muss Maycliffe kennenlernen. Ich will eine gute Hausherrin sein."

In seinen Augen flackerte es, ansonsten war seine Miene unergründlich.

„Bitte", sagte sie.

Einen Augenblick lang schien er gedankenverloren, doch dann straffte er die Schultern und schaute mit neuer Entschlossenheit aus dem Fenster. „Dahinten", begann er und deutete mit dem Kinn, „in dem Feld gleich hinter den Bäumen. Dort halten wir jedes Jahr ein Erntefest ab."

„Ja? Ach, das ist schön. Ich würde sehr gern an der Planung teilhaben."

„Das wirst du sicher."

„Findet es im Herbst statt?"

„Ja, normalerweise im November. Ich ..." Er versteifte sich und zuckte ein wenig mit dem Kopf, fast als wollte er einen Gedanken daraus vertreiben. „Da drüben ist ein Pfad", sagte er in einem offensichtlichen Versuch, das Thema zu wechseln. „Er führt zur Mill Farm."

Iris hätte gern mehr über das Erntefest erfahren, aber er wollte sich offensichtlich nicht weiter dazu äußern, und so fragte sie stattdessen höflich: „Mill Farm?"

„Einer meiner Pachthöfe", erklärte er. „Sogar der größte. Der Sohn hat ihn kürzlich vom Vater übernommen. Ich hoffe, dass er seine Sache gut macht, anders als der Vater."

„Oh." Dazu hatte Iris nichts zu sagen.

„Weißt du", sagte Richard und drehte sich ganz plötzlich zu ihr um, „man könnte sagen, von uns beiden gibst du die wertvolleren Kommentare ab. Dir könnten Mängel auffallen, die mir entgehen."

„Ich kann keinen Mangel entdecken, lass dir das versichert sein."

„Keinen einzigen?“, murmelte er, und seine Stimme berührte sie wie eine Liebkosung.

„Aber natürlich weiß ich sehr wenig über die Führung eines Landguts“, sagte sie rasch.

„Wie merkwürdig, dass du dein ganzes Leben in London verbracht hast.“

Sie legte den Kopf schief. „Wenn man nichts anderes kennt, ist das gar nicht so merkwürdig.“

„Ah, aber du hast doch auch anderes kennengelernt, nicht?“

Iris runzelte die Stirn und wandte sich zu ihm. Das war ein Fehler. Er stand näher bei ihr, als sie sich bewusst gewesen war, und sie vergaß einen Augenblick, was sie sagen wollte.

Fragend hob er eine Augenbraue.

„Ich ...“ Warum starrte sie so auf seinen Mund? Sie zwang sich, den Blick zu seinen Augen zu heben. Seine Lachfältchen hatten sich vertieft.

„Wolltest du etwas sagen?“, murmelte er.

„Nur dass ich ... ähm ...“ Was *hatte* sie nur sagen wollen? Sie wandte sich zum Fenster. „Oh!“ Sie drehte sich zu Richard zurück. Immer noch ein Fehler, aber wenigstens vergaß sie diesmal nicht, was sie sagen wollte. „Was meinst du damit, dass ich auch anderes kennengelernt hätte?“

Er zuckte die Achseln. „Du hast doch sicher Zeit auf dem Land bei deinen Verwandten verbracht.“

„Ja, schon, aber das ist doch kaum dasselbe.“

„Vielleicht, aber es würde doch ausreichen, damit du dir eine Meinung zum Landleben bildest, im Gegensatz zum Leben in der Stadt, oder nicht?“

„Schon möglich. Um ehrlich zu sein, habe ich mir darüber nie Gedanken gemacht.“

Forschend sah er sie an. „Glaubst du, dass dir das Leben auf dem Land gefallen wird?“

Iris schluckte, versuchte nicht darauf zu achten, dass seine Stimme bei dieser Frage tiefer geworden war. „Ich weiß nicht. Hoffentlich."

Sie spürte seine Hand auf ihrer, und bevor sie noch wusste, wie ihr geschah, hatte sie sich ihm erneut zugewandt, während er ihre Finger an die Lippen hob. „Ja, hoffentlich."

Ihre Blicke begegneten sich, und die Erkenntnis traf sie wie ein Blitz: *Er verführt mich.*

Er verführte sie. Aber warum? Warum hielt er das für nötig? Sie hatte ihm nie zu verstehen geben, dass sie seine Annäherungsversuche zurückweisen würde.

„Ich hoffe, du hast Hunger", sagte er, ihre Hand immer noch in seiner.

„Hunger?", wiederholte sie stumpf.

„Auf das Abendessen?" Er lächelte amüsiert. „Die Köchin hat ein wahres Festmahl zubereitet."

„Oh. Ja. Natürlich." Sie räusperte sich. „Ich habe Hunger, glaube ich."

„Du glaubst es?", neckte er sie.

Sie atmete tief durch. Zwang ihr Herz, ein wenig langsamer zu schlagen. „Ich bin mir sicher."

„Ausgezeichnet." Er nickte zur Tür. „Wollen wir?"

Als Iris sich zur Nacht zurückzog, verging sie fast vor Nervosität. Richard war das ganze Dinner über reizend gewesen, sie konnte sich nicht erinnern, wann sie zum letzten Mal so viel gelacht hatte. Das Gespräch war wunderbar gewesen, das Essen köstlich, und die Art, wie er sie angesehen hatte …

Als wäre sie die einzige Frau auf der Welt.

Irgendwo war sie das ja wohl auch. Im Haus war sie jedenfalls die einzige Frau. Abgesehen von den Dienstboten, waren sie die einzigen Bewohner. Sie, die immer so gern am Rand gestanden und zugesehen hatte, befand sich nun im Mittelpunkt des Geschehens.

Es war beunruhigend und wunderbar zugleich. Und jetzt bereitete es ihr panische Angst.

Sie war in ihrem Zimmer; er würde bestimmt jeden Augenblick an die Verbindungstür zwischen ihren Räumen klopfen. Er würde seinen Morgenrock tragen, seine Beine wären nackt, das Krawattentuch hätte er abgelegt.

Sie würde Haut sehen. So viel nackte Haut, wie sie an einem Gentleman noch nie zu sehen bekommen hatte.

Iris hatte immer noch keine Zofe, und so half ihr das Dienstmädchen, das sie frisiert hatte, beim Auskleiden. Iris war äußerst verlegen errötet, als das Mädchen eines der Nachthemden herausgezogen hatte, die für ihre Aussteuer gekauft worden waren. Es war lächerlich dünn und bedenklich freizügig, und obwohl Iris vor dem Kamin stand, schien sie die Gänsehaut auf ihren Armen nicht mehr loszuwerden.

In dieser Nacht würde er zu ihr kommen. Bestimmt würde er zu ihr kommen. Und sie würde sich endlich wie eine Ehefrau fühlen.

Richard stand auf der anderen Seite der Tür und straffte die Schultern. Er würde es schaffen. *Er würde es schaffen.*

Oder vielleicht auch nicht.

Wem machte er etwas vor? Wenn er den Raum betrat, würde er ihre Hand nehmen. Und wenn er ihre Hand nahm, würde er sie an die Lippen führen. Er würde jeden schlanken Finger küssen und sie dann an sich ziehen. Sie würde gegen ihn taumeln, ihr Körper wäre warm und unschuldig, sie würde *ihm* gehören. Er würde sie in die Arme schließen müssen, er würde unmöglich widerstehen können. Und dann würde er sie küssen, wie eine Frau geküsst werden musste, lang und leidenschaftlich, bis sie seinen Namen flüsterte, ihre Stimme ein sanftes Flehen, die ihn …

Er fluchte ausgiebig, versuchte, seine Fantasie zu bezähmen, ehe sie ihn ins Bett führte. Aber es hatte keinen Zweck. Er brannte für seine Frau.

Schon wieder.

Immer noch.

Der Abend war die reinste Qual gewesen. Er wusste nicht mehr, was er beim Dinner gesagt hatte, er konnte nur hoffen, dass er wenigstens den Anschein einer intelligenten Konversation hatte aufrecht halten können. Seine Gedanken schweiften ständig ab zu äußerst unpassenden Orten, und jedes Mal, wenn Iris sich einen Krümel von den Lippen leckte, ihn anlächelte oder, verdammt, jedes Mal, wenn sie atmete, spannte sich sein Körper an, bis er glaubte, vor Begierde platzen zu müssen.

Falls es Iris merkwürdig vorgekommen war, dass sie nach dem Essen so lange am Tisch verweilten, so hatte sie ihre Verwunderung nicht geäußert. Gott sei Dank. Richard konnte sich nicht vorstellen, dass es eine vornehme Art und Weise gab, auf die man um eine halbe Stunde Aufschub bitten konnte, weil man seine Erektion wenigstens auf Halbmast bekommen wollte.

Lieber Gott. Er hatte es verdient. Für das, was er ihr antun wollte, hatte er jeden quälenden Augenblick verdient, doch im Moment half ihm dieses Wissen auch nicht weiter. Richard war nicht genusssüchtig, doch er war auch kein Asket. Und nun flehte jeder Nerv in seinem Körper um Erlösung. Es war *verrückt*, wie sehr er seine Frau begehrte.

Die eine Frau, mit der er eigentlich ohne jede Reue ins Bett gehen durfte.

Als er sich seinen Plan am Nachmittag zurechtgelegt hatte, war ihm alles so leicht erschienen. Er würde sie den ganzen

Abend umwerben und sie dann leidenschaftlich küssen. Er würde ihr irgendeinen romantischen Blödsinn erzählen von wegen, dass er sie erst besser kennenlernen wollte, bevor sie miteinander schliefen. Dann noch ein leidenschaftlicher Kuss, der ihr den Atem raubte.

Und dann würde er sie am Kinn berühren, „Bis morgen!" flüstern und sich verdrücken.

Als Plan war es perfekt.

In Wirklichkeit war es völliger Mist.

Er stieß einen langen, erschöpften Seufzer aus und fuhr sich durch das ohnehin schon zerzauste Haar. Die Verbindungstür zwischen ihren Zimmern dämpfte den Schall bei Weitem nicht so sehr, wie er gedacht hatte. Er konnte hören, wie Iris herumging, sich an ihren Frisiertisch setzte, vielleicht um sich die Haare zu kämmen. Sie erwartete ihn, und warum auch nicht? Sie waren schließlich verheiratet.

Er musste hinübergehen. Wenn er es nicht tat, wäre sie durcheinander. Vielleicht sogar beleidigt. Er wollte sie nicht verletzen. Zumindest nicht mehr, als er musste.

Er tat einen tiefen Atemzug und klopfte.

Die Geräusche auf der anderen Seite verstummten, und nach einem langen, gespannten Augenblick hörte er, wie sie ihn hereinrief.

„Iris", sagte er, darauf bedacht, ruhig und gelassen zu klingen. Und dann sah er auf.

Es verschlug ihm den Atem.

Er war sich ziemlich sicher, dass sein Herz aufhörte zu schlagen.

Sie trug ein hauchdünnes Seidengewand in hellstem Blau. Ihre Arme waren nackt, ebenso ihre Schultern, bis auf die dünnen Träger, welche die Seide an Ort und Stelle hielten.

Dieses Kleidungsstück war nur zu dem Zweck geschaffen

worden, einen Mann in Versuchung zu führen – es hätte den Teufel höchstpersönlich in Versuchung geführt. Der Ausschnitt offenbarte nicht mehr als ein Ballkleid, aber irgendwie versprach er so viel mehr. Der Stoff war so dünn, dass er beinahe durchsichtig war, er sah den Umriss ihrer Brustspitzen darunter.

„Guten Abend, Richard“, sagte sie, und in diesem Augenblick wurde ihm klar, dass er vollkommen sprachlos war.

„Iris“, krächzte er.

Sie lächelte verlegen. Ihre Hände flatterten nervös an ihrer Seite, als wüsste sie nicht recht, was sie damit anfangen sollte.

„Du siehst wunderschön aus.“

„Danke.“

Ihr Haar war offen. Es fiel ihr in sanften Wellen über den Rücken bis kurz über die Ellbogen. Er hatte vergessen, wie dringend er hatte wissen wollen, wie lang es war.

„Es ist meine erste Nacht auf Maycliffe“, sagte sie schüchtern.

„Ja“, stimmte er zu.

Sie schluckte, erwartete offensichtlich, dass er die Initiative ergriff.

„Bestimmt bist du müde“, platzte er heraus, klammerte sich an die einzige Ausrede, die ihm in seiner heiß glühenden Begierde einfiel.

„Ein wenig.“

„Dann will ich dich nicht stören.“

Sie blinzelte. „Was?“

Er trat vor, bereitete sich innerlich auf das vor, was er tun musste. Was er tun *musste* und dann auf das, was er nicht tun *durfte*.

Er küsste sie, aber nur auf die Stirn. Er kannte seine Grenzen. „Ich will mich nicht wie ein Rohling benehmen“, sagte er, bemüht, seiner Stimme einen weichen, beruhigenden Klang zu verleihen.

„Aber …“ Ihre Augen waren riesig, ihr Blick ratlos.

„Gute Nacht, Iris“, sagte er rasch.

„Aber ich …“

„Bis morgen, meine Liebste.“

Und dann floh er.

Wie der Feigling, der er war.

12. Kapitel

Als verheiratete Frau besaß Iris das Vorrecht, im Bett zu frühstücken, doch als sie am nächsten Morgen erwachte, biss sie entschlossen die Zähne zusammen und stand auf.

Richard hatte sie zurückgewiesen.

Er hatte sie zurückgewiesen.

Das hier war kein Gasthof, der für eine Hochzeitsnacht zu „staubig" war. Sie waren in ihrem Zuhause, verflixt noch mal. Den ganzen Abend hatte er mit ihr geflirtet, hatte ihr die Hand geküsst, sie mit seiner witzigen Konversation verzaubert, und dann, nachdem sie sich ein durchsichtiges Nachthemd angezogen und das Haar gekämmt hatte, bis es glänzte, sagte er zu ihr, sie sehe *müde* aus?

Nachdem er gegangen war, hatte sie minutenlang auf die Verbindungstür zwischen ihren Zimmern gestarrt. Sie hatte nicht einmal wahrgenommen, dass sie weinte, bis sie plötzlich einen furchtbar großen Schluchzer hinunterschluckte und merkte, dass ihr Nachthemd – das sie, wie sie sich jetzt schwor, nie wieder anziehen würde – tränennass war.

Alles, woran sie dann noch denken konnte, war, dass er sie durch die Tür gehört haben musste. Und dass das alles noch viel schlimmer machte.

Iris war sich immer der Tatsache bewusst gewesen, dass ihr Aussehen nicht dazu angetan war, in Männerherzen Leidenschaft und Poesie zu wecken. Vielleicht wurden Frauen in einem anderen Land für ihren absolut farblosen Teint und ihr helles, rotstichiges Haar gefeiert, hier in England jedenfalls nicht.

Doch zum ersten Mal in ihrem Leben hatte sie angefangen, sich schön zu *fühlen*. Und es war Richard, der dieses Gefühl mit seinen verstohlenen Blicken und seinem warmen Lächeln in ihr geweckt hatte. Hin und wieder ertappte sie ihn dabei, wie er sie beobachtete, und dann fühlte sie sich wie etwas ganz Besonderes. Wertgeschätzt.

Aber das alles war eine Lüge. Oder sie war so dumm gewesen, Dinge zu sehen, die einfach nicht da waren.

Oder sie war einfach dumm, Punktum.

Also gut. Sie würde es nicht einfach so hinnehmen. Und sie würde sich bestimmt nicht anmerken lassen, wie nahe ihr diese Demütigung ging. Sie würde zum Frühstück hinuntergehen, als wäre nichts passiert. Sie würde Konfitüre auf Toast essen und dazu die Zeitung lesen, und wenn sie etwas sagte, würde es den glänzenden Esprit zeigen, für den sie schon immer hatte berühmt sein wollen.

Und außerdem war sie sich gar nicht so sicher, ob sie all die Dinge, die verheiratete Paare im Bett machten, wirklich tun wollte, mochte ihre Kusine Sarah noch so davon schwärmen. Aber es wäre schön gewesen, wenn er es gewollt hätte.

Sie hätte es dann wenigstens ausprobiert.

Das Dienstmädchen, das ihr am Vorabend behilflich gewesen war, hatte andere Pflichten, und so kleidete Iris sich eigenständig an. Sie drehte ihr Haar zu einem so ordentlichen Knoten auf, wie sie es allein schaffte, schlüpfte in ihre Slipper und verließ das Zimmer.

Vor Richards Tür hielt sie inne. Lag er noch im Bett? Sie trat einen Schritt näher, fühlte sich versucht, das Ohr an die Tür zu legen.

Lass das!

Sie benahm sich wirklich töricht. An seiner Tür zu lauschen! Dafür hatte sie wirklich keine Zeit. Sie hatte Hunger, sie wollte ihr Frühstück, und sie hatte an diesem Tag eine ganze Menge Dinge zu erledigen, die alle nichts mit ihrem Ehemann zu tun hatten.

Zum einen musste sie eine Zofe finden. Und lernen, sich im Haus zurechtzufinden. Dem Dorf einen Besuch abstatten. Die Pächter kennenlernen.

Tee trinken.

Was? fragte sie sich. Tee zu trinken war wichtig. Andernfalls könnte sie genauso gut Italienerin werden.

„Ich verliere den Verstand", sagte sie laut.

„Wie bitte, Mylady?"

Iris hätte beinahe einen Satz getan. Ein Hausmädchen stand am Ende des Flurs und umklammerte nervös einen großen Staubwedel.

„Nichts", sagte Iris, darum bemüht, nicht verlegen auszusehen. „Ich habe gehustet."

Das Dienstmädchen nickte. Es war nicht das Mädchen, das ihr die Haare gerichtet hatte.

„Mrs. Hopkins lässt fragen, wann Sie Ihr Frühstück möchten", sagte das Dienstmädchen. Sie knickste und schaute Iris nicht in die Augen. „Gestern Abend sind wir nicht mehr dazu gekommen zu fragen, und Sir Richard dachte …"

„Ich frühstücke unten", unterbrach Iris sie. Sie wollte nicht hören, was Sir Richard dachte. Egal worüber.

Das Mädchen knickste noch einmal. „Wie Sie wünschen."

Iris lächelte sie verlegen an. Es war schwer, sich wie die Hausherrin zu fühlen, wenn der Hausherr offenbar andere Vorstellungen hatte.

Sie ging nach unten, versuchte, so zu tun, als bemerkte sie nicht, dass sie von sämtlichen Dienstboten beobachtet wurde, die ihrerseits so taten, als sähen sie sie nicht. Es war ein merkwürdiger kleiner Tanz, den sie da veranstalteten, allen voran sie selbst.

Sie fragte sich, wie lange es wohl dauern würde, bis sie nicht mehr die „neue" Herrin auf Maycliffe wäre. Einen Monat? Ein Jahr? Und würde ihr Ehemann ihr Schlafzimmer über die gesamte Dauer meiden?

Sie seufzte, blieb dann einen Moment stehen und sagte sich, dass sie albern sei. Mit einer leidenschaftlichen Ehe hatte sie nie gerechnet, warum sehnte sie sich auf einmal so danach? Sie war nun Lady Kenworthy, so merkwürdig das auch schien, und hatte einen Ruf aufrechtzuerhalten.

Iris straffte die Schultern, atmete tief durch und betrat den Frühstücksraum.

Er war leer.

Verdammt.

„Oh! Lady Kenworthy!" Mrs. Hopkins kam ins Zimmer geeilt. „Annie hat mir gerade erzählt, dass Sie heute Morgen unten frühstücken wollen."

„Ähm, ja. Ich hoffe, es macht keine Umstände."

„Aber gar nicht, Mylady. Die Anrichte ist immer noch von Sir Richards Frühstück gedeckt."

„Er war schon unten?" Iris konnte nicht so genau sagen, ob sie enttäuscht war. Sie war sich nicht ganz sicher, ob sie enttäuscht sein wollte.

„Vor nicht mal einer Viertelstunde", bestätigte die Haushälterin. „Ich glaube, er dachte, dass Sie im Bett frühstücken wollen."

Iris stand da und wusste nicht, was sie sagen sollte.

Mrs. Hopkins lächelte ihr ein wenig verschwörerisch zu. „Er hat uns gebeten, Ihnen Blumen aufs Tablett zu stellen."

„Wirklich?", fragte Iris und hasste es, wie ihre Stimme dabei schwankte.

„Schade, dass wir keine Iris haben. Die blühen schon so früh."

„So weit im Norden?"

Mrs. Hopkins nickte. „Sie kommen jedes Jahr wieder, auf dem Westrasen. Die lilafarbenen mag ich am liebsten."

Iris wollte gerade zustimmen, als sie draußen auf dem Flur energische, entschlossene Schritte hörte. Das konnte nur Richard sein. Kein Dienstbote würde je so laut durchs Haus poltern.

„Mrs. Hopkins", sagte er, „ich gehe ... Oh." Er sah Iris und blinzelte. „Du bist schon wach."

„Wie du siehst."

„Du hast behauptet, du wärst eine Langschläferin."

„Heute anscheinend nicht."

„Du wolltest nicht in deinem Zimmer frühstücken?"

„Nein." Iris fragte sich, ob sie schon jemals eine so gestelzte Konversation geführt hatte. Was war aus dem Mann geworden, der am Abend davor so charmant gewesen war? Der, von dem sie *geglaubt* hatte, er würde zu ihr ins Bett kommen?

Er zerrte an seinem Krawattentuch. „Ich hatte vor, heute die Pächter zu besuchen."

„Kann ich mitkommen?"

Ihre Blicke begegneten sich. Iris war sich nicht sicher, wer von ihnen überraschter war. Bevor sie die Worte ausgesprochen hatte, hatte sie selbst nicht gewusst, dass sie sie hatte sagen wollen.

„Natürlich", erwiderte Richard. Was hätte er auch sonst sagen sollen, solange Mrs. Hopkins vor ihnen stand?

„Ich hole meinen Spenzer", sagte Iris und tat einen Schritt auf die Tür zu. So weit nördlich war der Frühling eine ziemlich kalte Angelegenheit.

„Hast du nicht etwas vergessen?"

Sie drehte sich um.

Er winkte zur Anrichte. „Frühstück?“

„Oh.“ Ihre Wangen wurden heiß. „Natürlich. Wie dumm von mir.“ Sie ging zur Anrichte und nahm sich einen Teller. Im nächsten Augenblick zuckte sie zusammen, als sie Richards Atem am Ohr spürte.

„Muss ich mir Sorgen machen, dass du in meiner Gegenwart den Appetit verlierst?“

Sie erstarrte. *Jetzt* begann er zu flirten? „Entschuldige bitte“, sagte sie. Er versperrte ihr den Weg zu den Würstchen.

Er trat zur Seite. „Kannst du reiten?“

„Nicht gut.“ Und fragte dann, aber nur, weil sie ein wenig gereizt war: „Und du?“

Er ruckte mit dem Kopf und sah sie verdutzt und eine Spur verärgert an. Eigentlich eher verärgert als verdutzt. „Natürlich.“

Sie lächelte in sich hinein und setzte sich. Nichts setzte einem Gentleman mehr zu, als wenn man seine Reitkünste in Zweifel zog.

„Du brauchst mir nicht Gesellschaft zu leisten“, sagte sie und zerteilte ihr Würstchen mit chirurgischer Präzision. Sie gab sich größte Mühe, normal zu erscheinen – nicht dass er sie gut genug gekannt hätte, um zu *wissen*, was bei ihr normal war. Trotzdem, es war eine Sache des Stolzes.

Er setzte sich ihr gegenüber an den Tisch. „Ich stehe dir zur Verfügung.“

„Ach ja?“, murmelte sie und wünschte, dass ein Kommentar wie seiner ihren Puls nicht so zum Rasen brächte.

„Allerdings. Ich wollte gerade aufbrechen, als ich auf dich getroffen bin. Jetzt habe ich nichts anderes zu tun, als zu warten.“

Iris warf ihm einen Blick zu, während sie Konfitüre auf ihren Toast strich. Er lümmelte höchst ungezwungen auf seinem Stuhl und lehnte sich mit der lässigen Anmut des geborenen Athleten zurück.

„Ich sollte Präsente mitbringen“, sagte sie, einer plötzlichen Eingebung folgend.

„Wie bitte?“

„Präsente. Für die Pächter. Ich weiß nicht, Körbe mit Essen oder dergleichen. Meinst du nicht auch?“

Er überlegte kurz und sagte dann: „Du hast recht. Auf die Idee bin ich gar nicht gekommen.“

„Nun ja, du hattest ja auch nicht vor, mich heute mitzunehmen.“

Er nickte und lächelte sie an, als sie den Toast zum Mund führte.

Sie erstarrte. „Ist irgendetwas nicht in Ordnung?“

„Warum sollte etwas nicht in Ordnung sein?“

„Du lächelst mich an.“

„Darf ich das nicht?“

„Nein, ich ... Ach, zum Kuckuck“, murmelte sie in sich hinein. „Vergiss es.“

Er winkte ab. „Betrachte es als vergessen.“

Doch er lächelte sie immer noch an.

Es beunruhigte sie sehr.

„Hast du gut geschlafen?“

Wirklich? *Das* wollte er von ihr wissen?

„Iris?“

„Den Umständen entsprechend“, antwortete sie. Sobald sie ihre Stimme wiedergefunden hatte.

„Das klingt ja nicht sehr vielversprechend.“

Sie zuckte die Achseln. „Das Zimmer ist mir noch fremd.“

„Demnach hättest du ja die ganze Reise schlecht schlafen müssen.“

„Habe ich ja auch.“

Sein Blick umwölkte sich besorgt. „Du hättest etwas sagen sollen.“

Wenn du bei mir im Zimmer gewesen wärst, hättest du es selbst sehen können, hätte sie gern erwidert. Stattdessen meinte sie: „Ich wollte dich nicht beunruhigen.“

Richard beugte sich vor und ergriff ihre Hand, was ein wenig ungünstig war, da sie die gerade nach ihrer Teetasse ausgestreckt hatte. „Ich hoffe, dass du mit deinen Problemen immer zu mir kommst.“

Iris bemühte sich um eine ausdruckslose Miene, doch sie hatte so das Gefühl, dass sie ihn anstarrte, als entstammte er einer Menagerie. Es war wunderbar, dass er sich so besorgt zeigte, doch es ging schließlich nur um ein paar schlaflose Nächte. „Bestimmt“, sagte sie mit unbehaglichem Lächeln.

„Gut.“

Verlegen sah sie sich im Zimmer um. Er hielt immer noch ihre Hand. „Mein Tee“, sagte sie schließlich und nickte zu ihrer Tasse.

„Natürlich. Tut mir leid.“ Doch als er sie freigab, glitten seine Finger an ihren entlang wie eine Liebkosung.

Ein Schauer der Erkenntnis strich ihr den Arm empor. Er hatte wieder dieses wunderbare, träge Lächeln im Gesicht, bei dem sie innerlich förmlich dahinschmolz. Er versuchte wieder, sie zu verführen. Da war sie sich sicher.

Aber warum? Warum zeigte er sich ihr gegenüber so warm, nur um sie dann zurückzuweisen? So grausam war er nicht. Das konnte einfach nicht sein.

Hastig nahm sie einen Schluck Tee und wünschte sich, er würde sie nicht so intensiv mustern. „Wie war eigentlich deine Mutter?“, platzte sie heraus.

Das schien ihn zu bestürzen. „Meine Mutter?“

„Du hast mir noch nie von ihr erzählt." Vor allem aber beförderte dieses Thema nicht gerade romantische Gefühle. Iris brauchte eine nette, harmlose Unterhaltung, wenn sie jemals ihr Frühstück beenden wollte.

„Meine Mutter war ..." Er schien nicht zu wissen, was er sagen sollte.

Iris nahm noch einen Bissen Toast, betrachtete ihn mit heiterer Miene, während er die Nase krauste und ein paar Mal blinzelte. Vielleicht war sie eine selbstsüchtige, kleinliche Person, doch sie genoss seine Reaktion. Er brachte sie dauernd aus der Fassung, da war es nur gerecht, wenn der Spieß einmal umgedreht wurde.

„Sie war gern draußen", sagte er schließlich. „Sie hat Rosen gezüchtet. Und andere Pflanzen, doch die Rosen waren die einzigen, von denen ich mir die Namen merken konnte."

„Wie hat sie ausgesehen?"

„Ein wenig wie Fleur, nehme ich an." Er runzelte die Stirn. „Ihre Augen waren allerdings grün. Fleurs sind eher haselnussbraun – eine Mischung von beiden Eltern."

„Dann hatte dein Vater braune Augen?"

Richard nickte und kippelte mit seinem Stuhl nach hinten.

„Ich frage mich, welche Augenfarbe unsere Kinder wohl haben werden."

Richards Stuhl knallte laut auf den Boden, und der Tee spritzte über den ganzen Tisch. „Tut mir leid", murmelte er. „Ich habe das Gleichgewicht verloren."

Iris blickte auf ihren Teller, entdeckte etwas Tee auf ihrem Toast und entschied, dass sie ohnehin fertig mit Frühstücken war. Was für eine merkwürdige Reaktion. Richard wollte doch sicher Kinder? Die wollte doch jeder Mann. Oder zumindest jeder Mann, der Land besaß.

„Steht Maycliffe unter Fideikommiss?"

„Warum fragst du?“

„Sollte ich das nicht wissen?“

„Nein. Also, es steht nicht unter Fideikommiss. Aber ja, du solltest es wissen.“

Iris holte sich eine neue Teetasse und goss sich noch einmal ein. Sie hatte zwar keinen Durst, doch merkwürdigerweise widerstrebte es ihr, ihn aus diesem Gespräch zu entlassen. „Deine Eltern müssen ja sehr erleichtert gewesen sein, als ihr erstes Kind ein Junge war“, bemerkte sie. „Sie hätten sicher nicht gewollt, dass der Grundbesitz vom Titel getrennt werden würde.“

„Ich muss zugeben, dass wir nie darüber geredet haben.“

„Nein, wohl nicht.“ Sie gab etwas Milch in ihren Tee, rührte um und nahm einen Schluck. „Was passiert mit dem Titel, wenn du kinderlos stirbst?“

Er hob eine Braue. „Planst du mein Ableben?“

Sie warf ihm einen strengen Blick zu. „Mir scheint, auch das gehört zu den Dingen, die ich wissen sollte, meinst du nicht?“

Er winkte ab. „Entfernter Vetter. Ich glaube, er lebt in Somerset.“

„Du glaubst?“ Wieso wusste er das nicht sicher?

Ich bin ihm noch nie begegnet“, erklärte Richard achselzuckend. „Man muss den Stammbaum bis zu unserem Ururgroßvater zurückverfolgen, um auf einen gemeinsamen Ahnen zu stoßen.“

Damit hatte er nicht ganz unrecht. Sie mochte über ihre zahlreichen Kusinen ja ungeheuer viel wissen, aber es waren Kusinen ersten Grades. Sie war sich nicht sicher, ob sie in der Lage wäre, entferntere Verwandte auf der Landkarte zu finden.

„Du brauchst dir keine Sorgen zu machen. Wenn mir irgendetwas zustößt, bist du gut versorgt. Dafür habe ich im Ehevertrag gesorgt."

„Ich weiß", sagte Iris. „Ich habe ihn gelesen."

„Wirklich?"

„Sollte ich das nicht?"

„Die meisten Frauen tun es nicht."

„Woher willst du das wissen?"

Plötzlich grinste er. „Streiten wir etwa?"

Sein Grinsen machte sie ganz schwach. „*Ich* nicht."

Er lachte. „Das erleichtert mich, muss ich sagen. Ich fände es wirklich schrecklich, wenn wir uns stritten und mir das gar nicht auffallen würde."

„Oh, das halte ich für ziemlich unwahrscheinlich."

Er beugte sich vor und legte fragend den Kopf schief.

„Ich erhebe nicht oft die Stimme …", murmelte Iris.

„Aber wenn du es tust, ist es ein unvergessliches Schauspiel?"

Sie lächelte bestätigend.

„Warum habe ich den Eindruck, dass Daisy diejenige ist, die deinen Zorn am häufigsten zu spüren bekam?"

Sie wedelte mit dem Zeigefinger, als wollte sie sagen – *falsch!* „Das wäre nicht korrekt."

„Erzähl schon."

„Daisy ist …" Sie seufzte. „Daisy ist Daisy. Ich weiß nicht, wie ich sie sonst beschreiben soll. Lange habe ich gedacht, dass eine von uns beiden ein Wechselbalg sein muss."

„Sei vorsichtig mit deinen Wünschen", warnte Richard sie lächelnd. „Von euch beiden ist Daisy diejenige, die eurer Mutter wie aus dem Gesicht geschnitten ist."

Iris erwiderte das Lächeln. „Ja, allerdings, nicht wahr? Ich schlage eher nach dem väterlichen Teil der Familie. Angeblich habe ich die Farbgebung meiner Urgroßmutter. Komisch, wie viele Generationen dabei übersprungen wurden, ehe sie bei mir gelandet ist.“

Richard nickte. „Ich möchte immer noch wissen, wer dich in Rage bringt, wenn es nicht Daisy ist.“

„Oh, ich habe nicht gesagt, dass sie mich nicht in Rage bringt, das tut sie. Dauernd. Aber am Ende lohnt es sich meist nicht, sich darüber aufzuregen. Ein Streit mit Daisy ist meist eine läppische Angelegenheit, nichts als schnippische, spöttische Bemerkungen.“

„Wer macht dich dann wütend?“, fragte er leise. „Wer kann dich so fuchsteufelswild machen, dass du aus der Haut fahren würdest, wenn du könntest?“

Du, hätte sie beinahe gesagt.

Nur dass er es bisher noch nicht getan hatte. Er hatte sie verärgert und verletzt, hatte sie aber noch nie in die Art Wut versetzt, die er beschrieben hatte.

Und doch wusste sie irgendwo, dass er es könnte.

Dass er es tun würde.

„Sarah“, sagte Iris entschieden, um den gefährlichen Gedanken Einhalt zu gebieten.

„Deine Kusine?“

Sie nickte. „Einmal habe ich mich mit ihr gestritten ...“

Seine Augen leuchteten auf vor Entzücken, er beugte sich vor, stützte die Ellbogen auf den Tisch und das Kinn in die Hände. „Ich will alles erfahren.“

Iris lachte. „Oh nein, das willst du nicht.“

„Oh doch, da bin ich mir vollkommen sicher.“

„Ich kann nicht fassen, dass Frauen als die größeren Klatschbasen gelten.“

„Das ist doch kein Klatsch“, protestierte er. „Ich will doch nur meine Braut besser kennenlernen.“

„Oh, na wenn das *so* ist ...“ Sie lachte erneut. „Also schön, es ging um die musikalische Soiree. Ehrlich, ich glaube nicht, dass du das verstehen kannst. Vermutlich kann das niemand außerhalb meiner Familie."

„Das werden wir ja sehen!"

Iris seufzte und fragte sich, wie sie das wohl erklären könnte. Richard war immer so selbstsicher, so souverän. Er konnte unmöglich nachfühlen, wie es war, auf eine Bühne zu treten und sich dort bis auf die Knochen zu blamieren, und das in dem Bewusstsein, absolut nichts dagegen unternehmen zu können.

„Erzähl es mir, Iris", drängte er sie. „Ich will es wirklich hören."

„Ach, na gut. Es war letztes Jahr."

„Als sie krank war", warf Richard ein.

Iris sah ihn überrascht an.

„Das hast du mal erwähnt."

„Ah. Na, jedenfalls war sie *nicht* krank."

„Das dachte ich mir schon."

„Sie hat das alles nur gespielt. Sie hat behauptet, sie hätte erreichen wollen, dass die Aufführung komplett abgesagt wird, aber in Wahrheit hat sie dabei nur an sich selbst gedacht."

„Hast du ihr gesagt, wie du das empfunden hast?"

„Oh ja", erwiderte Iris. „Ich bin am nächsten Tag zu ihr nach Hause gegangen. Sie hat versucht, es abzustreiten, aber es war ja ganz offensichtlich, dass sie nicht krank war. Aber sie hat bis zu Honorias Hochzeit ein halbes Jahr später darauf beharrt."

„Honoria?"

Ach, natürlich. Er kannte Honoria ja nicht. „Noch eine weitere Kusine", sagte sie. „Sie ist mit dem Earl of Chatteris verheiratet."

„Eine weitere Musikerin?"

Iris' Lächeln war mindestens zur Hälfte eine Grimasse. „Kommt darauf an, wie man das Wort definiert."

„Hat Honoria – Entschuldigung, Lady Chatteris – ebenfalls an der Aufführung mitgewirkt?"

„Ja, aber sie ist immer so lieb und nachsichtig. Bestimmt glaubt sie auch jetzt noch, dass Sarah wirklich krank war. Sie denkt von allen immer nur das Beste."

„Und du nicht?"

Sie sah ihm direkt in die Augen. „Ich bin von Natur aus misstrauischer."

„Das werde ich mir merken", murmelte er.

Iris hielt es für das Beste, diesen Gesprächsfaden nicht weiterzuverfolgen, und sagte: „Jedenfalls hat Sarah am Ende die Wahrheit eingestanden. Am Vorabend von Honorias Hochzeit. Ich weiß nicht mehr genau, sie hat sich irgendwie über Selbstlosigkeit geäußert, und dann konnte ich nicht länger an mich halten."

„Was hast du gesagt?"

Iris verzog das Gesicht, als sie daran dachte. Sie hatte nichts als die Wahrheit gesagt, aber die Art und Weise, in der sie es getan hatte, war nicht sehr nett gewesen. „Das würde ich lieber nicht wiederholen."

Er bedrängte sie nicht.

„Es war, als sie behauptet hat, sie hätte erreichen wollen, dass die Aufführung abgesagt wird", sagte sie.

„Und du hast ihr nicht geglaubt?"

„Ich glaube, dass sie es durchaus in Erwägung zog, als sie ihren Plan geschmiedet hat. Aber ich glaube nicht, dass es für sie an erster Stelle gestanden hat."

„Spielt das denn eine Rolle?"

„Natürlich spielt das eine Rolle", sagte sie so leidenschaftlich, dass es sie selbst überraschte. „Es ist doch wichtig, *warum* wir etwas tun. Es muss wichtig sein."

„Selbst wenn am Ende etwas Gutes herauskommt?"

Sie wischte diesen Gedanken beiseite. „Du bist offenbar zum Hypothetischen übergegangen. *Ich* rede immer noch über meine Kusine und die musikalische Soiree. Und nein, es ist nichts Gutes dabei herausgekommen. Zumindest für niemanden außer ihr selbst."

„Aber man könnte sagen, dass sich für dich nichts geändert hat."

Iris sah ihn nur an.

„Betrachte es doch mal so", schlug er vor. „Wenn Sarah keine Krankheit vorgeschützt hätte, hättest du beim Konzert mitgemacht."

Er sah sie Zustimmung heischend an, und sie nickte.

„Aber sie hat dann eben eine Krankheit vorgeschützt", fuhr er fort. „Und das Ergebnis war, dass du immer noch beim Konzert mitgemacht hast."

„Ich verstehe nicht, worauf du hinauswillst."

„Für dich hat es keinen Unterschied gemacht. Was sie getan hat, mag hinterlistig gewesen sein, aber es hat dich überhaupt nicht berührt."

„Natürlich hat es das!"

„Inwiefern?"

„Wenn ich spielen musste, musste sie auch spielen."

Er lachte. „Meinst du nicht, dass das ein kleines bisschen kindisch klingt?"

Iris knirschte entnervt mit den Zähnen. Was fiel ihm ein zu lachen? „Ich meine, dass *du* noch nie auf eine Bühne getreten bist und dich dort vor sämtlichen Bekannten bis auf die Knochen blamiert hast. Und, schlimmer noch, auch vor völlig Fremden."

„Ich war für dich auch ein völlig Fremder“, murmelte er, „und nun schau dir an, was passiert ist.“

Sie schwieg.

„Wenn die musikalische Soiree nicht gewesen wäre“, sagte er leichthin, „wären wir nicht miteinander verheiratet.“

Iris hatte keine Ahnung, wie sie das interpretieren sollte.

„Weißt du, was ich auf der Soiree gesehen habe?“, fragte er sanft.

„Meinst du nicht, was du gehört hast?“, brummte sie.

„Oh, was ich gehört habe, das wissen wir doch alle.“

Das brachte sie zum Lächeln, auch wenn sie eigentlich nicht wollte.

„Ich habe eine junge Frau gesehen, die sich hinter ihrem Cello versteckt hat“, fuhr er fort. „Eine junge Frau, die dieses Cello tatsächlich *spielen konnte*.“

Ihr Blick flog zu ihm.

„Dein Geheimnis ist bei mir sicher“, sagte er mit nachsichtigem Lächeln.

„Es ist kein Geheimnis.“

Er zuckte die Achseln.

„Aber weißt du, was eines ist?“, fragte sie. Plötzlich wollte sie es ihm erzählen. Sie wollte, dass er an ihrem Leben Anteil hatte. Sie wollte, dass er an *ihr* Anteil hatte.

„Was denn?“

„Ich *hasse* es, dieses Cello zu spielen“, sagte sie inbrünstig. „Ich trete nicht einfach nur ungern bei den Konzerten auf, obwohl das auch so ist, und wie! Ich *verabscheue* diese Konzerte, ich kann gar nicht sagen, wie sehr ich sie verabscheue.“

„Eigentlich machst du deine Sache ziemlich gut.“

Sie lächelte verlegen. „Aber das Cellospielen ist mir wirklich verhasst. Man könnte mich in ein Orchester mit den großartigsten Virtuosen setzen – nicht dass eine Frau dort jemals mitspielen dürfte –, und es wäre mir immer noch verhasst."

„Warum tust du es dann?"

„Nun, jetzt tue ich es ja nicht mehr. Jetzt, wo ich verheiratet bin, brauche ich nicht mehr zu spielen. Ich werde nie wieder einen Bogen in die Hand nehmen."

„Schön zu wissen, dass ich wenigstens für etwas gut bin", scherzte er. „Aber mal ehrlich, warum *hast* du es denn getan? Und sag bitte nicht, weil du musstest. Sarah konnte sich auch drücken."

„So unaufrichtig wäre ich nie."

Sie wartete darauf, dass er etwas sagte, doch er runzelte nur die Stirn und blickte wie gedankenverloren zur Seite.

„Ich habe Cello gespielt", sagte sie, „weil es von mir erwartet wurde. Und weil es meine Familie glücklich gemacht hat. Und trotz allem, was ich über sie sage, liebe ich sie von Herzen."

„Das tust du wirklich, nicht wahr?", murmelte er.

Sie sah ihn ernst an. „Auch nach allem, was vorgefallen ist, betrachte ich Sarah als eine meiner liebsten Freundinnen."

Er betrachtete sie mit einem merkwürdig unverwandten Blick. „Offenbar besitzt du in hohem Maß die Gabe zu verzeihen."

Iris ließ sich das durch den Kopf gehen. „Auf die Idee bin ich noch nie gekommen."

„Ich möchte es hoffen", sagte er ruhig.

„Wie bitte?" Das hatte sie doch sicher falsch verstanden.

Aber in diesem Moment stand er auf und reichte ihr die Hand. „Komm, der Tag wartet auf uns."

13. Kapitel

„W*ie viele* Körbe brauchen Sie?“

Richard gab vor, Mrs. Hopkins’ verblüffte Miene nicht zu bemerken. „Nur achtzehn“, sagte er leutselig.

„Achtzehn?“, wiederholte sie. „Wissen Sie eigentlich, wie lang so was dauert?“

„Für jeden außer Ihnen wäre es eine kaum zu bewältigende Aufgabe“, erklärte er.

Die Haushälterin machte schmale Augen, doch er konnte sehen, dass ihr das Kompliment gefiel.

„Halten Sie es nicht auch für eine hervorragende Idee, den Pächtern Körbe mitzubringen?“, sagte er, bevor sie noch andere Einwände erheben konnte. Er zog Iris nach vorn. „Das war Lady Kenworthys Idee.“

„Ich fand, es wäre eine schöne Geste“, sagte Iris.

„Lady Kenworthy ist überaus großzügig“, meinte Mrs. Hopkins, „aber …“

„Wir helfen Ihnen“, schlug Richard vor.

Der Haushälterin blieb der Mund offen stehen.

„Viele Hände machen der Arbeit bald ein Ende, haben Sie das nicht immer gesagt?“

„Nicht zu Ihnen“, erwiderte die Haushälterin.

Iris unterdrückte ein Lachen. Was für eine reizende kleine Verräterin sie doch war. Doch Richard war viel zu gut gelaunt, um Anstoß daran zu nehmen. „Das hat man eben davon, wenn einen die Dienstboten seit der Schulzeit kennen“, murmelte er ihr ins Ohr.

„Schulzeit!“, spottete Mrs. Hopkins. „Ich kenne Sie, seit Sie in ...“

„Ich weiß genau, seit wann Sie mich kennen“, unterbrach Richard sie. Er konnte wirklich darauf verzichten, dass Mrs. Hopkins vor seiner Frau auf seine Windeln zu sprechen kam.

„Ich würde wirklich gern helfen“, sagte Iris. „Ich freue mich sehr darauf, die Pächter kennenzulernen, und ich glaube, die Geschenke wären bedeutungsvoller, wenn ich beim Einpacken helfen würde.“

„Ich weiß gar nicht, ob wir überhaupt achtzehn Körbe haben“, brummte Mrs. Hopkins.

„Es müssen doch nicht unbedingt Körbe sein“, sagte Iris. „Jede Art Behältnis kommt infrage. Und Sie wissen bestimmt, womit wir sie am besten füllen könnten.“

Richard grinste bloß. Er bewunderte das Geschick, mit dem seine Frau die Haushälterin besänftigte. Jeden Tag – nein, jede Stunde – entdeckte er an ihr etwas Neues. Und mit jeder neuen Offenbarung erkannte er, was für ein Glück er hatte, sie gewählt zu haben. Es war eine so seltsame Vorstellung, dass er sie vermutlich kein zweites Mal angeschaut hätte, wenn er sich nicht gezwungen gesehen hätte, ganz rasch eine Frau zu finden.

Er konnte sich kaum noch erinnern, was er an seiner zukünftigen Frau einmal für unerlässlich gehalten hatte. Natürlich eine üppige Mitgift. Darauf hatte er verzichten müssen, doch wenn er jetzt zusah, wie Iris sich in Maycliffes Küche häuslich niederließ, kam Geld ihm auf einmal gar nicht mehr so dringlich vor. Wenn die Reparaturen, die er am Haus hatte vornehmen wollen, nun ein, zwei Jahre warten mussten, dann war das eben so. Iris war nicht die Sorte Mensch, die sich beklagte.

Er dachte über die Frauen nach, die er vor Iris in die engere Wahl gezogen hatte. Er konnte sich kaum noch im Einzelnen erinnern, es kam ihm nur so vor, als hätten sie dauernd getanzt, geflirtet oder ihm mit dem Fächer auf den Arm geklopft. Es waren alles Frauen gewesen, die seine Aufmerksamkeit eingefordert hatten.

Während Iris sie sich verdiente.

Mit ihrem scharfen Verstand und ihrem trockenen, verschmitzten Humor stahl sie sich immer wieder in seine Gedanken. Sie überraschte ihn ständig aufs Neue.

Wer hätte gedacht, dass er sie *mögen* würde?

Mögen.

Wer mochte schon seine Frau? In seiner Welt ertrug man seine Frau und zeigte sich ihr gegenüber nachsichtig. Wenn man sehr viel Glück hatte, begehrte man sie. Aber mögen?

Wenn er Iris nicht geheiratet hätte, hätte er sie sich zur Freundin gewünscht.

Das hätte er, wenn sich die Sache nicht dadurch kompliziert hätte, dass er sie so sehr begehrte, dass er kaum noch vernünftig denken konnte. Als er gestern Abend zu ihr gegangen war, um ihr gute Nacht zu wünschen, hätte er beinahe die Kontrolle über sich verloren. Er wollte ihre Ehe endlich vollziehen, sie sollte wissen, dass er sie begehrte. Er hatte sie angesehen, nachdem er sie auf die Stirn geküsst hatte. Sie war verwirrt gewesen. Verletzt. Hatte geglaubt, er würde sie nicht begehren.

Sie nicht begehren?

Das war so weit von der Wahrheit entfernt, dass es schon fast lachhaft war. Was würde sie wohl denken, wenn sie wüsste, dass er nachts wach lag und vor Begierde brannte, während er sich all die verschiedenen Möglichkeiten vorstellte, auf die er ihr Lust bereiten konnte? Was würde sie sagen, wenn er ihr gestand, wie sehr er sich danach sehnte, sich in ihr zu versenken, ihr seinen Stempel aufzudrücken, ihr zu verstehen zu geben, dass sie *ihm* gehörte, dass er sie besitzen wollte und dass er von Herzen ihr gehören wollte?

„Richard?"

Beim Klang von Iris' Stimme drehte er sich um. Zumindest teilweise. Seine anstößigen Gedanken waren nicht spurlos an seinem Körper vorübergegangen, und er war froh, dass er sich hinter der Anrichte verstecken konnte.

„Hast du etwas gesagt?", fragte sie.

Hatte er das?

„Also, du hast ein Geräusch von dir gegeben." Sie zuckte die Achseln.

Er konnte es sich vorstellen. Lieber Himmel, wie sollte er nur die nächsten Monate überstehen?

„Richard?", wiederholte sie. Sie wirkte amüsiert und vielleicht auch ein wenig entzückt darüber, ihn beim Tagträumen ertappt zu haben. Als er nicht sofort antwortete, schüttelte sie lächelnd den Kopf und wandte sich wieder ihrer Arbeit zu.

Er beobachtete sie ein paar Momente. Dann tauchte er die Hände in eine Schüssel Wasser, die in der Nähe stand, und befeuchtete sich damit diskret das Gesicht. Als er das Gefühl hatte, sich genügend abgekühlt zu haben, ging er zu Iris und Mrs. Hopkins hinüber, die eifrig beim Packen waren.

„Was gibst du dort hinein?", fragte er und schaute Iris über die Schulter, die gerade ein Holzkistchen bestückte.

Iris sah nur kurz zu ihm auf. Die Arbeit bereitete ihr sichtlich Freude. „Mrs. Hopkins hat gesagt, dass die Millers wahrscheinlich ein paar neue Handtücher brauchen können."

„Geschirrtücher?" Für ein Geschenk fand er es recht gewöhnlich.

„Die brauchen sie eben." Iris warf ihm ein Lächeln zu. „Wir packen auch noch etwas Teegebäck dazu, sobald es aus dem

Ofen kommt. Es ist immer schön, auch etwas geschenkt zu bekommen, was man sich wirklich *wünscht*."

Richard sah sie lange stumm an.

Verlegen nestelte sie an ihrem Kleid, rieb sich über die Wange. „Habe ich etwas im Gesicht?"

Sie hatte nichts im Gesicht, doch er beugte sich vor und küsste sie auf den Mundwinkel. „Genau dort", murmelte er.

Sie berührte die Stelle, auf die er sie geküsst hatte. Voll Staunen sah sie ihn an, als wäre sie sich nicht ganz im Klaren darüber, was soeben passiert war.

Er war sich da auch nicht so sicher.

„Jetzt ist es besser", erklärte er.

„Danke. Ich …" Ihre Wangen röteten sich zart. „Danke."

„War mir ein Vergnügen."

Und das war es auch.

Die nächsten zwei Stunden gab Richard vor, bei den Körben zu helfen. Iris und Mrs. Hopkins hatten die Sache völlig im Griff, und wenn er versuchte, einen Vorschlag zu machen, wurde dieser entweder gleich abgeschmettert oder in Erwägung gezogen und für schlecht befunden.

Es störte ihn nicht. Er war es zufrieden, die Rolle des Gebäckverkosters zu übernehmen (allesamt köstlich, erklärte er der Köchin zufrieden) und Iris dabei zu beobachten, wie sie ihre Rolle als Herrin von Maycliffe übernahm.

Schließlich hatten sie eine Sammlung von achtzehn Körben, Kisten und Schüsseln, alle sorgfältig verpackt und mit dem Namen einer Pächterfamilie versehen. Kein Geschenk glich dem anderen: Die Dunlops mit ihren vier Knaben zwischen zwölf und sechzehn bekamen eine große Portion Essen, während auf dem Korb für die Smiths, deren dreijährige Tochter sich gerade von einer Kehlkopfentzündung erholte, eine von Marie-Claires alten Puppen thronte. Die Millers bekamen ihre

Geschirrtücher und ein paar Küchlein, die Burnhams einen herzhaften Schinken und zwei Bücher – ein Werk über Bodenbearbeitung für den ältesten Sohn, der vor Kurzem den Hof übernommen hatte, für die Schwestern einen romantischen Roman.

Und vielleicht auch für den Sohn, dachte Richard grinsend. Einen romantischen Roman konnte hin und wieder jeder gebrauchen.

Alles wurde auf ein Fuhrwerk geladen, und kurz darauf waren Richard und Iris unterwegs in alle vier Himmelsrichtungen von Maycliffe Park.

„Nicht gerade das eleganteste Fortbewegungsmittel", meinte er mit reuigem Lächeln, während sie über die Straße rumpelten.

Iris legte die Hand auf den Kopf, als ein Windstoß ihren Hut davonzuwehen drohte. „Das macht mir nichts aus. Himmel, kannst du dir vorstellen, die ganzen Sachen in einer Kalesche zu transportieren?"

Er hatte keine Kalesche, aber er sah keinen Grund, das zu erwähnen, und erwiderte stattdessen: „Du solltest die Hutbänder zuknoten. Dann brauchst du deinen Hut nicht dauernd festzuhalten."

„Ich weiß. Ich finde es nur so unbequem. Ich fühle mich nicht wohl, wenn ich sie so fest unter dem Kinn zusammengebunden habe." Mit blitzenden Augen sah sie zu ihm hinüber. „Du solltest nicht so vorschnell gute Ratschläge geben. Dein Hut ist mit überhaupt nichts auf deinem Kopf befestigt."

Wie auf ein Stichwort ratterte das Fuhrwerk über einen Buckel, gerade als der Wind auffrischte, und er spürte, wie sein Kastorhut gelüpft wurde.

„Oh!", rief Iris. Ohne nachzudenken ergriff sie seinen Hut und schob ihn wieder nach unten. Sie hatten ohnehin schon nebeneinandergesessen, doch die Bewegung brachte sie noch näher zusammen, und als er die Pferde zügelte und einen Blick auf Iris riskierte, hatte sie ihm ihr Gesicht zugewandt, strahlend und sehr, sehr nah.

„Ich glaube …“, murmelte er, doch als er ihr in die Augen sah, die unter dem strahlend blauen Himmel noch lebhafter leuchteten, verschlug es ihm die Sprache.

„Du glaubst …?“, flüsterte sie. Sie hatte die eine Hand immer noch an seinem Kopf. Die andere lag auf ihrem eigenen Kopf, es wäre eine äußerst lächerliche Stellung gewesen, wenn sie nicht so durch und durch wunderbar gewesen wäre.

Die Pferde waren stehen geblieben, offenbar verwirrt von der fehlenden Führung von Seiten ihres Kutschers.

„Ich glaube, ich muss dich küssen“, sagte Richard. Er berührte sie an der Wange, strich mit dem Daumen sanft über ihre milchweiße Haut. Sie war so schön. Wie war es nur möglich, dass er bis zu diesem Moment nicht erkannt hatte, wie schön sie war?

Der Abstand zwischen ihnen schwand, seine Lippen fanden die ihren, weich und bereit. Langsam und träge küsste er sie, ließ sich Zeit, um die Form ihrer Lippen zu erkunden, den Geschmack, die Beschaffenheit. Dies war nicht das erste Mal, dass er sie küsste, doch es fühlte sich vollkommen neu an.

Der Augenblick hatte etwas ausnehmend Unschuldiges an sich. Er presste sie nicht an sich, wollte es nicht einmal. Dies war kein Kuss, der in Besitz nahm, kein begehrlicher Kuss. Es war etwas ganz anderes, geboren aus Neugierde und Faszination.

Sanft vertiefte er den Kuss, ließ die Zunge über die seidige Haut ihrer Unterlippe gleiten. Mit einem Seufzen entspannte sie sich, als sie seine Liebkosung willkommen hieß.

Sie war vollkommen. Und süß. Und er hatte das merkwürdigste Gefühl, dass er den ganzen Tag so bleiben könnte, die Hand an ihrer Wange, ihre Hand auf seinem Kopf, verbunden durch nichts als ihre Lippen. Es war beinahe keusch, beinahe spirituell.

Doch dann krächzte in der Ferne ein Vogel, und der scharfe Ruf zerstörte den Augenblick. Etwas veränderte sich. Iris wurde ganz ruhig, vielleicht begann sie auch einfach wieder zu atmen. Richard stieß zittrig die Luft aus und rückte ein paar Zoll von ihr ab. Er blinzelte, blinzelte noch einmal, versuchte die Welt wieder in den Fokus zu rücken. Sein Universum war auf diese eine Frau zusammengeschrumpft, er schien nicht in der Lage, etwas anderes als ihr Gesicht wahrzunehmen.

Ihre Augen waren voll Staunen, derselbe Ausdruck, der wohl in seinem Blick liegen mochte. Ihre Lippen waren leicht geöffnet, er konnte gerade noch die Spitze ihrer rosigen Zunge sehen. Es war äußerst merkwürdig, doch er verspürte kein Verlangen, sie zu küssen. Er wollte sie einfach nur ansehen. Wollte sehen, wie die Emotionen über ihr Gesicht strichen. Wollte sehen, wie sich ihre Pupillen ans Licht anpassten. Er wollte sich die Form ihrer Lippen einprägen, wollte sehen, wie rasch sich ihre Wimpern hoben und senkten, wenn sie blinzelte.

„Das war …“, murmelte er schließlich.

„Das war …“, echote sie.

Er lächelte. Er konnte einfach nicht anders. „Das war wirklich.“

Auf ihrem Gesicht breitete sich ebenfalls ein Lächeln aus, und die schiere Freude des Augenblicks war beinahe zu groß. „Du hast deine Hand immer noch auf meinem Kopf“, sagte er und spürte, wie sein Lächeln neckend wurde.

Sie schaute auf, als müsse sie es erst sehen, um es zu glauben. „Meinst du, dein Hut ist in Sicherheit?“

„Wir könnten es vielleicht riskieren."

Sie nahm die Hand weg, und durch die Bewegung änderte sich ihre gesamte Haltung. Auf einmal war wieder sehr viel Platz zwischen ihnen. Richard fühlte sich beinahe verlassen, was völliger Wahnsinn war. Sie saß neben ihm auf der Bank, zwischen ihnen war nicht mal ein Fußbreit Platz, und für ihn fühlte es sich an, als hätte er etwas unendlich Kostbares verloren.

„Vielleicht solltest du deinen Hut etwas fester zubinden", schlug er vor.

Sie murmelte irgendetwas Zustimmendes und machte sich an den Bändern zu schaffen.

Er räusperte sich. „Wir sollten weiterfahren."

„Natürlich." Sie lächelte, zögernd erst und dann entschlossen. „Natürlich", sagte sie noch einmal. „Zu wem fahren wir als Erstes?"

Er war dankbar für die Frage und dass sie eine Antwort erforderlich machte. Er brauchte etwas, das sein Gehirn wieder in Aktion versetzte. „Ähm … ich glaube, zu den Burnhams", entschied er. „Ihr Hof ist der größte und der nächste."

„Hervorragend." Iris drehte sich auf ihrem Platz um und betrachtete den Berg von Präsenten auf der Ladefläche. „Für sie ist die Holzkiste. Die Köchin hat noch Konfitüre dazugepackt. Sie hat gesagt, der junge Master Burnham hat für Süßigkeiten viel übrig."

„Ich weiß nicht, ob er noch als jung durchgehen kann", sagte Richard und schnalzte mit den Zügeln. „John Burnham ist inzwischen bestimmt zweiundzwanzig, vielleicht sogar dreiundzwanzig."

„Jünger als du."

Er schenkte ihr ein ironisches Lächeln. „Schon, aber wie ich ist er Familienoberhaupt und führt ein Gut. Bei so viel Verantwortung schwindet die Jugend rasch."

„War es sehr schwer?“, fragte sie leise.

„Es war das Schwerste auf der Welt.“ Richard dachte an die Zeit direkt nach dem Tod seines Vaters. Er war so verloren gewesen, so überwältigt. Und inmitten von alledem, während man von ihm erwartete, dass er zumindest so tat, als wüsste er, wie man Maycliffe führte und seinen Schwestern den Vater ersetzte, trauerte er. Er hatte seinen Vater geliebt. Auch wenn sie nicht immer ein Herz und eine Seele gewesen waren, waren sie einander verbunden. Sein Vater hatte ihn reiten gelehrt. Er hatte ihn lesen gelehrt – nicht direkt die Buchstaben und Wörter, aber er hatte ihm die Liebe zum Lesen vermittelt, hatte ihn gelehrt, Bücher und Wissen zu wertschätzen. Was er ihm nicht beigebracht hatte – weil niemand sich hätte träumen lassen, dass es so früh schon nötig sein könnte – war, wie man Maycliffe führte. Als er krank wurde, war Bernard Kenworthy kein alter Mann gewesen. Sie hatten allen Grund gehabt zu der Annahme, dass Richard noch Jahre, vielleicht sogar Jahrzehnte blieben, bevor er die Zügel übernehmen müsste.

Allerdings hatte es in Wahrheit nicht viel gegeben, was sein Vater ihm hätte beibringen können. Bernard Kenworthy hatte sich nie die Mühe gemacht, es selbst zu lernen. Er war kein guter Gutsverwalter gewesen. Es hatte ihn nie interessiert, zumindest nicht sehr, und seine Entscheidungen – wenn er sich die Mühe machte, welche zu treffen – waren schlecht gewesen. Es lag weniger daran, dass er zu gierig war, sondern dass er dazu neigte, den bequemen Weg zu gehen und das zu tun, was ihm am wenigsten Zeit und Energie abforderte. Und Maycliffe hatte darunter gelitten.

„Du warst damals doch noch ein Junge“, bemerkte Iris.

Richard stieß ein kurzes Lachen aus. „Das ist ja das Komische. Ich habe mich für einen Mann gehalten. Ich war in

Oxford gewesen, ich …" Er unterbrach sich gerade noch, bevor er ihr eröffnete, dass er mit Frauen geschlafen hatte. Iris war seine Ehefrau. Sie brauchte nicht zu erfahren, nach welchen Gesichtspunkten törichte junge Männer ihre Virilität beurteilten.

„Ich habe mich für einen Mann gehalten", sagte er und verzog reuig die Lippen. „Aber dann … als ich nach Hause fahren und mich als einer *erweisen* musste …"

Sie legte ihm die Hand auf den Arm. „Das tut mir so leid."

Er zuckte mit einer Schulter, der auf der anderen Seite. Er wollte nicht, dass sie die Hand wegnahm.

„Du hast deine Sache bemerkenswert gut gemacht", erklärte sie. Sie sah sich um, als wären die saftig grünen Bäume ein Beweis seiner guten Verwaltung. „Nach allem, was ich so gehört habe, blüht und gedeiht Maycliffe."

„Nach allem, was du so gehört hast?", wiederholte er mit neckendem Grinsen. „Was hast du denn in der langen Zeit gehört, die du nun schon auf Maycliffe weilst, wenn ich fragen darf?"

Sie stieß eine Art schnaubendes Kichern aus und stieß ihn mit der Schulter an. „Die Leute reden eben", sagte sie schelmisch. „Und ich höre zu, wie du weißt."

„Das tust du allerdings."

Er sah sie an, wie sie lächelte. Er fand dieses befriedigte kleine Verziehen der Lippen einfach reizend.

„Erzählst du mir noch etwas über die Burnhams?", fragte sie. „Am besten über alle Pächter, aber du solltest mit den Burnhams anfangen, weil die als Erstes auf der Liste stehen."

„Ich bin mir nicht sicher, was du wissen möchtest, aber sie sind zu sechst. Mrs. Burnham natürlich, ihr Sohn John, der jetzt Familienvorstand ist, und dann noch vier Kinder, zwei

Jungen und zwei Mädchen." Er dachte einen Augenblick nach. „Ich weiß nicht mehr, wie alt sie alle sind, aber der Jüngste, Tommy, kann nicht viel älter als elf sein."

„Wie lang ist es jetzt her, seit der Vater gestorben ist?"

„Zwei, vielleicht drei Jahre. Es war nicht unerwartet."

„Nein?"

„Er hat getrunken. Und zwar ziemlich viel." Richard runzelte die Stirn. Er wollte nicht schlecht von den Toten reden, aber es war die Wahrheit. Mr. Burnham hatte dem Bier zu gern zugesprochen, und es hatte ihn zerstört. Erst war er fett geworden, dann gelb, und dann war er gestorben.

„Gerät der Sohn in dieser Hinsicht nach dem Vater?"

Es war keine dumme Frage. Söhne eiferten ihren Vätern nach, das wusste Richard nur zu gut. Als er Maycliffe geerbt hatte, hatte er auch das getan, was für ihn am bequemsten war, und seine Schwestern zu ihrer Tante verfrachtet, während er sein Londoner Leben weiterführte, als warteten zu Hause keine neuen Pflichten auf ihn. Er hatte mehrere Jahre gebraucht, bevor ihm klar wurde, wie hohl er geworden war. Und den Preis für sein schlechtes Urteilsvermögen zahlte er noch immer.

„Ich kenne John Burnham nicht sonderlich gut", sagte er nun zu Iris, „aber ich glaube nicht, dass er trinkt. Zumindest nicht mehr als jeder andere."

Iris antwortete nicht, und so fuhr er fort: „Bestimmt ist er ein guter Mann, ein besserer, als sein Vater es war."

„Was meinst du damit?"

Richard überlegte einen Augenblick. Bisher hatte er nie weiter über John Burnham nachgedacht, wusste von ihm nur, dass er inzwischen Maycliffes größtem Pachthof vorstand. Ihm gefiel, was er von ihm wusste, doch sie liefen sich nicht oft über den Weg, was auch nicht weiter zu erwarten stand.

„Er ist ein recht ernster Mensch“, erwiderte Richard schließlich. „Er hat es zu etwas gebracht. Hat sogar die Schule abgeschlossen, mithilfe meines Vaters.“

„Deines Vaters?“, wiederholte Iris einigermaßen überrascht.

„Er hat das Schulgeld bezahlt. Hatte Gefallen an dem Jungen gefunden. Er hielt ihn für sehr intelligent, und Intelligenz wusste mein Vater immer sehr zu schätzen.“

„Intelligenz ist auch etwas Schätzenswertes.“

„Allerdings.“ Schließlich war es einer der vielen Gründe, warum er sie ebenfalls schätzte. Aber jetzt war nicht der richtige Zeitpunkt, ihr das zu sagen, und so fügte er hinzu: „John hätte vermutlich weggehen und Rechtswissenschaft oder etwas Ähnliches studieren können, wenn er nicht nach Mill Farm zurückgekehrt wäre.“

„Vom Bauern zum Rechtsanwalt?“, fragte Iris. „Wirklich?“

Richard zuckte die Achseln. „Warum nicht? Vorausgesetzt, man will es wirklich.“

Iris schwieg einen Augenblick und fragte dann: „Ist Mr. Burnham verheiratet?“

Er warf ihr einen fragenden Blick zu, bevor er sich wieder auf die Straße konzentrierte. „Warum dieses Interesse?“

„Ich muss diese Dinge wissen“, erinnerte sie ihn. Sie rutschte ein wenig auf der Bank herum. „Und ich war neugierig. Was Leute angeht, bin ich immer neugierig. Vielleicht musste er nach Hause zurückkehren, um sich um seine Familie zu kümmern. Vielleicht ist das der Grund, warum er nicht studieren konnte.“

„Ich weiß nicht, ob er studieren wollte. Ich sagte nur, dass er dazu intelligent genug gewesen wäre. Und nein, er ist nicht verheiratet. Aber er hat eine Familie, um die er sich kümmern muss. Er würde seiner Mutter und seinen Geschwistern nicht den Rücken kehren."

Iris legte ihm eine Hand auf den Arm. „Dann ist er dir sehr ähnlich."

Richard schluckte unbehaglich.

„Du kümmerst dich so gut um deine Schwestern", fuhr sie fort.

„Du hast sie ja noch nicht mal kennengelernt", erinnerte er sie.

Sie zuckte leicht die Achseln. „Ich sehe doch, dass du ein treusorgender Bruder bist. Und Vormund."

Richard nahm die Zügel kurz in eine Hand, erleichtert, dass er auf das vor ihnen Liegende deuten und somit das Thema wechseln konnte. „Gleich hinter der nächsten Biegung kommt es."

„Mill Farm?"

Er sah zu ihr. In ihrer Stimme hatte etwas mitgeschwungen. „Bist du nervös?"

„Ein bisschen", räumte sie ein.

„Das brauchst du nicht. Du bist die Herrin von Maycliffe."

Sie schnaubte ein wenig. „Genau deswegen bin ich ja nervös."

Richard wollte etwas sagen, schüttelte dann aber nur den Kopf. War ihr denn nicht klar, dass die Burnhams diejenigen waren, die nervös sein würden, wenn sie *sie* kennenlernten?

„Oh!", rief Iris aus. „Der Hof ist ja viel größer, als ich erwartet habe."

„Ich habe doch gesagt, dass Mill Farm Maycliffes größter Pachthof ist", murmelte Richard und brachte das Fuhrwerk zum Stehen. Die Burnhams bewirtschafteten das Land hier schon seit einigen Generationen und hatten sich im Lauf der Zeit ein recht schönes Haus erbaut, mit vier Schlafzimmern, einem Wohnzimmer und einem Büro. Sie hatten sogar ein Dienstmädchen beschäftigt, hatten es aber entlassen, als die Familie kurz vor Vater Burnhams Tod in Not geraten war.

„Meine Kusinen habe ich nie auf ihre Besuche begleitet", sagte Iris verlegen.

Richard sprang vom Bock und bot ihr die Hand. „Warum klingst du auf einmal so unsicher?"

„Wahrscheinlich, weil mir gerade klar wird, wie wenig ich weiß." Sie wies auf das Haus. „Ich hatte angenommen, alle Pächter lebten in kleinen Cottages."

„Das tun die meisten auch. Manche hingegen sind ziemlich wohlhabend. Man muss das Land nicht besitzen, um davon zu profitieren."

„Aber man muss Land besitzen, um als Gentleman zu gelten. Oder zumindest in eine Familie geboren werden, die Land besitzt."

„Das stimmt", gab er zu. Selbst ein Bauer mit eigenem Hof würde nicht als Gentleman durchgehen. Dazu brauchte man größere Ländereien.

„Sir Richard!", ertönte ein Ruf.

Richard grinste, als er einen Knaben auf sich zueilen sah. „Tommy!", rief er und zauste dem Jungen, der hüpfend vor ihm zum Stehen kam, das Haar. „Was hat deine Mutter dir nur zu essen gegeben? Ich glaube, seit unserem letzten Treffen bist du einen ganzen Fuß gewachsen."

Tommy Burnham strahlte. „John hat mich zum Arbeiten aufs Feld geschickt. Mum sagt, es liegt an der Sonne, ich muss ein Unkraut sein."

Richard lachte und stellte dann Iris vor, die sich Tommys ewige Zuneigung verdiente, indem sie ihn wie einen Erwachsenen behandelte und ihm die Hand schüttelte.

„Ist John im Haus?", fragte Richard und griff nach der Kiste auf dem Fuhrwerk.

„Bei Mum", erwiderte Tommy und nickte zum Haus. „Wir machen gerade eine Essenspause."

„Ist das die richtige?", murmelte Richard Iris zu. Als sie nickte, hob er die Kiste vom Fuhrwerk und bedeutete seiner Frau, zum Haus zu gehen. „Ihr habt aber noch andere Männer, die mit euch auf dem Feld arbeiten, nicht wahr?", fragte er Tommy.

„Oh ja." Tommy sah ihn an, als hielte er ihn für ein wenig dumm, dass er überhaupt etwas anderes in Betracht zog. „Allein schaffen wir das doch gar nicht. Mich braucht er gar nicht unbedingt, aber John sagt, ich müsste meinen Teil beitragen."

„Dein Bruder ist ein weiser Mann", meinte Richard.

Tommy verdrehte die Augen. „Sagt er auch."

Iris lachte leise auf.

„Pass bloß auf sie auf", sagte Richard und nickte zu Iris hinüber. „Wie du hat sie viel zu viele Geschwister und hat es gelernt, schnell zu sein."

„Nicht schnell", korrigierte Iris ihn. „Verschlagen."

„Umso schlimmer."

„Er ist der Älteste", erklärte sie Tommy vielsagend. „Was er mit brutaler Kraft durchgesetzt hat, mussten wir mit unserem Verstand erreichen."

„Jetzt hat sie Sie drangekriegt, Sir Richard", gluckste Tommy.

„Wie immer eben."

„Wirklich?", murmelte Iris und hob die Augenbrauen.

Richard lächelte nur geheimnisvoll. Sollte sie das doch verstehen, wie sie wollte.

Sie betraten das Haus. Tommy rief seiner Mutter zu, dass Sir Richard hier sei, in Begleitung der neuen Lady Kenworthy. Sofort kam Mrs. Burnham herbeigeeilt und wischte sich die mehligen Hände an der Schürze ab. „Sir Richard", sagte sie und knickste. „Das ist aber eine Ehre."

„Ich bin gekommen, um Sie meiner Frau vorzustellen."

Iris lächelte freundlich. „Wir haben Ihnen etwas mitgebracht."

„Oh, eigentlich sollten aber doch wir Ihnen etwas schenken", protestierte Mrs. Burnham. „Zur Hochzeit."

„Unsinn", sagte Iris. „Sie heißen mich schon in Ihrem Heim willkommen, auf Ihrem Land."

„Jetzt ist es auch dein Land", erinnerte Richard sie und stellte die Kiste mit den Gaben auf den Tisch.

„Ja, aber die Burnhams sind schon ein Jahrhundert länger hier als ich. Ich muss mir meinen Platz noch verdienen." Mit dieser Bemerkung hatte sich Iris Mrs. Burnhams ewige Treue erworben, und damit indirekt auch die der anderen Pächter. Die Menschen waren überall gleich, egal in welcher Gesellschaftsschicht. Mrs. Burnham war die Matrone der größten Pachtfarm, und dies machte sie zur tonangebenden Bauersfrau von Maycliffe. Bis zum Abend hätte sich Iris' Bemerkung überall herumgesprochen.

„Sie sehen, warum ich sie geheiratet habe", sagte Richard zu Mrs. Burnham. Die Worte kamen ihm ganz spontan über die Lippen, doch als er sie ausgesprochen hatte, verspürte er einen kleinen Gewissensbiss. Das war *nicht* der Grund, warum er sie geheiratet hatte.

Er wünschte sich aber, er wäre es.

„John", sagte Mrs. Burnham, „begrüße die neue Lady Kenworthy."

Richard hatte nicht gemerkt, dass John Burnham die kleine

Eingangshalle betreten hatte. Er war schon immer ein ruhiger Mann gewesen; nun stand er neben der Küchentür und wartete darauf, dass die anderen ihn bemerkten.

„Mylady“, sagte John mit einer kleinen Verneigung. „Es ist mir eine Ehre, Sie kennenzulernen.“

„Ganz meinerseits“, erwiderte Iris.

„Wie läuft der Hof?“, erkundigte sich Richard.

„Sehr gut“, erwiderte John, und dann unterhielten sich die Männer ein paar Minuten über Felder, Ernte und Bewässerung, während Iris mit Mrs. Burnham plauderte.

„Wir müssen aufbrechen“, verkündete Richard schließlich. „Wir haben noch viele Besuche zu machen, bevor wir nach Maycliffe zurückkehren können.“

„Während der Abwesenheit Ihrer Schwestern ist es dort sicher sehr ruhig“, sagte Mrs. Burnham.

John wandte sich abrupt um. „Ihre Schwestern sind abgereist?“

„Nur zu einem Besuch bei unserer Tante. Sie dachten, wir würden uns über ein wenig Zeit zu zweit freuen.“ Er schenkte John ein Lächeln unter Männern. „Schwestern sind Flitterwochen nicht gerade zuträglich.“

„Nein“, meinte John, „vermutlich nicht.“

Dann verabschiedeten sie sich, und Richard nahm Iris’ Arm, um sie nach draußen zu geleiten.

„Das lief recht gut, finde ich“, sagte sie, während er ihr auf den Wagen half.

„Du warst großartig“, versicherte er ihr.

„Wirklich? Du sagst das nicht einfach nur so?“

„Ich würde es auch einfach nur so sagen“, gab er zu, „aber es stimmt. Mrs. Burnham ist völlig hingerissen von dir.“

Iris öffnete den Mund, er sah, dass sie gleich etwas wie „Ehrlich?“ oder „Meinst du wirklich?“ sagen würde, doch dann lächelte sie nur, und ihre Wangen wurden rot vor Stolz. „Danke“, sagte sie leise.

Er küsste ihr die Hand, und dann ruckte er an den Zügeln.

„Was für ein herrlicher Tag“, sagte sie, als sie von Mill Farm wegfuhren. „*Ich* erlebe heute einen herrlichen Tag.“

Er auch. Den herrlichsten, seit er denken konnte.

14. Kapitel

Drei Tage später

Sie war dabei, sich in ihren Ehemann zu verlieben. Iris konnte sich nicht vorstellen, dass es noch offensichtlicher sein könnte.

Sollte einen die Liebe nicht durcheinanderbringen? Sollte sie nicht im Bett liegen und sich mit der Last quälender Gedanken herumschlagen – *Ist es echt? Ist das die Liebe?* In London hatte sie dazu noch ihre Kusine Sarah befragt, Sarah, die so heftig, so eindeutig in ihren Mann verliebt war, und selbst *die* hatte gesagt, dass sie sich anfangs nicht sicher gewesen sei.

Aber nein, Iris musste immer alles auf ihre Weise erledigen, und so war sie am Morgen einfach aufgewacht und hatte sich gedacht: Ich liebe ihn.

Oder würde es bald tun, wenn es jetzt noch nicht ganz zutraf. Es war nur eine Sache der Zeit. Wenn Richard ins Zimmer trat, stockte ihr der Atem. Sie dachte ständig an ihn. Und er brachte sie zum Lachen – ach, wie sehr er sie zum Lachen brachte.

Sie konnte ihn ebenfalls zum Lachen bringen. Und wenn es ihr gelang, tat ihr Herz einen Freudensprung.

Der Tag, an dem sie die Pächter besucht hatten, war zauberhaft gewesen, und sie wusste, dass er es auch gespürt hatte. Er hatte sie geküsst, als wäre sie ein unbezahlbarer Schatz – *nein*, dachte sie, nicht so. Das wäre kalt und gefühllos gewesen.

Richard hatte sie geküsst, als wäre sie Wärme, Licht und

Regenbogen in einem. Er hatte sie geküsst, als schiene die Sonne mit einem einzigen Lichtstrahl herab, und dieser Lichtstrahl war auf sie gerichtet, nur auf sie.

Es war vollkommen gewesen.

Pure Magie.

Und dann hatte er es kein zweites Mal getan.

Sie hatten die Tage miteinander verbracht, hatten gemeinsam Maycliffe erkundet. Er hatte ihr warm in die Augen gesehen, ihre Hand gehalten, sogar die zarte Haut an ihrem Handgelenk geküsst. Doch ihre Lippen hatte er nie mehr mit den seinen berührt.

Glaubte er etwa, dass ihr seine Annäherungen nicht willkommen wären? Glaubte er, es wäre noch zu früh? Wie konnte es zu früh sein? Zum Kuckuck, sie waren verheiratet. Sie war seine Frau.

Und warum erkannte er nicht, dass es ihr zu peinlich wäre, ihn deswegen zu befragen?

Also tat sie weiterhin so, als hielte sie das alles für normal. Viele Ehepaare schliefen in getrennten Zimmern. Falls ihre Eltern je im selben Bett geschlafen hatten, so wusste sie nichts davon.

Und dabei, dachte sie schaudernd, sollte es auch bleiben.

Aber selbst wenn Richard zu den Männern gehörte, die der Ansicht waren, dass Ehepaare in getrennten Zimmern schlafen sollten, würde er die Ehe doch sicher vollziehen wollen, oder? Ihre Mutter hatte gesagt, dass die Männer diese … Sache *gern* taten. Und Sarah hatte gesagt, dass sie auch Frauen gefallen könnte.

Die einzige Erklärung war, dass Richard sie nicht begehrte. Nur dass sie den Eindruck hatte, dass er es … vielleicht … doch tat.

Zweimal hatte sie ihn dabei ertappt, wie er sie mit einer

Glut betrachtete, dass ihr Puls zu rasen begann. Und heute Morgen hätte er sie beinahe geküsst. Dessen war sie sich sicher. Sie hatten den gewundenen Pfad zur Orangerie genommen, und sie war unterwegs gestolpert. Richard hatte sich umgedreht und sie aufgefangen, und sie war gegen ihn gefallen, an seine Brust.

So nah war sie ihm noch nie gewesen, und sie hatte aufgeblickt, ihm direkt in die Augen. Die Welt ringsum war versunken, und sie sah nichts mehr außer seinem geliebten Gesicht. Sein Kopf neigte sich zu ihr, sein Blick fiel auf ihre Lippen, sie seufzte ...

Und er tat einen Schritt zurück.

„Entschuldige bitte", hatte er gesagt, und dann setzten sie ihren Weg fort.

Doch der Morgen hatte seinen Zauber verloren. Ihre Gespräche, die so frei und leicht geworden waren, klangen auf einmal wieder gestelzt, und Richard berührte sie nicht, nicht einmal beiläufig. Nie legte er ihr die Hand auf den Rücken oder hängte sich bei ihr ein.

Eine andere Frau – eine, die mehr Erfahrung mit dem männlichen Geschlecht hatte oder Gedanken lesen konnte – hätte vielleicht verstanden, warum Richard sich so verhielt, doch Iris war völlig verwirrt.

Und enttäuscht.

Und traurig.

Sie stöhnte und wandte sich wieder dem Buch zu, das sie gerade las. Es war später Nachmittag, und sie hatte in der Bibliothek einen alten Roman von Sarah Gorely gefunden – vermutlich ein Kauf von einer von Richards Schwestern. Sie konnte sich nicht vorstellen, dass er je so etwas ausgesucht hätte. Der Roman war nicht sehr gut, aber melodramatisch, und vor allem lenkte er sie ab. Außerdem war das blaue Sofa im Salon überaus bequem. Der Stoff war gerade so weit abgenutzt, dass er weich war, aber nicht so weit, dass man ihn als zerschlissen hätte bezeichnen können.

Sie las gern im Salon. Das Nachmittagslicht war ausgezeichnet, und hier, im Herzen des Hauses, konnte sie sich beinahe einreden, dass sie hierher gehörte.

Es war ihr gelungen, sich ein Kapitel lang in der Geschichte zu verlieren, als sie auf dem Flur Schritte hörte, die nur von Richard stammen konnten.

„Wie geht es dir?", fragte er von der Tür und begrüßte sie mit einem höflichen Neigen des Kopfes.

Sie lächelte zu ihm auf. „Sehr gut, danke."

„Was liest du da?"

Iris hielt das Buch hoch, obwohl es unwahrscheinlich war, dass er den Titel durch das ganze Zimmer lesen könnte. „*Miss Truesdale und der stille Gentleman.* Es ist ein alter Roman von Sarah Gorely. Leider nicht ihr bester."

Er trat ganz ins Zimmer. „Von dieser Schriftstellerin habe ich noch nichts gelesen, aber ich glaube, sie ist ziemlich bekannt, richtig?"

„Ich glaube nicht, dass es dir gefallen würde."

Er lächelte – das warme, träge Lächeln, das über sein Gesicht zu schmelzen schien. „Lassen wir es doch auf einen Versuch ankommen."

Blinzelnd sah Iris auf das Buch in ihren Händen und streckte es ihm dann hin.

Er lachte fröhlich. „Ich kann es dir doch nicht wegnehmen."

Überrascht sah sie zu ihm auf. „Du möchtest, dass ich dir vorlese?"

„Warum nicht?"

Zweifelnd hob sie die Brauen. „Sag hinterher nicht, ich hätte dich nicht gewarnt", murmelte sie. Sie rückte auf dem Sofa ein

Stück zur Seite und versuchte dann die leise Enttäuschung zu unterdrücken, als er stattdessen auf dem Sessel gegenüber Platz nahm.

„Hast du es in der Bibliothek gefunden? Vermutlich hat Fleur es gekauft."

Iris nickte, markierte die Stelle im Buch, an der sie aufgehört hatte, und schlug dann die erste Seite auf. „Du hast das gesamte Gorely-Œuvre."

„Wirklich? Ich hatte keine Ahnung, dass meine Schwester so versessen auf diese Romane ist."

„Du hast mir doch erzählt, dass sie gern liest", bemerkte Iris. „Und Mrs. Gorelys Romane sind sehr beliebt."

„Das habe ich auch gehört", murmelte er.

Sie sah zu ihm hinüber, worauf er ihr mit einem königlichen Kopfnicken bedeutete, sie möge mit dem Vorlesen beginnen. „Erstes Kapitel", las sie. „*Miss Ivory Truesdale wurde an einem Mittwochnachmittag ...*" Sie sah noch einmal auf. „Willst du wirklich, dass ich dir das vorlese? Ich kann mir einfach nicht vorstellen, dass es dir gefällt."

Er betrachtete sie amüsiert. „Dir ist doch klar, dass du es nach all diesen Einwänden einfach lesen musst."

Iris schüttelte den Kopf. „Na gut." Sie räusperte sich. „*Miss Ivory Truesdale wurde an einem Mittwochnachmittag Waise, als ihr Vater von einem vergifteten Pfeil durchbohrt wurde, der dem Köcher eines ungarischen Meisterbogenschützen entstammte, der nur zu dem Zwecke nach England gebracht worden war, um sein grausiges und frühzeitiges Ende zu befördern.*"

Sie sah auf.

„Schrecklich", sagte Richard.

Iris nickte. „Es wird noch schlimmer."

„Ist das die Möglichkeit?"

„Ein paar Kapitel später findet der ungarische Bogenschütze *sein* frühzeitiges Ende."

„Lass mich raten. Ein Kutschenunfall."

„Viel zu harmlos", spottete Iris. „Das hat schließlich die Schriftstellerin geschrieben, die in einem anderen Buch eine Figur von Tauben zu Tode picken ließ."

Richard öffnete den Mund und klappte ihn wieder zu. „Tauben", sagte er schließlich und blinzelte mehrmals rasch hintereinander. „Erstaunlich."

Iris hob das Buch. „Soll ich weiterlesen?"

„Bitte sehr." Sein Gesicht zeigte den Ausdruck eines Mannes, der nicht weiß, ob er auf dem richtigen Weg ist.

Iris räusperte sich. *„Die nächsten sechs Jahre verstrich kein Mittwochnachmittag, an dem Ivory sich nicht an das geräuschlose Sausen des Pfeils erinnerte, der auf seinem Weg ins todgeweihte Herz ihres Vaters an ihrem Gesicht vorbeiflitzte."*

Richard murmelte etwas in sich hinein. Iris konnte die Worte nicht genau ausmachen, war sich aber sicher, dass *vergackeiern* darunter war.

„Jeder Mittwoch war die reinste Qual. Von ihrem kargen Bett aufzustehen verlangte ihr Energien ab, die sie selten besaß. Das Essen war ihr widerwärtig, ihre einzige Zuflucht war der Schlaf, wenn sie ihn denn finden konnte."

Richard schnaubte.

Iris sah auf. „Ja?"

„Nichts."

Sie wandte sich wieder dem Buch zu.

„Aber mal ehrlich", sagte er empört. „Mittwoch?"

Sie blickte wieder auf.

„Die Frau hat Angst vor Mittwochen?"

„Es scheint so."

„Nur vor Mittwochen."

Iris zuckte die Achseln.

„Was ist denn an Donnerstagen?"

„Das wollte ich gerade vorlesen."

Richard verdrehte ob dieser Impertinenz die Augen und bedeutete ihr mit einer Geste, sie möge weiterlesen.

Iris warf ihm einen betont geduldigen Blick zu, der ihm signalisieren sollte, dass sie sich auf eine weitere Unterbrechung gefasst machte. Er erwiderte ihren Blick mit ebenso viel Ironie, und sie wandte sich wieder ihrem Buch zu.

„Der Donnerstag brachte Hoffnung und Erneuerung, auch wenn man nicht behaupten konnte, dass Ivory Grund zur Hoffnung habe, genauso wenig, wie man sagen konnte, dass ihre Seele erneuert wurde. Ihr Leben in Miss Winchells Heim für Waisenkinder war bestenfalls öde und schlimmstenfalls bejammernswert."

„Öde ist vielleicht das erste passende Wort in diesem Roman", spöttelte Richard.

Iris hob die Augenbrauen. „Soll ich aufhören?"

„Ich bitte darum. Ich glaube nicht, dass ich noch mehr ertrage."

Iris unterdrückte ein Lächeln und kam sich ein winziges bisschen gemein vor, weil sie seine Bedrängnis genoss.

„Ich will aber trotzdem wissen, wie der ungarische Bogenschütze stirbt", fügte Richard hinzu.

„Das würde dir die Geschichte verderben", versetzte Iris und setzte eine strenge Miene auf.

„Irgendwie bezweifle ich das."

Iris lachte. Sie hatte es nicht vorgehabt, doch Richards Stimme hatte oft einen verschmitzten Unterton, der es nie verfehlte, sie zu amüsieren. „Also schön. Der Bogenschütze wird in den Kopf geschossen."

„Das ist nicht sonderlich interessant.“ Als er ihren Blick sah, fügte er hinzu: „Streng literarisch genommen, natürlich.“

„Die Waffe wird von einem Hund abgefeuert.“

Richard blieb der Mund offen stehen.

„Und hier haben wir einen weiteren stillen Gentleman“, sagte Iris mit überlegenem Lächeln.

„Nein, wirklich“, erklärte Richard. „Ich muss protestieren.“

„Bei wem?“

Das schien ihn zu verblüffen. „Ich weiß nicht“, erklärte er schließlich. „Dennoch muss protestiert werden.“

„Ich glaube nicht, dass der Hund *beabsichtigt* hat, ihn zu erschießen“, wandte sie ein.

„Du meinst, die Schriftstellerin kann die Motive des Hundes nicht offenlegen?“

Iris setzte eine betont ruhige Miene auf. „Dazu reicht nicht mal ihr Talent.“

Richard schnaubte.

„Ich habe dir doch gesagt, dass der hier nicht zu ihren besseren Romanen gehört.“

Richard schien nicht in der Lage, darauf zu antworten.

„Ich könnte dir noch aus einem ihrer anderen Bücher vorlesen“, sagte sie und machte sich nicht einmal die Mühe, ihre Belustigung zu verbergen.

„Bitte nicht.“

Iris brach in Gelächter aus.

„Wie ist es möglich“, meinte Richard, „dass sie eine der beliebtesten Schriftstellerinnen unserer Zeit ist?“

„Ich finde ihre Geschichten sehr unterhaltsam“, gab Iris zu. Und das stimmte auch. Sie waren nicht sehr gut geschrieben, aber sie hatten etwas an sich, was es einem unmöglich machte, das Buch wegzulegen.

„Vielleicht eine Flucht aus der Vernunft", spöttelte Richard. „Wie viele Romane hat Miss Gorely geschrieben? Oder sollte es Mrs. heißen?"

„Keine Ahnung." Iris sah auf die ersten und letzten Seiten. „Im Buch steht nichts über sie. Kein einziger Satz."

Er zuckte nonchalant die Achseln. „Das steht zu erwarten. Wenn du einen Roman schriebest, würde ich auch nicht wollen, dass du deinen richtigen Namen verwendest."

Iris sah auf, erschrocken von dem kurzen Schmerz hinter ihren Augen. „Du würdest dich für mich schämen?"

„Natürlich nicht", sagte er streng. „Aber ich würde nicht wollen, dass dein Ruhm in unser Privatleben eindringt."

„Du glaubst, ich würde berühmt werden?", platzte sie heraus.

„Natürlich." Er betrachtete sie unbewegt, als wäre dieser Schluss so offensichtlich, dass man darüber gar nicht zu debattieren brauchte.

Iris dachte darüber nach und bemühte sich, sich die Freude darüber nicht zu Kopf steigen zu lassen. Sie war sich ziemlich sicher, dass ihr das nicht gelang; sie spürte schon jetzt, wie ihre Wangen heiß wurden. Sie biss sich auf die Unterlippe; sie war so seltsam, diese Freude, die in ihr aufkeimte, nur weil er sie für ... weil er sie für ... nun ja, für klug hielt.

Und das Verrückte war, sie *wusste*, dass sie klug war. Sie brauchte seine Bestätigung nicht.

Mit schüchternem Lächeln sah sie zu ihm auf. „Dir würde es wirklich nichts ausmachen, wenn ich einen Roman schriebe?"

„Willst du denn einen Roman schreiben?"

Sie dachte kurz nach. „Eigentlich nicht."

Er lachte. „Warum führen wir dann dieses Gespräch?"

„Ich weiß nicht." Iris lächelte erst ihn an und dann in sich hinein. *Miss Truesdale und der stille Gentleman* lag immer noch auf ihrem Schoß. Sie hielt es hoch und fragte: „Soll ich weiterlesen?"

„Nein", sagte er nachdrücklich und erhob sich. Er streckte ihr die Hand hin. „Komm, gehen wir stattdessen ein wenig spazieren."

Iris legte ihre Hand in seine, versuchte dabei das freudige Prickeln zu ignorieren, das sie bei seiner Berührung überlief.

„Wie hat der Hund den Abzug betätigt?", fragte Richard. „Nein, sag es mir nicht, ich will es nicht wissen."

„Bist du sicher? Es ist nämlich ganz schön clever."

„Hast du vor, es unseren Jagdhunden beizubringen?"

„Wir haben Jagdhunde?"

„Natürlich."

Iris fragte sich, was sie über ihr neues Heim sonst noch alles nicht wusste. Jede Menge vermutlich. Sie brachte ihn auf dem Flur zum Stehen, blickte ihm in die Augen und sagte feierlich: „Ich verspreche dir, dass ich unseren Hunden nicht beibringe, wie sie eine Waffe abfeuern können."

Richard johlte vor Lachen, was mehr als einen Dienstboten veranlasste, den Kopf in den Flur zu stecken. „Du bist ein Schatz, Iris Kenworthy", sagte er und geleitete sie weiter Richtung Tür.

Ein Schatz, dachte Iris mit einer Spur Angst. Wirklich?

„Gefällt dir dein neuer Name?", erkundigte er sich müßig.

„Er kommt mir etwas leichter über die Lippen als Smythe-Smith", gab sie zu.

„Ich finde, er passt zu dir."

„Das möchte ich auch hoffen", murmelte sie. Es war schwer, sich einen sperrigeren Namen vorzustellen als den, mit dem sie geboren wurde.

Richard zog die schwere Vordertür von Maycliffe auf, und ein kalter Windstoß fegte herein. Iris schlang sofort die Arme um sich. Es war später, als sie gedacht hatte, und die Luft war ziemlich frostig. „Ich laufe schnell hoch und hole mir ein Schultertuch", sagte sie. „Es war dumm von mir, mir etwas Kurzärmeliges anzuziehen."

„Dumm? Oder optimistisch?"

Sie lachte. „Ich bin selten optimistisch."

„Wirklich?"

Iris war bereits halb die Treppe hinauf, als sie bemerkte, dass er ihr folgte.

„Ich habe, glaube ich, noch nie gehört, dass jemand sich mit einem so fröhlichen Lachen zum Pessimisten erklärt", meinte er.

„Eine Pessimistin bin ich auch nicht", erwiderte sie. Dachte sie zumindest. Sie lebte nicht in ständiger Erwartung von Katastrophen und Enttäuschungen.

„Weder Optimist noch Pessimist", sagte Richard, als sie oben ankamen. „Da frage ich mich doch, was bist du dann?"

„Eine Ehefrau jedenfalls nicht", murmelte sie.

Er erstarrte. „Was hast du gesagt?"

Iris schnappte erschrocken nach Luft über diese Bemerkung, die ihr ungewollt entschlüpft war. „Tut mir leid", stieß sie hervor. „Ich habe nicht …" Sie sah auf und wünschte sich dann, sie hätte es nicht getan. Er betrachtete sie mit unergründlicher Miene, und sie fühlte sich schrecklich. Verlegen, zornig, betrübt, ungerecht behandelt und vermutlich noch acht andere Dinge, denen sie lieber nicht so genau nachspüren wollte.

„Entschuldige bitte", murmelte sie und lief in ihr Zimmer davon.

„Warte doch!", rief er ihr nach.

Doch das tat sie nicht.

„Iris, warte!"

Sie lief weiter, so schnell sie nur konnte, ohne zu rennen. Doch dann stolperte sie – worüber, sah sie nicht – und konnte nur mühsam das Gleichgewicht halten.

Im nächsten Augenblick war Richard bei ihr, fasste sie stützend am Arm. „Geht es dir gut?"

„Ja", sagte sie knapp. Sie versuchte ihm den Arm zu entziehen, doch er hielt ihn fest. Beinahe hätte sie gelacht. Oder vielleicht auch geweint. Ausgerechnet *jetzt* wollte er sie berühren? Ausgerechnet *jetzt* ließ er sie nicht los?

„Ich muss mein Tuch holen", murmelte sie, doch inzwischen hatte sie keine Lust mehr auf einen Spaziergang. Am liebsten wäre sie ins Bett gekrochen und hätte sich die Decke über den Kopf gezogen.

Richard sah sie eine Weile an und gab sie dann frei. „Also schön", sagte er.

Sie versuchte zu lächeln, brachte es jedoch nicht fertig. Ihre Hände zitterten, und plötzlich war ihr übel.

„Iris", sagte er. In seinem Blick lag Besorgnis. „Geht es dir wirklich gut?"

Sie nickte, überlegte es sich dann anders und schüttelte den Kopf. „Vielleicht sollte ich mich lieber hinlegen."

„Natürlich", stimmte er zu, wie immer Gentleman. „Spazieren gehen können wir auch ein anderes Mal."

Sie versuchte es noch einmal mit dem Lächeln, scheiterte wieder und beschränkte sich stattdessen auf einen ruckartigen Knicks. Doch bevor sie davonlaufen konnte, nahm er ihren Arm aufs Neue, um sie in ihr Zimmer zu geleiten.

„Ich brauche keine Hilfe", sagte sie. „Es geht mir gut, wirklich."

„Aber *ich* würde mich dann besser fühlen."

Iris biss die Zähne zusammen. Warum musste er so *nett* sein?

„Ich lasse einen Arzt kommen“, sagte er, als sie über die Schwelle traten.

„Nein, bitte nicht.“ Lieber Himmel, was würde der Arzt bloß sagen? Dass ihr Herz gebrochen war? Dass sie verrückt war zu glauben, ihr Ehemann würde sich je etwas aus ihr machen?

Mit einem Seufzer ließ er ihren Arm los und betrachtete sie forschend. „Iris, irgendetwas ist doch los.“

„Ich bin einfach müde.“

Er sagte nichts, sah sie nur ruhig an, und sie wusste, was er dachte. Im Salon hatte sie noch kein bisschen müde gewirkt.

„Es wird schon wieder“, versicherte sie ihm, erleichtert, dass ihre Stimme allmählich wieder ihren üblichen nüchternen Klang annahm. „Ich verspreche es.“

Er presste die Lippen zusammen. Iris sah, dass er nicht recht wusste, ob er ihr glauben sollte. Schließlich sagte er: „Also gut“, legte die Hände sanft auf ihre Schultern und beugte sich herab …

Um sie zu küssen! Iris hielt den Atem an, schloss in einem verblendeten Augenblick des Entzückens die Augen und hob das Gesicht zu seinem. Sie sehnte sich danach, seine Lippen auf den ihren zu spüren, die heiße Berührung seiner Zunge an ihren Mundwinkeln.

„Richard“, flüsterte sie.

Seine Lippen berührten ihre Stirn. Es war kein feuriger Kuss.

Gedemütigt riss sie sich von ihm los, drehte sich zur Wand, zum Fenster, Hauptsache, weg von ihm.

„Iris …“

„Bitte“, sagte sie erstickt, „geh einfach weg.“

Er sagte nichts, verließ aber auch nicht das Zimmer. Sie hätte seine Schritte gehört. Sie hätte seine Abwesenheit gespürt.

Sie schlang sich die Arme um den Leib und flehte ihn wortlos an, ihr zu gehorchen.

Was er dann auch tat. Sie hörte, wie er sich umdrehte, hörte seine Schritte auf dem Teppich. Sie bekam, was sie wollte, worum sie gebeten hatte, doch irgendwie war es völlig falsch. Sie wollte es verstehen. Sie wollte es *wissen*.

Sie wirbelte herum.

Er blieb stehen, die Hand schon auf dem Türknauf.

„Warum?“, fragte sie gebrochen. „Warum?“

Er drehte sich nicht um.

„Tu nicht so, als hättest du mich nicht gehört.“

„Mache ich ja nicht“, sagte er ruhig.

„Dann tu nicht so, als verstündest du die Frage nicht.“

Sie starrte auf seinen Rücken, sah, wie seine Haltung noch steifer wurde. Die Hand an seiner Seite krampfte sich zusammen, und wenn sie auch nur eine Spur Vernunft besäße, würde sie ihn nicht so bedrängen. Doch sie hatte es satt, dauernd vernünftig zu sein, und so sagte sie: „Du hast mich ausgesucht. Von allen Londoner Frauen hast du mich ausgesucht.“

Ein paar Augenblicke regte er sich nicht. Dann schloss er mit ganz präzisen Bewegungen die Tür und drehte sich zu ihr um. „Du hättest mich abweisen können.“

„Wir beide wissen, dass das nicht stimmt.“

„Bist du denn so unglücklich?“

„Nein“, sagte sie, denn das war sie nicht. „Aber das hebt die elementare Wahrheit nicht auf, auf die unsere Ehe gründet.“

„Die elementare Wahrheit“, wiederholte er und klang dabei so dumpf, wie sie es bei ihm noch nie gehört hatte.

Iris wandte sich ab. Es fiel ihr zu schwer, ihren Mut zusammenzunehmen, wenn sie dabei sein Gesicht sah. „Warum hast du mich geheiratet?“, stieß sie hervor.

„Ich habe dich kompromittiert.“

„*Nachdem* du mir einen Antrag gemacht hattest", fuhr sie ihn an, selbst verblüfft von ihrer Ungeduld.

Als er dann antwortete, klang seine Stimme eisern beherrscht. „Die meisten Frauen würden einen Heiratsantrag als etwas *Gutes* bezeichnen."

„Meinst du damit, ich solle mich glücklich schätzen?"

„Das habe ich nicht gesagt."

„Warum hast du mich geheiratet?"

„Weil ich es wollte", sagte er und zuckte die Achseln. „Und du hast Ja gesagt."

„Mir ist ja gar keine andere Wahl geblieben!", platzte sie heraus. „Dafür hast du schon gesorgt."

Richards Hand schoss nach vorn und umfasste ihr Handgelenk. Es tat nicht weh, dazu war Richard viel zu sanft. Aber es war klar, dass sie nicht entkommen konnte.

„Wenn du eine andere Wahl gehabt *hättest*", sagte er, „wenn deine Tante nicht gekommen wäre, wenn keiner meine Lippen auf deinen gesehen hätte …" Er hielt inne, und das Schweigen war so schwer und angespannt, dass sie aufblicken musste.

„Sag mir, Iris", fragte er leise, „kannst du sagen, dass deine Antwort anders ausgefallen wäre?"

Nein.

Sie hätte um etwas mehr Zeit gebeten. Sie *hatte* um mehr Zeit gebeten. Am Ende jedoch hätte sie den Antrag angenommen. Das wussten sie beide.

Der Druck seiner Hand lockerte sich ein wenig, es fühlte sich beinahe wie eine Liebkosung an. „Iris?"

Er würde ihr nicht erlauben, die Frage zu ignorieren. Aber sie würde ihre Antwort nicht laut aussprechen. Rebellisch starrte sie ihn an, die Zähne so fest zusammengebissen, dass sie bebte. Sie würde nicht klein beigeben. Sie wusste nicht, warum es so wichtig war, dass sie die Frage nicht beantwortete, aber es fühlte sich an, als stünde ihr ureigenstes Seelenheil auf dem Spiel.

Ihr Seelenheil.

Ihr *ureigenstes* Seelenheil.

Lieber Himmel, sie war ja schon so schlimm wie die fiktive Miss Truesdale. Stellte das die Liebe mit einem an? Verwandelte sie das Gehirn in melodramatischen Blödsinn?

Ihrer Kehle entrang sich ein schmerzliches Lachen. Es klang schrecklich, bitter und verletzt.

„*Lachst* du etwa?“, fragte Richard.

„Anscheinend.“ Iris konnte es selbst kaum glauben.

„Warum um alles in der Welt?“

Sie zuckte die Achseln. „Ich weiß nicht, was ich sonst tun soll.“

Er starrte sie an. „Vorhin hatten wir noch einen vollkommen angenehmen Nachmittag.“

„Hatten wir“, stimmte sie zu.

„Warum bist du wütend?“

„Ich bin mir nicht mal sicher, ob ich es bin.“

Wieder starrte er sie ungläubig an.

„Schau mich an“, sagte Iris, und ihre Stimme wurde vor Erregung immer lauter. „Ich bin Lady Kenworthy und weiß kaum, wie es dazu kam.“

„Du hast vor einem Pfarrer gestanden und …“

„Sei nicht so gönnerhaft“, fuhr sie ihn an. „Warum hast du die Hochzeit erzwungen? Wozu diese große Eile?“

„Spielt es eine Rolle?“, versetzte er.

Sie trat einen Schritt zurück. „Ja“, sagte sie ruhig. „Ja, ich glaube schon.“

„Du bist meine Frau“, sagte er mit loderndem Blick. „Ich habe dir Treue und Unterstützung gelobt. Ich habe dir all meine weltlichen Besitztümer zu Füßen gelegt, ich habe dir meinen Namen gegeben."

Iris hatte ihn noch nie so zornig erlebt, hatte sich seinen Körper nie so angespannt vor Wut vorgestellt. Es juckte sie in der Hand, ihn zu schlagen, doch sie weigerte sich, sich auf diese Weise zu erniedrigen.

„Warum ist es wichtig, wie es passiert ist?", schloss Richard.

Iris lagen die Worte schon auf den Lippen, doch sie hielt inne, als sie hörte, wie brüchig seine Stimme war. Etwas stimmte nicht. Sie zwang sich, ihm ins Gesicht zu sehen, sah ihm mit kompromissloser Intensität in die Augen.

Sein Blick hielt dem ihren stand … und glitt dann beiseite.

15. Kapitel

Er war wirklich ein ganz übler Schuft.

Richard wusste es, aber er wandte sich trotzdem zur Tür. Er könnte ihr die Wahrheit sagen. Er hatte keinen Grund, es nicht zu tun, abgesehen von seiner Selbstsucht und seiner Feigheit. Und, verdammt, er wollte einfach noch ein paar Tage haben, bevor sich ihr Missvergnügen in ausgesprochenen Hass verwandelte. War das wirklich zu viel verlangt?

„Ich verlasse dich jetzt", sagte er steif. Und das hätte er auch. Wenn nichts passiert wäre, wenn sie nicht noch etwas gesagt hätte, hätte er die Tür geöffnet und wäre in den anderen Teil des Hauses gestapft. Dort hätte er sich mit einer Flasche Branntwein in einem Zimmer mit so dicken Wänden eingeschlossen, dass er sie nicht weinen hören konnte.

Aber dann, gerade als er den Türknauf drehen wollte, hörte er sie flüstern: „Habe ich etwas falsch gemacht?"

Seine Hand erstarrte in der Bewegung. Doch sein Arm zitterte.

„Ich weiß nicht, was du meinst." Aber natürlich wusste er genau, was sie meinte.

„Es ist … ich …"

Er zwang sich dazu, sich umzudrehen. Lieber Himmel, es tat *weh*, sie so zu sehen, so verlegen und schmerzerfüllt. Sie brachte den Satz nicht heraus, und wenn er ein richtiger Mann wäre, würde er einen Weg finden, um ihr diese Demütigung zu ersparen.

Er schluckte, suchte nach Worten, von denen er wusste, dass

sie nicht reichen würden. „Du bist alles, was ich mir von einer Frau nur wünschen kann.“

Doch ihr Blick war misstrauisch.

Er atmete tief durch. So konnte er sie nicht zurücklassen. Er ging zu ihr und ergriff ihre Hand. Wenn er sie zu den Lippen führte, wenn er sie küsste, würde sie vielleicht …

„Nein!“ Sie riss ihre Hand zurück, und ihre Stimme war ebenso wund wie ihr Blick. „Ich kann nicht klar denken, wenn du das tust.“

Unter normalen Umständen hätte ihn ein solches Geständnis entzückt.

Iris wandte den Blick ab, schloss für einen Moment die Augen. „Ich verstehe dich nicht“, sagte sie sehr leise.

„Musst du das denn?“

Sie sah auf. „Was ist denn das für eine Frage?“

Er zuckte die Achseln, um Lässigkeit bemüht. „Ich verstehe auch niemanden.“ Am wenigsten sich selbst.

Sie sah ihn so lange an, dass er gegen das Bedürfnis ankämpfen musste, von einem Fuß auf den anderen zu treten. „Warum hast du mich geheiratet?“, fragte sie schließlich.

„Hatten wir dieses Gespräch nicht eben schon?“

Unversöhnlich presste sie die Lippen zusammen und antwortete nicht. Sie schwieg so lange, dass er sich gedrängt fühlte, die Stille zu durchbrechen.

„Du weißt, warum ich dich geheiratet habe“, sagte er, ohne sie anzusehen.

„Nein, ich weiß es wirklich nicht.“

„Ich habe dich kompromittiert.“

Sie warf ihm einen vernichtenden Blick zu. „Wir wissen beide, dass es lange davor angefangen hat.“

Er versuchte, sich auszurechnen, wie lang er noch Unkenntnis vorschützen könnte.

„Ach, zum Kuckuck noch mal, Richard, bitte beleidige meine Intelligenz nicht. Du hast mich an dem Abend doch einzig und allein deswegen geküsst, damit meine Tante uns sieht. Es ist erniedrigend für mich, wenn du etwas anderes behauptest."

„Ich habe dich geküsst", sagte er empört, „weil ich es wollte." Es war die Wahrheit. Nicht die ganze Wahrheit, aber doch ein Teil davon.

Doch Iris schnaubte nur ungläubig. „Vielleicht, aber die Frage ist doch, *warum* du es wolltest."

Lieber Himmel. Er fuhr sich durchs Haar. „Warum will ein Mann eine Frau küssen?"

„Woher soll ich das denn wissen?" Sie spie ihm die Frage förmlich entgegen. „Mein Ehemann findet mich schließlich abstoßend."

Er trat einen Schritt zurück, so schockiert, dass ihm die Worte fehlten. Doch er wusste, dass er etwas sagen musste, und so stieß er hervor: „Sei doch nicht albern."

Es war das Falsche. Ihre Augen weiteten sich vor Empörung, und sie machte auf dem Absatz kehrt und entfernte sich von ihm.

Doch er war schneller und hielt sie am Handgelenk fest. „Ich finde dich nicht abstoßend."

Sie tat es mit einem raschen Blick ab. „Ich mag nicht über deine Erfahrung verfügen, aber ich weiß, was zwischen Eheleuten passieren sollte. Und ich weiß, dass wir nicht …"

„Iris", unterbrach er sie, verzweifelt bemüht, dem Ganzen ein Ende zu bereiten, „du regst dich nur unnötig auf."

In ihrem Blick loderte eiskalter Zorn, und sie entriss ihm ihre Hand. „Sei nicht so gönnerhaft!"

„Bin ich doch gar nicht."

„Doch."

Er war es. Natürlich war er es.

„Iris", begann er.

„Ziehst du Männer vor? Ist es das?"

Ihm blieb der Mund offen stehen, und er hätte Luft geholt, wenn er nicht das Gefühl gehabt hätte, dass ihm jemand in den Magen geboxt hatte und seine Kehle nicht länger mit seinem Bauch in Verbindung stand.

„Denn wenn es so ist …"

„Nein!" Er schrie es förmlich. „Woher weißt du überhaupt von diesen Dingen?"

Sie warf ihm einen ausdruckslosen Blick zu, und er hatte den unbehaglichen Eindruck, dass sie zu entscheiden versuchte, ob sie ihm glauben sollte. „Ich kenne jemanden", sagte sie schließlich.

„Du *kennst* jemanden?"

„Nun ja, ich habe von ihm gehört", murmelte sie. „Der Bruder einer Kusine."

„Ich ziehe Männer nicht vor", erklärte Richard angespannt.

„Es wäre mir fast lieber", murmelte sie und wandte den Blick ab. „Zumindest wäre das eine Erklärung für …"

„Genug!", schrie Richard. Lieber Himmel, was sollte er noch alles ertragen? Er zog Männer nicht vor, und er begehrte seine Frau. Und zwar nicht wie ein Gentleman. Wenn er irgendjemand anders wäre als er selbst, würde er ihr das auch deutlich machen, auf jede nur erdenkliche Weise.

Er trat näher. So nah, dass sie sich unbehaglich fühlte. „Du glaubst, ich fände dich abstoßend?"

„I…ich weiß nicht", flüsterte sie.

„Erlaube mir, es zu demonstrieren." Er umfasste ihr Gesicht und senkte seine Lippen, mit all den Qualen, die in seinem Herzen brannten, auf ihre. Die ganze letzte Woche hatte er damit zugebracht, seine Frau zu begehren, hatte sich all die köstlichen Dinge vorgestellt, die er mit ihr anstellen wollte, wenn er sie endlich mit in sein Bett nehmen durfte. Es war eine Woche der Verleugnung, der Qual, der Bestrafung seines Körpers auf primitivste Weise gewesen, und er war an seine Grenzen gestoßen.

Auch wenn er nicht alles tun könnte, was er wollte, er würde sie den Unterschied zwischen Begehren und Verachtung lehren, bei Gott.

Seine Lippen bemächtigten sich ihrer, leckten, schmeckten, verzehrten. Es war, als wäre sein ganzes Leben in diesen Kuss geflossen; wenn er die Verbindung jetzt unterbrach, und sei es für einen kurzen Moment, und sei es, um zu atmen, würde sich alles auflösen.

Das Bett. Mehr konnte er nicht denken, obwohl er wusste, dass es ein Fehler war. Er musste sie ins Bett kriegen. Er musste sie unter sich spüren, ihrem Körper seinen Stempel aufdrücken.

Sie gehörte ihm. Das musste sie erfahren.

„Iris", stöhnte er an ihren Lippen. „Meine Frau."

Er stupste sie, damit sie einen Schritt zurück tat, dann noch einmal, bis sie vor dem Bett stand. Sie war so schmal, so ein schmächtiges kleines Ding, doch sie erwiderte seinen Kuss mit einem Feuer, das sie beide zu verzehren drohte.

Niemand sonst wusste, was hinter ihrem ruhigen Äußeren verborgen lag. Und er schwor sich, dass es auch niemand erfahren würde. Andere bekamen vielleicht ihr atemberaubendes Lächeln zu sehen oder eine Kostprobe ihres verschmitzten, subtilen Witzes, aber *das* hier …

Das hier gehörte ihm.

Er griff hinter sie und umfasste ihr entzückendes Hinterteil. „Du bist vollkommen", flüsterte er ihr zu. „Genau richtig in meinen Armen."

Ihre einzige Antwort bestand in einem erhitzten Stöhnen. Mit einer unglaublich schnellen Bewegung hob er ihren Rock an und hob sie hoch, sodass ihre Hüften auf derselben Höhe waren wie die seinen. „Schling die Beine um mich“, befahl er.

Sie tat es, und es wäre beinahe sein Untergang gewesen.

„Spürst du das?“, keuchte er und presste seine harte Männlichkeit fest an sie.

„Ja“, sagte sie verzweifelt.

„Wirklich? Wirklich?“

Er spürte, wie sie nickte, doch er ließ nicht nach mit dem Druck, bis sie noch einmal flüsterte: „Ja.“

„Wirf mir nie wieder vor, dass ich dich nicht begehre.“

Sie rückte ein Stück von ihm ab. Nicht mit den Hüften, die hielt er viel zu fest umklammert, doch sie bog den Kopf nach hinten, gerade so weit, dass er ihr in die Augen blicken musste.

Blau. Sehr blass, aber auch sehr blau. Und sehr verwirrt.

„Du kannst mir viele Dinge vorwerfen“, knurrte er, „aber das niemals.“

Er ließ sich mit ihr aufs Bett fallen, genoss das leise Keuchen, das ihr entschlüpfte, als er auf ihr zu liegen kam.

„Du bist schön“, flüsterte er und schmeckte die salzige Haut unterhalb eines Ohrs.

„Du bist exquisit“, murmelte er und fuhr mit der Zunge die Kurve ihres Halses entlang.

Seine Zähne fanden den gebogten Rand ihres Mieders, und er machte kurzen Prozess mit dem Kleidungsstück, zerrte es herunter, bis er durch das dünne Seidenhemd ihre überraschend üppigen Brüste sah. Er umfasste sie, wog sie in den Händen, und sie erschauerte vor Begierde.

„Du gehörst mir“, sagte er, beugte sich über sie und nahm eine Brustspitze zwischen die Lippen.

Er küsste sie durch die Seide, und als ihm das nicht mehr

reichte, küsste er ihre Haut. Heiße Befriedigung überrollte ihn, als er die dunkle Röte ihrer Brustspitze sah.

„Hier bist du nicht blass", sagte er und ließ die Zunge aufreizend um die Nippel kreisen.

Keuchend stieß sie seinen Namen aus, doch er lachte nur. „Du bist so blass", sagte er heiser und strich mit der Hand an ihrem Bein nach oben. „Das ist mir an dir als Erstes aufgefallen. Dein Haar ..."

Er nahm eine dicke Locke und kitzelte sie damit am Brustkorb.

„Deine Augen ..."

Er beugte sich über sie und streifte ihre Schläfe mit den Lippen.

„Deine Haut ..."

Das sagte er mit einem Stöhnen, weil er ihre Haut direkt vor sich hatte, milchweiß und glatt, in starkem Kontrast zu ihrer rosaroten Brustspitze.

„Welche Farbe du wohl da hast?", murmelte er und strich ihr über den Oberschenkel. Sie zitterte und stieß einen Seufzer der Lust aus, als er mit einem Finger über die intime Kuhle strich, wo der Oberschenkel auf die Hüfte traf.

„Was machst du mit mir?", flüsterte sie.

Er lächelte anzüglich. „Ich verführe dich." Und dann ritt ihn der Schalk, und er beugte sich zu ihr herunter, bis seine Lippen warm an ihrem Ohr waren, und sagte: „Ich hätte gedacht, dass das offensichtlich wäre."

Sie stieß ein überraschtes Kichern aus. Als er ihre Miene sah, musste er grinsen. „Ich kann nicht glauben, dass ich eben gelacht habe", sagte sie, eine Hand vor den Mund geschlagen.

„Warum denn nicht?", fragte er schleppend. „Das hier soll doch Spaß machen."

Sie öffnete den Mund, brachte aber keinen Ton heraus.

„*Ich* jedenfalls habe Spaß."

Iris lachte erstaunt auf.

„Und du?"

Sie nickte.

Er tat, als ließe er sich das durch den Kopf gehen. „Das überzeugt mich nicht."

Sie hob die Augenbrauen. „Nein?"

Langsam schüttelte er den Kopf. „Du hast noch viel zu viele Kleider an, um es wirklich zu genießen."

Sie sah an sich herab. Ihr Kleid war nach unten geschoben und teilweise nach oben gerafft – sie wirkte durch und durch verworfen.

Sie gefiel ihm so, erkannte er. Er wollte sie auf keinem Podest. Er wollte sie zerzaust und erdnah, unter sich und vor Lust errötet. Wieder brachte er die Lippen an ihr Ohr. „Es wird noch besser."

Die Verschlüsse ihres Kleids waren bereits gelöst, es bedurfte keiner großen Mühen mehr, es ihr ganz auszuziehen.

„Das hier muss auch weg", sagte er und fasste ihr Hemd am Saum.

„Aber du …"

„Ich bin noch ganz angekleidet, ich weiß", sagte er mit leisem Lachen. „Dagegen werden wir wohl auch noch etwas unternehmen müssen." Er setzte sich auf, blieb aber immer noch rittlings über ihr, und streifte sich Rock und Krawattentuch ab. Sein Blick blieb auf ihr Gesicht geheftet. Er sah, wie sie sich die Lippen mit der Zunge befeuchtete, und dann biss sie sich auf die Unterlippe, als wäre sie wegen irgendetwas nervös oder versuchte, zu einer Entscheidung zu kommen.

„Sag mir, wie du es haben willst", verlangte er.

Ihr Blick wanderte von seinem Oberkörper zu seinem Gesicht und dann wieder zurück, und dann streckte sie die zitternden Finger nach den Knöpfen an seiner Weste aus. Richard sog den Atem ein.

„Ich will dich sehen“, wisperte sie.

Mit jeder Faser seines Körpers verlangte es ihn danach, ihr die letzten Kleider vom Leib zu reißen, doch er zwang sich, sich nicht zu bewegen, und bis auf das Heben und Senken seiner Brust reglos dazusitzen. Er war wie hypnotisiert von ihren kleinen Händen, die sich zittrig und ungeschickt an seinen Knöpfen zu schaffen machten. Sie brauchte unendlich lang; sie brachte die Knöpfe kaum durch die Knopflöcher.

„Tut mir leid“, sagte sie verlegen. „Ich …“

Er bedeckte ihre Hand mit seiner. „Entschuldige dich nicht.“

„Aber …“

„Entschuldige …“

Sie sah auf.

Er versuchte zu lächeln. „… dich nicht.“

Gemeinsam bezwangen sie die Knöpfe, und bald darauf zog Richard sich das Hemd über den Kopf.

„Du bist schön“, flüsterte sie. „Ich habe noch nie einen Mann gesehen. Nicht so.“

„Das möchte ich auch hoffen“, versuchte er zu scherzen, doch dann legte sie ihm die Hände auf die Brust, und auf einmal hatte er das Gefühl, als würde ihm aller Atem aus dem Körper gesogen. „Was machst du mit mir?“, keuchte er und ließ sich wieder auf sie sinken. Er hoffte, ihr sei nicht aufgefallen, dass er die Breeches nicht abgelegt hatte.

Er konnte nicht. Er war dem Feuer ohnehin schon näher gekommen, als gut für ihn war. Irgendwo in den fieberhaften Windungen seines Gehirns wusste er, dass er es nicht überstehen würde, wenn er auch diese letzte Barriere entfernte.

Er würde sie nehmen. Sie wirklich zur seinen machen.

Und das konnte er nicht.

Noch nicht.

Aber er konnte auch nicht von ihr lassen. Sie war die Versuchung selbst, wie sie da unter ihm lag, aber das war es nicht, was ihn an ihrer Seite hielt.

Er konnte sich nicht nehmen, was er so verzweifelt begehrte, aber er konnte es ihr schenken.

Sie hatte es verdient.

Und etwas in ihm sagte ihm, dass ihr Genuss ihn möglicherweise fast genauso befriedigen würde wie sein eigener.

Er rollte sich auf die Seite, zog sie dabei mit sich und nahm ihre Lippen mit einem weiteren brennenden Kuss in Besitz. Sie hatte die Hände in seinem Haar, dann an seinem Rücken, und als er küssend an ihrem Hals abwärts wanderte, spürte er ihren Puls. Sie war so erregt, vielleicht sogar so sehr wie er. Sie mochte noch Jungfrau sein, doch bei Gott, er würde ihr Lust verschaffen.

Er ließ die Hand tiefer gleiten, teilte sanft ihre Schenkel und legte sie über ihren Venushügel. Iris versteifte sich, doch er blieb geduldig, und nach einem Moment sanften Streichelns entspannte sie sich so weit, dass er in ihren Schoß eintauchen konnte.

„Schschsch“, hauchte er an ihrem Gesicht. „Lass mich das für dich tun.“

Sie nickte ruckartig, obwohl er sich ziemlich sicher war, dass sie keine Ahnung hatte, was „das“ war. Das Vertrauen, das sie in ihn setzte, machte ihn ganz ehrfürchtig, und er versuchte, all die Gründe aus seinen Gedanken zu verbannen, warum er das nicht verdient hatte.

Er ließ sanfte Küsse auf ihr Gesicht regnen, während seine Finger in ihrem Inneren ihren Zauber wirkten. Sie fühlte sich so gut an, warm, feucht, weiblich. Er konnte kaum noch an sich halten, doch er ignorierte es, küsste sie leidenschaftlich und flüsterte: „Fühlt sich das gut an?"

Sie nickte noch einmal, und ihr Blick war vor Begierde beinahe konfus.

„Vertraust du mir?"

„Ja", flüsterte sie, und er glitt an ihrem Körper hinab, hielt an jeder Brust einmal inne, ehe er sich noch weiter nach unten begab.

„Richard?" Ihre Stimme klang panisch, kaum lauter als ein Hauch.

„Vertrau mir", murmelte er warm an ihrem Bauch.

Sie krallte die Hände in die Laken neben sich, doch sie hielt den sinnlichen Fortgang nicht auf.

Da küsste er sie, direkt auf ihre Mitte, liebkoste sie mit Lippen und Zunge. Seine Hände schoben sich über ihre Oberschenkel, um den Weg freizuhalten für die erotische Invasion.

Sie begann sich unter ihm zu winden, er küsste sie drängender, schob einen Finger in sie und stöhnte vor Begierde, als er spürte, wie sich ihre Muskeln um ihn schlossen. Er musste einen Augenblick innehalten, um sich zu sammeln. Als er sie erneut zu küssen begann, drängte sie sich gegen ihn, bäumte sich vor Lust vom Bett auf.

„Ich lass dich nicht los", sagte er, glaubte aber nicht, dass sie ihn gehört hatte. Er zog ihre Beine weiter auseinander, und er küsste, saugte und leckte, bis sie seinen Namen schrie und zerbarst.

Und er küsste sie immer noch, blieb bei ihr, bis sie in die Realität zurückkehrte.

„Richard", keuchte sie, schlug dabei wie wild auf das Bett. „Richard ..."

Er glitt an ihr nach oben, hielt sich über ihr, um ihr in das vor Leidenschaft erhitzte Gesicht zu blicken.

„Warum hast du das getan?“, flüsterte sie.

Er schenkte ihr ein träges Lächeln. „Hat es dir nicht gefallen?“

„Ja, aber …“ Sie blinzelte rasch, wusste offenbar nicht, was sie sagen sollte.

Er legte sich neben sie und küsste sie aufs Ohr. „Hat es dir gefallen?“

Ihre Brust hob und senkte sich mehrere Male, ehe sie antwortete: „Ja, aber du …“

„Ich habe es sehr genossen“, unterbrach er sie. Und dem war auch so, auch wenn er jetzt schrecklich frustriert war.

„Aber du … du …“ Sie fasste an seinen Hosenbund. Er wusste nicht, ob ihr vor Leidenschaft die Worte fehlten oder ob es ihr einfach zu peinlich war, derartige Intimitäten auszusprechen.

„Schschsch.“ Er legte ihr einen Finger auf die Lippen. Er wollte nicht darüber reden.

Er wollte nicht mal darüber nachdenken.

Er hielt sie in den Armen, bis sie einschlief. Und dann schlüpfte er aus dem Bett und stolperte in sein Zimmer.

In ihrem Bett konnte er nicht einschlafen. Er wusste nicht, ob er sich würde beherrschen können, wenn er in ihren Armen erwachte.

16. Kapitel

Kurz vor dem Abendessen erwachte Iris, wie sie immer erwachte – langsam und mit schweren Lidern. Sie fühlte sich herrlich träge, ihre Glieder waren schwer vom Schlaf und mehr … etwas Sinnlichem und Wunderbarem. Sie rieb mit den Füßen über die Laken und fragte sich, ob sie sich auch vorher schon so seidig angefühlt hatten. Die Luft war süß, wie von frischen Blumen und etwas anderem, etwas Erdigem, Saftigem. Sie atmete tief ein, füllte die Lungen, während sie sich auf die Seite drehte, und grub das Gesicht ins Kissen. Sie konnte sich nicht entsinnen, je so gut geschlafen zu haben. Sie fühlte …

Plötzlich riss sie die Augen auf.

Richard.

Sie sah sich im Zimmer um. Wo war er?

Das Laken an den nackten Körper gepresst, setzte Iris sich auf und richtete die Aufmerksamkeit auf die andere Seite des Betts. Wie spät war es? Wann war er gegangen?

Sie starrte auf das andere Kissen. Was erwartete sie dort eigentlich? Einen Abdruck seines Gesichts?

Was hatten sie getan? Er hatte …

Sie hatte …

Aber er hatte eindeutig *nicht* …

Gequält schloss sie die Augen. Sie wusste einfach nicht, was los war. Sie *verstand* es nicht.

Er konnte die Ehe nicht vollzogen haben, er hatte sich ja nicht mal die Breeches ausgezogen. Auch wenn sie ziemlich unwissend war, was die Gepflogenheiten im Ehebett betraf, so viel wusste sie dann doch.

Ihr knurrte der Magen und erinnerte sie daran, dass seit der letzten Mahlzeit zu viel Zeit verstrichen war. Lieber Himmel, war sie hungrig. Wie spät war es? Hatte sie das Dinner verpasst?

Sie blickte zum Fenster, versuchte zu erkennen, wie spät es war. Jemand hatte die schweren Samtvorhänge zugezogen. Vermutlich Richard, dachte sie, da eine Ecke hängen geblieben war. Ein Zimmermädchen hätte den Vorhang nie so unordentlich gelassen.

Draußen war es dunkel, aber vielleicht noch nicht stockdunkel, und … ach, *zum Kuckuck*. Sie konnte genauso gut aufstehen und hinausschauen.

Mit leisem Ächzen zog sie das Laken unter sich heraus, damit sie sich hineinwickeln konnte. Sie wusste nicht, *warum* sie derart versessen darauf war, die Uhrzeit zu erfahren, aber die Antwort darauf würde sie auch nicht bekommen, wenn sie auf das winzige Stück Fenster starrte, das hinter dem unordentlichen Vorhang hervorblitzte.

Sie verhedderte sich in dem Laken und stolperte ans Fenster. Draußen schien der Mond. Er war nicht ganz voll, aber schon groß genug, um der Luft ein perlmuttartiges Schimmern zu verleihen. Die Nacht war auf alle Fälle schon angebrochen. Wie lange hatte sie geschlafen?

„Ich war nicht mal müde“, brummte sie.

Sie zog das Laken noch enger um sich und verzog das Gesicht, als sie bemerkte, wie schwer ihr das Gehen dadurch wurde. Aber sie wickelte das Laken nicht neu – das wäre viel zu vernünftig gewesen. Stattdessen hoppelte und hüpfte sie zum Kamin, auf dessen Sims eine Uhr stand. Sie drehte sie ein wenig, damit sie mehr im Mondlicht stand, das durch das Fenster kam. Beinahe halb zehn. Das bedeutete, sie hatte ... was ... drei Stunden geschlafen? Vier?

Um das zu wissen, müsste sie erst wissen, wie viel Zeit sie mit Richard bei ... dieser Sache verbracht hatte.

Sie erschauerte. Zwar war ihr nicht kalt, aber sie erschauerte.

Sie musste sich anziehen. Sie musste sich anziehen, und dann brauchte sie etwas zu essen, und ...

Die Tür ging auf.

Iris kreischte.

Genau wie das Dienstmädchen in der Tür.

Aber nur eine von beiden war eingewickelt wie eine Mumie, und so ging auch nur Iris zu Boden.

„Oh, Mylady!“, rief das Dienstmädchen. „Das tut mir ja so schrecklich leid!“ Sie eilte herbei, streckte die Hand aus, zog sie wieder zurück, offenbar unsicher, wie man sich richtig verhielt, wenn vor einem die halb nackte Gattin eines Barons auf dem Boden lag.

Iris hätte beinahe um Hilfe gebeten, entschied sich dann aber dagegen. Sie bettete sich mit so viel Haltung auf den Boden, wie sie nur konnte, sah zu dem Dienstmädchen hoch und versuchte eine möglichst kühle, würdevolle Miene aufzusetzen.

In diesem Augenblick, dachte sie, war sie ihrer Mutter wohl ziemlich ähnlich.

„Ja?“, fragte sie.

„Ähm ...“ Das Dienstmädchen – das sich höchst unbehaglich zu fühlen schien, anders konnte man es wirklich nicht beschreiben – knickste ungeschickt. „Sir Richard lässt anfragen, ob Sie das Dinner in Ihrem Zimmer serviert haben möchten.“

Iris nickte königlich. „Das wäre angenehm, vielen Dank.“

„Wünschen Sie irgendetwas Bestimmtes?“, fragte das

Dienstmädchen. „Die Köchin hat Fisch zubereitet, aber wenn das nicht nach Ihrem Geschmack ist, könnte sie noch etwas anderes machen. Das soll ich Ihnen von ihr ausrichten."

„Ich nehme das, was Sir Richard gewählt hat", sagte Iris. Er hätte vor einer Stunde gegessen, und sie wollte das Küchenpersonal nicht an den Herd zurückzwingen, nur um ihre Launen zu befriedigen.

„Kommt sofort, Mylady." Das Mädchen knickste noch einmal und stürzte beinahe aus dem Zimmer.

Iris seufzte und begann dann zu lachen. Was hätte sie auch sonst tun sollen? Sie gab dem Ganzen fünf Minuten, bis jeder im Haus von ihrem entwürdigenden Sturz – und das in entwürdigender Aufmachung – erfahren würde. Bis auf ihren Ehemann natürlich. Niemand würde es wagen, ihm auch nur das Geringste davon zu erzählen.

Es war nur ein kleiner Rettungsanker, aber sie entschied, sich daran zu klammern.

Zehn Minuten später hatte sie eines ihrer neuen Seidennachthemden angezogen und darüber einen nicht ganz so freizügigen Morgenmantel. Dann flocht sie sich das Haar fürs Bett, wohin sie sich begeben wollte, sobald sie gegessen hätte. Zwar konnte sie sich nicht vorstellen, dass sie gleich einschlafen würde, nicht nach dem langen Nickerchen, das sie eben gehalten hatte, aber sie könnte ja lesen. Es wäre nicht das erste Mal, dass sie mit einem Buch und einer Kerze die halbe Nacht aufblieb.

Sie ging zu einem Beistelltisch und schaute den Stapel Bücher durch, die sie sich an diesem Nachmittag aus der Bibliothek geholt hatte. *Miss Truesdale und der stille Gentleman* hatte sie im Salon zurückgelassen, allerdings hatte sie auch das Interesse an ungarischen Bogenschützen verloren.

Und an erbärmlichen Heldinnen, die ihre Zeit damit zubrachten, zu zaudern, zu weinen und sich zu fragen, wer sie wohl erretten würde.

Sie hatte vorgeblättert. Sie wusste, was kommen würde.

Nein, mit der kläglichen Miss Truesdale würde sie keine Zeit mehr verbringen.

Eines nach dem anderen hob sie die Bücher hoch und begutachtete ihre Auswahl. Noch ein Roman von Sarah Gorely, ein Band Shakespeare und eine Geschichte Yorkshires.

Sie entschied sich für das Geschichtsbuch. Hoffentlich war es langweilig.

Aber sobald sie es sich auf dem Bett gemütlich gemacht hatte, klopfte es erneut an der Tür.

„Herein!“, rief sie, voll Vorfreude auf ihr Essen.

Die Tür ging auf, allerdings nicht die zum Flur, sondern die Verbindungstür zum Schlafzimmer ihres Mannes. Und herein kam ihr Ehemann.

„Richard!“, quietschte sie und sprang vom Bett.

„Guten Abend“, sagte er. Seine Stimme war weich wie Branntwein. Nicht, dass sie Branntwein trank, aber jeder sagte, er sei weich.

Lieber Gott, sie war schrecklich nervös.

„Du bist zum Dinner angezogen“, platzte sie heraus. Und das auch noch ziemlich prächtig: Er trug einen Rock aus flaschengrünem Tuch und eine hellgelbe Brokatweste. Inzwischen wusste sie aus eigener Anschauung, dass seine Kleidung nicht ausgestopft werden musste. Er hatte ihr einmal erzählt, dass er seinen Pächtern auf dem Feld half. Sie glaubte ihm.

„Du nicht“, sagte er.

Sie blickte auf ihren fest zusammengebundenen Morgenrock. Er bedeckte mehr Haut als ein Ballkleid, andererseits konnte ein Ballkleid meist nicht mit einem einzigen Handgriff geöffnet werden.

„Ich beabsichtige, in meinem Zimmer zu essen", erklärte sie.

„Ich auch."

Sie sah zu der offenen Verbindungstür hinter ihm.

„In deinem Zimmer", stellte er klar.

Sie blinzelte. „In meinem Zimmer?"

„Ist das ein Problem?"

„Aber du hast doch schon zu Abend gegessen."

Einer seiner Mundwinkel hob sich. „Eigentlich nicht."

„Aber es ist halb zehn", stammelte sie. „Warum hast du noch nicht gegessen?"

„Ich habe auf dich gewartet", sagte er, als wäre dies völlig offensichtlich.

„Oh." Sie schluckte. „Das wäre doch nicht nötig gewesen."

„Ich wollte aber."

Sie schlang die Arme um sich, in dem seltsamen Gefühl, sich schützen oder irgendeine Blöße bedecken zu müssen, irgendetwas in dieser Art. Sie fühlte sich irgendwie fehl am Platze. Dieser Mann hatte sie nackt gesehen. Gut, er war ihr Ehemann, aber trotzdem, die Dinge, die er mit ihr gemacht hatte … und die Art, wie sie reagiert hatte …

Ihr Gesicht wurde puterrot. Sie brauchte es nicht zu sehen, um zu wissen, wie tiefrot sie angelaufen war.

Er hob eine Augenbraue. „Denkst du gerade an mich?"

Also, *das* reichte aus, um sie in Wut zu versetzen. „Ich denke gerade, dass du gehen solltest."

„Aber ich habe Hunger."

„Na, daran hättest du eben früher denken müssen."

Er lächelte. „Ich soll bestraft werden, weil ich auf meine Frau gewartet habe?"

„Das meine ich damit nicht, und du weißt das auch ganz genau."

„Und ich habe mich für einen Gentleman gehalten, weil ich dich schlafen ließ."

„Ich war müde", sagte sie und wurde wieder rot, weil sie beide wussten, warum.

Ein Klopfen an der Tür ersparte ihr weitere Verlegenheit, und im nächsten Augenblick kamen zwei Lakaien mit einem kleinen Tischchen und Stühlen herein, gefolgt von zwei Dienstmädchen mit Tabletts.

„Lieber Himmel", sagte Iris und beobachtete das geschäftige Treiben. Sie hatte vorgehabt, sich ihr Tablett ans Bett bringen zu lassen. Natürlich konnte sie das jetzt nicht tun, nicht wenn Richard darauf bestand, mit ihr zu essen.

Schnell und säuberlich deckten die Lakaien den Tisch und traten dann zurück, damit die Dienstmädchen das Essen auftragen konnten. Es roch himmlisch, und als die Dienstboten hinausgingen, knurrte Iris der Magen.

„Einen Augenblick noch", murmelte Richard. Er ging zur Tür und sah hinaus auf den Flur. „Ah, da haben wir sie ja. Danke." Als er ins Zimmer zurückkam, hielt er eine hohe, schmale Vase in der Hand.

Mit einer einzelnen Iris.

„Für dich", sagte er sanft.

Ihre Lippen zitterten. „Woher hast du … sie sind doch gar nicht in Saison."

Er zuckte die Achseln, und einen kurzen Augenblick wirkte er beinahe beklommen. Aber das war unmöglich, er war nie nervös. „Ein paar gibt es noch", sagte er, „wenn man weiß, wo man suchen muss."

„Aber es ist …" Sie hielt inne, ihre Lippen formten sich zu einem erstaunten Oval. Sie sah zum Fenster, obwohl die Vorhänge jetzt fest zugezogen waren. Es war spät. War er im Dunklen hinausgegangen? Nur um für sie eine Blume zu pflücken?

„Danke“, sagte sie. Manchmal war es einfach besser, ein Geschenk nicht infrage zu stellen. Manchmal musste man sich einfach darüber freuen, ohne die näheren Umstände zu erfahren.

Richard stellte die Vase in die Mitte ihres kleinen Tischs, und Iris blickte auf die Blüte, wie gebannt vom goldgesträhnten Leuchten im Inneren der drei weichen lila Blütenblätter.

„Sie ist wunderschön“, sagte sie.

„Das sind alle Iris.“

Ihr Blick flog zu seinem Gesicht, sie konnte nicht anders.

Er streckte ihr die Hand entgegen. „Komm, wir sollten jetzt essen.“

Es war eine Entschuldigung. Sie sah es der ausgestreckten Hand einfach an. Sie wünschte nur, sie wüsste, wofür er sich entschuldigte.

Hör auf, sagte sie sich. Hör auf, alles infrage zu stellen. Einmal im Leben würde sie sich einfach erlauben, glücklich zu sein, ohne sich um den Grund zu kümmern. Sie hatte sich in ihren Ehemann verliebt, und das war eine gute Sache. Er hatte ihr im Bett unvorstellbare Freuden verschafft. Das war auch gut.

Das genügte. Es musste genügen.

Sie ergriff seine Hand. Sie war groß, stark und warm, genau wie eine Hand sein sollte. *Genau wie eine Hand sein sollte?* Sie brach in fassungsloses Gelächter aus. Lieber Himmel, sie wurde ganz schön melodramatisch.

„Was gibt es denn zu lachen?“, erkundigte er sich.

Sie schüttelte den Kopf. Wie sollte sie ihm erklären, dass sie über die Perfektion von Händen nachgedacht hatte und seine die Liste anführten?

„Erzähl es mir“, sagte er und schloss die Finger fester um ihre Hand. „Ich bestehe darauf.“

„Nein.“ Sie schüttelte den Kopf. Ihre Stimme war voll ersticktem Gelächter.

„Erzähl es mir“, knurrte er und zog sie enger an sich.

Ihre Lippen waren entschlossen zusammengepresst, und um ihre Mundwinkel zuckte ein kaum zu unterdrückendes Lächeln.

Er brachte den Mund an ihr Ohr. „Ich habe Mittel und Wege, dich zum Reden zu bringen.“

Etwas Sündiges regte sich in ihr, etwas Gieriges und Lüsternes.

Er nahm ihr Ohrläppchen in den Mund, knabberte an der zarten Haut. „Sag es mir, Iris …“

„Deine Hände“, sagte sie und erkannte dabei ihre eigene Stimme kaum wieder.

Er wurde ganz ruhig, doch sie spürte sein Lächeln an ihrer Haut. „Meine Hände?“

„Mmm.“

Er umspannte ihre Taille. „Diese Hände?“

„Ja.“

„Sie gefallen dir?“

Sie nickte und keuchte dann auf, als er sie weiter nach unten wandern ließ und damit ihr Hinterteil umfasste.

Er streifte ihr Kinn mit den Lippen, ihren Hals, dann wieder ihre Lippen. „Was gefällt dir sonst noch?“

„Alles.“ Das Wort kam ihr ohne Vorwarnung über die Lippen, vermutlich hätte sie sich schämen sollen, doch sie tat es nicht. Sie konnte es nicht. Nicht bei ihm.

Richard lachte in sich hinein. Es klang voll und erfüllt von männlichem Stolz. Er fasste nach den baumelnden Enden des Gürtels, der ihren Morgenrock zusammenhielt.

Seine Lippen berührten ihr Ohr. „Bist du mein Geschenk?“

Bevor sie noch etwas erwidern konnte, zog er energisch an

der Schleife, und dann beobachtete er mit begehrlichem Blick, wie der Mantel aufging.

„Richard“, flüsterte sie, doch er war schon weiter, ließ diese wunderbaren Hände an ihr nach oben gleiten, hielt einen quälenden Augenblick an ihren Brüsten inne, bevor er ihr den Mantel von den Schultern streifte. Der Mantel fiel als hellblaue Seidenwolke zu Boden.

Iris stand in einem weiteren zarten Seidennachthemd aus ihrer Aussteuer vor ihm. Es war kein praktisches Kleidungsstück, es konnte nicht mal vorgeben, sie nachts zu wärmen. Aber sie konnte sich nicht entsinnen, sich je so weiblich, so begehrenswert, so verwegen gefühlt zu haben.

„Du bist so schön“, wisperte Richard und strich ihr über die Brüste. Er ließ die Handfläche über dem Seidenstoff kreisen, bis er spürte, wie sich die Spitzen aufrichteten.

„Ich …“ Sie unterbrach sich.

Richard sah auf sie hinunter und hob mit einem Finger ihr Kinn an, bis sich ihre Blicke begegneten. Fragend hob er die Augenbrauen.

„Es ist nichts“, murmelte Iris. Beinahe hätte sie widersprochen, beinahe hätte sie gesagt, sie sei nicht schön, weil sie es eben nicht war. Man wurde als Frau nicht einundzwanzig, ohne zu wissen, ob man schön war oder nicht. Doch dann hatte sie gedacht …

Nein. *Nein.* Wenn er sie für schön hielt, dann würde sie ihm nicht widersprechen, verdammt. Wenn er sie für schön hielt, dann war sie schön, wenigstens für diese Nacht, in diesem Zimmer.

„Küss mich“, flüsterte sie.

Seine Augen weiteten sich vor Begierde, und er neigte den Kopf. Als sich ihre Lippen berührten, brandete Lust auf im Zentrum ihrer Weiblichkeit. Dort, wo er sie vor wenigen Stunden geküsst hatte. Sie stöhnte leise. Allein bei dem Gedanken daran wurde sie schwach.

Doch diesmal küsste er sie auf die Lippen. Er schob die Zunge in ihren Mund, kitzelte den empfindsamen Gaumen, forderte sie heraus, dasselbe bei ihm zu tun. Sie tat es, kühn geworden durch ihre Begierde, und als er stöhnte und sie noch fester an sich zog, überrollte sie ein nie gekanntes Gefühl von Macht. Sie legte ihm die Hände auf die Brust und streifte ihm den Rock von den Schultern, zog ihn nach unten, während er die Arme aus den Ärmeln riss.

Sie wollte ihn wieder spüren. Was für ein liederliches Frauenzimmer sie doch war – das letzte Mal lag nur ein paar Stunden zurück, und schon wollte sie ihn aufs Bett zerren, sein Gewicht auf sich spüren, wie er sie in die Matratze drückte.

Diese unglaublich unheimliche Begierde konnte doch nicht normal sein!

„Mein Geschenk", sagte sie und hakte die Finger an seiner Kehle in das schneeweiße Krawattentuch. Der Knoten war Gott sei Dank schlicht; sie glaubte nicht, dass sie mit ihren zitternden Fingern einen dieser komplizierten Knoten hätte bewältigen können, die bei den Londoner Dandys der letzte Schrei waren.

Dann widmete sie sich den drei Knöpfen am Hemdkragen. Sie öffnete die Lippen, als sich seine Kehle freilegte und seinen Puls in hartem, kräftigem Rhythmus schlagen sah.

Sie berührte ihn, fand es herrlich, wie die Muskeln unter ihren Fingern zuckten.

„Du bist eine Hexe", stöhnte er und zog sich das Hemd über den Kopf.

Sie lächelte nur, weil sie sich auch wie eine vorkam, ausgestattet mit völlig neuen Kräften. Sie hatte seine Brust auch beim letzten Mal berührt, hatte die harten Muskeln unter der

Haut gespürt, war aber sonst zu nichts weiter in der Lage gewesen. Er war so schnell dabei gewesen, sie in den Mittelpunkt zu rücken. Als er die Hände an ihr hatte entlanggleiten lassen, hatte sie jede Kontrolle verloren, und als er ihre intimste Stelle mit den Lippen bedeckt hatte, hatte sie keinen klaren Gedanken mehr fassen können.

Diesmal wollte sie es anders.

Diesmal wollte sie selbst erkunden.

Sie lauschte, wie schwer sein Atem ging, als sie ihm über die straff gespannte Bauchdecke strich. Vom Nabel bis zum Hosenbund zog sich eine schmale Linie dunkler, feiner Haare. Sie berührte ihn dort, und er zuckte zusammen und zog den Bauch so weit ein, dass ihre Hand beinahe unter den Hosenbund gepasst hätte.

Sie schob sie allerdings nicht darunter. So wagemutig war sie nicht. Noch nicht.

Aber bald würde sie es sein. Bevor die Nacht vorüber war, gelobte sie sich, würde sie es sich trauen.

Das Essen war vergessen, als Richard sie in die Arme schloss und zum Bett trug. Er legte sie ab – nicht grob, aber auch nicht sanft. Iris verspürte einen Anflug sehr femininen Entzückens, als sie erkannte, wie nah er daran war, die Kontrolle zu verlieren.

Davon ermutigt, ließ sie die Hand zu seinen Breeches zurückwandern. Doch bevor sie die Fingerspitzen unter den Hosenbund stecken konnte, landete seine Hand schwer auf ihrer.

„Nein“, sagte er rau und hielt sie fest. Und bevor sie noch eine Frage formulieren konnte, sagte er: „Ich kann nicht.“

Sie lächelte zu ihm auf. Irgendein koketter Dämon war in ihrer Seele erwacht. „Und wenn ich *bitte* sage?“, murmelte sie.

„Ich sorge dafür, dass du auf deine Kosten kommst.“ Seine

freie Hand bewegte sich zu ihrem Bein, und er drückte ihren Schenkel. „Du wirst es so genießen."

„Aber ich möchte, dass *du* es genießt."

Er schloss die Augen, und einen Augenblick dachte Iris, dass er Schmerzen litte. Er hatte die Zähne zusammengebissen, und sein Gesicht war eine harte, verkrampfte Maske. Sie streckte die Hand aus, um ihm über die Stirn zu streichen, und ließ die Finger über seine Wange gleiten, als er den Kopf in ihre Handfläche drückte.

Sie spürte, wie er sich ergab, wie ein wenig Anspannung aus seinem Körper wich, und so ließ sie die andere Hand, die, die so wagemutig auf seinem Bauch ruhte, unter den Hosenbund gleiten. Sie drang nicht weit vor, nur bis zu dem Haar auf seinem flachen Bauch. Es überraschte sie, wenn sie auch nicht recht wusste, warum. Sie biss sich auf die Unterlippe und sah zu ihm hoch.

„Hör nicht auf", stöhnte er.

Sie wollte nicht, doch die Breeches waren eng und ließen kaum Platz für ihre ganze Hand. Sie nestelte am Verschluss und befreite ihn schließlich.

Sie keuchte auf.

An der Statue im Museum hatte das etwas anders ausgesehen.

Viel von dem, was ihre Mutter gesagt hatte, ergab nun doch Sinn.

Fragend sah sie zu ihm auf, und er nickte ruckartig. Mit angehaltenem Atem streckte sie die Hand nach ihm aus, berührte ihn erst vorsichtig und prallte zurück, als sein Glied unter ihren Fingern zuckte.

Er rollte sich auf die Seite, und Iris folgte ihm. Erst jetzt fiel ihr auf, dass er immer noch seine Stiefel trug.

Es war ihr egal. Ihn schien es auch nicht zu stören.

Sie schob ihn so lange, bis er auf dem Rücken lag, und dann hockte sie sich neben ihn und sah ihn an. Wie hatte es nur so groß werden können?

Wieder etwas in ihrer neuen Welt, was sie nicht verstand.

Sie berührte es noch einmal, und diesmal ließ sie die Finger auf der überraschend seidigen Haut verweilen. Richard sog den Atem ein und zuckte, doch sie wusste, dass es vor Lust war, nicht vor Schmerz.

Und falls es doch Schmerz war, dann angenehmer Schmerz.

„Mehr", stöhnte er, und diesmal schloss sie die Hand ganz darum, sah kurz zu ihm auf, um sich zu vergewissern, dass sie es richtig machte. Seine Augen waren geschlossen, und er atmete hart und schnell. Sie bewegte die Hand auf und ab, nur ganz leicht, doch bevor sie noch mehr tun konnte, legte er seine Hand auf ihre, um ihr Einhalt zu gebieten.

Einen Augenblick glaubte sie, sie hätte ihn verletzt, doch dann wurde sein Griff fester, und sie erkannte, dass er ihr zeigte, was sie tun sollte. Nach einigen Malen auf und ab zog er die Hand zurück, und sie hatte die Kontrolle, fasziniert von der verführerischen Macht, die sie auf ihn ausübte.

„Mein Gott, Iris", keuchte Richard. „Was machst du mit mir …"

Sie biss sich auf die Unterlippe und spürte, wie ein stolzes Lächeln in ihr aufstieg. Sie wollte ihn zum Gipfel bringen, wie er es bei ihr getan hatte. Nach all den einsamen Nächten wollte sie nun den Beweis, dass er sie begehrte, dass sie Frau genug war, ihn zu befriedigen. Hinter einem keuschen Kuss auf die Stirn würde er sich nicht mehr verstecken können.

„Kann ich dich küssen?", flüsterte sie.

Er riss die Augen auf.

„Wie du es bei mir gemacht hast?"

„Nein", sagte er rasch, das Wort heiser seiner Kehle entrungen. „Nein“, sagte er noch einmal und wirkte dabei fast ein wenig panisch.

„Warum nicht?“

„Weil … weil …“ Fluchend richtete er sich auf, setzte sich zwar nicht ganz auf, aber doch so, dass er sich auf den Ellbogen aufstützen konnte. „Weil ich nicht will … ich nicht kann …“

„Würde es dir wehtun?“

Er stöhnte und schloss die Augen. Er wirkte so verstört. Iris berührte ihn noch einmal, sah ihm ins Gesicht, während sein Körper unter ihrer Berührung bebte. Das Geräusch seines Atems setzte sie in Flammen, und er sah aus … er sah aus …

Er sah aus, wie sie sich fühlte. Überwältigt.

Er hatte den Kopf in den Nacken geworfen, und sie wusste sofort, wann er sich ergab. Die Spannung wich nicht aus seinem Körper, doch etwas verriet ihr, dass er sich nicht mehr dagegen wehrte. Sie linste wieder zu seinem Gesicht, um sicherzugehen, dass seine Augen noch geschlossen waren – irgendwie war sie nicht wagemutig genug, es zu tun, wenn sie wusste, dass er zusah – beugte sich über ihn und hauchte den zartesten Kuss auf seine Männlichkeit.

Er keuchte, zog zischend den Bauch ein, gebot ihr jedoch keinen Einhalt. Derart ermutigt, küsste Iris ihn noch einmal, ließ die Lippen diesmal ein wenig länger verweilen. Er zuckte, und sie zog sich zurück, sah auf sein Gesicht. Er ließ die Augen geschlossen, doch er hatte wohl ihr Zögern gespürt, denn er nickte kurz. Und dann brachte er mit einem einzigen Wort ihre Seele zum Singen.

„Bitte.“

Es war so seltsam, dass sie vor wenigen Wochen noch Miss Iris Smythe-Smith gewesen war, die sich bei der schrecklichen musikalischen Soiree ihrer Familie hinter dem Cello versteckt hatte. Ihre Welt hatte sich grundlegend verändert; es war, als hätte sich die Erde um hundertachtzig Grad gedreht und sie als Lady Kenworthy hier landen lassen, im Bett dieses herrlichen Mannes, wo sie ihn auf ein Körperteil küsste, von dessen Existenz sie vorher gar nichts gewusst hatte. Zumindest nicht in seinem momentanen Zustand.

„Wie funktioniert das bloß?“, murmelte sie in sich hinein.

„Was?“

„Oh, entschuldige“, murmelte sie und errötete. „Nichts von Bedeutung.“

Er fasste ihr ans Kinn und drehte ihr Gesicht zu sich. „Erzähl.“

„Ich habe mich nur, nun ja, gefragt …“ Sie schluckte beschämt, was einfach grotesk war. Sie war dabei, ihn genau *dort* noch einmal zu küssen, und da beschämte es sie, wenn sie sich fragte, wie genau das alles funktionierte?

„Iris …“ Seine Stimme klang wie warmer Honig, kroch ihr durch sämtliche Knochen.

Ohne ihn anzusehen, deutete sie auf sein Glied. „Das sieht nicht immer so aus.“ Und dann fügte sie zögernd hinzu: „Stimmt doch, oder?“

Er stieß ein heiseres Lachen aus. „Himmel, nein, das würde mich umbringen.“

Verwirrt blinzelte sie.

„Das ist das Begehren, Iris“, sagte er rau. „Die Begierde lässt einen Mann so hart werden.“

Sie berührte ihn sanft. Er war allerdings hart. Unter dieser weichen Haut war er hart wie Granit.

„Das ist das Verlangen nach dir“, sagte er. „So bin ich die ganze letzte Woche gewesen.“

Ihre Augen weiteten sich vor Schock. Sie sagte nichts, sondern nahm an, dass er ihr die Frage auch am Gesicht ablesen konnte.

„Ja“, sagte er mit selbstironischem Lachen, „es tut weh.“
„Aber dann …“
„Nicht wie bei einer Verletzung“, sagte er und strich ihr über die Wange. „Wie wenn man frustriert ist, weil ein Bedürfnis nicht erfüllt wurde.“
Aber du hättest mich doch haben können, dachte sie, sprach es aber nicht aus. Anscheinend hatte er gedacht, sie sei noch nicht bereit dazu. Vielleicht hatte er sich für rücksichtsvoll gehalten. Aber sie wollte nicht wie ein zerbrechliches Ornament behandelt werden. Die Leute schienen sie für zart und fragil zu halten – es lag an ihrer Farblosigkeit, mutmaßte sie, und ihrem schmalen Körperbau. Aber das war sie gar nicht, war es nie gewesen. Im Inneren war sie wild und stürmisch.
Und sie war bereit, es zu beweisen.

17. Kapitel

Richard wusste nicht, ob er im Himmel war oder in der Hölle.

Seine Frau, mit der er noch nicht einmal richtig geschlafen hatte … Sie küsste seinen … Lieber Gott, sie hatte seine Männlichkeit im Mund, und was ihr an Können fehlte, glich sie mit ihrer Begeisterung aus, und …

Was zum Teufel dachte er da? Es mangelte ihr keineswegs an Können. Spielte Können hier überhaupt eine Rolle? Das hier war der erotische Traum eines jeden Mannes. Und das nicht mit irgendeiner Kurtisane, sondern mit seiner Frau. Seiner *Ehefrau.*

Er sollte sie aufhalten. Aber er brachte es einfach nicht fertig, lieber Gott, er brachte es nicht fertig. Er verzehrte sich schon so lang nach ihr, und nun, wo sie zwischen seinen Beinen kniete und ihn auf die intimste Weise küsste, die man sich denken konnte, war er seinem Begehren hilflos ausgeliefert. Bei jedem zögernden Zungenschlag hob es ihn vom Bett, und er kam der Erlösung gefährlich nahe.

„Gefällt es dir?“, wisperte Iris.

Sie klang fast schüchtern. Lieber Gott, sie klang fast schüchtern, und dabei hatte sie seinen Schwanz im Mund.

Ob es ihm gefiel? Die Unschuld dieser Frage entwaffnete ihn beinahe. Sie hatte keine Ahnung, was sie mit ihm machte, wusste nicht, dass er nicht einmal zu träumen gewagt hätte, dass sie sich ihm auf diese Weise hingeben könnte.

„Richard?“, flüsterte sie.

Er war ein Schuft. Ein Schurke. Eine Ehefrau sollte so etwas nicht tun, zumindest nicht, bevor sie Zeit gehabt hatte, sich sanft in die Gepflogenheiten des Ehebettes einweisen zu lassen.

Doch Iris hatte ihn überrascht. Sie überraschte ihn andauernd. Und als sie ihn vorsichtig in den Mund genommen hatte, hatte er jede Vernunft fahren lassen.

Nichts hatte sich je so gut angefühlt.

Nie hatte er sich so geliebt gefühlt.

Er erstarrte. *Geliebt?*

Nein, das war unmöglich. Sie liebte ihn nicht. Das konnte sie nicht. Er hatte es nicht verdient.

Doch dann meldete sich eine schreckliche Stimme in seinem Innersten – eine Stimme, die wohl nur sein launisches Gewissen sein konnte – und erinnerte ihn daran, dass genau das ja sein Plan gewesen war. Er hatte ihre kurzen Flitterwochen auf Maycliffe nutzen wollen, um sie zu verführen, wenn nicht körperlich, dann im Herzen. Er hatte *versucht*, sie dazu zu bringen, sich in ihn zu verlieben.

Das hätte er nicht tun sollen. Er hätte es nicht einmal in Erwägung ziehen sollen.

Und doch, wenn es geklappt hätte … wenn sie ihn tatsächlich liebte …

Es wäre *wunderbar*.

Er schloss die Augen, ließ reine Empfindung über sich hinwegrollen. Die unschuldigen Lippen seiner Frau bereiteten ihm unvorstellbare Lust. Sie durchzuckte ihn mit elektrischer Kraft, und gleichzeitig tauchte sie ihn in einen warmen Schimmer der Zufriedenheit. Er war …

Glücklich.

Also, das war etwas, was er in den Fängen der Leidenschaft nicht oft empfand. Erregung, ja. Begehren natürlich auch. Aber Glück?

Und dann überkam ihn die Erkenntnis. Nicht Iris verliebte sich in ihn. *Er* verliebte sich in *Iris*.

„Aufhören!“, rief er. Das Wort entrang sich förmlich seiner Kehle. Er konnte sie das nicht tun lassen.

Sie wich zurück und sah ihn verwirrt an. „Habe ich dir wehgetan?“

„Nein“, sagte er rasch und entzog sich ihr, ehe er es sich anders überlegte und der harschen Begierde nachgab, die in seinem Körper wütete. Sie hatte ihm nicht wehgetan. Im Gegenteil. Aber er würde ihr wehtun. Das war unvermeidlich. Alles, was er getan hatte, seit er sie bei der musikalischen Soiree ihrer Familie zum ersten Mal gesehen hatte …

Alles hatte zu einem einzigen Augenblick geführt.

Wie konnte er zulassen, dass sie sich ihm auf so intime Weise schenkte, wenn er wusste, was geschehen würde?

Sie würde ihn hassen. Und dann würde sie sich selbst dafür hassen, dass sie das getan hatte, dass sie ihn praktisch *bedient* hatte.

„Habe ich etwas falsch gemacht?“, fragte sie. Der Blick aus ihren hellblauen Augen war unverwandt auf ihn gerichtet.

Lieber Himmel, das war direkt. Er hatte gedacht, dass er das an ihr besonders gernhatte, aber in diesem Augenblick brachte es ihn fast um.

„Nein“, sagte er. „Du hast nichts … also, ich meine …“ Er konnte ihr nicht sagen, dass sie so perfekt gewesen war, dass er geglaubt hatte, den Verstand zu verlieren. Sie hatte Gefühle in ihm geweckt, deren er sich nicht für fähig gehalten hatte. Die Berührung ihrer Lippen, ihrer Zunge … der sanfte Hauch ihres Atems … Es war überirdisch gewesen. Er hatte die Hände in die Laken gekrallt, nur um sich davon abzuhalten, sie umzudrehen und sich in ihrer Wärme zu versenken.

Er zwang sich, sich aufzusetzen. So fiel ihm das Denken

leichter, oder vielleicht brachte er auf diese Weise nur etwas mehr Abstand zwischen sie und sich. Er kniff sich in die Nasenwurzel und überlegte, was er sagen sollte. Sie starrte ihn an wie ein verlorener kleiner Vogel, wartete mit beinahe übernatürlicher Ruhe ab.

Er zog das Laken hoch, bedeckte seine Erregung. Es gab keinen Grund, warum er ihr nicht jetzt die Wahrheit sagen sollte, keinen Grund, außer seiner eigenen Feigheit. Aber er wollte nicht. War es denn so schwach von ihm, sich zu wünschen, sie hätte noch ein paar Tage eine gute Meinung von ihm?

„Ich erwarte nicht, dass du so etwas für mich tust", erklärte er schließlich. Er wich ihr damit auf übelste Weise aus, doch er wusste nicht, was er sonst sagen sollte.

Sie betrachtete ihn ausdruckslos und runzelte ein wenig die Stirn. „Das verstehe ich nicht."

Natürlich verstand sie es nicht. Er seufzte. „Die meisten Frauen tun so etwas …", er wedelte etwas hilflos mit der Hand, „… nicht."

Sofort lief sie rot an. „Oh", sagte sie mit schmerzlich hohler Stimme. „Du musst ja denken … ich wusste nicht … es tut mir so …"

„Hör auf, *bitte*", flehte er sie an und nahm ihre Hand. Er würde es nicht ertragen, wenn sie sich jetzt auch noch entschuldigte. „Du hast nichts falsch gemacht. Ehrlich nicht. Ganz im Gegenteil", fügte er hinzu, ehe er es sich verkneifen konnte.

Sie rutschte vom Bett. Ihre Verwirrung war mit Händen greifbar.

„Es ist nur … es ist sehr … also, so frisch verheiratet …", er ließ seine Stimme verklingen. Es war seine einzige Möglichkeit. Er hatte keine Ahnung, wie er den Satz zu Ende bringen sollte. Gott, war er ein Esel.

„Das ist alles zu viel", erklärte er und hoffte, dass ihr die kleine Pause nicht auffiel, die er machte, ehe er hinzufügte: „Für dich."

Ruckartig kam er auf die Beine und knöpfte sich fluchend die Hose zu. Was war er eigentlich für ein Mann? Er hatte sie auf schlimme Weise ausgenutzt. Sogar die Stiefel hatte er noch an, um Himmels willen!

Er sah sie an. Ihre Lippen standen offen, waren noch geschwollen von seinen Küssen. Aus ihrem Blick war jedoch jedes Begehren gewichen. Stattdessen sah er dort etwas, was er nicht ganz benennen konnte.

Etwas, was er nicht identifizieren wollte.

Er fuhr sich durch die Haare. „Ich glaube, ich sollte jetzt gehen."

„Du hast noch nichts gegessen." Ihre Stimme klang matt. Das fand er furchtbar.

„Spielt keine Rolle."

Sie nickte, doch er war sich ziemlich sicher, dass sie ebenso wenig wusste wie er, warum eigentlich. „Bitte", flüsterte er und erlaubte sich, sie ein letztes Mal zu berühren. Sanft strich er ihr über die Stirn, umfasste liebkosend ihre Wange. „Bitte glaub mir, du hast nichts falsch gemacht."

Sie antwortete nicht, sondern sah ihn nur mit ihren großen blauen Augen an. Sie wirkte nicht einmal mehr verwirrt. Nur …

Resigniert. Und das war sogar noch schlimmer.

„Es liegt nicht an dir", sagte er, „sondern an mir." Er hatte das Gefühl, dass er es mit jedem Wort nur noch schlimmer machte, doch irgendwie konnte er sich nicht bremsen. Er schluckte, wartete darauf, dass sie etwas sagte, doch sie schwieg.

„Gute Nacht", sagte er leise. Er nickte ihr zu und verließ das Zimmer. Das Richtige zu tun hatte sich noch nie so schrecklich angefühlt.

Zwei Tage später

Richard saß in seinem Arbeitszimmer, in der Hand sein zweites Glas Weinbrand, als er eine Kutsche die Auffahrt herauffahren sah, deren Fenster in der Nachmittagssonne gleißten.

Seine Schwestern?

Er hatte seiner Tante Nachricht geschickt, dass Fleur und Marie-Claire nicht die vollen zwei Wochen bleiben dürften, aber heute hatte er sie noch nicht zurückerwartet.

Er stellte sein Glas ab, trat ans Fenster und schaute hinaus, um die Sache aus der Nähe zu betrachten. Es war tatsächlich die Kutsche seiner Tante. Einen Augenblick schloss er die Augen. Er war sich nicht sicher, warum sie so früh zurückkamen, aber daran ändern konnte er jetzt auch nichts mehr.

Es war an der Zeit.

Er konnte sich nicht entschließen, ob er sie allein oder zusammen mit Iris begrüßen sollte, aber die Entscheidung wurde ihm abgenommen: Iris saß im Salon und las, und sie rief ihn zu sich, als er vorbeiging.

„Ist da eine Kutsche in der Auffahrt?"

„Meine Schwestern", bestätigte er.

„Oh."

Das war alles. Oh. Er hatte das Gefühl, dass sie bald eine ganze Menge mehr zu sagen hätte.

Er blieb in der Tür stehen und beobachtete, wie sie langsam das Buch sinken ließ. Sie lag auf dem Sofa, die Beine unterschlagen, und sie musste erst in ihre Slipper schlüpfen, ehe sie aufstehen konnte.

„Sehe ich gut aus?", fragte sie und strich ihr Kleid glatt.

„Natürlich", sagte er zerfahren.

Sie presste die Lippen zusammen.

„Du siehst sehr hübsch aus", sagte er, als er ihr grün gestreiftes Kleid und die weiche Steckfrisur schließlich doch zur Kenntnis nahm. „Verzeih mir, ich war in Gedanken anderswo."

Sie schien die Erklärung zu akzeptieren und hängte sich bei ihm ein, als er ihr den Arm bot. Allerdings sah sie ihm nicht in die Augen. Über das, was vor zwei Tagen in ihrem Zimmer geschehen war, hatten sie nicht gesprochen, und es hatte auch nicht den Anschein, als würden sie es bald tun.

Als Iris am Vortag zum Frühstück nach unten gekommen war, war er sicher gewesen, dass sich ihr Gespräch ziemlich gestelzt gestalten würde, wenn sie überhaupt miteinander redeten. Doch sie hatte ihn wie immer überrascht. Vielleicht hatte er sich auch selbst überrascht. Wie auch immer, sie hatten über das Wetter geplaudert, über das Buch, das Iris las, und über die Burnhams, die Probleme mit einem überfluteten Feld hatten. Alles war sehr glatt gelaufen.

Aber es hatte sich nicht richtig angefühlt.

Im Gespräch waren sie beinahe ... vorsichtig gewesen. Solange ihre Themen auf Alltäglichkeiten beschränkt waren, konnten sie so tun, als hätte sich nichts verändert. Beiden schien klar zu sein, dass ihnen früher oder später die unpersönlichen Themen ausgehen würden, und so setzten sie ihre Worte mit Bedacht und sparsam ein.

Aber das alles würde bald ein Ende finden.

„Ich hätte nicht gedacht, dass sie vor Donnerstag zurückerwartet werden", sagte Iris und ließ sich von ihm aus dem Zimmer geleiten.

„Ich auch nicht."

„Warum klingst du so grimmig?", fragte sie nach kurzer Pause.

Grimmig war noch weit untertrieben. „Wir sollten vor dem Haus auf sie warten."

Sie ignorierte den Umstand, dass er ihre Frage nicht beantwortete, und nickte. Gemeinsam verließen sie das Haus. Cresswell stand schon in der Auffahrt bereit, daneben Mrs. Hopkins und zwei Lakaien. Richard und Iris nahmen ihre Plätze ein, gerade als die Kutsche mit dem wertvollen Apfelschimmelgespann seiner Tante zum Stehen kam.

Der Schlag wurde geöffnet, und Richard trat vor, um seinen Schwestern beim Aussteigen zu helfen. Marie-Claire sprang zuerst heraus und drückte ihm im Herabsteigen die Hand. „Sie hat eine scheußliche Laune", sagte sie ohne Vorrede.

„Na wunderbar", brummte Richard.

„Du musst Marie-Claire sein", sagte Iris munter. Sie war jedoch besorgt, Richard sah das an ihren ineinander verkrampften Händen. Ihm war aufgefallen, dass sie das in angespannten Situationen immer tat, um sich davon abzuhalten, die Hände in ihr Kleid zu krallen.

Marie-Claire knickste verhalten. Mit ihren vierzehn Jahren war sie bereits größer als Iris, doch ihr Gesicht war immer noch kindlich rund. „Ja. Bitte entschuldigt, dass wir so früh zurückkommen. Fleur fühlte sich nicht gut."

„Nein?", fragte Iris und blickte zur offenen Kutschentür. Von Fleur war immer noch nichts zu sehen.

Marie-Claire sah zu Richard hinüber, während Iris nicht hinschaute, und machte eine Geste, als müsste sie sich übergeben.

„In der Kutsche?", fragte er unwillkürlich.

„Zweimal."

Er verzog das Gesicht, stieg dann auf den Schemel, der neben der Kutsche stand, und spähte ins Innere. „Fleur?"

Seine Schwester saß zusammengesunken, elend und bleich in der Ecke. Sie sah tatsächlich aus wie jemand, der sich zweimal in der Kutsche erbrochen hatte. Sie roch auch so.

„Mit dir rede ich nicht."

Verdammt. „So ist das also."

Sie wandte sich ab, ihr dunkles Haar fiel ihr wie ein Vorhang vors Gesicht. „Ich würde mir lieber von einem Lakaien aus dem Wagen helfen lassen."

Richard presste Daumen und Zeigefinger an die Nasenwurzel, um den Kopfschmerzen entgegenzuwirken, die seinen Schädel sehr bald im Griff haben würden. Er und Fleur lagen sich wegen dieser Sache schon über einen Monat in den Haaren. Es gab nur eine akzeptable Lösung. Ihm war das klar, und es machte ihn fuchsteufelswild, dass sie sich einfach nicht in das Unvermeidliche schicken wollte.

Er seufzte erschöpft. „Um Himmels willen, Fleur, vergiss einen Moment deine Gereiztheit und lass dir von mir aus der Kutsche helfen. Hier drin riecht es wie im Hospital."

„Ich bin nicht gereizt", fuhr sie ihn an.

„Aber du reizt *mich*."

Empört richtete sie sich auf. „Ich will einen Lakaien."

„Du nimmst jetzt meine Hand", knurrte er.

Einen Augenblick dachte er, dass sie sich aus der Tür gegenüber stürzen würde, nur um ihn zu ärgern, doch anscheinend hatte sie sich noch einen letzten Rest ihrer früheren Vernunft bewahrt, denn sie sah auf und brummte: „Na gut." Widerwillig klatschte sie ihre Hand auf seine und ließ sich von ihm aus der Kutsche helfen. Iris und Marie-Claire standen nebeneinander und gaben vor, nicht zuzusehen.

„Fleur", sagte Richard drohend, „ich möchte dich deiner neuen Schwester vorstellen. Meine Frau, Iris. Lady Kenworthy."

Fleur sah Iris an. Einen Augenblick herrschte unheilverkündendes Schweigen.

„Freut mich, dich kennenzulernen", sagte Iris und streckte die Hand aus.

Fleur ergriff sie nicht.

Zum ersten Mal in seinem Leben hätte Richard beinahe eine Frau geschlagen. „*Fleur*“, sagte er warnend.

Fleur knickste, die Lippen respektlos geschürzt. „Lady Kenworthy.“

„Aber bitte“, sagte Iris und sah Richard nervös an, ehe ihr Blick zu Fleur zurückkehrte, „sag doch Iris zu mir.“

Fleur warf ihr einen vernichtenden Blick zu und drehte sich dann zu Richard um. „So kann das nicht klappen.“

„Nicht hier, Fleur“, warnte er sie.

Sie streckte den Arm aus und deutete auf Iris. „Schau sie dir doch an!“

Iris trat einen kleinen Schritt zurück. Richard hatte das Gefühl, dass sie es nicht einmal bemerkte. Ihre Blicke trafen sich, ihrer verwirrt, seiner erschöpft, und er flehte sie im Stillen an, nicht nachzufragen, noch nicht.

Fleur war aber noch nicht fertig. „Ich habe bereits gesagt …“

Richard packte sie am Arm und zog sie von den anderen weg. „Das ist jetzt weder der richtige Ort noch der richtige Zeitpunkt.“

Störrisch sah sie ihn an und riss sich los. „Dann gehe ich jetzt auf mein Zimmer“, sagte sie und stolzierte Richtung Haus davon. Auf der untersten Treppenstufe stolperte sie jedoch und wäre hingefallen, wenn Iris nicht herbeigeeilt wäre, um sie zu stützen.

Einen Augenblick standen die beiden Frauen wie erstarrt, als wären sie in ein Gemälde gebannt. Iris hielt die Hand an Fleurs Ellbogen, fast als wäre ihr klar, dass die jüngere Frau labil war, seit Wochen labil war und etwas menschlichen Beistand brauchte.

„Danke“, sagte Fleur widerstrebend.

Iris trat einen Schritt zurück und verschränkte die Hände wieder vor ihrem Körper. „Keine Ursache."

„Fleur", sagte Richard herrisch. Einen derartigen Ton schlug er seinen Schwestern gegenüber nur selten an. Vielleicht hätte er es öfter tun sollen.

Langsam drehte sie sich um.

„Iris ist meine Frau", verkündete er. „Maycliffe ist jetzt genauso ihr Heim, wie es unseres ist."

Fleur begegnete seinem Blick. „Ich könnte über ihre Anwesenheit hier nie hinwegsehen, das versichere ich dir."

Und dann tat Richard etwas Seltsames. Er ergriff Iris' Hand. Nicht um sie zu küssen, nicht um seine Frau irgendwo hinzugeleiten.

Nur um sie zu halten. Um ihre Wärme zu spüren.

Er spürte, wie sie die Finger mit seinen verflocht, und er verstärkte den Druck. Er hatte sie nicht verdient. Das wusste er. Fleur wusste es auch. Doch für diesen einen schrecklichen Augenblick, in dem sein gesamtes Leben um ihn herum einstürzte, wollte er die Hand seiner Frau halten und so tun, als würde er sie niemals loslassen.

18. Kapitel

Einen Großteil ihres Lebens hatte Iris sich bewusst entschieden, den Mund zu halten. Nicht, weil sie nichts zu sagen gehabt hätte – in einem Raum mit lauter Kusinen wäre ihr Mundwerk den ganzen Abend wie geölt gelaufen. Ihr Vater hatte einmal gesagt, sie sei die geborene Strategin, die immer zwei Schritte vorausdachte. Vielleicht hatte sie deswegen beizeiten erkannt, wie wichtig es war, *wann* man etwas sagte. Gänzlich sprachlos war sie jedoch noch nie gewesen, so wirklich aus allen-Wolken-gefallen-und-noch-nicht-mal-in-kompletten-Sätzen-denken-könnend-sprachlos.

Aber während sie nun dastand, erstaunlicherweise immer noch Hand in Hand mit Richard, und Fleur Kenworthy im Haus verschwinden sah, konnte Iris nur denken: *Waaaaaa…?*

Einen langen Augenblick regte sich niemand. Mrs. Hopkins löste sich als Erste aus der Erstarrung. Sie murmelte, dass sie noch einmal nach Fleurs Zimmer sehen wolle, und eilte nach drinnen. Auch Cresswell legte einen schnellen, diskreten Abgang hin und nahm die beiden Lakaien mit.

Iris hielt sich ganz still, nur ihr Blick wanderte zwischen Richard und Marie-Claire hin und her.

Was um alles in der Welt war hier geschehen?

„Es tut mir leid“, sagte Richard und gab ihre Hand frei. „Normalerweise ist sie nicht so.“

Marie-Claire schnaubte. „Zutreffender wäre es, wenn man sagen würde, dass sie nicht *immer* so ist.“

„Marie-Claire“, schnauzte er.

Er sieht erschöpft aus, dachte Iris. Völlig fertig.

Marie-Claire verschränkte die Arme vor der Brust und warf ihrem Bruder einen düsteren Blick zu. „Sie war furchtbar, Richard. Einfach furchtbar. Sogar Tante Milton war mit ihrer Geduld am Ende."

Scharf wandte Richard sich zu ihr um. „Weiß sie ..."

Marie-Claire schüttelte den Kopf.

Richard atmete auf.

Iris beobachtete weiter. Und hörte zu. Irgendetwas Seltsames ging hier vor sich, hinter all den wütenden Blicken und dem Achselzucken verbarg sich ein wortloser Austausch.

„Ich beneide dich nicht, Bruder." Marie-Claire sah zu Iris. „Oder dich."

Iris zuckte zusammen. Eigentlich hatte sie gedacht, die beiden hätten sie vergessen. „Was meint sie damit?", fragte sie Richard.

„Nichts", knurrte der.

Na, *das* war offensichtlich gelogen.

„Mich eigentlich auch nicht", fuhr Marie-Claire fort. „Schließlich muss ich mir mit ihr ein Zimmer teilen." Sie stöhnte theatralisch. „Das wird ein langes Jahr."

„Nicht jetzt, Marie-Claire", sagte Richard warnend.

Die Geschwister tauschten einen Blick, den Iris sich nicht im Mindesten erklären konnte. Sie hatten dieselben Augen, erkannte sie, und dieselbe Art, sie zu verengen, wenn sie ein Argument vorbrachten. Fleur auch, allerdings waren ihre Augen eher grün, während Richards und Marie-Claires dunkelbraun waren.

„Du hast wunderschönes Haar", sagte Marie-Claire plötzlich.

„Danke", sagte Iris und versuchte angesichts des plötzlichen Themenwechsels nicht zu blinzeln. „Du auch."

Marie-Claire lachte leise. „Nein, aber es ist sehr nett von dir, das zu sagen.“

„Aber es ist genau wie das deines Bruders“, sagte Iris und schaute Richard dann verlegen an, als ihr klar wurde, was sie da gesagt hatte. Er betrachtete sie mit merkwürdigem Blick, als wüsste er nicht, was er von ihrem versehentlichen Kompliment halten sollte.

„Du musst müde sein nach der Reise“, sagte Iris, bemüht, den Augenblick zu retten. „Möchtest du dich ausruhen?“

„Ähm … ja. Ich nehme es an“, erwiderte Marie-Claire, „obwohl es in meinem Zimmer jetzt wohl nicht sehr friedlich sein wird.“

„Ich rede mit ihr“, sagte Richard grimmig.

„Jetzt?“, fragte Iris. Beinahe hätte sie vorgeschlagen zu warten, bis Fleur Zeit gehabt hatte, sich zu beruhigen, aber was wusste sie schon? Sie hatte keine Ahnung, was hier vor sich ging. Vor einer Viertelstunde hatte sie friedlich im Salon gesessen und einen Roman gelesen. Nun hatte sie das Gefühl, in einem zu leben.

Und sie war die einzige Figur, die den Plot nicht kannte.

Richard schaute mit starrem Blick am Haus empor. Iris sah, wie er die Lippen zu einer harten, abweisenden Linie zusammenpresste. „Es muss sein“, murmelte er vor sich hin. Ohne ein weiteres Wort stolzierte er ins Haus und ließ Iris und Marie-Claire allein in der Auffahrt stehen.

Iris räusperte sich. Die Situation war ein wenig peinlich. Sie schenkte ihrer neuen Schwester ein Lächeln von der Sorte, bei dem man die Lippen nicht ganz auseinanderbringt, das aber dennoch nicht unaufrichtig ist, weil man es wirklich, wirklich versucht.

Marie-Claire lächelte auf genau dieselbe Weise zurück.

„Schöner Tag heute“, sagte Iris schließlich.

Marie-Claire nickte. „Ja."

„Sonnig."

„Ja."

Iris merkte, dass sie auf den Sohlen auf und ab wippte, von den Zehen zu den Fersen und wieder zurück. Energisch stellte sie die Füße fest auf den Boden. Was um alles in der Welt sollte sie zu diesem Mädchen nur sagen?

Doch am Ende brauchte sie gar nichts zu sagen. Marie-Claire drehte sich zu ihr um und betrachtete sie mit einem Ausdruck, von dem Iris befürchtete, er müsse wohl Mitleid sein.

„Du weißt es nicht, stimmt's?", fragte das junge Mädchen leise.

Iris schüttelte den Kopf.

Marie-Claire sah sich um, blickte ins Leere und drehte sich dann wieder zu Iris um. „Es tut mir leid."

Dann ging auch sie ins Haus.

Iris blieb in der Auffahrt stehen.

Allein.

„Mach die Tür auf, Fleur!"

Richard schlug mit der Faust ans Holz, ohne darauf zu achten, dass es ihm dabei den ganzen Arm stauchte.

Fleur reagierte nicht, womit er auch nicht gerechnet hatte.

„Fleur!", brüllte er.

Nichts.

„Ich rühre mich nicht vom Fleck, bis du die Tür aufgemacht hast", drohte er.

Da waren von innen Schritte zu hören, gefolgt von: „Dann hoffe ich, dass du nicht auf den Topf gehen musst."

Er würde sie umbringen. Sicherlich war noch kein großer Bruder derart provoziert worden.

Er atmete tief ein und stieß den Atem dann zischend aus. Mit Zorn war nichts zu gewinnen. Einer von ihnen musste sich wie ein Erwachsener benehmen. Er streckte die Finger und ballte die Hände dann wieder zu Fäusten. Der Druck der Fingernägel in seinen Handballen hatte paradoxerweise eine beruhigende Wirkung.

Beruhigend. Aber er war keineswegs ruhig, beileibe nicht.

„Ich kann dir nicht helfen, wenn du nicht mit mir sprichst", sagte er mit streng beherrschter Stimme.

Keine Reaktion.

Er hatte gute Lust, sich in die Bibliothek zu begeben und die Geheimtreppe zu nehmen, die in dieses Zimmer führte. Doch er kannte Fleur, sie hatte bestimmt schon daran gedacht. Es wäre nicht das erste Mal, dass sie die Frisierkommode vor die Geheimtür gezerrt hätte, um den Zutritt zu verbarrikadieren. Außerdem wüsste sie sofort, was er vorhatte, wenn er seinen Posten verließe.

„Fleur!", rief er und schlug mit der flachen Hand an die Tür. Es brannte, und er fluchte wild. „Ich säge den verdammten Türknauf ab!"

Wieder nichts.

„Ich tue es!", grollte er. „Glaub nicht, dass ich es nicht wage!"

Schweigen.

Richard schloss die Augen und lehnte sich an die Wand. Er war entsetzt, zu welchen Maßnahmen er sich gezwungen sah – wie ein Verrückter vor der Schlafzimmertür seiner Schwester herumzuschreien. Er wollte nicht einmal daran denken, was die Dienstboten in ihrer Halle redeten. Sie mussten wissen, dass irgendetwas nicht in Ordnung war; zweifellos hatte jeder seine eigene grässliche Theorie.

Doch das war ihm egal, solange niemand die Wahrheit erriet.

Oder das, was die Wahrheit wäre.

Er hasste sich für das, was geschehen musste. Aber was konnte er sonst tun? Als sein Vater starb, hatte man ihn mit der Sorge um das Wohlergehen seiner Schwestern betraut. Er versuchte nur, sie zu beschützen. Und Marie-Claire. War sie wirklich so selbstsüchtig, das nicht zu sehen?

„Richard?"

Vor Schreck hätte er beinahe die Balance verloren. Iris hatte sich herangeschlichen, während er die Augen geschlossen hatte.

„Tut mir leid", sagte sie ruhig. „Ich hatte nicht die Absicht, dich zu erschrecken."

Er unterdrückte eine Salve irrationalen Gelächters. „Du bist hier noch das, was mich am wenigsten erschreckt, lass dir das gesagt sein."

Klugerweise antwortete sie nicht.

Doch ihre Gegenwart bestärkte ihn nur noch mehr in seiner Entschlossenheit, mit seiner Schwester zu reden. „Verzeih mir", sagte er zu seiner Frau, und dann brüllte er noch einmal: „Fleur!" Er schlug so heftig an die Tür, dass die Wand dröhnte. „Gott steh mir bei, ich trete die Tür ein!"

„Vor oder nachdem du den Türknauf abgesägt hast?", ertönte Fleurs spöttische Antwort.

Er knirschte mit den Zähnen und atmete schwer ein und aus. „Fleur!"

Iris legte ihm sanft die Hand auf den Arm. „Kann ich dir helfen?"

„Es ist eine Familienangelegenheit", stieß er aus.

Sie zog die Hand zurück und richtete sich auf. „Verzeih", sagte sie scharf. „Ich dachte, ich gehöre zur Familie."

„Du hast sie vor drei Minuten zum ersten Mal gesehen!", fuhr er sie an. Es war eine grausame Bemerkung und völlig unnötig, doch er war in diesem Augenblick so zornig, dass er sich einfach nicht bezähmen konnte.

„Dann lasse ich dich jetzt allein", sagte Iris hochmütig. „Nachdem du ja so gut zurechtkommst."

„Du verstehst überhaupt nichts von alledem."

Ihre Augen wurden schmal. „Ein Umstand, der mir durchaus bewusst ist."

Lieber Gott, er konnte nicht gegen beide gleichzeitig kämpfen. „Bitte", sagte er, „versuch doch, vernünftig zu sein."

Eine Bemerkung, die einer Frau gegenüber *immer* falsch war.

„Vernünftig?", wiederholte sie. „Du willst, dass ich vernünftig bin? Nach allem, was in den letzten zwei Wochen passiert ist, ist es ein Wunder, dass ich überhaupt noch wahrnehmungsfähig bin."

„Eine Hyperbel, Iris?"

„Sei nicht so gönnerhaft", zischte sie.

Er machte sich nicht die Mühe zu widersprechen.

Mit loderndem Blick trat sie vor, fast nahe genug, um ihn berühren zu können. „Erst zerrst du mich in eine Ehe ..."

„Ich habe dich nicht gezerrt."

„Aber so gut wie."

„Vor zwei Tagen hast du dich nicht beklagt."

Sie zuckte zusammen.

Er wusste, dass er zu weit gegangen war, aber er konnte einfach nicht mehr. Und nun wusste er auch nicht, wie er aufhören sollte. Er kam näher, doch sie wich nicht zurück. „Was auch geschieht, du bist meine Frau."

Die Zeit schien stillzustehen. Vor Anstrengung, ihre Wut in Schach zu halten, biss Iris die Zähne zusammen. Richard konnte den Blick nicht von ihren Lippen wenden, so rosig und üppig. Er kannte ihren Geschmack. Er kannte ihren Geschmack ebenso gut wie seinen eigenen Atem.

Fluchend riss er den Kopf herum und wandte sich ab. Was war er nur für ein Ungeheuer? Dachte inmitten von alledem daran, sie zu küssen.

Sie zu verzehren.

Mit ihr zu schlafen, bevor sie ihn verachtete.

„Ich will wissen, was los ist“, verlangte Iris. Vor Zorn war ihre Stimme abgehackt.

„Jetzt muss ich mich erst mal mit meiner Schwester befassen“, sagte er.

„Nein, jetzt wirst du mir erst einmal sagen …“

Er unterbrach sie. „Ich sage dir, was du wissen musst, wann du es wissen musst.“

Was vermutlich in den nächsten Minuten sein würde, wenn Fleur je die verdammte Tür aufmachte.

„Es hat etwas damit zu tun, warum du mich geheiratet hast, nicht?“, sagte Iris.

Er fuhr zu ihr herum. Sie war blass, blasser noch als sonst, doch ihre Augen sprühten Funken.

Er konnte sie nicht länger anlügen. Vielleicht war er noch nicht bereit, ihr die Wahrheit zu sagen, doch lügen konnte er auch nicht.

„Fleur!“, brüllte er. „Mach die verdammte Tür …“

Die Tür wurde aufgerissen, und dann stand sie mit wildem Blick und bebend vor Zorn vor ihm. So hatte Richard seine Schwester noch nie gesehen. Ihr dunkles Haar hatte sich zum Teil aus den Haarnadeln gelöst und stand ihr in merkwürdigen Winkeln vom Kopf ab. Ihre Wangen waren hochrot.

Was war aus der lieben, folgsamen Schwester von früher geworden? Himmel, er hatte mit ihr Teegesellschaft gespielt.

„Du wolltest mich sprechen?“ Fleurs Stimme troff vor Verachtung.

„Nicht auf dem Flur“, versetzte er bissig und packte sie am

Arm. Er versuchte sie in das Zimmer zu zerren, das sie sich mit Marie-Claire teilte, doch sie stemmte sich dagegen.

„Die kommt auch mit", sagte sie und nickte zu Iris hinüber.

„*Die* hat einen Namen", stieß Richard hervor.

„Tut mir ja so leid." Fleur wandte sich zu Iris und klimperte mit den Wimpern. „Lady Kenworthy, dürfte ich bescheiden um Ihre Anwesenheit bitten?"

Richard sah rot. „Sprich nicht in diesem Ton mit ihr."

„Wie meinst du das, als würde sie zur Familie gehören?"

Richard schwieg, bevor der Zorn mit ihm durchging. Stattdessen bugsierte er seine Schwester in ihr Zimmer zurück. Iris folgte, obwohl sie nicht sicher schien, ob das die richtige Entscheidung war.

„Ich weiß, dass wir beide uns noch sehr nahekommen werden", sagte Fleur und schenkte Iris ein zuckersüßes Lächeln. „Du hast ja keine Ahnung, wie nahe."

Iris betrachtete sie mit berechtigter Besorgnis. „Vielleicht sollte ich an einem anderen …"

„Oh nein", unterbrach Fleur. „Du solltest bleiben."

„Mach die Tür zu", befahl Richard.

Iris schloss die Tür. Er packte Fleur noch fester und versuchte sie weiter ins Zimmer zu ziehen.

„Lass mich los", zischte Fleur und versuchte ihn abzuschütteln.

„Bist du jetzt endlich vernünftig?"

„Ich war nie unvernünftig", schoss sie zurück.

Das stand keinesfalls fest, doch er gab sie frei. Er verachtete den Verrückten, in den er sich ihretwegen verwandelte.

Doch dann fuhr Fleur mit gefährlich glitzerndem Blick zu Iris herum. „Hat Richard von mir erzählt?"

Iris antwortete nicht sofort. Sie schluckte, und ihr Blick huschte zu Richard hinüber. Schließlich sagte sie: „Ein wenig."

„Nur ein wenig?“ Fleur hob spöttisch eine Augenbraue und sah zu ihrem Bruder. „Die guten Stellen hast du alle ausgelassen, was?“

„Fleur …“, warnte er.

Doch Fleur hatte sich schon wieder Iris zugewandt. „Hat mein Bruder dir zufällig gesagt, dass ich schwanger bin?“

Richard sank das Herz. Er warf Iris einen verzweifelten Blick zu. Sie war weiß wie die Wand. Er wollte zu ihr gehen, sie in die Arme schließen und beschützen, aber er wusste auch, dass er das Einzige war, wovor sie beschützt werden musste.

„Bald wird man es sehen können“, sagte Fleur, ihr Ton eine einzige Verhöhnung von Sitte und Anstand. Sie strich ihr Kleid glatt, spannte den hellrosa Stoff über ihrem Bauch. „Na, das wird ein Spaß!“

„Meine Güte, Fleur“, fauchte Richard, „hast du überhaupt kein Taktgefühl?“

„Gar keins“, entgegnete Fleur unbußfertig. „Ich bin jetzt eine gefallene Frau.“

„Sag das nicht“, stieß Richard hervor.

„Warum nicht? Stimmt doch.“ Fleur wandte sich an Iris. „Du hättest ihn nicht geheiratet, wenn du von seiner elend ruinierten Schwester gewusst hättest, oder?“

Iris schüttelte den Kopf, drehte ihn immer wieder hin und her, als wüsste sie selbst nicht, was sie dachte. „Wusstest du das?“, fragte sie ihn. Dann hob sie die Hand, fast wie um ihn abzuwehren. „Nein, natürlich wusstest du es.“

Richard trat vor, versuchte ihren Blick aufzufangen. „Iris, ich habe dir da etwas zu erzählen.“

„Bestimmt finden wir eine Lösung“, sagte Iris. Ihre Stimme hatte eine merkwürdige, fast panische Färbung angenommen. Sie sah zu Fleur, zum Schrank, sie sah überallhin, nur nicht zu ihrem Mann. „Es ist keine gute Lage, sicher, aber du bist nicht die erste junge Dame, die in dieser Situation ist, und …“

„Iris“, sagte Richard ruhig.

„Du hast die Unterstützung deiner Familie“, sagte sie zu Fleur. „Dein Bruder liebt dich. Ich weiß, dass er dich liebt, und du weißt es auch. Wir lassen uns etwas einfallen. Es gibt immer eine Lösung.“

Er schaltete sich ein. „Ich habe mir schon etwas einfallen lassen, Iris.“

Endlich sah sie ihn an.

Sie flüsterte: „Warum hast du mich geheiratet, Richard?“

Es war an der Zeit, die Wahrheit zu sagen.

„Du wirst vorgeben, schwanger zu sein, Iris. Und dann ziehen wir Fleurs Baby als unser legitimes Kind auf.“

19. Kapitel

Iris sah ihren Mann mit wachsender Bestürzung an. Er konnte doch wohl nicht meinen … Er würde nie …

„Nein", sagte sie. *Nein*, das würde sie nicht tun. *Nein*, das konnte er unmöglich von ihr verlangen.

„Ich fürchte, dass dir gar nichts anderes übrig bleibt", sagte Richard grimmig.

Offenen Mundes starrte sie ihn an. „Mir bleibt nichts anderes *übrig*?"

„Wenn wir das nicht tun, ist Fleur ruiniert."

„Das hat sie ja wohl schon recht gut allein hinbekommen", fauchte Iris, bevor sie überhaupt daran denken konnte, ihre Worte rücksichtsvoll zu wählen.

Fleur lachte hart auf und wirkte beinahe amüsiert über Iris' Beleidigung, doch Richard tat einen Schritt vor und warnte Iris empört: „Du sprichst hier von meiner Schwester."

„Und du sprichst *mit* deiner Frau!", rief Iris. Entsetzt von dem gequälten Ton ihrer Stimme, schlug Iris sich die Hand vor den Mund und wandte sich ab. Sie konnte ihm nicht ins Gesicht sehen. Jetzt nicht.

Sie hatte gewusst, dass er etwas verbarg. Noch während sie sich in ihn verliebte und sich einzureden versuchte, sie bilde sich das alles nur ein, hatte sie gewusst, dass es für ihre überstürzte Heirat irgendeinen Grund geben müsse. Aber etwas Derartiges hatte sie sich nie vorgestellt. Sie hätte es sich gar nicht vorstellen *können*.

Es war Wahnsinn. Wahnsinn, und doch erklärte es alles. Von

der überstürzten Heirat bis zu seiner Weigerung, die Ehe zu vollziehen … es ergab alles einen schrecklichen Sinn. Kein Wunder, dass er seine Braut so schnell finden musste. Und natürlich konnte er auch nicht riskieren, dass Iris schwanger wurde, bevor Fleur ihr Baby auf die Welt brachte. *Das* hätte Iris sich sehr gern von ihm erklären lassen.

Unter den gegebenen Umständen würden sie behaupten müssen, dass Iris ihr Kind einen Monat – vielleicht sogar zwei – zu früh geboren hätte. Und dann, wenn das Kind proper und gesund auf die Welt kam, würden alle glauben, dass sie hätten heiraten müssen, dass Richard sie vor der Hochzeit verführt hätte.

Iris lachte harsch auf. Lieber Gott, nichts könnte der Wahrheit ferner liegen.

„Du findest das komisch?", wollte Richard wissen.

Sie schlang die Arme um sich, versuchte die schmerzhafte Hysterieblase zu bezwingen, die in ihr aufstieg. Sie drehte sich um, damit sie ihm ins Gesicht blicken konnte, und erwiderte: „Nicht im Geringsten."

Er war so klug, nicht weiter nachzufragen. Iris konnte sich den wilden Blick in ihren Augen nur vorstellen.

Nach ein paar Augenblicken räusperte Richard sich und sagte: „Mir ist klar, dass du in eine schwierige Lage gebracht wurdest …"

Schwierig? Ihr blieb der Mund offen stehen. Er wollte, dass sie eine Schwangerschaft vorspielte und dann das Kind einer anderen Frau als ihr eigenes ausgab? Und nannte das dann *schwierig*?

„… aber du wirst bestimmt noch einsehen, dass es die einzig mögliche Lösung ist."

Nein. Sie schüttelte den Kopf. „Das kann nicht sein. Es muss einen anderen Weg geben."

„Glaubst du, ich hätte mir diese Entscheidung leicht gemacht?", fragte Richard und wurde dabei vor Zorn immer lauter. „Glaubst du, ich hätte nicht jede mögliche Alternative in Betracht gezogen?"

Iris wurde der Brustkorb eng, und sie unterdrückte das Bedürfnis, nach Luft zu schnappen. Sie konnte nicht atmen. Sie konnte kaum *denken*. Wer *war* dieser Mann? Bei ihrer Heirat war er beinahe ein Fremder für sie gewesen, doch sie hatte ihn für einen guten, ehrlichen Menschen gehalten. Sie hatte ihm erlaubt, sie auf die demütigend intimste Art zu küssen, die man sich nur vorstellen konnte, und dabei *kannte* sie ihn nicht einmal.

Sie hatte sogar gedacht, sie sei dabei, sich in ihn zu verlieben.

Und das Schlimmste war, er könnte sie zwingen, es zu tun. Das wussten sie beide. In der Ehe war das Wort des Mannes Gesetz, Aufgabe der Frau war es, ihm zu gehorchen. Oh, sie könnte zu ihren Eltern laufen, aber die würden sie nur nach Maycliffe zurückschicken. Vielleicht wären sie schockiert, vielleicht hielten sie es für verrückt, dass Richard einen derartigen Plan überhaupt in Erwägung zog, aber am Ende würden sie ihr sagen, dass er ihr Mann sei und sie sich seinen Wünschen zu fügen habe.

„Du hast mich getäuscht", flüsterte sie. „Du hast mich mit einem Trick dazu gebracht, dich zu heiraten."

„Tut mir leid."

Es tat ihm wohl tatsächlich leid, aber das war keine Entschuldigung.

Dann stellte sie die entsetzlichste Frage von allen: „Warum ich?"

Richard wurde bleich.

Iris spürte, wie ihr alles Blut aus dem Körper wich, und sie stolperte rückwärts. Die unausgesprochene Antwort war wie ein Schlag in den Magen gewesen. Er brauchte nichts zu sagen, die Antwort stand ihm direkt ins Gesicht geschrieben. Richard hatte sie gewählt, weil er es *konnte*. Weil er gewusst hatte, dass sie mit ihrer bescheidenen Mitgift und ihrem unscheinbaren Äußeren keine Verehrer hätte, die sich um ihre Hand rissen. Eine junge Frau wie sie würde sich nach der Ehe sehnen. Eine junge Frau wie sie würde einen Mann wie ihn niemals zurückweisen.

Lieber Himmel, hatte er vielleicht *Erkundigungen* über sie eingezogen? Natürlich. Musste er doch. Warum sonst wäre er auf der musikalischen Soiree aufgetaucht, wenn nicht, um ihr vorgestellt zu werden?

Winston Bevelstokes Gesicht stand auf einmal vor ihr, sein routiniertes, verbindliches Lächeln, als er sie miteinander bekannt gemacht hatte. Hatte er Richard bei der Wahl seiner Braut geholfen?

Iris schnürte es die Kehle zu, so schrecklich war das alles. Richard musste seine Freunde gebeten haben, ihm Listen der besonders verzweifelten Frauen zu erstellen. Und sie hatte diese Listen angeführt.

Sie war beurteilt worden. Und bemitleidet.

„Du hast mich gedemütigt", sagte sie kaum hörbar.

Niemand würde Sir Richard Kenworthy einen Dummkopf heißen. Er hatte genau gewusst, was für eine Braut er suchte – eine, die ihm so dankbar für seinen Heiratsantrag war, dass sie sofort einverstanden war und *ja, bitte* sagte, wenn er endlich die Wahrheit enthüllte.

Das also dachte er über sie.

Iris keuchte auf und schlug sich die Hand vor den Mund, um den Schrei zu ersticken, der in ihrer Kehle aufstieg.

Fleur betrachtete sie mit einem beunruhigend festen Blick und sagte zu Richard: „Wirklich, du hättest ihr die Wahrheit sagen müssen, bevor du ihr den Heiratsantrag machst."

„Halt die *Klappe*", fuhr er sie an.

„Sag ihr nicht, sie soll die Klappe halten", fauchte Iris.

„Ach, jetzt hast du dich also auf ihre Seite geschlagen?"

„Nun, auf *meiner* scheint ja keiner zu sein."

„Ich habe ihm übrigens gesagt, dass ich bei seinem Plan nicht mitmachen will", erklärte Fleur.

Iris drehte sich zu ihr um und schaute sie an, schaute sie zum ersten Mal an diesem Nachmittag richtig an, um zu sehen, ob sie jenseits des bockigen, überspannten Mädchens, das aus der Kutsche gestiegen war, noch etwas anderes an ihr entdecken konnte. „Bist du verrückt?", fragte sie. „Was hast du denn vor? Wer ist der Vater?"

„Natürlich niemand, den du kennst", fuhr Fleur sie an.

„Der jüngere Sohn eines Barons hier", sagte Richard ausdruckslos. „Er hat sie verführt."

Iris wirbelte zu ihm herum. „Und warum zwingst du ihn dann nicht, sie zu heiraten?"

„Er ist gestorben", erwiderte er.

„Oh." Iris hatte das Gefühl, jemand hätte ihr einen Schlag versetzt. „Oh." Sie sah zu Fleur. „Tut mir leid."

„Mir nicht", sagte Richard.

Iris' Augen weiteten sich schockiert.

„Er hieß William Parnell", zischte er. „Er war ein Bastard. Schon immer."

„Was ist passiert?", fragte Iris, nicht sicher, ob sie es überhaupt wissen wollte.

Richard hob die Augenbrauen. „Er ist über eine Balkonbrüstung gefallen, betrunken und mit einer Pistole in der Hand. Es ist ein Wunder, dass niemand erschossen wurde."

„Warst du dabei?", flüsterte Iris. Denn sie hatte das schreckliche Gefühl, dass er vielleicht etwas damit zu tun hatte.

„Natürlich nicht." Er warf ihr einen angewiderten Blick zu. „Es gab ein Dutzend Zeugen. Einschließlich dreier Prostituierter."

Iris schluckte unbehaglich.

Richards Gesicht hatte sich zu einer Maske verzerrt. Er fügte hinzu: „Ich sage dir das nur, damit du weißt, was für ein Mann er war."

Iris nickte stumm. Sie wusste nicht, was sie sagen sollte. Sie wusste nicht, was sie *fühlen* sollte. Nach einigen Augenblicken drehte sie sich zu Fleur um – meine neue Schwester, mahnte sie sich – und nahm ihre Hände. „Das tut mir wirklich leid." Sie schluckte, schlug einen vorsichtigen, ruhigen Ton an. „Hat er dir wehgetan?"

Fleur wandte sich ab. „So war das nicht."

Richard sprang vor. „Willst du damit sagen, du hast ihm *erlaubt* …"

„Hör auf!" Iris riss ihn zurück. „Mit Schuldzuweisungen ist doch nichts gewonnen."

Richard nickte knapp, doch er und Fleur beäugten sich weiterhin misstrauisch.

Iris schluckte. Sie wollte nicht unsensibel sein, aber sie hatte keine Ahnung, wie weit Fleurs Schwangerschaft schon gediehen war – ihr Kleid war weit genug, um die ersten Monate zu verdecken –, und fand, dass sie keine Zeit zu verlieren hatten.

„Gäbe es einen anderen Gentleman, der bereit wäre, dich zu heiraten?", fragte sie. „Jemand, der …"

„Ich werde keinen Fremden heiraten", sagte Fleur empört.

Ich habe es getan, schoss es Iris in den Kopf. Die Worte kamen ungebeten, aber sie waren unbestreitbar wahr.

Richard verdrehte verächtlich die Augen. „Ich habe auch gar kein Geld, um ihr einen Ehemann zu kaufen."

„Aber du könntest doch sicher jemanden finden …"

„Der ihr Kind als seinen Erben ausgibt, falls es ein Junge ist? Das würde eine ziemlich große Bestechungssumme erfordern."

„Aber du bist bereit, es zu tun", erklärte sie.

Richard zuckte zusammen. „Das Kind ist ja meine Nichte oder mein Neffe."

„Aber es ist nicht dein Kind!" Iris wandte sich ab, schlang sich die Arme um den Oberkörper. „Und meins auch nicht."

„Du kannst ein Kind nicht lieben, wenn es nicht von dir ist?", fragte er anklagend.

„Natürlich kann ich das. Aber das hier ist Betrug. Es ist falsch. Du weißt das ganz genau!"

„Ich wünsche dir viel Glück dabei, ihn davon zu überzeugen", sagte Fleur.

„Ach, um Himmels willen, gib endlich Ruhe!", fuhr Iris sie an. „Siehst du denn nicht, dass ich dir helfen will?"

Fleur zuckte zurück, verblüfft von Iris' Wutausbruch.

„Was wirst du tun, wenn wir einen Sohn bekommen?", sagte Iris zu Richard, „und dein Sohn – dein erstgeborener Sohn – kann Maycliffe nicht erben, weil du es schon weggegeben hast?"

Richard schwieg. Er hatte die Lippen so fest aufeinandergepresst, dass sie beinahe weiß waren.

„Du würdest deinem eigenen Kind das Erstgeburtsrecht verweigern?"

„Ich werde geeignete Vorkehrungen treffen", sagte er steif.

„Da kann man keine Vorkehrungen treffen", rief Iris. „Du kannst dir das nicht richtig überlegt haben. Wenn du ihren Sohn als unseren ausgibst, kannst du einen jüngeren Sohn nicht als Erben einsetzen. Du ..."

„Maycliffe steht nicht unter Fideikommiss", erinnerte Richard sie.

Zornig atmete Iris ein. „Das ist ja noch schlimmer. Du würdest Fleurs Sohn also in dem Glauben lassen, er sei dein Erstgeborener, und Maycliffe dann seinem jüngeren Bruder übergeben?"

„Natürlich nicht." Richard zischte beinahe. „Für wen hältst du mich eigentlich?"

„Ganz ehrlich? Ich weiß es nicht."

Er prallte zurück, hörte aber nicht auf zu reden. „Wenn nötig, teile ich den Besitz eben."

„Oh, das wäre sehr gerecht", meinte Iris schleppend. „Ein Kind bekommt das Haus und das andere die Orangerie. Da kann sich dann ja keines benachteiligt fühlen."

„Würdest du um Himmels willen endlich den Mund halten?", herrschte Richard sie an.

Iris schnappte nach Luft und schreckte vor seiner Lautstärke zurück.

„Das hätte ich an deiner Stelle lieber nicht gesagt", meinte Fleur.

Richard knurrte seiner Schwester etwas zu, Iris verstand es nicht, doch Fleur trat einen Schritt zurück, und dann standen alle wie erstarrt in einem unbehaglichen Bildnis, bis Richard tief Luft holte und emotionslos erklärte: „Nächste Woche fahren wir alle nach Schottland. Auf Verwandtenbesuch."

„Wir haben in Schottland keine Verwandten", erklärte Fleur rundweg.

„Jetzt schon."

Fleur sah ihn an, als wäre er übergeschnappt.

„Erst vor Kurzem im Familienstammbaum entdeckt", sagte er mit genügend falscher Munterkeit, um anzudeuten, dass er sich das Ganze nur ausdachte. „Hamish und Mary Tavistock."

„Jetzt erfindest du auch noch Verwandte?", höhnte Fleur.

Er ignorierte ihren Spott. „Dir wird es dort so gut gefallen, dass du dich zum Bleiben entschließt." Er lächelte sie süß an. „Für die nächsten Monate."

Fleur verschränkte die Arme. „Das werde ich nicht."

Iris sah Richard an. Der Schmerz in seinen Augen war kaum

zu ertragen. Einen Augenblick lang wäre sie am liebsten zu ihm gegangen, um ihm tröstlich eine Hand auf den Arm zu legen.

Aber nein. Nein. Er hatte ihren Trost nicht verdient. Er hatte sie angelogen. Er hatte sie aufs Übelste getäuscht.

„Ich kann nicht hierbleiben“, sagte sie plötzlich. In diesem Zimmer konnte sie nicht bleiben. Sie konnte ihn nicht ansehen. Oder seine Schwester.

„Du wirst mich nicht verlassen“, sagte Richard scharf.

Sie drehte sich noch einmal um, nicht sicher, ob ihr Gesicht vielleicht über ihre Fassungslosigkeit hinwegtäuschte. Oder ihre Verachtung. „Ich gehe in mein Zimmer“, sagte sie langsam.

Er trat von einem Fuß auf den anderen, er schämte sich offenbar. Gut.

„Ich möchte nicht gestört werden“, sagte Iris.

Weder Richard noch Fleur sagten ein Wort.

Iris stelzte zur Tür und riss sie auf. Draußen wäre sie fast über Marie-Claire gefallen, die stolpernd von der Tür wegsprang und eine Miene aufsetzte, als hätte sie nicht gerade unverhohlen gelauscht.

„Hallo“, sagte Marie-Claire und lächelte hastig. „Ich wollte gerade …“

„Ach, um Himmels willen“, fuhr Iris sie an, „du weißt es doch längst.“

Sie stürmte an ihr vorbei, ohne sich darum zu kümmern, dass sie das junge Mädchen zum Stolpern gebracht hatte. In ihrem Zimmer angekommen, knallte sie die Tür nicht zu, sondern schloss sie ganz sorgfältig. Mit merkwürdiger Distanziertheit beobachtete sie, wie ihre Finger zu beben begannen. Und dann zitterten ihr die Beine, sie musste sich haltsuchend an die Tür lehnen, und schließlich glitt sie an der Tür nach unten auf den Boden, wo sie sich zusammenkauerte und zu weinen begann.

Iris war schon eine ganze Minute fort, ehe Richard sich dazu überwinden konnte, seine Schwester anzusehen.

„Such die Schuld dafür nicht bei mir“, sagte Fleur leidenschaftlich. „Ich habe dich nicht darum gebeten.“

Richard versuchte nicht zu reagieren. Er hatte es so satt, mit ihr zu streiten. Im Augenblick sah er jedoch nichts anderes als Iris’ erschütterte Miene vor sich, und er hatte das schreckliche Gefühl, dass er irgendetwas in ihr zerbrochen hatte, etwas, was er nie wieder in Ordnung bringen könnte.

Ihm wurde kalt; der heiße Zorn des letzten Monats wich einer entsetzlichen Kälte. Er maß Fleur mit hartem Blick. „Dein Mangel an Dankbarkeit macht mich fassungslos.“

„Ich bin es nicht, die ihr einen so unmoralischen Betrug abverlangt.“

Richard biss die Zähne zusammen, bis sein Kiefer bebte. Warum kam sie nicht zur Vernunft? Er versuchte, sie zu beschützen, ihr ein glückliches, ehrbares Leben zu ermöglichen.

Fleur warf ihm einen verächtlichen Blick zu. „Hast du wirklich geglaubt, sie würde lächeln und ‚Wie Sie wünschen, Sir‘ sagen?“

„Ich behandele meine Frau, wie ich es für richtig halte“, stieß er hervor.

Fleur schnaubte.

„Mein Gott!“, explodierte er. „Du hast absolut kein …“ Er unterbrach sich, fuhr sich durchs Haar und stellte sich mit dem Rücken zu ihr ans Fenster. „Meinst du, mir macht das Spaß?“, zischte er. Er krampfte die Finger um das Fensterbrett. „Meinst du, es hat mir Spaß gemacht, sie zu täuschen?“

„Dann lass es doch einfach.“

„Jetzt ist es nicht mehr rückgängig zu machen."

„Aber du kannst es in Ordnung bringen. Du brauchst ihr nur zu sagen, dass sie mein Kind nicht stehlen muss."

Er wirbelte herum. „Das ist doch kein Diebstahl ..." Er fing ihren triumphierenden Blick auf und sagte: „Du genießt das hier richtig, stimmt's?"

Fleur sah ihn mit versteinertem Blick an. „Ich versichere dir, dass ich nichts von alledem genieße."

Er sah sie an, sah sie wirklich an. Wenn man etwas tiefer blickte, erkannte man, dass sie genauso erschüttert war wie Iris. Der Schmerz in ihrem Gesicht ... war er dafür verantwortlich? Nein. Nein. Er versuchte ihr zu helfen, sie vor dem ruinierten Leben zu bewahren, in das dieser Mistkerl Parnell sie gestürzt hatte.

Er ballte die Fäuste. Wenn dieser verdammte Schuft nicht hingegangen und gestorben wäre, hätte er ihn umgebracht. Nein, er hätte ihn erst mit Fleur in die Kirche geschleift und *dann* umgebracht. Er dachte daran, wie seine Schwester früher gewesen war, voller Träume und Romantik. Wenn die Sonne schien, hatte sie sich gern zum Lesen vor der Orangerie ins Gras gelegt. Sie hatte so gern *gelacht*.

„Erklär es mir doch", flehte er. „Warum widersetzt du dich so? Ist dir nicht klar, dass dies deine einzige Chance auf ein ehrbares Leben ist?"

Fleurs Lippen zitterten, und zum ersten Mal an diesem Nachmittag wirkte sie unsicher. In ihrem Gesicht sah er wieder das Kind, das sie einst gewesen war, und es brach ihm erneut das Herz.

„Warum kannst du mich nicht irgendwo als junge Witwe installieren?", fragte sie. „Ich könnte nach Devon gehen. Oder nach Cornwall. Irgendwohin, wo wir keine Menschenseele kennen."

„Ich hab nicht genug Geld, um dir einen richtigen Haushalt

zu finanzieren", sagte Richard. Aus Scham über seine finanziellen Schwierigkeiten wurde seine Stimme hart. „Und ich werde nicht erlauben, dass du in Armut lebst."

„Ich brauche nicht viel", sagte Fleur. „Nur ein kleines Cottage und …"

„Du glaubst, dass du nicht viel brauchst", unterbrach Richard sie. „Aber du weißt es nicht. Du hast dein ganzes Leben Dienstboten gehabt. Du musstest noch nie selbst einkaufen gehen oder dein eigenes Feuer anfachen."

„*Du* doch auch nicht", schoss sie zurück.

„Um mich geht es hier nicht. Ich bin nicht derjenige, der in ein undichtes Cottage zieht und sich dort wegen des Fleischpreises Sorgen macht."

Fleur wandte den Blick ab.

„Ich bin derjenige", sagte er sanfter, „der sich um dich sorgen muss, sich fragt, was ich tun soll, wenn du krank wirst oder man dich übervorteilt und ich dir nicht helfen kann, weil du so weit weg wohnst."

Fleur schwieg eine ganze Weile. „Ich kann den Vater meines Kindes nicht heiraten", sagte sie schließlich. „Und ich werde mein Kind nicht aufgeben."

„Es wird aber doch bei mir sein", erinnerte er sie.

„Aber es wäre nicht mehr *mein* Kind", rief sie. „Ich will nicht seine Tante sein."

„Das sagst du jetzt, aber was ist in zehn Jahren, wenn dir klar wird, dass niemand dich heiraten wird?"

„Das ist mir jetzt schon klar", sagte sie scharf.

„Wenn du das Kind behältst und selbst aufziehst, bist du für die ehrbare Gesellschaft verloren. Hier wirst du nicht bleiben können."

Sie regte sich nicht. „Dann würdest du dich also von mir lossagen."

„Nein“, erwiderte er rasch. „Niemals. Aber ich könnte dich nicht im Haus wohnen lassen. Nicht solange Marie-Claire noch unverheiratet ist.“

Fleur wandte den Blick ab.

„Dein Ruin ist ihr Ruin. Das weißt du doch sicher.“

„Natürlich weiß ich das“, entgegnete sie wütend. „Warum glaubst du, dass ich …“

Doch sie unterbrach sich und presste die Lippen aufeinander.

„Was?“, fragte er. Warum glaubte er, dass sie *was*?

Sie schüttelte den Kopf. Mit leiser, trauriger Stimme sagte sie: „Wir werden uns da nie einig werden.“

Er seufzte. „Ich versuche doch nur, dir zu helfen, Fleur.“

„Ich weiß.“ Sie sah zu ihm auf. Ihre Augen wirkten müde, traurig und vielleicht eine Spur weise.

„Ich liebe dich“, sagte er erstickt. „Du bist meine Schwester. Ich habe geschworen, dich zu beschützen. Und ich habe versagt. Ich habe *versagt*.“

„Du hast nicht versagt.“

Er streckte den Arm aus, deutete auf ihren immer noch flachen Bauch. „Willst du mir damit etwa sagen, dass du dich Parnell freiwillig hingegeben hast?“

„Ich habe dir doch gesagt, dass das nicht …“

„Ich hätte hier sein müssen. Ich hätte hier sein müssen, um dich zu beschützen, aber ich war nicht da. Um Himmels willen, Fleur, gib mir doch Gelegenheit, dich jetzt zu beschützen.“

„Ich kann nicht die Tante meines Kindes sein“, sagte sie still entschlossen. „Ich kann nicht.“

Richard rieb sich mit dem Handrücken über das Gesicht. Er war so müde. Er konnte sich nicht entsinnen, in seinem Leben je so müde gewesen zu sein. Er würde morgen mit ihr reden. Er würde sie zur Einsicht bringen.

Er ging zur Tür. „Tu nichts Überstürztes“, sagte er ruhig. Und fügte hinzu: „Bitte.“ Sie nickte einmal. Es war genug. Er vertraute ihr. Es war wirklich erstaunlich, aber er vertraute ihr.

Er verließ das Zimmer, blieb dann kurz im Flur stehen, um mit Marie-Claire zu reden. Sie stand immer noch in der Nähe der Tür, die Finger nervös ineinander verschlungen. Das Lauschen hatte sie sich wohl sparen können, denn der größte Teil der Unterhaltung war in ziemlicher Lautstärke geführt worden.

„Soll ich reingehen?“, fragte sie.

Er zuckte die Achseln. Er hatte keine Antworten. So ging er einfach weiter.

Er wollte mit Iris reden. Er wollte ihre Hand nehmen und ihr erklären, dass ihm das alles auch verhasst war, dass es ihm leidtat, sie getäuscht zu haben.

Aber es tat ihm nicht leid, sie geheiratet zu haben. Das würde es nie.

Vor ihrer Tür blieb er stehen. Sie weinte.

Er wollte sie in die Arme nehmen.

Aber wie konnte er sie trösten, wenn er es war, der ihr das angetan hatte?

Und so ging er weiter, vorbei an seiner eigenen Schlafzimmertür und die Treppe hinunter. Er trat in sein Arbeitszimmer und schloss die Tür. Er blickte auf sein halb leer getrunkenes Glas mit Weinbrand und befand, dass er bei Weitem noch nicht genug getrunken hatte.

Diesem Problem war leicht beizukommen.

Er trank das Glas aus und goss nach. Dann hob er das Glas und prostete wortlos dem Teufel zu.

Wenn doch nur all seine Probleme so leicht zu lösen wären.

20. Kapitel

Nie zuvor hatte sich Maycliffe so still und kalt angefühlt.

Am nächsten Morgen saß Richard schweigend beim Frühstück. Sein Blick folgte Fleur, die sich an der Anrichte ihr Essen aussuchte. Sie setzte sich ihm gegenüber, doch sie redeten nicht, und als Marie-Claire den Raum betrat, fiel ihre Begrüßung überaus einsilbig aus.

Iris kam nicht herunter.

Richard bekam sie den ganzen Tag nicht zu Gesicht. Als der Gong zum Dinner ertönte, stand er vor ihrer Tür und hob die Hand, um anzuklopfen, doch er brachte es nicht fertig. Er konnte einfach den Ausdruck auf ihrem Gesicht nicht vergessen, als er ihr gesagt hatte, was sie tun müsse; konnte ihr Schluchzen nicht vergessen, nachdem sie sich in ihr Zimmer geflüchtet hatte.

Er hatte gewusst, dass es so kommen würde. Er hatte es von dem Augenblick an befürchtet, als er ihr den Ring an den Finger steckte. Aber es war so viel schlimmer, als er es sich vorgestellt hatte. Ahnungsvolles Schuldbewusstsein war tiefstem Abscheu gewichen, und er war sich wirklich nicht sicher, ob er sich je wieder wohl in seiner Haut fühlen würde.

Früher war er ein guter Mensch gewesen. Vielleicht nicht der beste, aber im Wesentlichen doch gut. Oder nicht?

Am Ende klopfte er nicht bei Iris an. Er ging allein in den Speisesalon und hielt auf dem Weg nur inne, um ein Dienstmädchen anzuweisen, seiner Frau ein Tablett mit Essen zu bringen.

Zum Frühstück am nächsten Morgen kam Iris auch nicht herunter, woraufhin Marie-Claire sich eifersüchtig zeigte. „Es ist so ungerecht, dass verheiratete Frauen im Bett frühstücken dürfen und ich nicht", sagte sie und stach ihr Messer in die Butter. „Es gibt wirklich keine ..."

Sie unterbrach sich. Richards und Fleurs wütende Mienen hätten jeden zum Schweigen gebracht.

Am Morgen darauf entschloss Richard sich, mit seiner Frau zu reden. Ihm war klar, dass sie es nach einem solchen Schock verdient hatte, ein wenig in Ruhe gelassen zu werden, doch ihr war sicher ebenso bewusst wie ihnen allen, dass sie gegen die Zeit arbeiteten. Er hatte ihr drei Tage gewährt, mehr konnte er ihr nicht geben.

Wieder frühstückte er mit seinen Schwestern, nicht dass einer von ihnen ein Wort gesprochen hätte. Er überlegte, wie er sich Iris am besten nähern sollte, versuchte, seine Worte zu schlüssigen und überzeugenden Sätzen zu arrangieren, als sie in der Tür erschien. Ihr Kleid war in hellstem Blau gehalten, ihrer Lieblingsfarbe, und ihr Haar war zu einem kunstvollen Gebilde aus Zöpfchen und Schleifen aufgesteckt, das er gar nicht beschreiben konnte. Er hatte sie noch nie so sorgfältig zurechtgemacht gesehen.

Sie hatte eine Rüstung angelegt, erkannte er. Er konnte ihr deshalb keinen Vorwurf machen.

Iris blieb einen Augenblick stehen. Er sprang auf, nachdem er sich dabei ertappt hatte, wie er sie anstarrte. „Lady Kenworthy", sagte er mit äußerster Ehrerbietung. Es war vielleicht ein wenig zu formell, doch seine Schwestern saßen noch am Tisch, und sie sollten nicht denken, dass er für seine Frau etwas anderes als größte Hochachtung empfand.

Iris sah ihm eisig entgegen, senkte zum Gruß kurz das Kinn zu einem kleinen Nicken, und dann machte sie sich an der Anrichte zu schaffen. Richard sah zu, wie sie eine kleine Portion Eier auf den Teller gab und dann zwei Scheiben Speck und eine Scheibe Schinken hinzufügte. Ihre Bewegungen waren ruhig und präzise, und er musste ihre Contenance bewundern, als sie sich setzte und sie der Reihe nach begrüßte: „Marie-Claire", dann „Fleur", schließlich „Sir Richard".

„Lady Kenworthy", erwiderte Marie-Claire höflich.

Iris erinnerte sie nicht daran, sie doch mit Vornamen anzusprechen.

Richard blickte auf seinen Teller. Es waren nur noch ein paar Bissen übrig. Er war gar nicht richtig hungrig, hatte aber das Gefühl, wenn Iris aß, müsste er auch essen, und so nahm er von einem Teller in der Mitte des Tisches eine Scheibe Toast und begann sie mit Butter zu bestreichen. In der Totenstille kratzte das Messer viel zu laut über das Brot.

„Richard?", murmelte Fleur.

Er sah sie an. Vielsagend blickte sie zu seinem Toast, der, um der Wahrheit die Ehre zu geben, ziemlich übel zugerichtet war.

Aus nicht sehr erfindlichen Gründen funkelte Richard sie wütend an und biss dann wütend in sein Brot. Verdammt. Es war staubtrocken. Er sah nach unten. Die ganze Butter, die er auf dem Toast hatte verteilen wollen, war auf dem Messer zusammengeklumpt.

Mit einem Knurren schmierte er die inzwischen ziemlich weiche Butter aufs Brot und nahm noch einen Bissen. Iris sah ihn beunruhigend unverwandt an und sagte dann tonlos: „Konfitüre?"

Er blinzelte, überrascht vom Klang ihrer Stimme in der Stille. „Danke", sagte er und nahm von ihr das Schälchen entgegen. Er hatte keine Ahnung, um welche Frucht es sich handelte – dunkelrot, vermutlich würde sie ihm schmecken –, aber das war ihm auch egal. Bis auf seinen Namen war dies das erste Wort, das sie nach drei Tagen an ihn gerichtet hatte.

Nachdem eine weitere Minute oder so verstrichen war, befürchtete er schon, es könnte auch das einzige Wort für die nächsten drei Tage bleiben. Richard verstand zwar nicht recht, wie es sein konnte, dass das Schweigen verschiedene Peinlichkeitsgrade erreichen konnte, aber diese Vier-Personen-Stille war unendlich schlimmer als die, die er nur mit seinen Schwestern erduldet hatte. Ein kalter Hauch hatte sich über den Raum gelegt, der nicht die Temperatur betraf, sondern die Stimmung, und jedes Mal, wenn eine Gabel gegen das Geschirr schlug, klang es wie klirrendes Eis.

Und dann ergriff zum Glück Marie-Claire das Wort. Richard kam in den Sinn, dass sie vielleicht die Einzige war, die das konnte. Sie war die Einzige, die in der makabren Farce, in die sich sein Leben verwandelt hatte, keine Rolle spielte.

„Schön, dich wieder unten zu sehen", sagte sie zu Iris.

„Schön, wieder unten zu sein", sagte Iris und sah Marie-Claire dabei kaum an. „Mir geht es schon wieder viel besser."

Marie-Claire blinzelte. „Warst du krank?"

Iris nahm einen Schluck Tee. „Gewissermaßen."

Aus dem Augenwinkel sah Richard, wie Fleur den Kopf drehte.

„Und geht es dir jetzt wieder gut?", fragte er und fixierte Iris so lange, bis sie gezwungen war, ihn anzusehen.

„Durchaus." Sie wandte sich ihrem Toast zu, legte ihn dann mit einer merkwürdig bedachten Geste wieder hin. „Bitte um Verzeihung", sagte sie und erhob sich.

Richard stand sofort auf, und diesmal taten es ihm seine Schwestern nach.

„Du hast keinen Bissen gegessen", sagte Marie-Claire.

„Mein Magen ist leider etwas verstimmt", erwiderte Iris in

einem Ton, den Richard viel zu gelassen fand. Sie legte ihre Serviette neben ihrem Teller auf dem Tisch ab. „Meines Wissens sind derartige Beschwerden durchaus nicht ungewöhnlich für Frauen in meinem Zustand."

Fleur keuchte.

„Wollt ihr mich nicht beglückwünschen?", sagte Iris tonlos.

Richard erkannte, dass er dazu nicht in der Lage war. Er hatte bekommen, was er wollte – nein, nicht was er *wollte*, er hatte das nie *gewollt*. Aber er hatte bekommen, wonach er verlangt hatte. Iris mochte es nicht freudestrahlend getan haben, doch im Grunde hatte sie eben bekannt gegeben, dass sie schwanger sei. Zwar nur vor drei Leuten, die genau wussten, dass das nicht stimmte, aber dennoch, sie hatte zu verstehen gegeben, dass sie tun würde, was Richard von ihr verlangte. Er hatte gewonnen.

Beglückwünschen konnte er sie dazu nicht.

„Bitte entschuldigt mich", sagte Iris und ging aus dem Raum.

Er stand wie erstarrt. Und dann ...

„Warte!"

Irgendwie war er wieder zu Sinnen gekommen, zumindest so weit, wie nötig war, um sich in Bewegung zu setzen. Er verließ das Zimmer, wobei er sich bewusst war, dass ihn seine beiden Schwestern wie vom Donner gerührt anstarrten. Er rief Iris' Namen, doch sie war nirgends zu sehen. Seine Frau war schnell, dachte Richard reuig. Entweder das, oder sie versteckte sich vor ihm.

„Liebling?", rief er, ohne sich darum zu scheren, ob ihn der ganze Haushalt hören konnte. „Wo bist du?"

Er sah in den Salon, dann die Bibliothek. Verdammt. Vermutlich war es ihr gutes Recht, ihm die Sache nicht zu leicht zu machen, aber es wurde höchste Zeit, dass sie miteinander sprachen.

„Iris!“, rief er noch einmal. „Ich muss wirklich mit dir reden!“

Zutiefst entmutigt stand er auf dem Flur. Entmutigt und gleich darauf äußerst verlegen. William, der jüngere der beiden Lakaien, stand in einem Durchgang und beobachtete ihn.

Richard verzog finster das Gesicht und weigerte sich, von dem Lakaien Notiz zu nehmen.

Doch dann begann William zu zucken.

Richard konnte nicht anders, er musste ihn ansehen.

Williams Kopf ruckte nach links.

„Ist mit Ihnen alles in Ordnung?“ Richard konnte die Frage nicht länger hinauszögern.

„Mylady“, sagte William laut flüsternd. „Sie ist in den Salon gegangen.“

„Jetzt ist sie nicht mehr dort.“

William blinzelte. Er tat ein paar Schritte und steckte den Kopf durch die Tür des fraglichen Raums. „Der Geheimgang“, sagte er und drehte sich zu Richard herum.

„Der …“ Richard runzelte die Stirn und sah William über die Schulter. „Sie glauben, dass sie in einen der Geheimgänge gegangen ist?“

„Aus dem Fenster wird sie wohl nicht geklettert sein“, versetzte William. Er räusperte sich. „Sir.“

Richard trat in den Salon. Sein Blick fiel auf das bequeme blaue Sofa. Es war zu einem von Iris’ Lieblingsleseplätzen geworden – nicht dass sie in den letzten Tagen ihr Schlafzimmer verlassen hätte. Am anderen Ende war ein geschickt getarntes Wandpaneel, das den Eingang zum meistgenutzten Geheimgang von Maycliffe verbarg. „Sie sind sicher, dass sie in den Salon gegangen ist?“, sagte er zu William.

Der Lakai nickte.

„Dann muss sie im Geheimgang sein.“ Richard zuckte die

Achseln und durchquerte den Raum mit drei langen Schritten. „Vielen Dank, William", sagte er, während er sich mit den Fingern an dem verborgenen Schloss zu schaffen machte.

„Keine Ursache, Sir."

„Trotzdem danke", sagte Richard und nickte. Blinzelnd spähte er in den dunklen Gang. Er hatte vergessen, wie kalt und feucht es dort werden konnte. „Iris?", rief er. Weit konnte sie nicht gekommen sein. Er bezweifelte, dass sie Zeit gehabt hatte, sich eine Kerze anzuzünden, und im Gang war es nach der ersten Biegung, die vom Haus wegführte, finster wie die Nacht.

Doch er erhielt keine Antwort. Richard zündete eine Kerze an, stellte sie in eine kleine Laterne und betrat den verborgenen Gang. „Iris?", rief er noch einmal. Immer noch keine Antwort. Vielleicht hatte sie den Gang doch nicht betreten. Sie war zornig, aber sie war nicht dumm; sie würde sich nicht in einem kohlrabenschwarzen Loch verstecken, nur um ihm aus dem Weg zu gehen.

Er hielt die Laterne nach unten, damit sie ihm leuchtete, und schritt vorsichtig voran. Die Geheimgänge von Maycliffe waren nicht gepflastert, der Boden war rau und uneben, voller loser Steine und hier und da sogar einer Baumwurzel. Plötzlich hatte er ein Bild vor Augen, wie Iris hinfiel, sich den Knöchel verstauchte oder sich, schlimmer noch, den Kopf stieß ...

„Iris!", schrie er noch einmal, und diesmal wurde er mit einem winzigen Geräusch belohnt, das irgendwo zwischen einem Schniefen und einem Schluchzen einzuordnen war. „Gott sei Dank", hauchte er. Seine Erleichterung war so groß, dass er nicht einmal dazu kam, es zu bedauern, dass sie offensichtlich versuchte, nicht zu weinen. Er folgte einer langen, flachen Biegung, und dann sah er sie plötzlich vor sich. Wie ein Kind kauerte sie auf dem gestampften Lehmboden, die Arme um die Knie geschlungen.

„Iris!“, rief er und kniete neben ihr nieder. „Bist du hingefallen? Hast du dich verletzt?“

Ihr Kopf ruhte auf ihren Knien, und sie sah nicht auf, als sie ihn verneinend schüttelte.

„Bist du sicher?“ Er schluckte verlegen. Jetzt, wo er sie gefunden hatte, wusste er nicht, was er sagen sollte. Im Frühstücksraum war sie so wunderbar kühl und gefasst gewesen, mit *dieser* Frau hätte er debattieren können. Er hätte sich dafür bedanken können, dass sie bereit war, Fleurs Kind anzunehmen, er hätte ihr sagen können, dass es höchste Zeit war, Pläne zu schmieden. Zumindest hätte er irgendwelche *Worte* bilden können.

Doch als er sie jetzt so sah, so zusammengekauert und verlassen … war es um ihn geschehen. Vorsichtig streckte er die Hand aus und tätschelte ihr den Rücken, wobei er sich des Umstands schmerzlich bewusst war, dass sie von dem Mann, der sie in dieses Elend erst gestürzt hatte, wohl kaum Trost wünschte.

Doch sie entzog sich ihm nicht, und irgendwie machte ihn das nur noch verlegener. Er stellte die Laterne in sicherer Entfernung auf den Boden und kauerte sich neben sie. „Es tut mir leid“, sagte er, ohne recht zu wissen, wofür er sich entschuldigte – er hatte sich zu viel zuschulden kommen lassen, um jetzt nur für eine Sache um Verzeihung zu bitten.

„Ich bin gestolpert“, sagte sie plötzlich. Sie warf ihm einen trotzigen Blick zu. Einen trotzigen *tränenumflorten* Blick. „Ich bin *gestolpert*. Deswegen bin ich so außer mir. Weil ich gestolpert bin.“

„Natürlich.“

„Und es geht mir gut. Ich habe mich überhaupt nicht verletzt.“

Er nickte langsam und streckte ihr die Hand hin. „Darf ich dir trotzdem aufhelfen?“

Einen Moment regte sie sich nicht. Im flackernden Schein der Laterne sah Richard, wie sie eigensinnig das Kinn reckte, und dann legte sie ihre Hand in seine.

Er stand auf und zog sie mit sich hoch. „Bist du sicher, dass du gehen kannst?“

„Ich habe doch gesagt, dass ich nicht verletzt bin“, sagte sie, doch ihre Stimme klang rau, gezwungen.

Er antwortete nicht, hängte sie nur bei sich ein, nachdem er sich gebückt und die Laterne aufgehoben hatte. „Möchtest du in den Salon zurückgehen oder nach draußen?“, fragte er.

„Nach draußen“, sagte sie in hoheitsvollem Ton, obwohl ihr Kinn zitterte. „Bitte.“

Er nickte und geleitete sie voran. Sie schien nicht zu humpeln, doch es war schwer, sicher zu sein; sie hielt sich so steif. So oft waren sie miteinander spazieren gegangen während der kurzen Zeit, die er inzwischen als ihre Flitterwochen ansah, doch nie hatte sie sich so angefühlt wie jetzt, so gläsern und spröde.

„Ist es weit?“, fragte sie.

„Nein.“ Er hatte das Schlucken in ihrer Stimme gehört. Es gefiel ihm nicht. „Der Ausgang ist bei der Orangerie.“

„Ich weiß.“

Er hielt sich nicht damit auf, sie zu fragen, woher sie es wusste. Sicher von den Dienstboten – er wusste, dass sie nicht mit seinen Schwestern geredet hatte. Er hatte ihr die Geheimgänge zeigen wollen, hatte sich richtig darauf gefreut. Aber dafür war keine Zeit gewesen. Vielleicht hatte er sich auch nicht die Zeit genommen. Oder sie gezwungen, Zeit dafür zu finden.

„Ich bin gestolpert“, sagte sie noch einmal. „Ich wäre schon dort, wenn ich nicht gestolpert wäre.“

„Bestimmt“, murmelte er.

Sie blieb so abrupt stehen, dass er ins Straucheln geriet. „Wäre ich!“

„Das war nicht ironisch gemeint.“

Ihr Blick verfinsterte sich, und dann sah sie so rasch weg, dass er wusste, ihr Zorn richtete sich gegen sie selbst.

„Der Ausgang liegt direkt vor uns“, sagte er, kurz nachdem sie ihren Weg fortgesetzt hatten.

Sie nickte angespannt. Richard führte sie durch den letzten Abschnitt des Geheimgangs und ließ dann ihren Arm los, damit er die Tür in der Decke aufstoßen konnte. In diesem Teil des Ganges musste er immer gebückt gehen. Iris konnte aufrecht stehen, wie er amüsiert feststellte, ihr Blondschopf reichte gerade bis zur Decke.

„Da oben ist es?“, fragte Iris und sah zu der Luke hinauf.

„Es ist ein wenig schräg“, erwiderte er und machte sich an der Schließvorrichtung zu schaffen. „Von außen sieht es aus wie ein Schuppen.“

Sie sah einen Augenblick zu und sagte dann: „Es rastet von innen ein?“

Er biss die Zähne zusammen. „Würdest du das bitte halten?“ Er reichte ihr die Laterne. „Ich brauche beide Hände.“

Wortlos nahm sie die Laterne entgegen. Richard zuckte zusammen, als er sich den Zeigefinger am Schloss klemmte. „Gar nicht so einfach“, sagte er, als er es endlich löste. „Man kann es von beiden Seiten öffnen, muss aber wissen, wie es geht. Es ist kein normales Tor.“

„Ich hätte hier festgesessen“, stellte sie mit hohler Stimme fest.

„Aber nein.“ Er drückte die Tür auf und blinzelte in das helle Sonnenlicht, das auf sie herabströmte. „Du wärst umgekehrt und zum Salon zurückgegangen.“

„Die Tür hatte ich auch zugemacht.“

„Sie geht aber leichter auf“, log er. Vermutlich würde er ihr irgendwann zeigen müssen, wie es funktionierte, zu ihrer eigenen Sicherheit, doch jetzt würde er sie erst einmal in dem Glauben belassen, dass sie zurechtgekommen wäre.

„Ich kann nicht mal richtig weglaufen“, murmelte sie.

Er streckte die Hand aus, um sie die flachen Stufen hinaufzuführen. „Das hast du gemacht? Du bist weggelaufen?“

„Ich wollte verschwinden.“

„In dem Fall hast du deine Sache aber gut gemacht.“

Iris drehte sich zu ihm und sah ihn mit unergründlicher Miene an. Dann entzog sie ihm ihre Hand. Sie tat es, um ihre Augen damit zu beschatten, doch es fühlte sich wie eine Zurückweisung an.

„Du brauchst nicht nett zu mir zu sein“, sagte sie unverblümt.

Ihm blieb der Mund offen stehen, und er brauchte einen Augenblick, um seine Überraschung zu verbergen. „Aber warum denn nicht?“

„Ich *will* nicht, dass du nett zu mir bist.“

„Du willst nicht …“

„Du bist ein Ungeheuer!“ Sie presste sich eine Faust an den Mund, doch er hörte den erstickten Schluchzer dennoch. Und dann sagte sie sehr viel leiser: „Warum kannst du dich nicht einfach wie eines verhalten, damit ich dich hassen kann?“

„Ich will nicht, dass du mich hasst“, sagte er leise.

„Das hast nicht du zu entscheiden.“

„Nein“, stimmte er zu.

Sie wandte den Blick ab. Die Morgensonne ließ ihre kunstvoll geflochtene Zopffrisur glänzen wie eine Krone. Für ihn war sie so schön, dass es schmerzte. Am liebsten wäre er zu ihr gegangen, hätte die Arme um sie geschlungen und ihr süßen Unsinn ins Ohr geflüstert. Er wollte sie aufmuntern, und dann wollte er dafür sorgen, dass niemand ihr je wieder wehtat.

Das also, dachte er beißend, war seine Ehre.

Würde sie ihm je vergeben? Oder ihn zumindest verstehen? Ja, das, was er von ihr verlangte, war verrückt, aber er hatte es doch für seine Schwester getan. Um sie zu beschützen. Gerade Iris würde das doch sicher begreifen können.

„Ich möchte jetzt gern allein sein", sagte Iris.

Richard schwieg einen Augenblick, ehe er sagte: „Wenn das dein Wunsch ist." Doch er ging nicht. Er wollte noch einen Augenblick in ihrer Gegenwart, selbst schweigend.

Sie sah zu ihm auf, als wollte sie fragen: Was gibt es denn noch?

Er räusperte sich. „Darf ich dich zu einer Bank begleiten?"

„Nein, danke."

„Ich würde gern …"

„Hör auf!" Sie wich zurück und hob die Hand, als wollte sie einen bösen Geist abwehren. „Hör auf, *nett* zu sein. Was du da getan hast, war verwerflich."

„Ich bin kein Ungeheuer", erklärte er.

„*Doch*", rief sie. „Du musst eines sein."

„Iris, ich …"

„Verstehst du denn nicht? Ich will dich nicht mögen."

Richard verspürte einen Schimmer Hoffnung. „Ich bin dein Ehemann", sagte er. Sie sollte ihn mögen. Eigentlich sollte sie noch viel mehr empfinden.

„Du magst mein Ehemann sein, aber nur, weil du mich hereingelegt hast", sagte sie leise.

„So war es doch gar nicht", protestierte er, obwohl es *genau* so war. Doch die Sache war die, es hatte sich anders *angefühlt*, zumindest ein bisschen. „Du musst mich auch verstehen", versuchte er es, „die ganze Zeit … in London, als ich dir den Hof gemacht habe … All die Dinge, die dich zu einer so guten Wahl gemacht haben, waren auch Dinge, die ich so an dir mochte."

„Wirklich?" Es klang nicht höhnisch, nur ungläubig. „Du mochtest mich wegen meiner Verzweiflung?"

„Nein!" Herr im Himmel, wovon redete sie da?

„Ich weiß, warum du mich geheiratet hast", sagte sie empört. „Du hast eine Frau gebraucht, die *dich* noch mehr brauchen würde als du sie. Eine, die über einen verdächtig voreiligen Heiratsantrag hinwegsehen würde und verzweifelt genug wäre, dir *dankbar* zu sein, dass du sie heiratest."

Richard prallte zurück. Jetzt fand er es furchtbar, dass er genau diesen Gedanken einst im Kopf gehabt hatte. Er konnte sich nicht entsinnen, ihn speziell in Bezug auf Iris gedacht zu haben, aber er hatte ihn zweifellos im Kopf gehabt, bevor er ihr begegnet war. Aus dem Grund war er ja an jenem ersten schicksalhaften Abend zur musikalischen Soiree gegangen.

Er hatte von den Smythe-Smiths gehört. Und *verzweifelt* war genau das Wort, das in diesem Zusammenhang gefallen war.

Dieses Wort war es, das ihn angezogen hatte.

„Du hast eine Frau gebraucht", sagte Iris mit entsetzlicher Ruhe, „die nicht zwischen dir und einem anderen Gentleman wählen müsste. Du brauchtest eine, die sich zwischen dir und der Einsamkeit entscheiden musste."

„Nein", sagte er und schüttelte den Kopf. „Das ist nicht …"

„Doch, so war es!", rief sie. „Du kannst mir doch nicht erzählen, dass …"

„Vielleicht anfangs", unterbrach er sie. „Vielleicht habe ich anfangs gedacht, das wäre es, wonach ich Ausschau halten müsste … Nein, ich will ehrlich sein, ich *habe* danach Ausschau gehalten. Aber kannst du mir das vorwerfen? Ich musste doch …"

„Ja!“, rief sie. „Ja, ich werfe dir das vor. Bevor ich dir begegnet bin, war ich vollkommen glücklich.“

„Ach ja?“, sagte er rau. „Wirklich?“

„Ziemlich glücklich. Ich hatte meine Familie, ich hatte meine Freunde. Und es bestand immer noch die Möglichkeit, dass ich eines Tages jemanden finden würde, der …“ Ihre Worte verklangen, und sie wandte sich ab.

„Sobald ich dich näher kannte“, sagte er ruhig, „dachte ich anders darüber.“

„Ich glaube dir nicht.“ Ihre Stimme war zwar leise, doch ihre Worte waren knapp und klar artikuliert.

Er hielt sich ganz still. Wenn er sich bewegte, wenn er auch nur einen Finger in ihre Richtung ausstreckte, könnte er sich vielleicht nicht mehr bezähmen. Er wollte sie berühren, wollte es mit einer Leidenschaft, die ihn in Panik hätte versetzen sollen.

Er wartete darauf, dass sie sich umdrehte. Doch sie tat es nicht.

„Es fällt mir ein wenig schwer, mich mit deinem Rücken zu unterhalten.“

Sie spannte die Schultern an. Ganz langsam drehte sie sich zu ihm um. Ihre Augen glühten vor Zorn. Sie wollte ihn hassen, das konnte er sehen. Sie klammerte sich daran fest. Aber wie lang? Ein paar Monate? Ein Leben lang?

„Du hast mich genommen, weil ich dir leidgetan habe“, sagte sie leise.

Er versuchte, nicht zurückzuweichen. „So war das nicht.“

„Wie war es denn dann?“ Vor Zorn schwoll ihre Stimme an, und ihr Blick verdüsterte sich. „Als du mich gebeten hast, dich zu heiraten, als du mich *unbedingt* küssen musstest …“

„Das ist es doch!“, rief er. „Ursprünglich wollte ich dich nicht mal *fragen*. Ich hätte nie gedacht, dass ich eine Frau finden könnte, die ich nach so kurzer Zeit schon fragen könnte."

„Na, vielen Dank", sagte sie erstickt. Seine Worte hatten sie ganz offenbar beleidigt.

„So habe ich das doch nicht gemeint", sagte er ungeduldig. „Ich hatte angenommen, ich müsste die richtige Frau finden und sie in eine kompromittierende Lage bringen."

Iris sah ihn so enttäuscht an, dass es kaum zu ertragen war. Doch er redete weiter. Weil er weiterreden musste. Es war der einzige Weg, sie doch noch dazu zu bringen, ihn zu verstehen.

„Ich bin nicht stolz darauf, aber ich dachte, ich muss das tun, um meine Schwester zu retten. Und bevor du von mir das Schlimmste annimmst, ich hätte dich nie vor der Hochzeit verführt."

„Natürlich nicht." Sie lachte bitter. „Es wäre schließlich nicht angegangen, dass deine Frau und deine Schwester zur selben Zeit schwanger sind."

„Ja ... Nein! Ich meine, ja, natürlich, aber es war nicht das, was mir durch den Kopf gegangen ist. Himmel!" Er fuhr sich durch die Haare. „Glaubst du wirklich, dass ich nach allem, was meiner Schwester passiert ist, eine unschuldige junge Frau missbrauchen würde?"

Er sah, wie sie schluckte. Er sah, wie sie mit sich kämpfte und nach Worten rang. „Nein", sagte sie schließlich. „Nein. Ich weiß, dass du das nicht tun würdest."

„Vielen Dank", sagte er steif.

Sie wandte sich wieder ab, schlang sich die Arme um den Leib. „Ich möchte im Augenblick nicht mit dir reden."

„Das kann ich mir vorstellen, aber du musst. Wenn nicht heute, dann bald."

„Ich habe doch schon gesagt, dass ich deinem scheußlichen Plan zustimme."

„Nicht ausdrücklich."

Sie wirbelte noch einmal zu ihm herum. „Du zwingst mich dazu, es laut auszusprechen? Meine kleine Ankündigung beim Frühstück hat dir nicht gereicht?“

„Du musst mir dein Wort geben, Iris.“

Sie starrte ihn an. Er wusste nicht recht, ob in ihrem Blick Unglauben oder eher Entsetzen lag.

„Ich brauche dein Wort, weil ich deinem Wort vertraue.“ Er hielt einen Augenblick inne, damit sie sich *das* durch den Kopf gehen ließ.

„Du bist mein Ehemann“, sagte sie emotionslos. „Ich werde dir gehorchen.“

„Ich will nicht …“ Er unterbrach sich.

„Was willst du dann?“, platzte sie heraus. „Willst du, dass es mir auch noch *gefällt*? Dass ich dir sage, ich sei der Ansicht, wir täten das Richtige? Denn das kann ich nicht. Ich werde die ganze Welt belügen müssen, aber dich werde ich nicht anlügen.“

„Mir genügt, dass du Fleurs Kind annimmst“, sagte er, obwohl ihm das nicht reichte. Er wollte mehr. Er wollte alles, und er würde niemals das Recht haben, sie darum zu bitten.

„Küss mich“, sagte er so spontan, so plötzlich, dass er es selbst kaum fassen konnte.

„Was?“

„Ich werde nichts mehr von dir verlangen“, sagte er. „Aber jetzt küss mich, nur dieses eine Mal.“

„Warum?“, fragte sie.

Verständnislos sah er sie an. Warum? *Warum?* „Muss man dazu einen Grund haben?“

„Es gibt immer einen Grund“, sagte sie mit leiser, erstickter Stimme. „Was für ein Dummkopf ich doch war, nicht daran zu denken.“

Er spürte, wie sich seine Lippen bewegten, er suchte Worte

und fand keine. Er hatte einfach nichts, keine süße Poesie, die ihr Vergessen schenken würde. Der Morgenwind strich ihm über das Gesicht. Er beobachtete eine einsame Locke, die sich aus ihrem Zöpfchen löste und im Sonnenlicht glänzte wie Platin.

Wieso war sie so schön? Wieso hatte er es nicht bemerkt?

„Küss mich“, sagte er noch einmal, und diesmal fühlte es sich an, als bettelte er darum.

Es war ihm egal.

„Du bist mein Ehemann“, sagte Iris noch einmal. Ihr Blick senkte sich brennend in seinen. „Ich werde dir gehorchen.“

Es war ein heftiger Schlag. „Sag das nicht“, zischte er.

Trotzig presste sie die Lippen zusammen.

Richard verringerte die Entfernung zwischen ihnen, streckte schon die Hand aus, um sie am Arm zu packen, erstarrte jedoch im letzten Augenblick. Sanft, behutsam berührte er sie an der Wange.

Sie war so angespannt, dass er befürchtete, sie könnte zerbrechen, und dann hörte er es – einen leisen Atemhauch, einen Schluchzer des Ergebens, und sie drehte sich um und erlaubte ihm, ihre Wange zu umfassen.

„Iris“, flüsterte er.

Sie richtete den Blick auf ihn. In ihren hellblauen Augen lag unvorstellbare Trauer.

Er wollte ihr nicht wehtun. Er wollte sie auf Händen tragen.

„Bitte“, wisperte er, und seine Lippen waren nur noch ein winziges Stück von ihren entfernt. „Erlaube mir, dich zu küssen.“

21. Kapitel

Ihn küssen?

Iris hätte beinahe gelacht. Der Gedanke daran hatte sie die letzten Tage verzehrt, doch nicht so. Nicht, wenn sie nasse Wangen hatte und staubig war und ihr Ellbogen schmerzte, weil sie nicht mal in Würde weglaufen konnte und über die eigenen Füße gestolpert war. Nicht, wenn er im Geheimgang kein einziges Wort des Tadels für sie gefunden hatte und so verdammt *nett* zu ihr gewesen war.

Ihn küssen?

Es gab nichts, was sie sich mehr gewünscht hätte. Oder weniger. Ihr Zorn war das Einzige, was sie aufrechterhielt, und wenn er sie küsste … wenn *sie ihn* küsste …

Würde er sie es vergessen lassen. Und dann würde sie sich verlieren, noch einmal.

„Ich habe dich vermisst", murmelte er, und seine Hand an ihrer Wange fühlte sich so wunderbar warm an.

Sie sollte sich ihm entziehen. Das wusste sie, aber sie brachte es nicht fertig, sich zu bewegen. In diesem Augenblick gab es nichts außer ihm und ihr und die Art, wie er sie ansah, als brauchte er sie wie die Luft zum Atmen.

Er war ein hervorragender Schauspieler, das wusste sie jetzt. Er hatte sie nicht gänzlich in die Irre führen können – sie war stolz darauf, bemerkt zu haben, dass er irgendetwas vor ihr verbarg –, aber er war doch gut genug, um sie glauben zu machen, sie könne sich in ihn verlieben. Und so konnte sie nicht ausschließen, dass auch das hier gespielt war.

Vielleicht wollte er sie gar nicht. Vielleicht war alles, was er wollte, ihre Willfährigkeit.

Aber sie war sich nicht sicher, ob das eine Rolle spielte. Denn sie wollte ihn. Sie wollte seine Lippen spüren, seinen Atem auf ihrer Haut. Sie wollte den *Moment*. Diesen heiligen, frei schwebenden Augenblick, bevor sie sich berührten, in dem sie sich nur ansahen und sich begehrten.

Sich nacheinander verzehrten.

Das Vorgefühl. Es war fast besser als ein Kuss. Die Luft zwischen ihnen war schwer und voll Erwartung, warm und hitzegeschwängert von ihrem Atem.

Iris hielt ganz still, wartete darauf, dass er sie in die Arme nahm, sie küsste und für kurze Zeit vergessen ließ, dass sie der größte Dummkopf aller Zeiten war.

Doch er tat es nicht. Er stand stocksteif und sah ihr tief in die Augen. Er würde sie zwingen, es zu sagen. Er würde sie nicht küssen, ehe sie es ihm erlaubte.

Ehe sie zugab, ihn zu begehren.

„Ich kann nicht", flüsterte sie.

Er sagte kein Wort. Bewegte sich nicht einmal.

„Ich *kann* nicht", sagte sie noch einmal, erstickte fast an dem kurzen Satz. „Du hast mir alles genommen."

„Alles nicht", erinnerte Richard sie.

„Ach ja." Sie hätte beinahe gelacht über diese Ironie. „Die Unschuld hast du mir nicht geraubt. Sehr nett von dir."

Er trat von ihr weg. „Ach, um Himmels willen, Iris, du weißt, warum ..."

„Hör auf", unterbrach sie ihn. „Hör einfach auf. Verstehst du denn nicht? Ich will dieses Gespräch nicht."

Sie wollte es wirklich nicht. Er würde nur versuchen, ihr seine Gründe zu erklären, und sie wollte sie sich nicht anhören. Er würde ihr sagen, dass er keine andere Wahl hatte, dass er es aus Liebe zu seiner Schwester getan hatte. Und vielleicht stimmte das alles sogar, aber Iris war immer noch so verdammt *zornig*. Er hatte ihre Vergebung nicht verdient. Er hatte ihr Verständnis nicht verdient.

Er hatte sie gedemütigt. Er bekam keine Gelegenheit, ihr ihren Zorn auszureden.

„Es ist doch nur ein Kuss", sagte er sanft, doch so naiv war er nicht. Er musste wissen, dass es mehr war als ein Kuss.

„Du hast mir die Freiheit genommen", sagte sie und hasste es, dass ihre Stimme dabei vor Emotionalität bebte. „Du hast mir die Würde genommen. Meine Selbstachtung wirst du mir nicht nehmen."

„Du weißt, dass das nicht in meiner Absicht lag. Was kann ich tun, damit du es verstehst?"

Traurig schüttelte Iris den Kopf. „Vielleicht danach …" Sie blickte an sich hinunter, wo sich ihr leerer Leib unter ihren Kleidern verbarg. „Vielleicht werde ich Fleurs Baby lieben. Und vielleicht entscheide ich dann, dass es die Sache wert war, vielleicht sogar, dass es Gottes Plan entspricht. Aber jetzt im Moment …" Sie schluckte, versuchte Mitgefühl für das unschuldige Kind zu empfinden, das im Mittelpunkt von alledem stand. War es so unnatürlich, dass ihr nicht einmal das gelingen wollte? Vielleicht war sie einfach nur selbstsüchtig, zu verletzt von Richards Manipulationen, um das größere Ganze ins Auge zu fassen.

„Im Moment", sagte sie leise, „fühlt es sich nicht so an."

Sie trat einen Schritt zurück. Es war, als zerrisse sie ein Band. Sie fühlte sich als Herrin ihres Schicksals. Und unendlich traurig.

„Du solltest mit deiner Schwester reden", sagte sie.

Sein Blick huschte zu ihr.

„Außer du hast endlich ihre Zustimmung bekommen",

sagte Iris und beantwortete damit seine unausgesprochene Frage.

Richard schien vage beunruhigt darüber, dass sie es anzweifelte. „Seit ihrer Ankunft hat Fleur nicht mehr mit mir darüber gestritten."

„Und du betrachtest das als Einwilligung?" Ehrlich, Männer konnten so dumm sein.

Er runzelte die Stirn.

„Ich wäre nicht so sicher, dass sie sich deiner Meinung angeschlossen hat."

Richard sah sie scharf an. „Hast du mit ihr geredet?"

„Du weißt ganz genau, dass ich mit niemandem geredet habe."

„Dann solltest du vielleicht auch nicht herumspekulieren", sagte er in einem, wie Iris fand, unpassend schnippischen Ton.

Sie zuckte die Achseln. „Vielleicht nicht."

„Du kennst Fleur nicht", beharrte er. „Euer Kontakt hat sich auf ein einziges Gespräch beschränkt."

Iris verdrehte die Augen. „Gespräch" war nicht das Wort, das sie gewählt hätte, um die schreckliche Szene in Fleurs Zimmer zu beschreiben. „Ich weiß nicht, warum sie so entschlossen ist, das Kind zu behalten", sagte Iris. „Vielleicht ist das etwas, was nur eine Mutter verstehen kann."

Er zuckte zusammen.

„Das war nicht als Seitenhieb gemeint", erklärte sie kühl.

Richard begegnete ihrem Blick und murmelte: „Entschuldige bitte."

„Wie dem auch sei", fuhr Iris fort, „ich finde nicht, dass du dich in Sicherheit wiegen solltest, ehe Fleur dir ihre ausdrückliche Zustimmung gibt."

„Das wird sie schon."

Iris hob zweifelnd die Augenbrauen.

„Ihr bleibt gar nichts anderes übrig."

Und wieder: so *dumm*. Sie warf ihm einen mitleidigen Blick zu. „Glaubst *du*."

Er sah sie abschätzend an. „Du bist anderer Meinung?"

„Du weißt, dass ich von deinem Plan nichts halte. Aber das spielt kaum eine Rolle."

„Ich meinte", sagte er mit zusammengebissenen Zähnen, „ob du der Ansicht bist, dass sie das Kind allein aufziehen kann?"

„Was ich glaube, spielt keine Rolle", sagte Iris, obwohl sie in diesem Punkt tatsächlich mit ihm übereinstimmte. Fleur war verrückt, wenn sie glaubte, sie könnte die Not und Verachtung durchstehen, die sie als unverheiratete Mutter erdulden müsste. Fast so verrückt wie Richard, der glaubte, er könnte ihr Kind als seines ausgeben, ohne alle ins Unglück zu stürzen. Vielleicht würde es funktionieren, wenn das Kind ein Mädchen war, aber wenn Fleur einen Jungen zur Welt brachte …

Offensichtlich mussten sie seiner Schwester einen Ehemann besorgen. Iris verstand immer noch nicht, warum das außer ihr niemand einsehen wollte. Fleur weigerte sich rundheraus, eine Ehe in Betracht zu ziehen, und Richard wurde nicht müde zu behaupten, dass es niemand Passenden gab. Doch Iris konnte das kaum glauben. Es mochte ihnen an den nötigen Mitteln fehlen, um Fleur einen Ehemann mit guten Verbindungen zu kaufen, der ihr Kind bereitwillig annehmen würde, aber warum sollte sie keinen Hilfsgeistlichen heiraten können? Oder einen Soldaten? Oder sogar einen Handeltreibenden?

Für Snobismus war jetzt nicht die richtige Zeit.

„Wichtig ist", sagte Iris, „was Fleur will, und sie will Mutter werden."

„Das dumme, dumme Mädchen", erklärte Richard mit bitterem Flüstern harsch.

„Da kann ich dir nicht widersprechen."

Überrascht sah er sie an.

„Du hast kein Musterbeispiel an Barmherzigkeit und Versöhnlichkeit geheiratet", sagte sie spöttisch.

„Anscheinend nicht."

Iris schwieg einen Augenblick und sagte dann, beinahe pflichtbewusst: „Ich werde sie dennoch unterstützen. Und werde sie lieben wie meine Schwester."

„So, wie du Daisy liebst?", spöttelte er.

Iris starrte ihn an. Und dann lachte sie. Vielleicht prustete sie auch. Jedenfalls war es unbestreitbar ein Geräusch, das Belustigung signalisierte. Sie schlug die Hand vor den Mund, weil sie es selbst kaum fassen konnte. „Ich liebe Daisy aber", sagte sie und ließ die Hand auf die Brust sinken. „Ehrlich."

Über Richards Miene huschte ein leises Lächeln. „Du bist vielleicht barmherziger und versöhnlicher, als du denkst."

Iris prustete noch einmal. Daisy war *wirklich* nervtötend.

„Wenn Daisy dir Anlass gegeben hat zu lächeln, dann muss ich sie auch lieben."

Iris sah ihn an und seufzte. Er sah müde aus. Seine Augen lagen sonst schon ziemlich tief in den Höhlen, doch die Schatten darunter traten deutlicher hervor als sonst. Und die Fältchen in den Augenwinkeln … diejenigen, die ihn so verschmitzt wirken ließen, wenn er lächelte … waren nun Furchen der Erschöpfung.

Für ihn war das alles auch nicht einfach.

Sie wandte den Blick ab, wollte kein Mitgefühl empfinden.

„Iris", sagte Richard, „ich wollte nur … *verdammt.*"

„Was ist denn?" Sie drehte sich um und folgte seinem Blick zu dem Pfad, der vom Haus kam. „Oh …"

Fleur war unterwegs zu ihnen, stürmte mit zornigen Schritten auf sie zu.

„Sie wirkt nicht sehr glücklich“, sagte Iris.

„Nein, allerdings nicht“, sagte Richard ruhig, und dann seufzte er. Es war ein trauriger, erschöpfter Laut, und Iris verfluchte sich dafür, dass es ihr schier das Herz zerriss.

„Wie kannst du es wagen!“, rief Fleur, sobald sie in Hörweite war. Noch zwei Schritte, dann wussten sie, wen von beiden sie anklagte.

Iris.

„Was zum Teufel hast du eigentlich gedacht, was du da beim Frühstück gemacht hast?“, fragte Fleur.

„Gegessen“, erwiderte Iris, obwohl das streng genommen nicht stimmte. Sie war so in Panik gewesen, weil sie sich in vollem Bewusstsein auf die größte Lüge ihres Lebens einlassen wollte, dass sie keinen Bissen hinuntergebracht hatte.

Fleur warf ihr einen finsteren Blick zu. „Du hättest genauso gut ganz damit herausrücken und verkünden können, dass du schwanger bist.“

„Ich *bin* doch damit herausgerückt und habe es verkündet“, sagte Iris. „Ich *dachte*, genau das würde von mir erwartet.“

„Ich gebe dir das Baby jedenfalls nicht“, schäumte Fleur.

Iris warf Richard einen Blick zu, der deutlich besagte, dass das nun sein Problem sei.

Fleur drängte sich zwischen sie, spuckte Iris vor Zorn praktisch an. „Morgen wirst du mitteilen, dass du eine Fehlgeburt erlitten hast.“

„Wem denn?“, versetzte Iris. Als sie ihre kryptische Aussage gemacht hatte, war nur Familie im Raum gewesen.

„Kommt gar nicht infrage“, fuhr Richard sie an. „Hast du denn kein Mitgefühl? Siehst du nicht, was deine neue Schwester alles für dich aufgibt?“

Iris verschränkte die Arme. Es wurde aber auch Zeit, dass ihr Opfer einmal zur Kenntnis genommen wurde.

„Ich habe sie nicht darum gebeten", protestierte Fleur.

Doch Richard war unerbittlich. „Du kannst nicht klar denken."

Fleur schnappte nach Luft. „Du bist der gönnerhafteste, widerlichste …"

„Ich bin dein Bruder!"

„Aber *nicht* mein Aufseher."

Richards Ton wurde eisig. „Das sieht das Gesetz aber anders."

Fleur zuckte zurück, als hätte er sie geschlagen. Doch als sie antwortete, geschah es mit zornschäumender Heftigkeit. „Verzeih mir, wenn ich Schwierigkeiten habe, auf dein Pflichtgefühl zu bauen."

„Was zum Teufel soll das heißen?"

„Du hast uns verlassen!", rief Fleur. „Nach Vaters Tod. Du bist einfach gegangen."

Richards Gesicht, eben noch rot vor Zorn, wurde kreidebleich.

„Du konntest es gar nicht erwarten, uns loszuwerden", fuhr Fleur fort. „Vater war noch nicht mal in seinem Grab erkaltet, bevor du uns zu Tante Milton abgeschoben hast."

„Ich konnte mich doch nicht um euch kümmern."

Iris biss sich auf die Lippe, beobachtete ihn mit wachsamer Besorgnis. Seine Stimme bebte, und er wirkte …

Verstört. Er wirkte, als wäre er völlig am Boden zerstört, als hätte Fleur die eine eiternde Wunde in seiner Seele gefunden und den Finger hineingebohrt.

„Du hättest es versuchen können", flüsterte Fleur.

„Ich hätte versagt."

Fleurs Lippen spannten sich an. Vielleicht zitterten sie auch. Iris konnte nicht sagen, was sie fühlte.

Richard schluckte hart, und es dauerte ein paar Momente,

ehe er etwas erwiderte. „Glaubst du, ich bin stolz auf mein Verhalten? Ich habe jeden Augenblick der letzten Jahre mit dem Versuch zugebracht, es wiedergutzumachen. Nach Mutters Tod hätte Vater genauso gut weg sein können. Und dann habe ich …“ Er fluchte, fuhr sich mit der Hand durch die Haare und wandte sich ab. Als er weitersprach, war seine Stimme ruhiger geworden. „Ich versuche andauernd, ein besserer Mensch zu sein, als ich war, ein besserer Mensch, als *er* es war.“

Iris’ Augen weiteten sich.

„Ich komme mir so verdammt illoyal vor, und …“ Richard verstummte ganz plötzlich.

Iris wurde still. Fleur ebenfalls. Es war, als wäre Richards Reglosigkeit ansteckend, und nun standen sie alle drei da, angespannt, abwartend.

„Hier geht es nicht um Vater“, sagte Richard schließlich. „Und um mich auch nicht.“

„Und genau aus diesem Grund sollte es meine Entscheidung sein“, sagte Fleur scharf.

Oh Fleur, dachte Iris seufzend. Gerade als sich die Dinge zu beruhigen schienen, fuhr sie die Krallen aus.

Richard sah Iris an, sah ihre niedergeschlagene Haltung, und fuhr mit zornglühenden Augen seine Schwester an: „Schau doch, was du angerichtet hast!“

„Ich?“, kreischte Fleur.

„Ja, du. Dein Benehmen ist unglaublich selbstsüchtig. Ist dir denn nicht klar, dass ich Maycliffe möglicherweise an William Parnells Sohn übergeben muss? Hast du auch nur die geringste Vorstellung davon, wie entsetzlich ich das finde?“

„Du hast gesagt, dass du das Kind lieben wirst“, sagte Iris ruhig, „ganz egal, von wem es stammt.“

„Das werde ich auch“, fuhr Richard auf. „Aber das heißt

nicht, dass es mir leichtfiele. Und sie …“, anklagend deutete er auf Fleur, „… ist überhaupt nicht hilfreich.“

„Ich habe dich auch nicht darum gebeten!“, rief Fleur aus. Ihre Stimme bebte, aber sie hörte sich nicht mehr wütend an. Iris erkannte, dass sie eher klang, als stünde sie kurz vor dem Zusammenbruch.

„Das reicht jetzt, Richard“, sagte Iris plötzlich.

Verwirrt und verärgert drehte er sich zu ihr um. „Was?“

Iris legte den Arm um Fleur. „Sie muss sich hinlegen.“

Fleur stieß ein paar elende Schluchzer aus und sank dann weinend an Iris' Schulter zusammen.

Richard war wie vor den Kopf geschlagen. „Eben noch hat sie mich angeschrien“, sagte er in die Runde. Und dann zu Fleur: „Eben hast du mich noch angeschrien.“

„Geh weg“, weinte Fleur. Ihre Worte hallten durch Iris' Körper.

Richard starrte die beiden lange an und fluchte dann verhalten. „Jetzt bist du also auf ihrer Seite.“

„Hier gibt es keine Seiten“, sagte Iris, auch wenn sie keine Ahnung hatte, von wem er meinte, sie sei nun auf der Seite der anderen. „Verstehst du denn nicht? Das hier ist eine schreckliche Situation. Für alle. *Keiner* wird mit heilem Herzen aus der Sache hervorgehen.“

Ihre Blicke begegneten sich, nein, prallten aufeinander, worauf Richard sich auf dem Absatz umdrehte und davonschritt. Iris sah ihm nach, wie er hinter der Anhöhe verschwand, und stieß dann zischend den Atem aus.

„Bist du in Ordnung?“, fragte sie Fleur, die immer noch in ihren Armen lag und leise hickste. „Nein, du brauchst nicht zu antworten. Natürlich bist du nicht in Ordnung. Das ist keiner von uns.“

„Warum hört er bloß nicht auf mich?“, flüsterte Fleur.

„Er glaubt, dass er nur zu deinem Besten handelt."

„Aber das tut er nicht."

Iris bemühte sich, ruhig zu klingen. „Zu seinem eigenen Besten handelt er jedenfalls nicht."

Fleur löste sich aus Iris' Armen und trat einen Schritt zurück. „Zu deinem auch nicht."

„Ganz bestimmt nicht", stimmte Iris ätzend zu.

Missmutig presste Fleur die Lippen zusammen. „Er versteht mich einfach nicht."

„Ich auch nicht", gab Iris zu.

Fleur legte die Hand auf ihren flachen Bauch. „Ich liebe ... Entschuldigung, ich *habe* den Vater geliebt. Das Kind ist eine Frucht dieser Liebe. Ich kann es nicht einfach aufgeben."

„Du hast ihn *geliebt*?", fragte Iris. Wie war das möglich? Selbst wenn nur die Hälfte dessen stimmte, was Richard ihr erzählt hatte, war William Parnell ein schrecklicher Mensch gewesen.

Fleur blickte auf ihre Füße und murmelte: „Es ist schwer zu erklären."

Iris schüttelte nur den Kopf. „Versuche es gar nicht erst. Komm, wollen wir zum Haus zurückgehen?"

Fleur nickte, und sie setzten sich in Bewegung. Nach ein paar Augenblicken sagte sie ganz ohne Inbrunst: „Ich hasse dich immer noch, weißt du."

„Ich weiß", sagte Iris. Sie ergriff die Hand des jungen Mädchens und drückte sie. „Ich hasse dich auch manchmal."

Fleur sah sie beinahe hoffnungsvoll an. „Wirklich?"

„Manchmal." Iris bückte sich und pflückte einen Grashalm. Sie spannte ihn zwischen beiden Daumen und versuchte darauf zu pfeifen. „Ich will dein Baby eigentlich gar nicht, weißt du."

„Ich könnte mir auch keinen Grund vorstellen, warum du es haben wolltest."

Sie gingen weiter. Nach einigen Schritten fragte Iris: „Willst du mich nicht fragen, warum ich es tue?"

Fleur zuckte die Achseln. „Spielt doch keine Rolle, oder?"

Iris dachte einen Augenblick nach. „Nein, vermutlich nicht."

„Ich weiß, dass du es gut meinst."

Iris nickte abwesend und eilte im selben Tempo hügelaufwärts.

„Willst du das Kompliment nicht erwidern?", fragte Fleur.

Iris wandte scharf den Kopf. „Dass du es gut meinst?"

Verdrossen presste Fleur die Lippen zusammen.

„Vermutlich tust du es ja", gab Iris schließlich nach. „Ich muss zugeben, dass mir deine Motive absolut unverständlich sind, aber ich nehme an, dass du es gut *meinst.*"

„Ich will keinen Fremden heiraten."

„Ich habe es getan."

Fleur blieb abrupt stehen.

„Nun ja, fast", schwächte Iris ab.

„Du warst nicht von einem anderen schwanger."

Lieber Himmel, war das Gör nervtötend. „Niemand sagt, dass du deinen Bräutigam täuschen sollst", erklärte Iris. „Bestimmt findet sich ein Mann, der mit Freuden die Chance ergreift, sich mit deiner Familie zu verbinden."

„Und ich muss dann für den Rest meines Lebens dankbar sein", sagte Fleur bitter. „Hast du daran schon mal gedacht?"

„Nein", sagte Iris ruhig. „Habe ich nicht."

Sie hatten den Westrasen erreicht. Iris linste zum Himmel empor. Er war immer noch bedeckt, doch die Wolkendecke war dünner geworden. Vielleicht kam noch die Sonne heraus. „Ich bleibe ein wenig draußen."

Fleur sah ebenfalls auf. „Brauchst du denn dann nicht ein Schultertuch?"

„Ja, vermutlich."

„Ich kann ein Dienstmädchen mit einem Tuch herunterschicken."

Es war die eindeutigste Geste der Freundschaft, die Iris je erlebt hatte. „Das wäre wirklich hilfreich, danke."

Fleur nickte und betrat das Haus.

Iris setzte sich auf eine Bank und wartete auf die Sonne.

22. Kapitel

Bei Anbruch der Dunkelheit fühlte Iris sich ein wenig besser. Sie hatte den Rest des Tages allein verbracht und nur einen winzigen Funken schlechten Gewissens verspürt, als sie sich entschied, das Abendessen in ihrem Zimmer einzunehmen. Nach den morgendlichen Ereignissen mit Richard und Fleur war sie der Ansicht, sie habe es sich verdient, sich einen Tag jeglicher Gespräche zu enthalten. Die ganze Episode war enorm anstrengend gewesen.

Doch der Schlaf wollte sich nicht einstellen, so erschöpft sie auch war, und so gab sie nach Mitternacht jeden Versuch auf, warf die Decken zurück und tappte durch das Zimmer zu dem kleinen Schreibtisch, den Richard in der Woche davor dort hatte aufstellen lassen.

Sie sah auf die kleine Auswahl an Büchern, die dort lag. Bis auf die Geschichte Yorkshires hatte sie sie alle gelesen, doch das Geschichtsbuch wollte einfach nicht interessanter werden, nicht einmal in dem Kapitel über die Rosenkriege. Wie es dem Schriftsteller gelingen konnte, dieses Thema langweilig zu gestalten, würde sie nie erfahren, aber sie hatte aufgegeben, es herausfinden zu wollen.

Sie nahm den Stapel Bücher in die Arme, schob die Füße in die Slipper und ging zur Tür. Wenn sie in die Bibliothek hinunterschlich, würde sie niemanden wecken.

Die Dienstboten hatten sich längst zurückgezogen, im Haus war alles still. Dennoch schritt Iris vorsichtig aus, dankbar für die weichen Teppiche, die ihre Schritte dämpften. Zu Hause hatte sie jede knarrende Stelle, jede quietschende Türangel gekannt. Auf Maycliffe hatte sie noch keine Gelegenheit gehabt, sie kennenzulernen.

Stirnrunzelnd hielt sie inne. So war das nicht richtig. Sie musste aufhören, das Haus ihrer Eltern als ihr Zuhause zu betrachten. Maycliffe war jetzt ihr Zuhause. Daran musste sie sich gewöhnen.

Ein wenig empfand sie es wohl schon so. Trotz aller Dramen – und es gab hier weiß Gott jede Menge Dramen – wuchs Maycliffe ihr allmählich ans Herz. Das blaue Sofa im Salon war inzwischen fraglos *ihr* Sofa, und sie hatte sich bereits an das unverwechselbare Gezwitscher der gelbbäuchigen Vögel gewöhnt, die in der Nähe ihres Fensters nisteten. Sie wusste nicht, wie sie hießen, wusste nur, dass es sie in London nicht gab.

Sie begann sich hier zu Hause zu fühlen, so merkwürdig das auch schien. Zu Hause mit einem Ehemann, der nicht mit ihr schlafen wollte, einer Schwester, die sie (zumindest manchmal) dafür hasste, dass sie sie vor dem Ruin bewahren wollte, und einer anderen Schwester, die … die …

Sie dachte nach. Über Marie-Claire wusste sie wirklich nicht viel zu sagen. Seit jenem ersten Tag hatte Iris mit ihr nicht mehr als zwei Worte gewechselt. Dagegen musste sie etwas tun. Es wäre nett, wenn wenigstens eine von Richards Schwestern sie (manchmal) nicht als Verkörperung des Bösen sähe.

Unten an der Treppe wandte Iris sich nach rechts zur Bibliothek. Sie lag gleich den Flur hinunter, hinter dem Salon und Richards Arbeitszimmer. Sein Arbeitszimmer mochte sie ziemlich gern. In letzter Zeit hatte sie nicht oft Gelegenheit gehabt, diesen männlichen Rückzugsort aufzusuchen, aber der Raum war warm und gemütlich und bot denselben Ausblick nach Süden wie ihr Schlafzimmer.

Sie hielt einen Augenblick inne, um den Kerzenhalter umzugreifen, und blinzelte dann. War das weiter unten im Flur ein Licht oder nur ihre eigene Kerze, die tanzende Schatten warf, die einen in die Irre führten? Sie stand ganz still, hielt sogar den Atem an, und schlich sich dann leise vorwärts.

„Iris?“

Sie erstarrte. Ihr blieb nichts anderes übrig. Sie tastete sich vorwärts und linste in Richards Arbeitszimmer. Er saß in einem Sessel am Feuer, in der Hand ein halb gefülltes Glas.

Er neigte den zerzausten Kopf in ihre Richtung. „Dachte ich mir doch, dass du das sein könntest.“

„Tut mir leid. Habe ich dich gestört?“

„Gar nicht.“ Von seinem bequemen Platz lächelte er zu ihr auf. Iris dachte sich, dass er vielleicht ein wenig betrunken sein könnte. Es sah ihm nicht ähnlich, nicht aufzustehen, wenn eine Dame den Raum betrat.

Außerdem war es auch merkwürdig, dass er sie anlächelte, vor allem, wenn man daran dachte, wie sie sich voneinander verabschiedet hatten.

Sie drückte den kleinen Bücherstapel an ihre Brust. „Ich wollte mir etwas zu lesen holen“, sagte sie und nickte zur Bibliothek.

„Hatte ich mir schon gedacht.“

„Ich konnte nicht schlafen.“

Er zuckte die Achseln. „Ich auch nicht.“

„Ja, das sehe ich.“

Seine Lippen verzogen sich zu einem trägen Lächeln. „Was für spritzige Gesprächspartner wir beide sind.“

Iris lachte auf. Seltsam, dass sie jetzt, wo das Haus schlief, ihren Humor wiederfinden konnten. Vielleicht war es doch nicht so seltsam. Sie war den ganzen Tag über in nachdenklicher Stimmung gewesen, seit ihrer unerwarteten Annäherung an Fleur. Auch wenn sie so gut wie in keinem Punkt übereinstimmten, fand Iris, dass sie beide in der Lage gewesen waren, im anderen etwas Gutes zu sehen.

Dasselbe sollte ihr doch nun sicher auch bei Richard gelingen.

„Einen Penny für deine Gedanken", bat besagter Mann.

Iris hob die Augenbrauen. „Ich habe genügend Pennys, vielen Dank."

Theatralisch griff er sich ans Herz. „Getroffen! Mit einer Münze."

„Eigentlich ohne Münze", korrigierte Iris. Derartige Fehler würde sie niemals durchgehen lassen.

Er grinste.

„Es ist wichtig, immer in allen Dingen genau zu sein", erklärte sie, grinste dabei aber ebenfalls.

Er lachte leise und hielt sein Glas hoch.

„Möchtest du?"

„Was hast du da?"

„Whisky."

Iris blinzelte überrascht. Sie hatte noch nie gehört, dass ein Mann einer Frau einen Schluck Whisky anbot.

Sofort wollte sie welchen probieren.

„Nur ein wenig", sagte sie und legte ihre Bücher auf einem Tischchen ab. „Ich weiß ja nicht, ob er mir schmeckt."

Richard lachte und goss einen Fingerbreit der bernsteinfarbenen Flüssigkeit in ein Glas. „Wenn dir das nicht schmeckt, schmeckt dir Whisky nicht."

Sie warf ihm einen fragenden Blick zu und nahm auf einem Stuhl ihm gegenüber Platz.

„Das ist der beste, den es gibt", sagte er ohne falsche Bescheidenheit. „Hier ist es nicht schwer, den richtig guten

Stoff zu bekommen, Schottland ist nicht allzu weit entfernt."

Sie blickte ins Glas und roch daran. „Ich wusste nicht, dass du so ein Kenner bist."

Er zuckte die Achseln. „In letzter Zeit scheine ich eine Menge davon zu trinken."

Iris wandte den Blick ab.

„Ich hab aber nicht gesagt, dass ich dir die Schuld daran gebe." Er hielt inne, vermutlich, um einen Schluck zu nehmen. „Glaub mir, ich weiß, dass ich für dieses Kuddelmuddel selbst verantwortlich bin."

„Und Fleur", sagte Iris ruhig.

Sein Blick fand ihren, und er hob einen Mundwinkel. Nur ein bisschen. Nur genug, um ihr dafür zu danken, dass sie das anerkannte. „Und Fleur", stimmte er zu.

Mehrere Minuten saßen sie schweigend da. Richard trank seinen Whisky, während Iris vorsichtig an ihrem nippte. Sie entschied, dass er ihr schmeckte. Er war gleichzeitig heiß und kalt. Wie sonst sollte man etwas beschreiben, was einem in der Kehle brannte, bis einen ein Schauer überlief?

Sie brachte mehr Zeit damit zu, ihr Getränk anzusehen als ihren Ehemann, ließ den Blick erst dann zu seinem Gesicht schweifen, als er die Augen schloss und den Kopf an die Lehne seines Sessels sinken ließ. War er eingeschlafen? Vermutlich nicht. Niemand konnte so schnell einschlafen, vor allem nicht im Sitzen.

Sie hob das Glas an die Lippen, versuchte es mit einem größeren Schluck. Er rann ihr noch wärmer die Kehle hinab, obwohl das auch an all dem Whisky liegen mochte, der vorher schon diesen Weg genommen hatte.

Richard hielt die Augen immer noch geschlossen. Doch er schlief ganz bestimmt nicht, entschied sie. Seine Lippen waren geschlossen und entspannt, sie kannte den Ausdruck. Das tat er, wenn er nachdachte. Natürlich dachte er dauernd nach, die Menschen hörten nicht auf zu denken, aber er tat es, wenn er über etwas besonders Ärgerliches nachdachte.

„Bin ich ein so schlechter Mensch?", fragte er, ohne die Augen zu öffnen.

Iris öffnete überrascht den Mund. „Natürlich nicht."

Er seufzte ein wenig und schlug endlich die Augen auf. „Früher habe ich das von mir auch nicht angenommen."

„Natürlich bist du kein schlechter Mensch."

Er betrachtete sie eine Weile und nickte dann. „Gut zu wissen."

Iris wusste nicht recht, was sie dazu sagen sollte, und so nahm sie noch einen Schluck Whisky und legte den Kopf in den Nacken, um die letzten Tropfen herauszubekommen.

„Noch etwas?", erkundigte sich Richard und hob die Karaffe.

„Ich sollte lieber nicht", sagte sie, hielt ihm aber dennoch das Glas hin.

Er goss ihr ein, diesmal zwei Fingerbreit.

Sie betrachtete das Glas, hielt es auf Augenhöhe. „Werde ich davon betrunken?"

„Wahrscheinlich nicht." Er legte den Kopf schief, als rechnete er nach. „Vielleicht doch. Du bist klein. Hast du etwas zu Abend gegessen?"

„Ja."

„Dann wird es wohl in Ordnung sein."

Iris nickte und sah wieder in ihr Glas, ließ den Whisky darin ein wenig kreisen. Schweigend saßen sie da und tranken. Dann sagte sie: „Du solltest dich nicht für einen schlechten Menschen halten."

Er hob eine Augenbraue.

„Ich bin unglaublich wütend auf dich, und ich glaube, dass du einen Fehler machst, aber ich kann deine Beweggründe verstehen.“ Sie blickte in ihren Whisky, wie gebannt von der Art, wie er im Kerzenschimmer glänzte und glühte. Als sie weitersprach, war ihre Stimme nachdenklich. „Jemand, der seine Schwestern so liebt, kann einfach kein schlechter Mensch sein.“

Er schwieg einen Augenblick, dann … „Danke.“

„Es spricht wohl für dich, dass du bereit bist, ein solches Opfer auf dich zu nehmen.“

„Ich hoffe“, sagte er leise, „dass es sich nicht mehr wie ein solches Opfer anfühlt, wenn das Kind erst einmal auf der Welt ist.“

Iris schluckte. „Das hoffe ich auch.“

Urplötzlich beugte er sich vor, stützte die Unterarme auf die Knie. Durch die Bewegung befand sich sein Kopf unterhalb ihres Kopfes, und er sah durch seine dichten, dunklen Wimpern zu ihr auf. „Weißt du, es tut mir wirklich leid.“

Sie schwieg.

„Dass du gezwungen wurdest, so etwas zu tun“, führte er unnötigerweise aus. „Es macht vermutlich keinen Unterschied, aber mir hat schrecklich davor gegraut, es dir zu erzählen.“

„Das will ich auch hoffen“, erwiderte sie, bevor sie daran denken konnte, ihren Ton zu zügeln. Natürlich hatte ihm davor gegraut. Sie konnte sich niemanden denken, dem so etwas Spaß machen würde.

„Nein, ich will damit sagen, ich wusste, dass du mich dafür hassen würdest.“ Er schloss die Augen. „Mir hat nicht davor gegraut, es dir zu sagen. Darüber habe ich gar nicht weiter nachgedacht. Ich wollte nur nicht, dass du mich hasst.“

Sie seufzte. „Ich hasse dich nicht.“

Er sah auf. „Das solltest du aber.“

„Nun ja, ich habe dich auch gehasst. Mindestens ein paar Tage lang.“

Er nickte. „Das ist gut."

Iris konnte sich das Lächeln nicht verkneifen.

„Dir das zu verwehren wäre ziemlich kleinlich von mir", sagte er reuig.

„Meinen Zorn?"

Er hob das Glas. Ein Toast? Vielleicht. „Du hast ein Anrecht darauf."

Iris nickte langsam, dachte: „Ach, was soll's?" und hob ihr Glas ebenfalls ein Stückchen.

„Worauf trinken wir?", fragte er.

„Ich habe keine Ahnung."

„Na gut." Er legte den Kopf schief. „Dann auf deine Gesundheit."

„Meine Gesundheit." Iris stieß ein ersticktes Lachen aus. Lieber Himmel, was für ein Einfall.

„Das wird sicher die gefahrloseste Schwangerschaft aller Zeiten", bemerkte sie.

Überrascht sah er ihr und die Augen, und dann formten sich seine Lippen zu einem schiefen Lächeln. „Du bekommst kein Kindbettfieber."

Sie nahm einen großen Schluck Whisky. „Ich werde meine Figur mit übernatürlicher Geschwindigkeit zurückerlangen."

„Die anderen Damen werden dich glühend beneiden", sagte er feierlich.

Iris lachte, schloss dabei vor Vergnügen kurz die Augen. Als sie Richard wieder ansah, begegnete sie einem aufmerksamen, ja beinahe forschenden Blick, und sein Ausdruck … er war weder amourös noch lustvoll, er war …

Dankbar.

Sie senkte den Blick, fragte sich, warum Dankbarkeit so enttäuschend wirkte. Er sollte ihr dankbar sein für all das, was sie für ihn tat, und doch …

Es fühlte sich nicht richtig an.

Es fühlte sich an, als wäre es nicht genug.

Sie ließ ihren Whisky kreisen. Viel war nicht übrig.

Als sie in der Dunkelheit Richards Stimme hörte, war sie weich und traurig zugleich. „Was sollen wir tun, Iris?"

„Tun?"

„Wir haben eine lebenslange Ehe vor uns."

Iris starrte in ihren Whisky. Bat er sie, ihm zu vergeben? Sie war sich nicht sicher, ob sie dazu schon bereit war. Und doch, irgendwie wusste sie, dass sie es tun würde. War es das, was die Liebe ausmachte? Dass man das Unverzeihliche verzieh? Wenn das einer ihrer Schwestern oder Kusinen passiert wäre, hätte Iris dem Ehemann nie vergeben, niemals.

Aber hier ging es um Richard. Und sie liebte ihn. Am Ende war das alles, was zählte.

Am Ende.

So weit war es jetzt noch nicht.

Sie schnaubte ein wenig. Das war mal wieder typisch für sie. Zu wissen, dass sie ihm vergeben würde, aber sich zu weigern, es gleich zu tun. Es ging jedoch nicht darum, ihn leiden zu lassen. Es ging nicht einmal darum, nachtragend zu sein. Sie war einfach noch nicht bereit. Er hatte gesagt, dass sie ein Anrecht auf ihren Zorn hatte, und so war es auch.

Sie sah auf. Er beobachtete sie geduldig.

„Es wird schon gut werden", sagte sie. Mehr konnte sie ihm nicht anbieten. Sie hoffte, dass er es verstand.

Er nickte, stand auf und streckte ihr die Hand hin. „Darf ich dich zu deinem Zimmer bringen?"

Ein Teil von ihr sehnte sich danach, seinen warmen Körper neben sich zu spüren, auch wenn nur ihre Hand auf seinem Arm lag. Aber sie wollte sich nicht noch mehr in ihn verlieben. Zumindest nicht in dieser Nacht. Sie lächelte ihn bedauernd an. „Ich bin mir nicht sicher, ob das eine so gute Idee wäre."

„Darf ich dich dann zur Tür begleiten?"

Iris sah ihn an. Die Tür war keine fünf Schritte entfernt. Eine unnötigere Geste musste man sich erst einmal einfallen lassen, und dennoch konnte sie nicht widerstehen. Sie legte ihre Hand in seine.

Er drückte sie ein wenig und hob sie dann an, als wollte er ihre Finger an die Lippen führen. Doch dann schien er es sich anders zu überlegen, verflocht stattdessen seine Finger mit ihren und ging mit ihr zur Tür.

„Gute Nacht", sagte er, gab ihre Hand aber nicht frei.

„Gute Nacht", sagte sie, versuchte jedoch nicht, sich ihm zu entziehen.

„Iris ..."

Sie sah auf. Er würde sie küssen. Sie sah es in seinen Augen, sie waren glühend und eindringlich vor Begehren.

„Iris", sagte er noch einmal, und sie sagte nicht Nein.

Mit warmen Fingern fasste er sie unters Kinn und hob ihr Gesicht an. Immer noch wartete er, und schließlich konnte sie nicht mehr anders und senkte ein Stückchen das Kinn. Es war kaum als Nicken zu erkennen, doch er hatte es gespürt.

Langsam, so langsam, dass sie glaubte, die Welt hätte sich seither zweimal um ihre Achse gedreht, neigte er sein Gesicht zu ihrem herab. Ihre Lippen trafen sich, die Berührung war weich und elektrisierend. Er streifte ihre Lippen, die leichte Reibung ließ Schauer bis ins Zentrum ihrer Selbst rieseln.

„Richard", flüsterte sie. Vielleicht hörte er die Liebe in ihrer Stimme. Vielleicht war es ihr in diesem Moment einfach egal.

Ihre Lippen öffneten sich, doch er vertiefte den Kuss nicht. Stattdessen lehnte er seine Stirn an ihre.

„Du solltest jetzt gehen", sagte er.

Sie verharrte noch einen Augenblick und trat dann zurück.

„Danke“, sagte er.

Sie nickte, legte die Hand auf den Türrahmen, als sie um ihn herumging.

Danke, hatte er gesagt.

Etwas in ihrem Herzen geriet in Bewegung. *Bald*, dachte sie. Bald wäre sie bereit, ihm zu vergeben.

Richard sah ihr nach.

Er sah, wie sie den Flur entlangschwebte und um die Ecke Richtung Treppe bog. Der Flur lag größtenteils im Dunkeln, doch das wenige vorhandene Licht schien sich in ihrem hellen Haar wie gesponnenes Sternenlicht zu fangen.

Sie war ein einziger Widerspruch. Äußerlich so ätherisch, innerlich so pragmatisch. Das liebte er an ihr, ihre Art, so gnadenlos vernünftig zu sein. Er fragte sich, ob das einer der Gründe war, warum er sich anfangs zu ihr hingezogen gefühlt hatte. Hatte er gedacht, dass die ihr eigene Vernunft ihr gestatten würde, das demütigende Zustandekommen ihrer Ehe zu verwinden? Dass sie nur mit den Achseln zucken und sagen würde: Aber ja, das ist doch nur logisch.

Was für ein Dummkopf er doch gewesen war.

Selbst wenn sie ihm vergab, und er glaubte allmählich, dass sie das tun könnte, würde er selbst sich niemals verzeihen.

Er hatte sie tief verletzt. Er hatte sie aus einem höchst verwerflichen Grund zur Frau genommen. Da war es nur angemessen, dass er sie jetzt so glühend lieben sollte.

So hoffnungslos.

Er konnte sich nicht vorstellen, dass sie sich je in ihn verlieben könnte, nicht nach allem, was er ihr angetan hatte. Aber er musste es versuchen. Und vielleicht war es ja genug, dass er sie liebte.

Vielleicht.

23. Kapitel

Am nächsten Morgen

Iris? Iris?"

Iris öffnete ein Auge. Nur eines, das andere war fest geschlossen und in ihr Kissen gedrückt.

„Oh, gut, du bist schon wach!"

Marie-Claire, dachte Iris mit ihrer üblichen Morgengereiztheit. Lieber Himmel, wie spät war es eigentlich, und was hatte das Mädchen in ihrem Zimmer zu suchen?

Iris schloss das Auge wieder.

„Es ist halb elf", verkündete Marie-Claire munter, „und draußen ist es ungewöhnlich warm."

Iris konnte sich nicht vorstellen, was das mit ihr zu tun haben sollte.

„Ich dachte, wir könnten einen Spaziergang machen."

Ah.

Die Matratze senkte sich unter Marie-Claires Gewicht, als das Mädchen am Rand Platz nahm. „Wir hatten noch gar keine Gelegenheit, uns näher kennenzulernen."

Iris stieß ein Seufzen aus, das normalerweise vom Schließen ihrer Augen begleitet worden wäre, wenn sie nicht schon mit dem Gesicht nach unten auf dem Kissen gelegen hätte. Genau dasselbe hatte sie sich am Abend davor auch gedacht. Allerdings hatte sie in dieser Angelegenheit nicht vor Mittag tätig werden wollen.

„Wollen wir?", fragte Marie-Claire, die derart energiegeladen und quietschvergnügt schien, dass es kaum auszuhalten war.

„Mmmpfgrlglick."

Ein sehr kurzes Schweigen, dann ... „Wie bitte?"

Iris knurrte in ihr Kissen. Sie wusste wirklich nicht, wie sie sich noch deutlicher hätte ausdrücken können.

„Iris? Bist du krank?"

Schließlich rollte Iris sich herum und sagte, um deutliche Aussprache bemüht: „Morgens ist nicht meine beste Zeit."

Marie-Claire starrte sie nur an.

Iris rieb sich die Augen. „Vielleicht, wenn wir ein wenig später ... was?" Das letzte Wort kam mit einiger Schärfe heraus.

„Ähm ..." In bizarrer Annäherung an eine Grimasse dehnte Marie-Claire einen Mundwinkel. „Deine Wange."

Iris stieß einen betroffenen Seufzer aus. „Ein Kissenabdruck?"

„Ach. Das ist es also?" Diese Frage wurde mit genügend Frechheit gestellt, dass Iris am liebsten zur Waffe gegriffen hätte.

„Hast du so etwas denn noch nie gesehen?", fragte sie stattdessen.

„Nein." Marie-Claire runzelte die Stirn. „Ich schlafe immer auf dem Rücken. Fleur vermutlich auch."

„Ich schlafe in vielen Positionen", brummte Iris. „Vor allem aber schlafe ich ... aus."

„Verstehe." Marie-Claire schluckte, doch das war das einzige Anzeichen von Verlegenheit. Gleich darauf fügte sie hinzu: „Na, jetzt bist du ja wach, dann kannst du genauso gut aufstehen und den Tag begrüßen. Ich glaube nicht, dass noch Frühstück übrig ist, aber Mrs. Hopkins kann dir bestimmt eine kalte Mahlzeit zurechtmachen. Die kannst du ja dann mitnehmen."

Sehnsüchtig blickte Iris auf ihr Bett. Sie stellte es sich vor, duftend und sauber, obenauf ein Frühstückstablett. Aber Marie-Claire hatte ihr freundlich die Hand gereicht, sie wusste, dass sie die Geste annehmen musste. „Danke", sagte sie und hoffte, dass ihr Gesicht die Mühe, mit der sie sich dieses Wort abgerungen hatte, nicht zunichtemachte. „Das wäre herrlich."

„Wunderbar!", strahlte Marie-Claire. „Sagen wir, in ungefähr zehn Minuten in der Auffahrt?"

Iris wollte fünfzehn heraushandeln, besser noch zwanzig, doch dann dachte sie, jetzt war sie ohnehin wach. Wenn schon, denn schon. Zehn Minuten. Lieber Himmel.

Zu Marie-Claire sagte sie: „Warum nicht?"

Zwanzig Minuten später bummelten Iris und Marie-Claire über die westlichen Felder von Maycliffe. Iris wusste immer noch nicht genau, wohin sie unterwegs waren; Marie-Claire hatte etwas von Beerenpflücken gesagt, doch dafür schien es noch viel zu früh im Jahr. Iris war es auch gleichgültig. Sie hatte ein warmes, buttriges Teebrötchen in der Hand und war sich ziemlich sicher, dass dies das Beste war, was sie je gegessen hatte. Irgendwer in der Küche musste einfach aus Schottland kommen. Es war die einzige Erklärung.

Sie sprachen nicht viel, während sie dem Weg die Anhöhe hinunter folgten. Iris war damit beschäftigt, sich ihr Frühstück schmecken zu lassen, und Marie-Claire schien völlig zufrieden, neben ihr herzuhüpfen und dabei den Korb zu schwingen. Als sie jedoch unten angelangt waren und auf einen ausgetretenen Pfad einbogen, räusperte sich Marie-Claire und sagte: „Ich weiß nicht, ob irgendwer dir überhaupt schon richtig gedankt hat."

Iris wurde still, vergaß einen Augenblick sogar das Kauen. Sie hatte sich noch nicht an vielen Unterhaltungen mit Marie-

Claire erfreuen können, und das … Also, wenn sie ehrlich war, überraschte es sie.

„Für …“ Marie-Claire deutete auf Iris’ Mitte und beschrieb mit der Hand ungeschickt einen kleinen Kreis in der Luft. „Dafür.“

Iris richtete den Blick wieder auf den Pfad. Richard hatte ihr gedankt. Er hatte drei Tage dazu gebraucht, aber um ihm Gerechtigkeit wiederfahren zu lassen: Vor ihrem nächtlichen Gespräch hatte sie ihm auch keine Gelegenheit gegeben, sich zu entschuldigen. Und selbst wenn er es versucht hätte, wenn er an ihre Tür gedonnert und darauf bestanden hätte, dass sie ihn anhörte, hätte er damit nichts ausgerichtet. Sie hätte nichts von dem gehört, was er sagte. Sie war noch nicht bereit gewesen, ihm ein echtes Gespräch zu gewähren.

„Iris?“

„Bitte schön“, sagte Iris und gab vor, völlig versunken darin zu sein, eine Rosine aus dem Teebrötchen zu pulen. Sie hatte wirklich keine Lust, das alles mit Marie-Claire zu besprechen.

Das jüngere Mädchen war da anderer Ansicht. „Ich weiß, dass Fleur undankbar erscheint“, beharrte sie, „aber sie wird schon einlenken. Irgendwann.“

„Ich fürchte, ich kann deine Einschätzung nicht teilen“, sagte Iris. Sie hatte immer noch keine Ahnung, wie Richard die Sache ohne Fleurs Mitwirkung durchsetzen wollte.

„Sie ist nicht dumm, auch wenn sie sich jetzt so verhält. Und meistens ist sie auch nicht so … nun ja, nicht so emotional.“ Marie-Claire schürzte nachdenklich die Lippen. „Sie stand unserer Mutter sehr nahe, weißt du, viel mehr als Richard oder ich.“

Das hatte Iris nicht gewusst. Ihr gegenüber hatte Richard seine Mutter kaum erwähnt, nur dass sie gestorben war und er sie vermisste.

„Vielleicht hat das Fleur mütterlicher werden lassen", fuhr Marie-Claire fort. Sie sah Iris an und zuckte leicht die Achseln. „Vielleicht ist sie dem Baby deswegen so verbunden."

„Vielleicht", sagte Iris. Sie seufzte und blickte an sich hinab. Bald würde sie anfangen müssen, sich auszustopfen. Bisher hatte sie es nur noch nicht getan, weil zwischen Yorkshire und London dreihundert Meilen lagen. Hier waren die Damen nicht ganz so modebewusst, sie konnte ohne Probleme die Kleider der letzten Saison tragen. In der Hauptstadt rutschte die Taille nach unten, die schmeichelhaften Kleider des Regency mit ihren hohen Taillen und fließenden Röcken wichen weitaus komplizierter geschnittenen und unbequemen Roben. Bis 1840, prophezeite Iris, würden die Frauen so fest geschnürt sein, dass sie kaum noch vorhanden wären.

Schweigend setzten sie ihren Weg fort. Schließlich sagte Marie-Claire: „Also, ich danke dir."

„Bitte sehr", sagte Iris noch einmal und bedachte Marie-Claire mit einem leisen, reuigen Lächeln. Das Mädchen gab sich Mühe. Da konnte sie wenigstens liebenswürdig zu ihr sein.

„Ich weiß, dass Fleur sagt, sie möchte Mutter werden", fuhr Marie-Claire ungeniert fort, „aber ich finde das ziemlich selbstsüchtig von ihr. Wusstest du, dass sie sich noch kein einziges Mal bei mir entschuldigt hat?"

„Bei dir?", murmelte Iris. Eigentlich fand sie, dass *sie* diese Entschuldigung zuerst verdient hätte.

„Sie wird mich ruinieren", sagte Marie-Claire. „Das weißt du auch. Wenn du nicht tätest, was du tust …"

Wenn ich nicht täte, was ich tue, dachte Iris. Was für ein reizender Euphemismus.

„… und sie das Baby als ledige Mutter geboren hätte, dann hätte mich keiner haben wollen." Marie-Claire wandte sich mit fast kampflustiger Miene zu Iris um. „Vermutlich sagst du jetzt, ich wäre selbstsüchtig, aber du weißt, dass es stimmt."

„Ich weiß", sagte Iris ruhig. Vielleicht könnte Richard seiner Schwester ja eine Saison in London ermöglichen ... dann würden sie wohl jemanden für sie finden, jemanden, der weit entfernt von dieser Ecke Yorkshires lebte. Gerüchte verbreiteten sich schnell, aber normalerweise nicht so weit.

„Das alles ist so ungerecht. *Sie* macht einen Fehler, und *ich* muss dafür bezahlen."

„Ich glaube kaum, dass sie ungeschoren davonkommt", meinte Iris.

Ungeduldig presste Marie-Claire die Lippen zusammen. „Ja, gut, aber *sie* hat es auch verdient, im Gegensatz zu mir."

Auch wenn das keine sehr vorteilhafte Haltung war, musste Iris einräumen, dass Marie-Claire irgendwo recht hatte.

„Glaub mir, hier in der Gegend gibt es Mädchen, die nur so drauf *brennen*, einen Grund zu finden, mich zu schneiden." Marie-Claire seufzte, und etwas von ihrem Draufgängertum schien sich zu verflüchtigen. Sie sah Iris ein wenig verloren an. „Kennst du solche Mädchen auch?"

„Sogar einige", gab Iris zu.

Sie gingen noch ein paar Schritte, und dann sagte Marie-Claire plötzlich: „Ich glaube, ich kann ihr wohl ein wenig verzeihen."

„Ein wenig?" Iris hatte immer gedacht, dass Verzeihung eine Sache war, die man entweder ganz oder gar nicht betrieb.

„Ich bin nicht ganz uneinsichtig", sagte Marie-Claire und schniefte. „Ich sehe schon, dass sie in einer schwierigen Lage ist. Schließlich ist es ja nicht so, als könnte sie den Vater des Kindes heiraten."

Das stimmte, doch Iris fand immer noch, dass Fleur in der ganzen Sache extrem kurzsichtig war. Nicht dass sie glaubte,

Richard sei auf einem besseren Weg. Jeder Dummkopf konnte sehen, dass die Lösung darin lag, Fleur einen Ehemann zu suchen. Einen hochwohlgeborenen Gentleman konnte sie nicht erwarten: Richard hatte bereits erklärt, er könne es sich nicht leisten, ihr einen Mann zu kaufen, der über ihren Zustand hinwegzusehen bereit war. Aber in der Gegend gab es doch sicher irgendwen, der an einer Verbindung mit den Kenworthys interessiert wäre. Vielleicht ein Hilfsgeistlicher, der sich keine Sorgen machen müsste, dass sein Besitz an den Sohn eines anderen Mannes gehen könnte. Oder ein Grundbesitzer, der neu in der Gegend war und seine gesellschaftliche Position verbessern wollte.

Iris streckte die Hand nach einer zarten weißen Blüte aus, die in der Hecke gedieh. Sie fragte sich, um welche Pflanze es sich handelte. Im Süden Englands hatte sie die noch nie gesehen. „Einen Toten zu heiraten dürfte schwierig werden", versuchte sie zu scherzen. Doch es war nicht einfach, mit so viel Bitterkeit in der Stimme Witze zu reißen.

Marie-Claire schnaubte nur.

„Was?" Iris drehte sich um und betrachtete sie mit schmalen Augen.

Etwas an Marie-Claires Schnauben …

„*Also bitte*", erklärte Marie-Claire abfällig. „Fleur ist *so* eine Lügnerin."

Iris erstarrte, die Hand immer noch an der Hecke. „Wie bitte?"

Nervös biss Marie-Claire sich auf die Unterlippe, als wäre ihr erst jetzt klar geworden, was sie da sagte.

„Marie-Claire", sagte Iris und packte sie am Arm, „was soll das heißen, dass Fleur eine Lügnerin ist?"

Das junge Mädchen schluckte und schaute auf Iris' Finger. Iris lockerte ihren Griff nicht.

„Marie-Claire!", sagte sie streng. „Sag mir die Wahrheit!"

„Warum spielt das eine Rolle?", erwiderte Marie-Claire und versuchte sich von Iris loszureißen. „Sie ist schwanger, und sie wird nicht heiraten, und am Ende ist das alles, was die Leute interessiert."

Iris kämpfte gegen das Bedürfnis an, laut zu schreien. „Worüber hat sie denn gelogen?"

„Na über den Vater", ächzte Marie-Claire, die sich immer noch aus Iris' Griff zu lösen versuchte. „Lässt du mich jetzt endlich mal los?"

„Nein", sagte Iris knapp. „Es war nicht William Parnell?"

„Also bitte. Selbst Fleur ist klug genug, sich von ihm fernzuhalten." Marie-Claire blickte himmelwärts. „Gott sei seiner Seele gnädig." Sie dachte darüber nach. „Nehme ich zumindest an."

Iris packte sie fester. „Mir ist völlig egal, ob Gott seiner Seele gnädig ist oder nicht", knurrte sie. „Ich will wissen, warum Fleur gelogen hat. Hat sie es dir erzählt? Dass er nicht der Vater ist?"

Diese Bemerkung fasste Marie-Claire beinahe als Beleidigung auf. „Natürlich nicht."

„Wer ist es denn dann?"

Marie-Claire wählte ausgerechnet diesen Augenblick, eine spröde Miene aufzusetzen. „Das zu sagen steht mir nicht zu."

Iris riss ihre Schwägerin so hart und schnell am Arm, dass Marie-Claire kaum Zeit hatte, Luft zu holen, ehe sie Nase an Nase voreinander standen. „Marie-Claire Kenworthy", zischte Iris, „du wirst mir jetzt sofort den Namen des Vaters sagen, sonst Gnade dir Gott! Ich bringe dich nur deswegen nicht auf der Stelle um, weil man dafür am Galgen endet."

Marie-Claire konnte sie nur anstarren.

Iris' Hand schloss sich fester um Marie-Claires Oberarm.

„Ich habe vier Schwestern, Marie-Claire, von denen eine extrem nervtötend ist. Glaub mir, wenn ich dir sage, dass ich dir das Leben zur Hölle machen kann."

„Aber warum spielt es …"

„Spuck es aus!", brüllte Iris.

„John Burnham!", kreischte Marie-Claire.

Iris ließ sie los. „Was?"

„Es war John Burnham." Marie-Claire rieb sich den schmerzenden Arm. „Da bin ich mir fast sicher."

„Fast?"

„Na ja, sie ist dauernd los, um sich mit ihm zu treffen. Sie dachte, ich wüsste es nicht, aber …"

„Aber natürlich wusstest du es", murmelte Iris. Sie wusste, wie es zwischen Schwestern zuging. Es war einfach unmöglich, dass Fleur sich heimlich davonschlich, um sich mit einem Mann zu treffen, ohne dass Marie-Claire davon wusste.

„Ich werde den Arm in einer Schlinge tragen müssen", sagte Marie-Claire bockig. „Schau dir mal diese blauen Flecken an. So grob hättest du nicht sein müssen."

Iris ignorierte es. „Warum hast du denn nichts gesagt?"

„Wem denn? Meinem Bruder? Dem hätte das auch nicht besser gefallen als die Geschichte mit William Parnell."

„Aber John Burnham lebt!", rief Iris aus. „Fleur könnte ihn heiraten und ihr Baby behalten."

Marie-Claire sah sie mit verächtlicher Miene an. „Das ist ein Bauer, Iris. Nicht mal mit eigenem Land. Sein Land gehört uns."

„Bist du wirklich so ein Snob?"

„Du nicht?"

Iris prallte ob dieser Anklage zurück. „Was soll das heißen?"

„Ich weiß nicht", schoss Marie-Claire erbost zurück. „Aber

sag, wie hätte es *deiner* Familie gefallen, wenn du einen Pächter geheiratet hättest? Oder spielt das keine Rolle, weil *dein* Großvater ein Earl war?"

Das war's. Iris hatte die Nase gestrichen voll. „Halt die Klappe", fuhr sie das Mädchen an. „Du hast keine Ahnung, wovon du redest. Wenn der Titel meines Großvaters für mich ein Freibrief gewesen wäre, mich ungestraft danebenzubenehmen, dann hätte ich wohl kaum deinen Bruder geheiratet."

Marie-Claire starrte sie mit offenem Mund an.

„Richard hat mich geküsst, und dann stand ich plötzlich gefangen am Traualtar", platzte Iris heraus. Sie hasste es, sich daran zu erinnern. Sie hatte geglaubt, er hätte sie vielleicht tatsächlich begehrt, er sei vielleicht so von seiner Lust überwältigt gewesen, dass er nicht mehr an sich halten konnte. Die Wahrheit war weit weniger romantisch. Das, so lernte sie gerade, war die Wahrheit nie.

Mit einem harten Glitzern in den Augen wandte sie sich Marie-Claire zu. „Ich kann dir versichern, wenn ich auf irgendeine Weise schwanger von einem Pächter geworden wäre, hätte ich ihn geheiratet." Sie hielt einen Augenblick inne. „Vorausgesetzt, die Intimität geschah in beiderseitigem Einvernehmen."

Marie-Claire schwieg, worauf Iris hinzufügte: „Nach allem, was du über deine Schwester und Mr. Burnham erzählt hast, nehme ich an, dass die Beziehung einvernehmlich war."

Marie-Claire nickte angespannt. „*Dabei* war ich natürlich nicht", brummte sie.

Iris knirschte mit den Zähnen und dehnte die Finger; sie hoffte, sie könnte mit dieser Bewegung den Drang eindämmen, sie Marie-Claire um den Hals zu legen. Sie konnte nicht glauben, dass sie dieses Gespräch führten. Marie-Claire hatte nicht nur gewusst, dass John Burnham der wahre Vater von

Fleurs Baby war, und sich trotzdem entschlossen, den Mund zu halten, nein, sie schien auch noch zu glauben, dass es richtig gewesen sei, nichts zu verraten. Iris konnte es nicht fassen.

Lieber Himmel, lebte sie hier unter Vollidioten?

„Ich muss ins Haus zurück“, verkündete Iris. Sie drehte sich um und begann, den Hügel hinaufzulaufen. Die Sonne stieg langsam in den Zenit, die Luft war warm und angenehm, doch sie wollte nichts anderes, als sich in ihrem Zimmer einzuschließen und mit niemandem mehr zu reden.

„Iris“, sagte Marie-Claire, und etwas in ihrem Ton ließ sie innehalten.

„Was?“, fragte sie erschöpft.

Marie-Claire stand mehrere Augenblicke völlig reglos. Dann sagte sie: „Richard hat nicht … Also, ich meine, er würde doch nie …“

„Natürlich nicht!“, rief Iris aus, entsetzt von der bloßen Andeutung. Richard mochte sie mit seinen Avancen überrumpelt haben, aber er hatte sie ihr nicht gegen ihren Willen aufgedrängt. So etwas würde er niemals tun, dazu war er ein viel zu feiner Mann.

Iris schluckte. Über die guten Eigenschaften ihres Mannes wollte sie jetzt nicht nachdenken.

„Außerdem liebst du ihn“, sagte Marie-Claire leise. „Nicht wahr?“

Iris presste die Lippen aufeinander und atmete heftig durch die Nase. Sie konnte es nicht leugnen, aber laut aussprechen würde sie es auch nicht. Dazu *musste* sie einfach zu viel Stolz haben.

„Ich bin müde“, sagte sie.

Marie-Claire nickte, und dann wandten sie sich heimwärts. Doch sie hatten sich kaum in Bewegung gesetzt, als Iris etwas einfiel. „Warte mal“, sagte sie. „Warum hat Fleur denn nichts gesagt?“

„Wie?“

„Warum hat sie gelogen?“

Marie-Claire zuckte die Achseln.

„Sie muss sich doch etwas aus Mr. Burnham machen“, drängte Iris.

Marie-Claire zuckte noch einmal die Achseln. Iris hätte sie am liebsten geohrfeigt.

„Du hast gesagt, dass sie sich weggeschlichen hat, um sich mit ihm zu treffen“, sagte Iris. „Das legt ein gewisses Maß an Liebe doch nahe.“

„Na, ich habe sie nicht danach gefragt. Sie hat ja offenbar versucht, es zu verbergen. Hättest du das nicht auch?“

Entnervt stieß Iris die Luft aus. „Hast du dazu irgendeine Meinung?“, fragte sie so langsam, dass es fast beleidigend war. „Hast du vielleicht irgendeine Theorie, warum deine Schwester, was die Identität des Kindsvaters angeht, gelogen hat?“

Marie-Claire starrte sie an, als wäre sie nicht gescheit. „Er ist ein *Bauer*. Das habe ich dir doch gesagt.“

Nun hätte Iris sie *wirklich* gern geohrfeigt. „Soweit ich weiß, hätte sie einen Mann wie ihn ursprünglich wohl nicht geheiratet, aber wenn sie ihn liebt, dann ist es doch besser, ihn zu heiraten, als das Kind als ledige Mutter aufzuziehen.“

„Aber das tut sie ja nicht“, wandte Marie-Claire ein. „Sie gibt dir das Kind.“

„Da wäre ich mir nicht so sicher“, murmelte Iris. Fleur hatte sich nie ausdrücklich mit Richards Plan einverstanden erklärt. *Er* mochte ihr Schweigen für Zustimmung halten, doch Iris traute der Sache nicht.

Marie-Claire seufzte. „Bestimmt hat sie inzwischen erkannt, dass sie John Burnham unmöglich heiraten kann, ganz egal, was sie für ihn empfindet. Ich will nicht gefühllos klingen, wirklich nicht. Aber du bist nicht von hier, Iris. Du weißt nicht, wie es ist. Fleur ist eine Kenworthy. Wir sind seit Jahrhunderten die wichtigsten Gutsbesitzer von Flixton. Hast du irgendeine Ahnung, was das für einen Skandal gäbe, wenn sie einen ortsansässigen Bauern heiraten würde?“

„Schlimmer als die Alternative kann es wohl kaum sein.“

„Sie glaubt das offenbar“, erklärte Marie-Claire. „Und ihre Meinung ist doch wohl die, die zählt, meinst du nicht auch?“

Iris starrte sie lange an und sagte dann: „Du hast recht.“ Sie wandte sich ab und ging davon. Gnade ihr Gott, wenn sie Fleur fand.

„Warte!“, schrie Marie-Claire und raffte die Röcke, um ihr nachzulaufen. „Wohin gehst du?“

„Was meinst du wohl?“

„Ich weiß nicht.“ Marie-Claire klang beinahe sarkastisch, was Iris innehalten ließ. Als sie sich umsah, fragte Marie-Claire: „Zu Fleur oder zu Richard?“

Nun hielt Iris wirklich inne. Sie war noch nicht einmal auf die Idee gekommen, mit dieser Information zu Richard zu laufen. Aber vielleicht sollte sie das. Er war ihr Ehemann. Sollte er für sie nicht oberste Priorität haben?

Sollte er … doch dies war Fleurs Geheimnis. Es offenzulegen war Fleurs Aufgabe, nicht ihre.

„Und?“, fragte Marie-Claire.

„Zu Fleur“, sagte Iris knapp. Aber wenn Fleur sich nicht besann und Richard die Wahrheit sagte, würde Iris diese Aufgabe nur zu gern für sie übernehmen.

„Wirklich?“, sagte Marie-Claire. „Ich war mir sicher, dass du damit direkt zu Richard gehen würdest.“

„Warum hast du mich dann überhaupt gefragt?“, fuhr Iris sie an und setzte ihren Weg hügelan fort.

Marie-Claire ignorierte das. „Fleur wird dir nichts erzählen, weißt du?“

Iris blieb lang genug stehen, um Marie-Claire mit einem wütenden Blick zu durchbohren. „Du hast es mir ja schon erzählt.“

Marie-Claire erstarrte. „Du verrätst ihr doch nicht, dass ich es dir gesagt habe, oder?“

Iris sah sie ungläubig an. Dann sagte sie ein Wort, das sie noch nie in den Mund genommen hatte, und ging weiter.

„Iris!“, schrie Marie-Claire und rannte ihr nach. „Sie wird mich umbringen!“

„Wirklich? *Das* also ist deine Hauptsorge?“

Marie-Claire sank in sich zusammen. „Du hast recht.“ Und dann wiederholte sie es noch einmal. „Du hast recht.“

„Darauf kannst du Gift nehmen“, brummte Iris in sich hinein. Sie ging weiter. Erstaunlich, wie viel Energie einem derartig undamenhafte Kraftausdrücke verliehen.

„Was wirst du zu ihr sagen?“

„Ach, ich weiß noch nicht. Vielleicht: ‚Hast du blödes Weib völlig den Verstand verloren?‘“

Marie-Claire blieb der Mund offen stehen. Und dann sprang sie los, um Iris einzuholen, und fragte: „Kann ich zusehen?“

Iris drehte sich um, maß die Gehässigkeit in ihrem Blick daran, wie weit Marie-Claire zurückwich. „Ich stehe kurz davor, dich mit einem Kricketschläger zu verprügeln“, zischte sie. „Nein, du darfst nicht zusehen.“

Marie-Claires Miene wurde beinahe ehrfürchtig. „Weiß mein Bruder, dass du so gewalttätig bist?“

„Vielleicht findet er es heraus, ehe der Tag zu Ende ist“, murmelte Iris. Sie beschleunigte ihren Schritt.

„Ich komme mit!“, rief Marie-Claire ihr nach.

Iris schnaubte. Sie machte sich nicht die Mühe zu antworten.

Marie-Claire holte sie ein. „Willst du nicht wissen, wo sie ist?"

„Sie ist in der Orangerie."

„Wie … woher weißt du das?"

„Bei unserem Aufbruch war sie dorthin unterwegs, ich habe sie auf dem Weg gesehen", fuhr Iris sie an. Und dann fügte sie hinzu, weil sie das lächerliche Bedürfnis verspürte, sich zu rechtfertigen: „Mir fallen Dinge auf. Ich bin aufmerksam."

Vielleicht nicht aufmerksam genug. Oder Fleur war eine spektakuläre Lügnerin. Aber das spielte jetzt keine Rolle. Die Wahrheit war ans Licht gekommen. Und Iris würde ihr auf den Grund gehen.

24. Kapitel

Richard hatte nicht geschlafen. Glaubte er zumindest. Ein- oder zweimal hatte er die Augen während der Nacht geschlossen, doch wenn er geschlafen hatte, dann nur unruhig. Nach der Morgendämmerung war er wohl doch eingedöst; es war beinahe halb elf, als er sich endlich aus dem Bett kämpfte, und elf, ehe er bereit war, nach unten zu gehen.

Seinem Kammerdiener war es gelungen, sein Äußeres in etwas halbwegs Repräsentatives zu verwandeln, doch ein Blick in den Spiegel verriet Richard, dass er beinahe so schlimm aussah, wie er sich fühlte, und zwar müde.

Niedergeschlagen.

Und vor allem trostlos.

Die Tür zu Iris' Schlafzimmer stand offen, als er vorbeiging, und er hörte, wie sich die Dienstmädchen darin zu schaffen machten. Offenbar war sie bereits aufgestanden. Doch als er ins Frühstückszimmer hinunterkam, war seine Frau nirgends zu sehen.

Das Frühstück auch nicht, aber das war weniger enttäuschend.

Er klopfte auf die Anrichte und fragte sich, was er als Nächstes tun sollte. Die Rechnungen, dachte er sich. Ihm knurrte der Magen, doch er konnte bis zum Lunch warten. Ihm war ohnehin nicht nach Essen zumute.

„Da sind Sie ja, mein Junge!"

Er sah zur Tür, die in den Küchentrakt führte. „Mrs. Hopkins. Guten Morgen.“ Er lächelte. Sie nannte ihn nur „mein Junge“, wenn sie allein waren. Es gefiel ihm, es erinnerte ihn an seine Kindheit.

Sie warf ihm einen leicht tadelnden Blick zu. „Morgen? Wohl kaum. So lange haben Sie ja schon seit Jahren nicht mehr im Bett gelegen!“

„Ich konnte nicht schlafen“, gab er zu und fuhr sich durch die Haare.

Sie nickte wissend. „Ihre Frau auch nicht.“

Bei der Erwähnung seiner Frau tat Richards Herz einen Satz, doch er zwang sich, sich nichts anmerken zu lassen. „Sie haben Lady Kenworthy heute Morgen schon gesehen?“

„Kurz. Sie ist mit Ihrer Schwester ausgegangen.“

„Mit Fleur?“ Es fiel ihm schwer, das zu glauben.

Mrs. Hopkins schüttelte den Kopf. „Nein, mit Marie-Claire. Ich hatte den Eindruck, dass Lady Kenworthy vielleicht nicht die Absicht hatte, schon so früh unterwegs zu sein.“

Früh? Iris?

„Für meine Begriffe war es natürlich nicht früh“, fuhr Mrs. Hopkins fort. „Es war schon nach zehn, als ich sie gesehen habe. Sie hat das Frühstück verpasst.“

„Hat sie sich denn kein Tablett aufs Zimmer bringen lassen?“

Mrs. Hopkins schnalzte missbilligend mit der Zunge. „Marie-Claire hat sie zur Eile angetrieben. Ich habe aber dafür gesorgt, dass sie für ihren Spaziergang etwas zu essen mitbekommt.“

„Danke.“ Richard fragte sich, ob er eine Bemerkung fallen lassen sollte, dass Frauen in Iris’ „Zustand“ ordentlich essen müssten. Ein liebender Ehemann würde so etwas wahrscheinlich sagen.

Stattdessen hörte er sich fragen: „Haben sie erwähnt, wohin sie wollten?"

„Einfach nur spazieren, glaube ich. Es tut mir wirklich im Herzen gut, zu sehen, dass sich die beiden wie Schwestern verstehen." Die Haushälterin beugte sich mit einem warmen, mütterlichen Lächeln vor. „Ich mag Ihre Lady sehr, Sir."

„Ich mag sie auch", murmelte Richard. Er dachte an den Abend, an dem sie sich kennengelernt hatten. Ursprünglich hatte er nicht beabsichtigt, die musikalische Soiree zu besuchen, er war nicht mal eingeladen gewesen. Erst als Winston Bevelstoke ihm das Ereignis beschrieben hatte, hatte er gedacht, es wäre eine gute Gelegenheit, nach einer Frau Ausschau zu halten.

Iris Smythe-Smith war wirklich der glücklichste Zufall seines Lebens.

Als er sie am Abend vorher geküsst hatte, hatte er tiefste Sehnsucht verspürt. Es war nicht nur Begehren, obwohl davon ebenfalls jede Menge vorhanden gewesen war. Er war beinahe überwältigt gewesen von dem Bedürfnis, ihre Wärme zu spüren, dieselbe Luft wie sie zu atmen.

Er wollte ihr nahe sein. Er wollte mit ihr zusammen sein, in jedem Sinne des Wortes.

Er liebte sie. Er liebte Iris Kenworthy mit jeder Faser seiner Seele, und nun war es möglich, dass er ihre Chance auf ein dauerhaftes Glück für immer zerstört hatte.

Er war sich so sicher gewesen, dass er das Richtige tat. Er hatte versucht, seine Schwester zu beschützen. Sogar das Geburtsrecht seines Sohns hätte er geopfert, um Fleurs Ruf zu retten.

Doch nun hatte es den Anschein, als sei Fleur wild entschlossen, ihren eigenen Ruin herbeizuführen. Er wusste nicht, wie er eine Frau retten sollte, die nicht gerettet werden wollte.

Dennoch musste er es versuchen. Er war ihr Bruder und hatte geschworen, ihr zu helfen. Aber vielleicht gab es noch einen anderen Weg.

Es musste einen anderen Weg geben.

Er liebte Iris viel zu sehr, als dass es keinen anderen Weg hätte geben können.

Iris hatte die Felder von Maycliffe in Rekordgeschwindigkeit überquert, doch als sie in der Orangerie ankam, war Fleur nirgends zu sehen. Vermutlich war es so am besten. Iris brauchte fast eine Stunde, um Marie-Claire loszuwerden. Offenbar hatte dem Mädchen die Drohung mit dem Kricketschläger nicht ausgereicht, um es gut sein zu lassen.

Als Iris Fleur endlich fand, war diese dabei, die Rosen in der kleinen Laube am Südrand des Parks zu stutzen. Sie war für diese Arbeit gekleidet, ihr praktisches braunes Kleid war abgetragen, aus ihrem nachlässig aufgesteckten Haar lösten sich die ersten Strähnen. Auf einer Steinbank lag eine zusammengefaltete blaue Decke, dazu drei nicht ganz reife Orangen und ein Stück Brot und Käse.

„Du hast meinen Geheimplatz gefunden“, sagte Fleur, die bei Iris’ Eintritt nur kurz aufsah. Mit schmalen Augen und kritischer Miene betrachtete sie die Dornenranken, ehe sie ihnen mit einer Heckenschere zu Leibe rückte. Mit wildem Sausen schnappte die Schere zu und knipste einen Zweig ab.

Iris konnte sich vorstellen, dass man dies als äußerst befriedigende Tätigkeit ansehen konnte.

„Meine Mutter hat diesen Ort angelegt“, sagte Fleur und zog den abgeschnittenen Ast mithilfe der Schere aus der Hecke.

Iris sah sich um. Die Rosen waren im Kreis gepflanzt, in der Mitte befand sich ein kleiner, verborgener Platz. Noch standen sie nicht in voller Blüte; Iris konnte sich nur vorstellen, wie üppig und wohlriechend es dort in ein paar Monaten sein würde. „Es ist wunderschön hier", sagte sie. „Sehr friedlich."

„Ich weiß", sagte Fleur knapp. „Ich komme oft her, um allein zu sein."

„Wie schön für dich", sagte Iris. Sie lächelte Fleur ausdruckslos an und trat ganz in die Laube ein.

Fleur sah sie an und presste die Lippen zusammen.

„Wir müssen uns unterhalten, du und ich", sagte Iris unverblümt.

„Ach ja?" *Schnipp, schnipp.* „Worüber denn?"

„Über den Vater deines Babys."

Fleur erstarrte in der Bewegung, doch sie fing sich rasch wieder und streckte die Hand nach einem besonders dornigen Zweig aus. „Ich weiß nicht, was du meinst."

Iris antwortete nicht. So dumm war sie nicht.

Fleur drehte sich nicht um, doch nach ein paar Augenblicken wiederholte sie tatsächlich: „Ich *sagte*, ich weiß nicht, was du meinst."

„Ich habe dich gehört."

Die Schneidegeräusche beschleunigten sich. „Was hast du dann also … aua!"

„Eine Dorne?", fragte Iris.

„Du könntest ruhig ein wenig Mitleid zeigen", knurrte Fleur und saugte an ihrem Finger.

Iris schnaubte. „Du blutest doch kaum."

„Es tut trotzdem weh."

„Ach ja?" Iris betrachtete sie leidenschaftslos. „Ich habe gehört, dass eine Geburt weitaus schmerzhafter sein soll."

Fleur funkelte sie wütend an.

„Für mich natürlich nicht", sagte Iris leichthin. „Meine erste

Geburt wird völlig schmerzfrei sein. Es dürfte nicht allzu schwer sein, ein Kissen zu gebären."

Fleur erstarrte. Langsam nahm sie den verletzten Finger aus dem Mund. Als sie sprach, waren ihre Worte unerschütterlich und grimmig.

„Ich werde dir mein Baby nicht geben."

Iris reagierte darauf mit ähnlicher Heftigkeit. „Glaubst du, ich will dein Baby?"

Fleur öffnete verblüfft die Lippen, wobei es wohl kaum der Inhalt ihrer Aussage gewesen sein dürfte, der sie überraschte. Iris hatte schon mehrfach zu verstehen gegeben, dass sie sich in Richards Pläne nur widerstrebend fügte. Iris' Ton hingegen … nun, man konnte ihn nicht gerade als freundlich bezeichnen. Um ehrlich zu sein, war sie sich nicht sicher, ob sie es fertigbrächte, in dieser speziellen Unterhaltung freundlich zu klingen.

„Du bist eine kalte Person", sagte Fleur anklagend.

Iris hätte beinahe die Augen verdreht. „Im Gegenteil, ich wäre eine sehr warme und liebevolle Tante."

„Wir wollen dasselbe", rief Fleur aus. „Dass ich das Baby behalte. Warum streitest du dann mit mir?"

„Warum machst *du* mir alles so schwer?"

Fleur reckte trotzig das Kinn, doch ihre Attitüde begann sich zu verflüchtigen. Ihr Blick huschte zur Seite und blieb dann auf dem Gras zu ihren Füßen ruhen.

„Ich will die Wahrheit", verlangte Iris.

Fleur schwieg.

„Die *Wahrheit*, Fleur."

„Ich weiß nicht, was du meinst."

„Hör auf zu lügen", fuhr Iris sie an. „Marie-Claire hat mir alles erzählt."

Fleur riss den Kopf hoch, wirkte jedoch vor allem misstrauisch. Jetzt erst fiel Iris wieder ein, dass Fleur nicht wusste, dass Marie-Claire über Mr. Burnham Bescheid wusste. Iris würde keine Antworten bekommen, wenn sie ihre Fragen nicht präziser stellte.

„Marie-Claire hat mir vom Vater deines Babys erzählt", sagte Iris. „Sie weiß es. Und ich weiß es jetzt auch."

Fleur wurde blass, gab aber immer noch nichts zu. Beinahe hätte Iris ihre Standhaftigkeit bewundert.

„Warum hast du Richard nicht gesagt, dass John Burnham der Vater ist?", fragte Iris. „Warum um alles in der Welt wolltest du, dass er denkt, es sei ein Schuft wie William Parnell?"

„Weil William Parnell tot ist", brach es aus Fleur hervor. Ihr Gesicht war zornesrot angelaufen, doch ihre Augen blickten hoffnungslos, beinahe verloren. „Richard kann mich kaum zwingen, einen Toten zu heiraten."

„Aber Mr. Burnham *lebt*. Und er ist der Vater deines Babys."

Fleur schüttelte den Kopf, aber nicht, um es zu verneinen.

„Es spielt keine Rolle", sagte sie immer wieder. „Es spielt keine Rolle."

„Fleur …"

„Ich kann irgendwo anders hingehen." Wie um die Richtung anzuzeigen, schwang Fleur den Arm in einem weiten, überspannten Kreis. Sie merkte gar nicht, dass Iris zur Seite springen musste, um den Spitzen der Heckenschere zu entgehen. „Ich kann vorgeben, verwitwet zu sein. Warum will Richard mich das nicht tun lassen? Niemand wird es erfahren. Warum sollte irgendwer etwas mitbekommen?"

Iris ducke sich, als die Heckenschere noch einmal in ihre Richtung sauste. „Leg endlich die verdammte Heckenschere hin!"

Fleur atmete erschrocken ein, starrte entsetzt auf das Gerät. „Tut mir leid", stammelte sie. „Ich bin so … ich … ich …" Mit zitternden Händen legte sie die Schere auf der Bank ab. Ihre Bewegungen waren langsam und sorgfältig, als würde sie sie im Kopf berechnen. „Ich gehe weg", sagte sie in stiller Hysterie. „Ich gebe mich als Witwe aus. Das wird für alle das Beste sein."

„Du lieber Himm…" Iris unterbrach sich und versuchte sich zu beherrschen. Sie atmete tief durch, und dann noch einmal, ließ die Luft langsam aus sich herausströmen. „Das ergibt doch alles überhaupt keinen Sinn", sagte sie. „Du weißt ganz genau, dass du verheiratet sein solltest, wenn du diesem Kind eine echte Mutter sein willst."

Fleur schlang sich die Arme um den Oberkörper und wandte den Blick ab, sah durch die Öffnung in der Rosenlaube auf den fernen Horizont.

Schließlich stellte Iris die Frage, die gestellt werden musste: „Weiß er es denn überhaupt?"

Fleur wurde so steif, dass sie zitterte. In einer winzigen Bewegung schüttelte sie den Kopf.

„Findest du nicht, dass du es ihm sagen solltest?"

„Es würde ihm das Herz brechen", flüsterte Fleur.

„*Weil …?*", drängte Iris. Und wenn sie ein wenig spöttisch klang, nun, sie hatte schon zu Beginn dieses Gesprächs wenig Geduld gehabt. Und die hatte sich inzwischen auch in Luft aufgelöst.

„Weil er mich liebt", sagte Fleur schlicht.

Iris schloss die Augen, rief alle Geduld und eine ruhige Miene zu Hilfe und fragte: „Liebst du ihn auch?"

„Aber natürlich!", rief Fleur. „Für was für eine Sorte Frau hältst du mich eigentlich?"

„Ich weiß nicht", sagte Iris offen. Und als Fleur sie beleidigt anfunkelte, fügte sie ärgerlich hinzu: „Weißt *du*, welche Sorte Frau *ich* bin?"

Fleur stand erst stocksteif da, nickte dann aber schließlich knapp und sagte: „Schon gut."

„Wenn du Mr. Burnham liebst", sagte Iris mit einer Geduld, die eher gezwungen als gefühlt war, „siehst du doch sicher ein, dass du ihm von dem Baby erzählen musst, damit er dich heiraten kann. Mir ist klar, dass er nicht das ist, was sich deine Familie für dich erhofft hat ..."

„Er ist ein guter Mann!", unterbrach Fleur sie. „Ich lasse nicht zu, dass du ihn herabsetzt!"

Himmel hilf, dachte Iris. Wie konnte sie vernünftig mit ihr reden, wenn Fleur sich mit jedem neuen Satz widersprach?

„Es würde mir nicht im Traum einfallen, schlecht von Mr. Burnham zu reden", wandte Iris vorsichtig ein. „Ich habe nur gesagt ..."

„Er ist ein wunderbarer Mann." Kämpferisch verschränkte Fleur die Arme vor der Brust. Iris fragte sich, ob sie überhaupt bemerkt hatte, dass niemand mit ihr stritt. „Ehrenhaft und treu."

„Ja, natürlich ..."

„Besser als all die *sogenannten* ...", hier verzog sie höhnisch das Gesicht, „... Gentlemen, die ich auf den Bällen hier in der Gegend zu sehen bekomme."

„Dann solltest du ihn heiraten."

„Ich kann nicht!"

Iris atmete lang und tief durch die Nase ein. Sie würde nie zu der Sorte Frau gehören, die ihre verzweifelte Freundin und Schwester in den Armen wiegte und murmelte: „Es wird alles wieder gut."

Sie entschied, dass sie damit leben konnte.

Stattdessen war sie die direkte, manchmal kratzbürstige

Furie, die nun schrie: „Meine Güte, Fleur, was zum Teufel ist nur los mit dir?“

Fleur blinzelte. Und trat einen Schritt zurück. Mit echter Sorge im Blick.

Iris zwang ihre zusammengebissenen Zähne auseinander. „Du hast schon einen Fehler gemacht. Mach es nicht noch schlimmer, indem du noch einen draufsetzt.“

„Aber …“

„Du behauptest, dass du ihn liebst, aber du respektierst ihn ja nicht einmal genug, um ihm zu erzählen, dass er Vater wird.“

„Das ist nicht wahr!“

„Ich kann nur schlussfolgern, dass deine Weigerung mit seinem gesellschaftlichen Status zu tun hat“, sagte Iris.

Fleur nickte bitter.

„Also, wenn das der Fall ist“, fuhr Iris sie an und fuchtelte mit dem Zeigefinger gefährlich nah vor Fleurs Nase herum, „dann hättest du dir das überlegen sollen, bevor du ihm deine Jungfräulichkeit schenkst.“

Fleur reckte das Kinn. „So war es nicht.“

„Da ich nicht dabei war, will ich es nicht bestreiten. *Aber*“, erklärte Iris energisch, als sie sah, dass Fleur den Mund aufmachte, um zu widersprechen, „du hast mit ihm geschlafen, und nun bist du schwanger.“

„Glaubst du, das wüsste ich nicht?“

Iris entschied, diese absolut überflüssige Frage zu ignorieren. „Verrat mir eins“, sagte sie stattdessen. „Wenn du so besorgt um deine Stellung bist, warum wehrst du dich dann so dagegen, dass Richard das Baby adoptiert? Du musst doch sehen, dass dies der einzige Weg ist, um deinen Ruf zu wahren.“

„Weil es mein Baby ist“, rief Fleur. „Ich kann es nicht einfach hergeben.“

„Es ist ja nicht so, als würdest du es Fremden überlassen“,

sagte Iris so herzlos, wie sie konnte. Sie musste Fleur so lange reizen, bis diese endlich Vernunft annahm. Etwas anderes fiel ihr nicht ein.

„Siehst du denn nicht, dass das fast noch schlimmer ist?" Fleur barg das Gesicht in den Händen und begann zu weinen. „Lächeln zu müssen, wenn mein Kind mich Tante Fleur nennt? So zu tun, als würde es mich nicht umbringen, wenn es Mama zu dir sagt?"

„Dann heirate Mr. Burnham", bat Iris.

„Ich kann nicht."

„Warum nicht, in drei Teufels Namen?"

Iris' Kraftausdrücke schienen Fleur ein wenig aus der Fassung zu bringen, und sie blinzelte.

„Ist es wegen Marie-Claire?"

Langsam hob Fleur den Kopf. Ihre Augen waren rotgerändert und nass, ihr Blick herzzerreißend trostlos. Sie nickte nicht, aber das war auch nicht nötig. Iris hatte ihre Antwort.

Marie-Claire hatte alles schon am Morgen gesagt. Wenn Fleur den Pachtbauern ihres Bruders heiratete, würde das in der Gegend einen Riesenskandal hervorrufen. Fleur wäre in den vornehmeren Häusern der Umgebung nicht mehr willkommen. Die Familien, mit denen sie bisher verkehrt hatte, würden den Kopf abwenden und so tun, als hätten sie sie nicht gesehen, wenn sie sich im Dorf über den Weg liefen.

„Wir Briten haben nicht viel übrig für die, die es wagen, von einer Klasse in die andere zu wechseln", sagte Iris in ironischem Tonfall, „ganz egal, ob es nach oben oder nach unten geht."

„Allerdings", sagte Fleur mit einem kleinen, humorlosen Lächeln. Sie berührte eine dicht gefüllte Rosenblüte, strich über die hellrosa Blütenblätter. Abrupt drehte sie sich um und sah Iris mit beunruhigend emotionslosem Ausdruck an. „Wusstest du, dass es über hundert Rosenarten gibt?"

Iris schüttelte den Kopf.

„Meine Mutter hat Rosen gezüchtet. Sie hat mir eine Menge beigebracht. Die hier …“, Fleur ließ die Hand über die Blätter der Rosenbüsche hinter sich streichen, „… sind alles Zentifolien. Sie sind beliebt wegen ihrer vielen Blütenblätter.“ Sie beugte sich vor und roch an einer Blüte. „Und sie duften ganz herrlich.“

„Kohlrosen“, murmelte Iris.

Fleur hob anerkennend die Augenbrauen. „Du kennst dich mit Rosen aus.“

„Das war's leider schon“, räumte Iris ein. Sie wusste nicht, worauf Fleur mit diesem Thema hinauswollte, doch zumindest hatte sie aufgehört zu weinen.

Fleur schwieg einen Augenblick und betrachtete die Rosen. Die meisten waren noch geschlossen, die Blütenblätter waren dicht gefaltet und dunkler als bei denen, die sich schon geöffnet hatten. „Schau dir die an“, sagte sie. „Das sind alles Bishop-Rosen. Sie blühen alle in genau demselben Rosaton.“ Sie blickte zu Iris. „Meine Mutter hatte es gern einheitlich.“

„Es ist wunderschön hier“, sagte Iris.

„Ja, nicht wahr?“ Fleur tat ein paar ziellose Schritte, blieb stehen, um zu schnuppern. „Aber es ist nicht der einzige Weg, einen schönen Garten zu gestalten. Ich könnte fünf verschiedene Zentifoliensorten aussuchen. Oder zehn. Ich könnte lila Rosen anpflanzen. Verschiedene Rosatöne. Es gibt keinen Grund, warum alles einheitlich aussehen sollte.“

Iris nickte nur. Ihr war ziemlich klar, dass Fleur wohl nicht mehr von Rosen redete.

„Ich könnte eine Moosrose pflanzen. Oder eine Essigrose. In einer Gartenanlage würde man das zwar nicht erwarten, aber sie würden hier wachsen.“

„Vielleicht sogar blühen und gedeihen“, sagte Iris leise.

Fleur drehte sich abrupt zu ihr um und sah sie an. „Vielleicht“, wiederholte sie. Und dann sank sie mit einem müden Seufzer auf eine kleine Steinbank. „Die Rosen sind nicht das Problem. Es sind die Leute, die sie ansehen.“

„So ist es meistens“, sagte Iris.

Fleur schaute auf, alle Spuren von Sehnsucht waren aus ihrem Blick verschwunden. „Zurzeit ist meine jüngere Schwester Miss Marie-Claire Kenworthy von Maycliffe, Schwester von Sir Richard Kenworthy, Baronet. In London würde sie vielleicht nicht allzu viel Aufmerksamkeit erregen, aber hier in unserer Ecke von Yorkshire wird sie eine der begehrtesten jungen Frauen sein, wenn sie volljährig wird.“

Iris nickte.

Fleur erhob sich abrupt. Sie kehrte Iris den Rücken zu und schlang sich die Arme um den Oberkörper. „Wir haben hier auch Gesellschaften, weißt du. Und private und öffentliche Bälle. Marie-Claire hätte Gelegenheit, jede Menge passende junge Herren kennenzulernen. Und ich hoffe, dass sie sich in einen verlieben wird.“ Sie drehte den Kopf so weit, dass Iris ihr Profil sehen konnte. „Aber wenn ich John heirate …“

„Du musst John heiraten“, sagte Iris sanft.

„Wenn ich John heirate“, sagte Fleur lauter und nachdrücklicher, als könnte sie Iris allein durch ihren Ton widersprechen, „dann wird Marie-Claire die Schwester dieses Kenworthy-Mädchens sein, das einen Bauern geheiratet hat. Sie wird nirgendwohin eingeladen, sie wird keine Gelegenheit bekommen, diese jungen Herren kennenzulernen. Wenn sie heiratet, wird es ein dicker alter Kaufmann sein, der nur an ihrem Namen interessiert ist.“

„Ich könnte mir vorstellen, dass mehrere dieser passenden Herrn ebenfalls alt und dick sind“, sagte Iris, „und sie werden sie bestimmt nur um ihres Namens willen wollen.“

Mit blitzenden Augen fuhr Fleur herum. „Aber sie würde sie nicht heiraten *müssen*. Das ist nicht dasselbe. Verstehst du denn nicht? Wenn ich John heirate – nein, seien wir ehrlich, wenn ich mich *entschließe*, John zu heiraten, dann bliebe Marie-Claire keine Wahl mehr. Meine Freiheit gegen die meiner Schwester – was für einen Menschen würde das aus mir machen?"

„Aber du hast keine Wahl", sagte Iris. „Zumindest nicht die, die du zu haben glaubst. Du kannst entweder Mr. Burnham heiraten oder uns vorgeben lassen, dass es unser Baby ist. Wenn du dich davonschleichst und als Witwe ausgibst, wirst du auffliegen. Glaubst du wirklich, niemand findet heraus, was du getan hast? Und damit würdest du Marie-Claire weitaus gründlicher ruinieren, als wenn du Mrs. Burnham wärst."

Iris verschränkte die Arme vor der Brust und wartete darauf, dass Fleur sich das durch den Kopf gehen ließ. In Wirklichkeit hatte sie wohl ein wenig übertrieben. England war ein großes Land, vielleicht nicht so groß wie Frankreich oder Spanien, aber man brauchte doch fast eine Woche, um von einem Ende zum anderen zu gelangen. Wenn Fleur sich im Süden niederließ, könnte sie durchaus ein Leben als falsche Witwe führen, ohne dass irgendwer hier oben die Wahrheit herausbekam.

Aber sicher wäre das nicht die beste Lösung.

„Ich wünschte ..." Fleur drehte sich um und lächelte reuig. „Ich wünschte, dass ..." Sie seufzte. „Wenn ich aus deiner Familie käme, wenn mein Vetter ein Earl wäre und eine Kusine einen geheiratet hätte, vielleicht ..."

Es würde keinen Unterschied machen, dachte Iris. Nicht wenn eine vornehm geborene Dame einen Pachtbauern heiraten wollte. Dennoch sagte sie: „Ich werde dich natürlich unterstützen."

Fleur sah sie verblüfft an.

„Richard auch“, sagte Iris und betete, dass es richtig war, so für ihn zu sprechen. „Es wird einen Skandal geben, und manche Leute werden dich nicht mehr grüßen, aber Richard und ich werden immer hinter dir stehen. Du und Mr. Burnham werdet immer bei uns willkommen sein, und wenn wir eine Gesellschaft veranstalten, werdet ihr unsere Ehrengäste sein.“

Fleur lächelte sie dankbar an. „Das ist wirklich lieb von dir“, sagte sie, doch ihre Miene war ein wenig herablassend.

„Du bist meine Schwester“, sagte Iris schlicht.

Fleurs Augen begannen zu glänzen, und sie nickte kurz, wie man es tat, wenn man seiner Stimme nicht ganz traute. Als Iris sich schon fragen wollte, ob ihr Gespräch damit beendet sei, sah Fleur mit neuer Klarheit auf und sagte: „Ich war noch nie in London.“

Iris blinzelte. Der plötzliche Themenwechsel hatte sie verwirrt. „Wie bitte?“

„Ich war noch nie in London“, wiederholte Fleur. „Wusstest du das?“

Iris schüttelte den Kopf. London war so überfüllt, so voll von Menschen. Es schien unmöglich, dass es jemanden geben sollte, der dort noch nie einen Fuß hingesetzt hatte.

„Ich wollte eigentlich auch nie hin.“ Fleur zuckte die Achseln und sah Iris wissend an. „Ich weiß, dass du mich für gedankenlos und leichtfertig hältst, aber ich brauche weder Seide noch Satin, noch Einladungen zu den besten Gesellschaften. Alles, was ich will, ist ein warmes Zuhause und etwas Gutes zu essen, und einen Ehemann, der mir all das bieten kann. Aber Marie-Claire …“

„Kann nach London!“, platzte Iris heraus. „Lieber Himmel, warum habe ich nicht schon früher daran gedacht?“

Fleur starrte sie an. „Ich verstehe nicht.“

„Wir schicken Marie-Claire zu meiner Mutter“, sagte Iris aufgeregt. „Sie kann ihr eine Saison verschaffen.“

„Das würde sie tun?“

Iris wischte diese alberne Frage einfach beiseite. Bis Marie-Claire im passenden Alter war, wäre Daisy verheiratet und aus dem Haus. Ohne Tochter, die sie durch den Heiratsmarkt dirigieren könnte, würde sich Iris' Mutter zu Tode langweilen.

Ja, Marie-Claire wäre genau das Richtige für sie.

„Für einen Teil der Saison würde ich sie nach London begleiten müssen, aber das wäre ja weiter kein Problem.“

„Aber die Leute würden doch bestimmt reden ... Selbst in London ... Wenn ich John wirklich heiraten würde ...“ Fleur schien nicht in der Lage, auch nur einen Satz zu vollenden, doch zum ersten Mal, seit Fleur sie kennengelernt hatte, war in ihren Augen ein Hoffnungsschimmer zu sehen.

„Sie werden nur so viel wissen, wie wir ihnen erzählen“, sagte Iris entschieden. „Wenn meine Mutter erst einmal mit der Sache fertig ist, wird dein Mr. Burnham als kleiner, aber ehrbarer Landbesitzer dastehen, genau die Sorte nüchterner, ernster junger Mann, die ein junges Mädchen wie du heiraten sollte.“

Und vielleicht wäre er dann ja sogar Landbesitzer. Iris war der Ansicht, dass Mill Farm eine vorzügliche Mitgift abgeben würde. John Burnham wäre dann kein Pächter mehr, sondern Gutsherr, und mit der ehemaligen Fleur Kenworthy an seiner Seite wäre er wohl auf dem besten Wege zum Gentleman.

Einen Skandal würde es wohl geben, daran führte kein Weg vorbei. Aber es ginge dabei nicht um etwas so Grundlegendes wie die Geburt eines unehelichen Kindes und nichts, was Marie-Claire in London mithilfe von Iris' Familie nicht durchstehen könnte.

„Geh zu ihm, erzähl es ihm“, drängte Iris.

„Jetzt?“

Iris lachte beinahe vor Glück. „Gibt es denn irgendeinen Grund zu warten?"

„Nun ja, eigentlich nicht, aber …" Fleur sah sie beinahe verzweifelt an. „Bist du sicher?"

Iris nahm Fleurs Hand und drückte sie. „Geh zu ihm. Sag ihm, dass er Vater wird."

„Er wird zornig sein", wisperte Fleur. „Weil ich es ihm nicht früher erzählt habe. Er wird fuchsteufelswild sein."

„Dazu hat er auch jedes Recht. Aber er liebt dich, er wird es schon verstehen."

„Ja", sagte Fleur. Es klang, als wollte sie sich selbst überzeugen. „Ja. Ja, ich glaube, das wird er."

„Geh jetzt", sagte Iris, nahm Fleur bei den Schultern und drehte sie zur Öffnung der Rosenlaube. „Geh."

Fleur schickte sich zum Gehen, doch dann drehte sie sich plötzlich um und warf die Arme um Iris. Iris versuchte die Umarmung zu erwidern, doch bevor sie überhaupt irgendetwas tun konnte, rannte Fleur schon davon, mit gerafften Röcken und wehendem Haar, bereit, in ihr neues Leben aufzubrechen.

25. Kapitel

Hier war eine gewisse Ironie im Spiel, dachte Richard. Da stand er nun, bereit, seine Liebe zu erklären, sein Leben umzugestalten, sich seiner Frau zu Füßen zu werfen, und nun konnte er sie nirgends *finden*.

„Iris!“, röhrte er. Er war zu den westlichen Feldern gelaufen, nachdem ihm einer der Stallburschen gesagt hatte, er habe sie in diese Richtung eilen sehen, doch die einzige Spur von ihr war ein halb gegessenes Teebrötchen, das in der Nähe einer Hecke lag und nun unter der heftigen Attacke einer kleinen Schar Krähen stand.

Mehr verärgert als entmutigt marschierte er die Anhöhe wieder hinauf und machte sich daran, in Rekordzeit das Haus zu durchsuchen, stürmte durch Türen und versetzte nicht weniger als drei Dienstmädchen in Angst und Schrecken. Schließlich traf er auf Marie-Claire, die in der Halle herumstand. Ein Blick auf ihre Haltung – eng verschränkte Arme, ein zornig klopfender Fuß – genügte, um ihn den Entschluss fassen zu lassen, nicht nachzufragen, was sie in diese Gemütsverfassung gebracht hatte.

Allerdings brauchte er ihre Hilfe. „Wo ist meine Frau?“

„Ich weiß nicht.“

Er stieß einen Laut aus. Eventuell handelte es sich dabei um ein Knurren.

„Wirklich nicht!“, protestierte Marie-Claire. „Vorhin war ich mit ihr zusammen, aber dann ist sie weggerannt.“

Richard spürte, wie sich sein Herz zusammenzog. *„Sie ist weggerannt?"*

„Sie hat mir ein Bein gestellt", sagte Marie-Claire. Mit beträchtlicher Empörung.

Moment mal ... *was*? Richard versuchte, Sinn und Verstand in diese Geschichte zu bringen. „Sie hat dir ein Bein gestellt?"

„Allerdings! Wir sind aus der Orangerie raus, und dann hat sie den Fuß ausgestreckt und mich zum Stolpern gebracht. Ich hätte mich ernsthaft verletzen können."

„Hast du dich verletzt?"

Marie-Claire sah ihn finster an. Und sagte beinahe widerstrebend: „Nein."

„Wohin ist sie gegangen?"

„Nun ja, *wissen* tue ich es nicht", sagte Marie-Claire schnippisch, „ich war zu sehr damit beschäftigt, mich zu vergewissern, dass ich noch laufen kann."

Richard rieb sich die Stirn. Es sollte wirklich nicht so schwer sein dürfen, ein so schmächtiges Mädchen zu finden. „Warum wart ihr in der Orangerie?", erkundigte er sich.

„Wir haben nach Fle..." Marie-Claire klappte den Mund zu, obwohl Richard sich nicht vorstellen konnte, warum. Normalerweise wäre er misstrauisch geworden. Doch jetzt hatte er dazu einfach nicht die Geduld.

„Was wollte sie denn von Fleur?"

Marie-Claire presste die Lippen fest zusammen.

Entnervt stieß Richard die Luft aus. Er hatte wirklich keine Zeit für diesen Unsinn. „Also, wenn du sie siehst, richte ihr aus, dass ich nach ihr suche."

„Fleur?"

„Iris."

„Oh." Marie-Claire schniefte beleidigt. „Natürlich."

Richard nickte kurz und ging mit großen Schritten zur Vordertür hinaus.

„Warte!“, rief Marie-Claire.

Er dachte nicht daran.

„Wohin gehst du?“

Er schritt weiter aus. „In die Orangerie.“

„Aber dort ist sie nicht.“ Marie-Claires Stimme war ein wenig atemlos. Vermutlich musste sie rennen, um mit ihm Schritt zu halten.

„Im Haus ist sie nicht“, sagte er achselzuckend. „Da kann ich es genauso gut in der Orangerie probieren.“

„Kann ich mitkommen?“

Das brachte ihn nun doch zum Stehen. „Was? Warum?“

Marie-Claire öffnete und schloss mehrmals den Mund. „Ich bin … also, ich habe gerade nichts zu tun.“

Ungläubig starrte er sie an. „Du bist eine schrecklich schlechte Lügnerin.“

„Das stimmt nicht! Ich bin eine sehr gute Lügnerin!“

„Ist das wirklich ein Gespräch, das du mit deinem älteren Bruder und Vormund führen möchtest?“

„Nein, aber …“ Sie schnaufte. „Da ist Fleur!“

„Was? Wo?“ Richard folgte ihrem Blick, und tatsächlich, da war Fleur. Sie sprintete über das Feld zu ihrer Linken. „Was zum Teufel ist nur in sie gefahren?“, murmelte er.

Marie-Claire schnaufte noch einmal, länger diesmal. Es klang wie ein Akkordeon, aus dem man die Luft herauspresste.

Richard beschattete die Augen mit der Hand und schaute in Fleurs Richtung. Sie wirkte erregt. Wahrscheinlich sollte er ihr nachgehen.

„Wiedersehen!“

Bevor Richard blinzeln konnte, war Marie-Claire Fleur schon nachgesprungen.

Richard wandte sich zur Orangerie zurück und überlegte es sich anders. Iris war vermutlich da, wo Fleur eben gewesen war. Er korrigierte seinen Kurs Richtung Süden, ging die Anhöhe hinunter und brüllte wieder Iris' Namen.

Er fand sie nicht. Er sah beim Erdbeerfeld am Fluss nach, von dem er wusste, dass Fleur sich gern dort aufhielt, dann in der Rosenlaube seiner Mutter, wo er auf Spuren eines nicht lange zurückliegenden Aufenthalts stieß, und gab schließlich auf und kehrte ins Haus zurück. Seine lächerliche Route hatte seiner Suche etwas von ihrer Dringlichkeit genommen, und als er schließlich sein Schlafzimmer betrat und die Tür hinter sich schloss, war er vor allem genervt. Seiner Schätzung nach war er mindestens drei Meilen gelaufen, größtenteils denselben Pfad entlang, und nun war er zurück in seinem Schlafzimmer, und hatte nichts …

„Richard?"

Er fuhr herum. „Iris?"

Sie stand in der Verbindungstür, die Hand nervös am Türrahmen. „Mrs. Hopkins hat gesagt, du würdest nach mir suchen."

Beinahe hätte er gelacht. Nach ihr suchen. Irgendwie schien das eine ungeheuerliche Untertreibung.

Sie legte den Kopf schief und beobachtete ihn mit einer Mischung aus Neugier und Besorgnis. „Ist etwas nicht in Ordnung?"

„Nein." Er sah sie an, fragte sich, ob er je seine Fähigkeit wiedererlangen würde, in mehrsilbigen Worten zu kommunizieren. Er fand sie nur so schön, wie sie da stand, hinter sich die weichen Rosatöne ihres Schlafzimmers, einer Morgenwolke gleich.

Nein, nicht nur schön. Schön erfasste es nicht einmal annähernd.

Er kannte das Wort nicht. Er wusste nicht, ob es überhaupt ein Wort gab, das ausdrückte, was er in jenem Moment empfand, wie er sein eigenes Herz sah, wenn sich ihre Blicke trafen.

Er befeuchtete sich die Lippen, doch er schien nicht einmal in der Lage, es mit Reden zu *versuchen*. Stattdessen überkam ihn das höchst beunruhigende Verlangen, sich wie ein mittelalterlicher Ritter vor sie hinzuknien, ihre Hand zu ergreifen und ewige Ergebenheit zu geloben.

Sie tat einen Schritt in sein Zimmer, dann noch einen, und blieb stehen. „Eigentlich“, sagte sie, und die Worte sprudelten ihr nur so über die Lippen, „wollte ich auch mit dir reden. Du wirst nicht glauben, was ...“

„Es tut mir leid“, platzte er heraus.

Sie blinzelte überrascht, und dann sagte sie mit leiser, bestürzter Stimme: „Was?“

„Es tut mir leid“, sagte er und würgte fast an den Worten, „es tut mir leid. Als ich mir den Plan zurechtgelegt habe, habe ich nicht gedacht ... wusste ich nicht, dass ...“ Er fuhr sich mit der Hand durchs Haar. Warum war das so schwer? Er hatte sich seine Worte genau zurechtgelegt. Die ganze Zeit, in der er die Felder durchstreift und ihren Namen gerufen hatte, hatte er seine Ansprache geübt, ausprobiert, hatte jede Silbe abgewogen. Aber als er sich nun mit den klaren blauen Augen seiner Frau konfrontiert sah, war er verloren.

„Richard“, sagte sie, „ich muss dir mitteilen ...“

„Nein, bitte.“ Er schluckte. „Lass mich ausreden. Ich flehe dich an.“

Sie wurde still, und er sah ihr an, dass es sie bestürzte, ihn so demütig zu sehen.

Er sagte ihren Namen, glaubte er zumindest. Er konnte sich nicht entsinnen, das Zimmer durchquert zu haben, doch irgendwie stand er plötzlich vor ihr und ergriff ihre Hände.

„Ich liebe dich“, sagte er. Es war nicht das, was er hatte sagen wollen, jedenfalls noch nicht, aber nun war es ausgesprochen, und es war wichtiger, kostbarer als alles andere.

„Ich liebe dich.“ Er kniete vor ihr nieder. „Ich liebe dich so sehr, dass es manchmal wehtut, aber selbst wenn ich wüsste, wie ich dem Einhalt gebieten könnte, würde ich es nicht tun, denn der Schmerz ist zumindest etwas.“

In ihren Augen glänzten Tränen, und er sah an ihrer zarten Kehle den Puls pochen.

„Ich liebe dich“, sagte er noch einmal, weil er nicht wusste, wie er aufhören sollte, es zu sagen. „Ich liebe dich, und wenn du mich lässt, werde ich den Rest meines Lebens damit verbringen, es dir zu beweisen.“ Er stand auf, ließ ihre Hand aber nicht los, und er sah ihr tiefernst in die Augen. „Ich werde mir deine Vergebung verdienen.“

Sie leckte sich die zitternden Lippen. „Richard, du brauchst nicht …“

„Doch. Ich habe dir wehgetan.“ Es schmerzte ihn, dieses schonungslose, trostlose Bekenntnis laut auszusprechen. „Ich habe dich belogen, hereingelegt und …“

„Hör auf“, bat sie. „Bitte.“

War das Vergebung, was er in ihrem Blick sah? Wenigstens eine Spur?

„Hör zu“, sagte er und drückte ihre Hände fester. „Du brauchst es nicht zu tun. Wir finden einen anderen Weg. Ich bringe Fleur dazu, jemand anderen zu heiraten, oder ich treibe das Geld auf, damit sie sich als Witwe ausgeben kann. Ich werde sie dann nicht so oft sehen können, wie ich will, aber …“

„Hör auf“, unterbrach Iris ihn und legte ihm einen Finger auf die Lippen. Sie lächelte. Ihre Lippen bebten, aber sie lächelte wirklich. „Es ist mir ernst damit. Hör auf.“

Er schüttelte den Kopf, verstand es nicht.

„Fleur hat gelogen", sagte sie.

Er erstarrte. „Was?"

„Nicht, was das Baby angeht, aber den Vater. William Parnell war es nicht."

Richard blinzelte, versuchte zu begreifen, was sie sagte. „Wer dann?"

Iris biss sich auf die Unterlippe, blickte zögernd zur Seite.

„Um Gottes willen, Iris, wenn du es mir nicht erzählst ..."

„John Burnham", platzte sie heraus.

„Was?"

„John Burnham, dein Pächter."

„Ich weiß, wer das ist", sagte er schärfer als beabsichtigt. „Ich wollte nur ..." Er runzelte die Stirn, dann klappte ihm der Unterkiefer herunter. Bestimmt sah er aus wie ein Tölpel, dem gerade eine Eselskappe aufgesetzt wurde, aber ... „John Burnham? Wirklich?"

„Marie-Claire hat es mir erzählt."

„Marie-Claire wusste *Bescheid*?"

Iris nickte.

„Ich drehe ihr den Hals um."

Iris runzelte zögernd die Stirn. „Der Gerechtigkeit halber muss ich sagen, dass sie nicht *sicher* war ..."

Er sah sie ungläubig an.

„Fleur hat es ihr nicht erzählt. Marie-Claire hat es sich selbst zusammengereimt."

„Sie hat es sich zusammengereimt", wiederholte er und kam sich mehr denn je wie ein Esel vor, „und ich nicht?"

„Du bist auch nicht ihre Schwester", sagte Iris, als ob das alles erklären würde.

Er rieb sich die Augen. „Lieber Gott. John Burnham." Blinzelnd sah er sie an. „John Burnham."

„Du wirst ihr erlauben, ihn zu heiraten, oder?"

„Ich glaube nicht, dass mir da eine andere Wahl bleibt. Das Kind braucht einen Vater … Das Kind *hat* einen Vater." Er sah scharf auf. „Er hat sich ihr doch nicht mit Gewalt aufgedrängt?"

„Nein", sagte Iris. „Hat er nicht."

„Nein, natürlich nicht." Er schüttelte den Kopf. „Das würde er nie tun. So gut kenne ich ihn wenigstens."

„Demnach magst du ihn?"

„Ja, das habe ich doch schon erwähnt. Es ist nur … er hat …" Er seufzte. „Deswegen hat sie wohl nichts gesagt. Sie dachte, ich würde es missbilligen."

„Erstens das, und außerdem hatte sie Angst um Marie-Claire."

„Oh Gott", stöhnte Richard. An Marie-Claire hatte er noch gar nicht gedacht. Nach dieser Geschichte würde es ihr unmöglich sein, eine gute Partie zu machen.

„Nein, nein, mach dir keine Sorgen", sagte Iris. Ihr Gesicht glühte vor Aufregung. „Darum habe ich mich schon gekümmert. Ich habe eine Lösung gefunden. Wir schicken sie nach London. Meine Mutter wird sie unter ihre Fittiche nehmen."

„Bist du sicher?" Richard konnte dieses merkwürdige Ziehen in seiner Brust nicht einordnen. Angesichts ihrer Großartigkeit, ihrer Fürsorglichkeit wurde er ganz demütig. Sie war alles, von dem er noch nicht einmal wusste, dass er es an einer Frau brauchte, und irgendwie, wie durch ein Wunder, gehörte sie zu ihm.

„Seit 1818 war meine Mutter nie ohne eine unverheiratete Tochter in heiratsfähigem Alter", sagte Iris mit ironischem Grinsen. „Wenn Daisy erst einmal aus dem Haus ist, wird sie nicht wissen, was sie mit sich anfangen soll. Glaub mir, du willst sie nicht sehen, wenn sie sich langweilt. Dann ist sie ein absoluter Albtraum."

Richard lachte.

„Ich scherze nicht."

„Das habe ich auch nicht angenommen. Ich bin deiner Mutter begegnet, wenn du dich erinnerst."

Iris' Lippen verzogen sich zu einem ziemlich durchtriebenen Lächeln. „Sie und Marie-Claire werden prächtig miteinander auskommen."

Er nickte. Mrs. Smythe-Smith würde ihre Sache sicher wesentlich besser machen als er. Er sah zu Iris. „Dir ist sicher klar, dass ich Fleur umbringen muss, bevor ich ihr erlaube, ihn zu heiraten."

Seine Frau lächelte über diesen Unsinn. „Verzeih ihr einfach. Ich hab das auch getan."

„Dabei hast du doch gesagt, du wärst kein Musterbeispiel an Barmherzigkeit und Versöhnlichkeit."

Sie zuckte die Achseln. „Ich fange ein neues Leben an."

Richard nahm ihre Hand und führte sie an die Lippen. „Glaubst du, du könntest vielleicht auch mir verzeihen?"

„Das habe ich schon", flüsterte sie.

Die Erleichterung überrollte ihn mit einer derartigen Wucht, dass es ein Wunder war, dass er ihr standhalten konnte. Aber dann sah er ihr in die Augen, deren helle Wimpern noch tränennass waren, und war verloren. Er umfasste ihr Gesicht mit den Händen und zog sie an sich, küsste sie mit all der Dringlichkeit eines Mannes, der vor einem Abgrund gestanden und es überlebt hatte.

„Ich liebe dich", sagte er rau, die Worte wie Küsse. „Ich liebe dich so sehr."

„Ich liebe dich auch."

„Ich hätte nie gedacht, dass ich dich das einmal sagen höre."

„Ich liebe dich."

„Noch einmal", forderte er.

„Ich liebe dich."

Er führte ihre Hände an die Lippen. „Ich verehre dich."

„Ist das ein Wettbewerb?"

Langsam schüttelte er den Kopf. „Ich werde dich jetzt gleich verehren."

„Jetzt … gleich?" Sie blickte zum Fenster. Die Nachmittagssonne strömte schonungslos hell und strahlend herein.

„Ich habe viel zu lange gewartet", knurrte er und riss sie in die Arme. „Und du auch."

Iris stieß einen kleinen Überraschungsschrei aus, als er sie aufs Bett fallen ließ. Es waren nur wenige Zoll bis zur Matratze, aber es reichte aus, um sie auf und ab hüpfen zu lassen. Er nutzte den Moment, um ihren Körper mit dem seinen zu bedecken und das ursprüngliche Gefühl auszukosten, sie unter sich zu spüren.

Sie war ihm ausgeliefert.

Er konnte sie nun lieben.

„Ich bete dich an", murmelte er und schmiegte sein Gesicht in ihre Nackenbeuge. Er küsste die zarte Kuhle über ihrem Schlüsselbein, genoss ihr leises Stöhnen der Lust. Er ertastete den Spitzenrand ihres Mieders. „Davon habe ich geträumt."

„Ich auch", sagte sie zitternd und keuchte auf, als sie das unverwechselbare Geräusch reißenden Stoffs hörte.

„Tut mir leid", sagte er und blickte flüchtig auf den kleinen Riss in ihrem Mieder.

„Stimmt doch gar nicht."

„Nein", bestätigte er heiter und nahm den Stoff zwischen die Zähne.

„Richard!", kreischte sie beinahe.

Er sah auf. Gott, er war wie ein Hund mit einem Knochen, und es störte ihn nicht im Geringsten.

Ihre Lippen bebten vor unterdrücktem Gelächter. „Mach es nicht noch schlimmer."

Er grinste verwegen und zog sanft mit den Zähnen. „So?"

„Hör auf!"

Er gab den Stoff frei und schob ihr Kleid mit den Händen nach unten, bis er eine vollkommene Brust freigelegt hatte. „So?"

Ihre Antwort bestand in der Beschleunigung ihres Atmens.

„Oder so?", fragte er und nahm die Brustspitze in den Mund.

Iris stieß einen klagenden Schrei aus und wühlte die Hände in sein Haar.

„Oh ja, genau so", murmelte er und reizte sie mit der Zunge.

„Warum fühle ich das ...?", flüsterte sie hilflos.

Verblüfft sah er sie an. „Warum du es fühlst?"

Röte ergoss sich von ihren Wangen über ihren Hals und nach unten. „Warum fühle ich das ... da *unten*?"

Vielleicht war er ein Schuft. Vielleicht war er auch nur sehr, sehr unanständig, doch er konnte sich nur die Lippen lecken und fragen: „Wo denn?"

Sie erschauerte vor Begehren, antwortete jedoch nicht.

Er schob ihren Fuß aus dem Slipper. „Da?"

Sie schüttelte den Kopf.

Er ließ die Hand über ihre schlanke Wade nach oben zur Innenseite ihres Knies gleiten. „Hier?"

„Nein."

Er lächelte in sich hinein. Sie genoss ihr kleines Spielchen ebenso. „Wie ist es ...", er schob die Finger weiter nach oben, bis zu der Stelle, wo Hüfte und Oberschenkel zusammentrafen, „... dort?"

Sie schluckte und flüsterte kaum hörbar: „Beinahe."

Er näherte sich seinem Ziel, ließ die Fingerspitzen in dem weichen Flaum über ihrer Weiblichkeit kreisen. Er wollte sie noch einmal ansehen, wollte die unglaublich hellblonden Härchen bei Tageslicht sehen, aber das würde warten müssen. Er war zu sehr damit beschäftigt, ihr Gesicht zu beobachten, als er einen Finger in sie gleiten ließ.

„Richard“, keuchte sie.

Er stöhnte. Sie war so feucht und bereit. Aber sie war schrecklich eng und, wie sie beide nur zu gut wussten, noch Jungfrau. Er würde sie sehr vorsichtig lieben müssen, würde sich langsam und voll Sanftheit bewegen müssen, was in völligem Widerspruch zu dem Feuer stand, das in ihm brannte.

„Was machst du mit mir“, flüsterte er und nahm sich einen Augenblick Zeit, um wenigstens einen Teil seiner Selbstbeherrschung wiederzuerlangen.

Sie lächelte zu ihm auf, und in ihrer Miene lag etwas so Sonniges, so Offenes … Er spürte den Widerhall in seinem eigenen Gesicht, bis er wie ein Idiot grinste, beinahe lachte vor reiner Freude über ihre Nähe.

„Richard?“, sagte sie, und das Lächeln war auch in ihrer Stimme zu hören.

„Ich bin einfach so glücklich.“ Er setzte sich auf, um sich das Hemd über den Kopf zu ziehen. „Ich kann nicht anders.“

Sie berührte sein Gesicht, strich ihm mit ihrer kleinen Hand leicht und zart über das Kinn.

„Steh auf“, sagte er plötzlich.

„Was?“

„Steh auf.“ Er glitt vom Bett und zog an ihrer Hand, bis sie ihm folgte.

„Was machst du da?“

„Ich glaube“, sagte er und schob ihr das Kleid über die Hüften nach unten, „dass ich dich ausziehe.“

Ihr Blick fiel auf die Vorderseite seiner Breeches.

„Oh, dazu komme ich schon noch“, versprach er. „Aber zuerst …“ Er fand die zarten Bänder ihres Hemdes und zog, hielt den Atem an, als es in einer weißen Seidenwolke zu Boden fiel. Sie trug immer noch ihre Strümpfe, aber er war sich nicht sicher, ob er noch so lange warten konnte, bis er sie ihr abgestreift hatte, und außerdem hatte sie inzwischen die Hände an seiner Taille und löste dort drängend die Knöpfe.

„Du bist zu langsam“, murmelte sie und riss ihm praktisch die Breeches herunter.

Seine Begierde spannte sich ins Unermessliche.

„Ich versuche, sanft zu sein.“

„Ich will nicht, dass du sanft bist.“

Er packte sie unter den Pobacken und hob sie an, und dann fielen sie zusammen aufs Bett. Sie spreizte die Beine, und ohne große Mühe fand er sich an ihrer Pforte wieder, wo er jedes Gran Selbstbeherrschung nutzte, um nicht sofort voranzustürmen.

Er sah sie an, sein Blick fragte *Bist du bereit?*

Sie krallte sich in sein Gesäß und stieß einen frustrierten Schrei aus. Vielleicht war es sein Name, er wusste es nicht. Er hörte nichts außer dem Blut, das durch seinen Körper rauschte, als er in sie eindrang und sich in ihr versenkte.

Es ging alles so schnell. Er spürte, wie sie sich anspannte, und er stemmte sich hoch, so gut er konnte. „Alles in Ordnung? Habe ich dir wehgetan?“

„Hör nicht auf“, raunte sie und dann war alle Sprache vergessen. Wieder und wieder stieß er in sie vor, getrieben von einer Dringlichkeit, die er selbst nicht ganz verstand. Er wusste nur, dass er sie brauchte. Er musste sie ausfüllen, er musste sich von ihr verzehren lassen. Er wollte ihre Beine um sich spüren, wollte den Stoß ihrer Hüften spüren, wenn sie sich ihm entgegenwarf.

Sie war hungrig, vielleicht sogar ebenso hungrig wie er, und das fachte sein Begehren nur noch weiter an. Er stand so kurz davor, so kurz, er konnte sich kaum noch zurückhalten. Und dann spürte er – Gott sei Dank, er hätte keinen Moment länger aushalten können –, wie sie sich um ihn zusammenzog, eng wie eine Faust, und sie schrie auf. Er kam so schnell, dass sie immer noch um ihn pulsierte, als er fertig war.

Er ließ sich auf sie sinken, lag dort zwei Atemzüge lang, bevor er von ihr herunterglitt, um sie nicht zu zerquetschen. Eine ganze Weile lagen sie so da und kühlten sich ab, und dann stieß Iris schließlich einen leisen Seufzer aus.

„Ach je."

Er spürte, wie er befriedigt lächelte.

„Das war ..." Aber sie vollendete den Satz nicht.

Er drehte sich auf die Seite und stützte sich auf den Ellbogen. „Das war was?"

Sie schüttelte den Kopf. „Ich weiß nicht, wie ich es beschreiben soll. Ich wüsste gar nicht, wo ich beginnen sollte."

„Es beginnt", sagte er und beugte sich über sie, um sie zart zu küssen, „mit ‚Ich liebe dich'."

Sie nickte. Ihre Bewegungen waren immer noch langsam und träge. „Ich glaube, damit hört es auch auf."

„Nein." Sein Ton war sanft, duldete aber keinen Widerspruch.

„Nein?"

„Es hört nicht auf", flüsterte er. „Es hört nie auf."

Sie berührte ihn an der Wange. „Nein, ich glaube nicht."

Dann küsste er sie noch einmal. Weil er es wollte. Weil er es *musste*.

Doch hauptsächlich, weil er wusste, dass ihr Kuss immer noch fortbestand, selbst wenn seine Lippen die ihren freigaben.

Auch das würde niemals aufhören.

Epilog

Maycliffe
1830

„Was liest du da?“

Iris sah von ihrer Korrespondenz auf und lächelte ihren Mann an. „Einen Brief von meiner Mutter. Sie schreibt, dass Marie-Claire letzte Woche auf drei Bällen war.“

„Drei?“ Richard schauderte.

„Für dich wäre es vielleicht die reinste Qual.“ Iris lachte. „Aber Marie-Claire fühlt sich wie im siebten Himmel.“

„Vermutlich.“ Er setzte sich neben sie auf die kleine Bank, die an ihrem Schreibtisch stand. „Gibt es irgendwelche Verehrer?“

„Nichts Ernstes, aber ich habe so das Gefühl, dass meine Mutter sich nicht *ganz* so viel Mühe gibt, wie sie könnte. Ich glaube, sie will noch eine Saison mit Marie-Claire verbringen. Deine Schwester erweist sich als eine sehr viel raffiniertere Debütantin, als es ihre eigenen Töchter waren.“

Richard rollte mit den Augen. „Der Herr möge ihnen beiden beistehen.“

„Und es gibt weitere Neuigkeiten“, sagte Iris und lachte. „Marie-Claire nimmt dreimal die Woche Bratschenunterricht.“

„Bratsche?“

„Vielleicht ist das ein weiterer Grund, warum meine Mutter sie nicht gehen lassen will. Marie-Claire ist für die musikalische Soiree nächstes Jahr eingeplant."

„Der Herr möge *uns* beistehen!"

„Oh ja. Man wird uns nicht erlauben, es zu verpassen. Ich würde neun Monate schwanger sein müssen, um …"

„Dann sollten wir gleich damit beginnen", sagte Richard enthusiastisch.

„Hör auf!", protestierte Iris. Doch sie lachte, auch als ihr Ehemann eine besonders empfindsame Stelle oberhalb ihres Schlüsselbeins fand. Er schien immer genau zu wissen, wo er sie küssen musste …

„Ich schließe die Tür", murmelte Richard.

„Sie steht offen?", quietschte Iris. Sie riss sich los von ihm.

„Wusste ich doch, dass ich das nicht hätte sagen sollen", brummte er.

„Später", versprach Iris. „Wir haben jetzt ohnehin nicht die Zeit."

„Ich kann mich auch beeilen", sagte Richard hoffnungsvoll.

Iris schenkte ihm einen lang andauernden Kuss. „Ich will nicht, dass du dich beeilst."

Er stöhnte. „Du bringst mich um."

„Ich habe Bernie versprochen, dass wir heute mit ihm zum See gehen würden, damit er sein neues Spielzeugboot ausprobieren kann."

Richard ergab sich mit einem Lächeln und einem Seufzen, wie Iris vorhergesehen hatte. Ihr Sohn war inzwischen drei, ein hinreißender kleiner Wonneproppen mit rosa Pausbacken und den dunklen Augen seines Vaters. Er war der Mittelpunkt ihrer Welt, auch wenn *sie* nicht der Mittelpunkt der seinen waren. Diese Ehre gebührte seinem Vetter Samuel, der mit vier ein Jahr älter war, ein Jahr größer und ein Jahr gerissener. Fleurs zweiter Sohn Robbie war sechs Monate jünger als Bernie und vervollständigte das freche Trio.

Das erste Ehejahr war für Fleur und John Burnham nicht leicht gewesen. Wie erwartet, hatte ihre Heirat einen ziemlichen Skandal hervorgerufen, und auch wenn ihnen Mill Farm mittlerweile gehörte, gab es doch Leute, die John nie vergessen ließen, dass er nicht als Gentleman geboren war.

Doch Fleur hatte die Wahrheit gesagt, als sie erklärt hatte, Geld interessiere sie nicht. Sie und John hatten sich ein sehr glückliches Heim aufgebaut, und Iris war dankbar, dass ihre Kinder mit den Cousins gleich um die Ecke aufwachsen konnten. Bisher hatten sie nur Bernie, aber sie hoffte ... es gab ein paar Anzeichen ...

Ihre Hand bewegte sich zu ihrem Bauch, ohne dass sie es bemerkte.

„Nun, ich nehme an, wir müssen ein Schiff vom Stapel laufen lassen", sagte Richard, stand auf und streckte ihr die Hand hin. „Ich sollte dir jedoch vielleicht sagen", meinte er, als Iris sich erhob und sich bei ihm einhängte, „dass ich als Kind ein ähnliches Boot hatte."

Iris verzog das Gesicht. „Warum habe ich jetzt den Eindruck, als nähme es kein gutes Ende?"

„Die Schifffahrt liegt den Kenworthys leider nicht im Blut."

„Na, macht nichts. Ich würde dich sehr vermissen, wenn du zur See fahren würdest."

„Oh, beinahe hätte ich es vergessen!" Richard ließ ihre Hand los. „Ich hab was für dich."

„Wirklich?"

„Warte hier." Er verließ das Zimmer und kehrte einen Augenblick mit etwas hinter seinem Rücken zurück. „Mach die Augen zu."

Iris verdrehte sie erst, schloss sie dann aber.

„Und jetzt mach sie wieder auf!"

Sie tat es und hielt den Atem an. Er hielt eine einzelne langstielige Iris in der Hand, die schönste Blüte, die sie je gesehen hatte. Die Farbe war brillant – nicht direkt lila, aber auch nicht rot.

„Sie kommt aus Japan", erklärte Richard und wirkte überaus zufrieden mit sich. „Wir haben sie in der Orangerie gezüchtet. Wir hatten alle Hände voll zu tun, dich draußen zu halten."

„Aus Japan", sagte Iris und schüttelte ungläubig den Kopf. „Ich kann nicht fassen …"

„Ich würde bis ans Ende der Welt gehen", sagte Richard und beugte sich über sie, um ihr einen Kuss auf die Lippen zu hauchen.

„Für eine Blume?"

„Für dich."

Mit leuchtenden Augen sah sie zu ihm auf. „Ich würde nicht wollen, dass du das tust, weißt du?"

„Bis ans Ende der Welt gehen?"

Sie schüttelte den Kopf. „Du müsstest mich schon mitnehmen."

„Na, das versteht sich ja von selbst."

„Und Bernie."

„Aber natürlich."

„Und …" *Hoppla.*

„Iris?", sagte Richard vorsichtig. „Gibt es etwas, was du mir sagen möchtest?"

Sie schenkte ihm ein verlegenes Lächeln. „Möglicherweise brauchen wir auf dieser Reise Platz für vier."

Auf seinem Gesicht breitete sich ein Lächeln aus.

„Ich bin mir nicht sicher", warnte sie ihn. „Aber ich

glaube …“ Sie hielt inne. „Wo *ist* eigentlich das Ende der Welt?“

Er grinste. „Ist das wichtig?“

Sie erwiderte das Lächeln. Sie konnte nicht anders. „Vermutlich nicht.“

Er nahm ihre Hand und küsste sie, und dann geleitete er sie hinaus auf den Gang. „Wo wir sind, wird nie wichtig sein“, sagte er leise, „solange wir nur zusammen sind.“

– ENDE –